有爱的青春陪伴者

小狗给你一个拥抱

做饭小狗 著

江苏凤凰文艺出版社

图书在版编目（CIP）数据

小狗给你一个拥抱 / 做饭小狗著. -- 南京：江苏凤凰文艺出版社，2024.3
ISBN 978-7-5594-8123-8

Ⅰ.①小… Ⅱ.①做… Ⅲ.①言情小说－中国－当代 Ⅳ.①I247.5

中国国家版本馆CIP数据核字(2023)第229732号

小狗给你一个拥抱
做饭小狗 著

责任编辑	王昕宁
特约编辑	雪 人　听 听
出版发行	江苏凤凰文艺出版社
	南京市中央路165号，邮编：210009
网　　址	http://www.jswenyi.com
印　　刷	长沙鸿发印务实业有限公司
开　　本	880mm×1230mm　1/32
印　　张	10
字　　数	338千字
版　　次	2024年3月第1版
印　　次	2024年3月第1次印刷
书　　号	ISBN 978-7-5594-8123-8
定　　价	42.80元

江苏凤凰文艺版图书凡印刷、装订错误，可向出版社调换，联系电话025-83280257

目录

第一章 / 001
夏天，小狗，摘樱桃

第二章 / 024
"和平友爱车"

第三章 / 042
阳光，少年，彩虹

第四章 / 060
生日快乐

第五章 / 081
最后一分钟的拥抱

第六章 / 099
加速的心跳，与他有关

第七章 / 123
有喜欢的人了

目录

第八章 / 147
是一只黏人小狗

第九章 / 178
想一直在一起

第十章 / 201
今天就是约会的好天气

第十一章 / 222
未来务必请你继续陪着我

第十二章 / 248
小狗给你一个拥抱

番外一 / 274
小狗日记

番外二 / 307
弃"狗"效应

第一章 夏天，小狗，摘樱桃

1

橙红吊带裙，及腰黑长发。黑色的眼尾上扬，殷红的唇角朝下。

烈日垂直悬挂，晒得水泥路滚烫，林叁七才下飞机，就被潮热空气四面八方地包裹。阳光过于热烈，防晒指数最高的遮阳伞也抵挡不住。

她踩着小细跟凉鞋，疾步走进室内把高温甩在身后，也没能逃脱渗出薄汗后的湿黏。

林叁七从小挎包里摸出方形粉底，捻着粉扑小心翼翼地补妆。

她又举起手机，点开前置摄像头，找到最适合自己的角度，挑起眉梢，嘴角的弧度小幅度朝上。

画面定格，她点进微信朋友圈，发表照片，配字俏皮轻快：回家啦！

照片在几秒后迎来一个赞，点赞头像是一只可爱小狗。

林叁七点进和对方的微信聊天页面，给名为"狗狗"的联系人发送消息，说话风格与朋友圈文案判若两人。

林叁七：马上就要见到暗恋对象，出门前化了两个小时的妆，这不得把他迷死？

对方已读秒回：那他好容易死哦。

阴阳怪气，林叁七翻了个白眼。

从托运传送带提出行李箱，拖行走到出口，她听见熟悉的声音唤她小名，嘴角的弧度在看见接机人时更加往上扩大。

陈嘉巳，她的暗恋对象，她一直喜欢的人。

他穿着白色T恤和牛仔裤，打扮简单清爽，眼睛明亮，温和的笑容，驱散夏天的燥热。

"嘉巳哥哥！"她走过去，语气轻快像小孩。

陈嘉巳接过她的行李箱，将准备好的冰镇西瓜汁递给她，微笑着："七七，好久不见。"

林叁七没接，就着他的动作，低头，含着吸管喝了一口，象征夏天的清甜席卷口腔，冰凉的液体滑进食道，心情和身体一样舒爽。

吸管头部留下一抹口红印，她这才接过饮料，微眯着眼感慨："我的嘉巳哥哥还是这么周到。"

陈嘉巳笑着说："知道你热坏了。"

林叁七不耐热，更怕晒，短短几步路，都要像吸血鬼一样，想方设法躲避太阳。

但她并不讨厌夏天。

因为夏天有陈嘉巳。

毫不夸张地说，自出生起，她的每个夏天，都应该被称为她和陈嘉巳的夏天。

林叁七出生那天，林叁七的爸爸和陈嘉巳的爸爸在产房外相遇，两个等待妻子分娩的焦急男人互相安慰，一见如故。

于是陈嘉巳除了一个同父异母的弟弟，又多了一个异父异母的妹妹。

从林叁七有记忆起，她就已经变成跟在陈嘉巳身后的小尾巴。小时候经常被开玩笑"长大后是不是要嫁给嘉巳哥哥"，她没有一次不是大声承认。

因为他真的很好，好得连林叁七都无法形容得出来。

陈嘉巳比林叁七大五岁，但他从来没有那种"大孩子不爱跟小孩子玩"的不耐。

他喜欢安静，喜欢看书，却还是愿意陪着她胡闹。

林叁七玩"过家家"，他就拿着书陪她，当一个任她摆弄的"新郎"；她想去吹海风，他就放下书，把她抱上自行车的后座。

她掉进泳池溺水，他第一个跳下去救她；她跟妈妈吵架，离家出走，也是他冒着大雨找到了她。

她对陈嘉巳的依赖不可比拟。

尽管后来他去上高中，又上大学，他们见面的时间就只剩下暑假，林叁七也从来没觉得，他们的关系因为距离而生疏。

今年的暑假意义重大——她打算在这个假期告白，在十八岁生日那天，以一个成年人的身份。

前座的阳光有些刺眼,陈嘉巳上车就戴上了墨镜,也拿了另一副给她。

车内的冷气大概调得有些低,吹久了觉得不适,林叁七瑟缩一下,动作很小,但还是被注意到。

陈嘉巳空出手调高温度,又问:"要开一点窗户吗?"

林叁七摇头,吹进来的风会把头发黏在脸上、嘴唇上,那样子很丑。

"我记得你以前很喜欢坐车兜风,总让我带着你,说迎着风唱的歌比平时好听。"陈嘉巳笑着回忆起以前。

"那都是初中的事啦!"林叁七不愿提起以前的黑历史,从小一起长大的唯一坏处,就是小时候的黑历史太多太多。

反观陈嘉巳,她从来没见过他失态的模样,完美得像个神话。

他也确实是神话一样的存在,校园里的传奇人物,谈及他的名字,似乎没有一个人会说不喜欢他,无论异性缘还是同性缘都很好。

看到车后座装满了零食的便利袋,林叁七皱起眉:"林拾六那小子怎么又使唤你了?"

林拾六是林叁七的弟弟,十二岁,正处于最讨人嫌的年纪。

陈嘉巳接她回家,其实不是回她自己家,而是去陈家。

林叁七的爸爸是个演员,妈妈是经纪人,前几年,林爸爸因为某部剧的反派角色,突然提升了知名度,演艺事业蒸蒸日上。

与之相对,对儿女的陪伴也减少。

林爸爸是个孤儿,林妈妈的父母又因为重男轻女,和林妈妈关系并不好,最落魄的时候几年没见过一次面。

忙起来后,他们把儿女托付给十几年交情的陈家。林叁七和林拾六平时在学校寄宿,暑假就寄住在陈家,受陈家父母的照顾。

两姐弟对父母的繁忙完全没意见,甚至求之不得。

为了培养他们的独立意识,林妈妈一直对他们很严格。而陈家对小孩是放养政策,他们住在陈家,就像是脱了缰绳的野马,尽情撒欢。

早上可以睡懒觉,晚上过了十一点可以不用躲在被子里,一边竖起耳朵听门口的脚步声,一边提心吊胆地玩手机。

看不惯对方可以吵架对骂,不用担心被妈妈逼着互相拥抱,道歉,忏悔,大声说出对方十个优点——那简直比挤没熟的痘痘还痛苦!

后车座的零食,海盐薯片、棒棒冰,基本都是林拾六爱吃的东西,一看就是那小子指名要买的。

明明从别墅骑车去便利店,只有十几分钟的路,他连门都懒得出,懒死算了!

比起她的不满,陈嘉巳还是一如往常,宽容地说:"刚好我出门,顺便给他带了。"

林叁七嘟囔:"你这样只会让他得寸进尺。"

陈嘉巳没言语,只不以为意地笑。

林叁七也没再多说什么。

其实得寸进尺这话,她最没资格说,因为她也一样,仗着陈嘉巳的温柔宽容,做了许多得寸进尺的事。

意识到这点,她莫名心虚,若无其事地扭过头,装作看窗外的风景。假装看得专注,哪怕墨镜因为心虚低头,滑下鼻梁,她也没去扶。

黑色的宾利在海边公路飞驰,林叁七在座位这边,能看到沙滩和碧蓝的海。

天和海是一样的蓝,飘浮的云,像手感很好的丝绒,又像海里翻腾的浪。

路边间隔规律的树,和投射在地面的树影,一块飞速后退。

陈家的别墅在青安市海边的山头,从分岔路口驰进蜿蜒的坡道,宽阔的视野被浓密的树木遮蔽。

树影贴上干净的路面,阳光逃出树叶的缝隙,金色的光斑从林叁七脸上掠过。

她的童年、少年都在这里,这条路上的一切,她都十分熟悉。

院子里种着樱桃树的那一家姓"顾",顾叔叔顾阿姨是对热情好客的夫妻,喜欢和陈阿姨打牌,却总是输。每年都会邀请他们去采摘樱桃,酿樱桃酒。

围墙上爬满凌霄花的那一家姓"简",养了一只蓝眼睛的哈士奇,神经质的狗,几乎每周都要上演一次离家出走。

他们从大惊小怪,到习以为常,有时候还会留它在家睡觉。

十分钟后,车开进被岁月赋以斑驳锈迹的蓝色大门,到达今天的终点,她暑假的起点。

车停在车库,林叁七下了车,陈嘉巳帮她把行李箱提进屋。

才走进前院,屋里传来小男孩还没变声的嗓音,洪亮到刺耳:"戍懿哥你又搞偷袭!"

紧接着,被大吼名字的男生从屋内冲出来。

亮蓝色的短袖上衣,白色的休闲短裤,长腿踩着一双蓝色的人字拖。

一年没见,他竟把头发留得这样长,发尾绑出一个小辫,随性不羁。

少年两只手握着黄色水枪,阳光落在眼角眉梢,带着恶作剧得逞后的张扬笑意。

陈戍懿,陈嘉巳同父异母的弟弟,和林叁七同年同月同日,在同一家医院出生的人。

也是她童年生活的蛀虫、美好暑假的破坏者。

如果说,十二岁的林拾六是最讨人厌的年纪,那陈戍懿的每一岁,在林叁七这里都是最讨厌的年纪。

讨厌程度每年都会刷新到最高。

看见他朝自己跑过来,林叁七的嘴角弧度跌向地心。

四目相对的瞬间,陈戍懿的笑容也凝固两秒。两秒之后,他的眉眼倏地弯起,笑容比方才更灿烂,炫目得让人失神。

林叁七没来得及疑惑,只见跑到她跟前来的陈戍懿,身形灵活地往旁边一闪。

追着他跑出来的林拾六,没来得及收回水枪攻击……

猝不及防,水滋了她一脸。

陈戍懿在旁边幸灾乐祸地笑,清朗嗓音尽显嚣张:"林拾六,你完啦。"

林拾六被姐姐的黑脸吓得退后,扭头又去追罪魁祸首,一边追着他滋水一边骂:"可恶!看我不喷死你!"

林叁七盯着两人跑远的背影,水在脸上淌,火在眼里冒。

化了两小时的妆被破坏,刻意换上的新裙子也被打湿,她咬牙,深吸两口气,捏紧拳头走进屋。

陈嘉巳已经把她的行李提到房间,在楼梯上与她相遇,看见她满脸是水,脸色不佳,问:"七七,怎么了?"

林叁七扯出一抹微笑:"没事,只是发生了一点小、意、外。"

她尽量说得不那么咬牙切齿。

陈嘉巳拿出纸巾,给她,说:"你的房间已经收拾好了。爸妈可能要晚一点回来,有什么事就来画室找我。"

他大学在日本留学,主修油画,即使在家,也经常待在三楼的画室。

林叁七的房间在二楼,因为经常在陈家留宿,她和林拾六都有自己的房间。

顺带一提,陈戍懿那个讨厌鬼的房间,也在二楼。

脱掉被淋湿的裙子，林叁七换上干爽的白色短袖和短裤，手指拢起披散的长发，绑成高马尾。

盘腿坐在梳妆桌前，对着镜子，她抿了抿涂得殷红的唇，犹豫两秒，还是卸了妆。

以清爽的姿态走出房间，林叁七站在楼梯口，抬头看了眼三楼，那里一如往常的安静。

能想象到，陈嘉巳穿着沾满颜料的围裙，手执画笔，在画布前专心致志的模样。

林叁七放轻脚步走下楼，捕捉到后院传来的声音，朝那边走过去。

后院有个游泳池，是夏天的避暑胜地。

一大一小两个男生已经没再玩闹，并排坐在泳池边，咬着半截橘子味冰棒。

几只塑胶小黄鸭在水面飘浮，日光在碧色的水中荡漾。

陈戌懿侧首，看着白衣服女生挺拔着脊背，朝这边缓步走过来。

她遗传了她父亲的英气外貌，双眼皮，瞳孔小，眼尾微微上挑，面无表情时，高傲得像在蔑视一切。

但她此刻在微笑。

显然，她的笑容很让人觉得不妙。对危险气息敏感的林拾六，本能地要爬起来逃走，却被身旁幸灾乐祸的"好哥哥"摁住肩膀。

少年的手腕冷白消瘦，手指纤细修长，力气却不小，轻易地将他禁锢在原地。

"你完啦。"林叁七看着弟弟微笑，语气温柔。

被注视的人脸色惨白，被无视的人抿唇憋笑。

下一秒，"扑通"一声巨响，憋笑的人被她一脚踹进泳池，溅起一片水花。

陈戌懿钻出水面，胡乱将头发捋至额头后，抹了把脸上的水，露出的俊朗眉眼茫然且惊愕，还没能掌握突然扭转的状况。

林叁七站在泳池边，居高临下地将他俯视。

她在阳光下，朝他微笑，上扬的眼尾，演绎最虚伪的深情，弯起的唇角，展露最恶毒的温柔。

"我是在说你啊，傻狗。"

2

陈嘉巳和陈戌懿是性格截然相反的兄弟，最本质的区别：

前者是人，后者是"狗"。

林叁七和陈戍懿斗过嘴、打过架，关系恶劣到随时随地能开战。

两个人只有在给对方使坏的时候，才会朝对方笑得亲切灿烂。

陈戍懿阴沉着脸爬上岸，纯棉的布料湿哒哒地贴在身上，更显出颀长身形。

他站在林叁七面前，以身高优势俯视，漆黑的眼与她对视，水珠顺着紧绷的下颌，不断滴落。

在身高的比赛上，林叁七输了很多年，但气势丝毫不弱。

她仰头，扬着下巴，带着讥讽的语气，毫不示弱地挑衅："怎么，又想把我推下去？"

陈戍懿抿唇注视着她，她的言语似乎让他把牙咬得更紧。

几秒后，他绕过她离开，嘴里低骂了一句："神经病。"

林叁七站在他身后，大声回骂："你才有病！"

哪怕他没回头，她也要继续说："是你先惹我的！"

陈戍懿的背影消失在楼梯口，余光里的林拾六蹑手蹑脚要溜，林叁七眼疾手快地揪住他的耳朵："还有你，让你跟他胡闹。"

靠山一走，林拾六举双手投降："姐，我错了姐。"

林叁七："能不能学学嘉巳哥哥，稳重点、安静点？"

林拾六："姐你现在就挺吵的。"

林叁七："……信不信我也给你一脚？"

林拾六："姐，我错了姐。"

林叁七到底没把他也踹进泳池，她走上三楼，敲响画室的门。

得到屋内人的应允，她推门进去，鼻间先闻到厚重的烟草味。

一整面落地窗让屋内采光很好，墨绿色的墙，樱桃木地板，除开几幅画架，墙上也挂了很多画作。

男人站在画架前，一只手端着调色盘，一只手拿着画笔，亚麻色的围裙沾染了五颜六色的颜料。

在林叁七的固有印象里，搞艺术创作的人天生要带点不羁，穿着打扮，或是言行举止。但陈嘉巳打破了她这种认知。

他打扮简单清爽，头发不长，打理得很好，仪态总是端正，总是微笑从容，看上去就像是教养很好的清纯男大学生。

哪怕他此刻正叼着烟。

林叁七熟门熟路地走进去，乖巧道："我想看你画画。"

这是她以前经常做的事，安静地守在这里，陪他画画。

这是陪伴，也是等待。她十分享受这个过程，也期待着他在没有灵感的间隙，停下画笔，把目光从画布移到她身上。

而陈嘉巳也习惯了她的存在，并不觉得打扰。

他捻灭烟头，推开落地窗。燥热的空气从窗外涌进，烟草的味道和空调的冷气，被一并带走。

林叁七屈腿窝在单人沙发上，无意识地翘起嘴角。

和他安静独处的时间，美好得像是没再流动，但天边的云还是被染上粉色，树影渐长。

太阳下山了。

林叁七睁开眼的时候，画室里只剩她一个人，窗帘被人拉上，光线只从缝隙中漏进一缕。她身上多了条薄毯。

她伸展开有些僵硬的身体，懊恼自己不小心睡着，揉着脖子走出画室，下楼时，听见楼下传来的"叮叮咚咚"的钢琴声。

陈妈妈有弹钢琴的业余爱好，客厅里放了一架三角钢琴。但这会儿，坐在钢琴前的是陈戍懿。

他换了件宽松的黑色短袖，含着根棒棒糖，一边脸颊被糖果充盈鼓起，正在手把手教林拾六弹奏。

大概是不喜欢去理发店的缘故，上大学后，他开始放飞自我，头发留长，发尾遮住后颈，圆润的后脑勺上扎了个随意的小辫，竟意外的合适。

继承了父母五官上的优势，他的五官很立体，眼窝深邃，眉峰转折突出，鼻梁高且挺直，面部轮廓的骨骼感很强。

很有攻击力的相貌，偏偏眼尾却是朝下，让他有了一双容易显得可怜的眼睛。

那双眼睛在教琴的闲暇之余，往她这边一瞥，尽管脸上没有任何表情，但她看得出来，他眼神里的厌弃程度，像是她欠了他五百万。

林叁七回敬他一个白眼，转身走向厨房。

姑且也算是和他一起长大，上学的时候，女生们聊天的话题至少不了长得好看的男生，林叁七听得最多的，是陈戍懿的名字。

和陈嘉巳的好人缘不同，其他人对陈戍懿的评价是两个极端，喜欢他的会格外喜欢，讨厌他的会格外讨厌。

林叁七属于后者，而那些女生则是另一边。

初中的时候，就有不少人向她热情示好，和她交朋友，最后以朋友的名义，让她把陈戍懿也约出来玩。

林叁七一忍再忍，忍无可忍，最后和"罪恶之源"差点要打一架，跟他划清界限，在学校装作互不相识的陌生人，夺回生活的宁静。

陈妈妈在厨房做饭，陈嘉巳在帮忙打下手。

林叁七摸进厨房，闻见熟悉的咸香味。

翻炒均匀的鸡肉被老抽染成酱色，洗净的蛤蜊倒进锅中，同鸡块一同，被小火慢炖。这是今晚的主菜之一。

她每次回来，不常下厨的陈妈妈，总要亲自给她做这个菜。

陈家父母同姓，林叁七喊了声"陈阿姨"，别有用心地要献殷勤，趁机往陈嘉巳身边靠，被陈妈妈投喂一块鸡肉。

"味道怎么样？"

"好吃。"林叁七竖起大拇指，想到了什么，又说，"可以再辣点。"

陈妈妈依言又放了两勺辣椒。

林叁七抿着唇偷笑，触及陈嘉巳投过来的无奈目光，她在唇边竖起食指，做了个保密的手势。

"小心伤敌一千，自损八百。"陈嘉巳不插手两个小孩的争斗，只能好心提醒。

厨房里一派和谐，客厅里的钢琴教学，逐渐变成兄弟谈话。

"林叁七真是个花痴，就知道跟着嘉巳哥跑。"林拾六对亲姐毒舌吐槽。

他和林叁七的关系也不怎么样，大众意义上的亲姐弟，对骂打架从不手软。当然，因为年龄差距和血脉压制，基本都是他被林叁七摁在地上摩擦。

总是被林叁七欺负，所以反而和陈戍懿感情好，毕竟，敌人的敌人就是朋友。

林拾六又说："嘉巳哥也不嫌她烦，他们不会在谈恋爱吧？"

他边说着，边脑补了林叁七一脸娇羞躺在陈嘉巳怀里的画面，把自己恶心得一脸扭曲。

他接受不了林叁七谈恋爱，尤其是和他敬爱的陈嘉巳谈恋爱，那和鲜花插在牛粪上一样糟糕。

注意，陈嘉巳才是鲜花。

陈戍懿一开始没接话，修长的手指仍在黑白琴键上游走，连着弹错两个音，索性把手往琴键上重重一压，琴音变噪音，把林拾六吓了一跳。

他脸上露出些烦躁:"恋爱个屁,陈嘉巳对谁都这样。"

晚上的气温总算没有白天炎热,他们坐在餐厅的实木长桌旁吃饭。

林叁七坐在陈嘉巳旁边,陈戌懿和林拾六坐在他们对面。

阵营分明。

餐桌上,林叁七不出意外地又被陈爸爸问了关于动物的问题。

她大学专业是动物医学,不过才刚读完大一,连皮毛都不算学到。

但对陈爸爸来说,她俨然已经是个靠谱的宠物医生,离妙手回春,就差个毕业证。

陈爸爸经营着一家公司,年轻时白手起家,人到中年事业有成,是外人眼中的成功人士。

然而,在林叁七眼里,他的憨厚程度,和她爸爸差不多。

除开每月月初例行公事,要发一条"×月,再见!×月,你好"的朋友圈。林家小孩的潦草名字,他也占了相当大的"功劳"。

据林爸爸转述,林叁七出生的时候,他想名字想得焦头烂额,于是向刚认识的奶爸朋友,也就是陈爸爸请教。

陈爸爸拿自家儿子的名字,给了他一个参考,巳时出生的叫小巳,戌时出生的叫小戌。

林爸爸当即大腿一拍,定下了林叁七的名字。

八点三十七分出生,于是叫林叁七。

林叁七至今都庆幸,没在下一分钟出生。真是谢天谢地。

这边的交谈很愉快,餐桌对面却突然闹出动静。

"好辣!"林拾六狼狈地吐着舌头,灌了一整杯水还觉得不够。

今天的蛤蜊鸡,怎么这么辣!

林叁七停下说话,看向对面,但不是看他。

陈戌懿的眉心深深拧起,手里握着玻璃杯,水也见底。

他尤其不能吃辣,一杯水完全没能缓解痛苦,匆忙起身,跑去小厨房,开冰箱,找冷饮。林拾六紧跟其后。

再回来时,两兄弟的肚子被饮料灌饱大半。

陈戌懿坐回座位,湿润微红的眼睛,狠狠盯着罪魁祸首。不用脑子也想得到,刚刚在厨房献殷勤的人做了什么。

林叁七朝他微微一笑,在他的注视下,夹了一块鸡肉,送进嘴里,慢条斯理地咀嚼,咽下。

"林叁七的舌头是不是用石头做的?"林拾六用只有两人能听到的声音,跟陈戌懿咬耳朵。

陈戌懿回得牛头不对马嘴:"她整个人都是用木头做的。"

林拾六以为他辣傻了,说:"我都说很辣了你还要吃。"

刚刚他先吃的那道菜,吃进嘴就被辣到,陈戌懿平时不吃辣,今天偏偏要试。

被辣傻的人没看他,抬眼,状似不经意,瞥向对面,长发女生端着杯子,在灌水。

她也被那盘蛤蜊鸡辣到。

陈戌懿低下头,拿筷子去戳碗里的米饭,仿佛这样很好玩。

"你懂什么。"他翘着嘴角小声嘀咕。

3

林叁七的卧室没有独卫,洗漱要去另一边的卫生间。

偏偏她的房间和陈戌懿的卧室相邻,出门总是不可避免地和他撞见。

洗完澡后,她和陈戌懿在二楼的走道里相遇。

冤家路窄。

和讨厌的人总是有些莫名其妙的默契,她往右走,他也往右,她往左走,他同时也往左。

她耐心耗尽,舌尖抵住前牙,发出"啧"的一声。

林叁七抬头,瞪着他:"有完没完?"

陈戌懿从容不迫地回:"是你没完没了。"

林叁七的白眼要翻上天,又想起今天的晚餐,眉梢一抬,露出得逞的笑:"肚子饿吗?晚饭吃饱了吗?"

灌水灌得挺饱吧。

"谢谢关心,"陈戌懿扯着唇角,同样回敬,"我看你也吃得挺饱的。"

也灌了不少水。

四目相对,电光石火。

住在二楼另一侧的林拾六,正要从卧室出来,刚好撞见这一幕,他默不作声地退回房间,关上门,反锁,上床,熄灯,远离纷争。

两人仿佛在比赛,谁先眨眼谁就输,谁先移开视线谁就输。

林叁七盯着陈戌懿,眼睛一眨不眨,时间久了,连嘴唇都在使劲。

总算,这场较量,以陈戌懿移开视线告终。

011-

他侧身绕过她，走了几步后，低声说了句："幼稚。"

"我听到了！"林叄七在他身后没好气喊。

走了两步，她又觉得咽不下气，扭头，冲他的背影，补上一句："你才幼稚。"

回到自己的房间，打开灯，灯光照亮淡黄的墙纸，米色的窗帘，铺着豆绿色薄被的床。

白色的梳妆台上，瓶瓶罐罐随意摆放，长方形的软木板竖放在墙边，钉着十几张拍立得照片。

最中间的一张，是她和陈嘉巳的双人合照。

林叄七撕开一片面膜，敷在脸上，挑开黏在膜布下的碎发。她擦干净手，拿起手机，仰躺在柔软的床上，点开微信里的未读消息。

狗狗：宝，回家开心吗？

"狗狗"是她的网友。大概是一年前，林叄七刚上大学没多久，上课正无聊，突然收到了五条消息。

四条是手机运营商发来的，提醒她充了四次五百块钱的话费。一条是陌生号码，跟她说充错了话费，能不能还回去。

林叄七以为是诈骗。

要怪就怪那节课太无聊，她抱着逗骗子玩的心情，和对方聊了一节课，结果对方还真的只是充错了话费。

对方跟她一样，也是个刚上大学的小姑娘，反射弧有点长，充了四次话费才发现充错号码，充到了以前用过的号码上。

林叄七上大学前，换了大学本地的手机号。

当时刚好是月底，她的生活费也见底，没那么多钱还给对方。

而对方也十分理解这点，说是自己的失误，不想给她造成负担，只要每个月像充话费一样，把钱转来就好。每个月用多少话费，就转多少钱。

一来二去，两人加了微信，经常闲聊。两千块的话费还没还完，两人成了关系很好的网友。

聊熟之后，再回顾初识，林叄七锐评："你不仅反射弧长，还心大。"

又为狗狗庆幸，"幸亏你遇见的是我。"

狗狗也说："遇见你真好。"

回到现在，林叄七躺在床上，举着手机回复：见到喜欢的人很开心。

狗狗那边显示"正在输入中"。

林叄七继续发送下一句：可惜家里还有个"傻狗"。

狗狗已读，狗狗没回。

光看长相，林叁七得到最多的评价就是"不好惹"，她有点下三白，二次元一点的说法就是死鱼眼，面无表情的时候，像是全世界欠了她五百万。

这一点，和她爸爸很像。林爸爸就是因为长了一副恶人脸，被某个导演看中，进了演戏这行，从此开始演反派之路。

上高中的时候，林叁七被她爸爸的导演朋友看中，诚邀她去出演某部青春电影，扮演踹掉校草打倒校霸的不良少女。

林叁七当时正在看动漫，男女主角刚好在接吻，她盯着平板电脑，头也没抬地回了句："没有吻戏我不接。"

导演叔叔挠挠着脑袋说："我努力努力，给你加戏。"

林爸爸拍着好友的脑袋反对："加个屁，高中生不能接吻！"

于是林叁七的星途因此而未始即终。

林叁七没有明星梦，只是在听说陈戍懿差点要出演校霸时，觉得有点遗憾。

错过了在大荧幕上暴揍陈戍懿的机会，很遗憾。

据说，陈戍懿拒绝了导演两次。

第一次，他不满意自己是校霸，问："为什么我不能是校草？"

导演："好，你闭上嘴就是校草。"

第二次，他得知林叁七可能会参演不良少女女二，说："为什么我不是被她踹，就是被她打？"

导演问："那你想怎么样？"

陈戍懿："我想跟不良少女和平相处。"

导演说："那你穿女装反串，演女主角。"

陈戍懿："谢邀，再见。"

于是陈戍懿的星途因为不愿穿女装而未始即终。

除开长相，其实林叁七不是和人针锋相对的性格，除了陈戍懿。

可能是天生气场不和，她和陈戍懿从小到大都有点不对付。

不记得从什么时候起，她开始和陈戍懿竞争。

两家的父母并不是会拿小孩互相比较的大人，奈何林叁七和陈戍懿出生在同一天同一个时辰同一家医院。

林叁七比陈戍懿早出生七分钟。这七分钟，让林叁七压着他喊了七年的姐姐。

七岁的时候，陈戍懿仿佛吃错了药，不仅开始直呼她大名，还突然跳级，从她的弟弟，变成她的学长。

陈戍懿在学校里逼着她喊了一年的学长。

第二年，林叁七也跳级，并放狠话宣战：You jump,I jump（你跳，我也跳）。

第三年，两人想再参加跳级考试，但当天同时吃坏肚子，在病房挂着点滴达成"停战共识"。

跳级的战争结束了，僵化的关系并没有改变。

究其原因，林叁七对陈戍懿的意见很大。

记不清是几岁的时候，也记不清原因，她和陈戍懿又起了争执。他们在游泳池旁边争吵，吵到激烈时，陈戍懿竟然把她推下泳池。

林叁七还没学会游泳，只记得自己像块开满了洞的石头，身体往水下沉，水往身体里钻。

她眼睛很疼，鼻子很难受，耳朵里只有"咕噜咕噜"的水声。

万幸，陈嘉巳及时救了她。

那次溺水，让她至今没能学会游泳，下水离不开泳圈。

她仇视着陈戍懿，陈戍懿也一定在仇视她。

因为她也害他骨折过，虽然不是她亲手推的，但西瓜皮是她放的。

那次，也是陈嘉巳喊的救护车。

面膜敷完，狗狗还是没有回复。

"女大学生"的聊天态度向来随便散漫，可以"秒回"，也可以"轮回"。林叁七没放在心上，放下手机，打开平板电脑，看会儿动漫，然后睡觉。

在陈家的生活很自由，即使睡懒觉，也不会被敲门掀被子。错过早餐，就自己动手。

林叁七睡到自然醒，打着哈欠走出房间，睡眼蒙眬，脑袋昏沉，意识还没完全清醒，走路撞到来人的肩膀，脱口而出一句抱歉，然后听到一声好听的轻笑。

她扭头，抬眼，陈戍懿正低头瞧着她，一侧唇角勾起。他刚洗漱完，吐出的呼吸是薄荷的味道。

林叁七挪开视线，生硬地说："撤回。"

"撤回无效。"

"我说有效就有效！"林叁七扭头就走，不理会他在身后一个劲地笑。

回到房间，她拉开窗帘，推开窗户，阳光和新鲜空气一同涌进。屋外的树上，蝉在鸣叫，这是只属于夏天的声音。

点开歌单，花上两首歌的时间，在脸上涂抹护肤品。

换下睡衣，林叁七走下楼，去到厨房，手机播放音乐，白色的圆盘放上料理台，烤两片吐司，煎一个鸡蛋。

原木色的置物柜里，放着几个不同模样的陶瓷杯。最右边那只，乳白色马克杯，内壁底部画着一只吐舌头的微笑小狗。

林叁七很喜欢这只杯子，不只是因为是陈戍懿送的，还因为每次喝完咖啡，就能看到"小狗"在笑。

她取出杯子，倒四分之一咖啡，又打开冰箱，拿出家庭装鲜奶。牛奶浇进咖啡，画出混乱的宇宙。

她端起来喝了一口，满意地眯起眼睛。

如果没有阳光，她会去前院的花园享用早餐。

林叁七正要把早餐端去餐厅，却见陈戍懿风风火火下楼，跑进厨房。

早上的失误让她很是不爽，她不把视线放在他脸上。本应该马上离开，去专心享用早餐，注意力却没办法从厨房移开。

陈戍懿站在冰箱前，拿出那瓶鲜奶，晃了两下，拧开瓶盖，对嘴，仰头，冒着尖的喉结上下滚动。

一升多的家庭装鲜奶，转眼被他喝完。

他打了个嗝，拇指刮去唇角的奶液，空盒投进垃圾袋。

林叁七目睹全程，陷入沉默。

察觉到她的视线后，陈戍懿朝她看过来。可能是她的错觉，也可能是陈戍懿哪根筋搭错，他竟莫名露出不太自然的表情："看我干吗？"

林叁七眼角一抽，一言难尽地咋舌摇头："'男大学生'。"

陈戍懿一头雾水。

林叁七喜欢晴天，但不喜欢阳光，非必要绝对不会出门。大学室友说她看上去是个社交活动不断的人，没想到是个天天抱着平板电脑的宅女。

日落时分，太阳往地平线坠，渐弱的光线穿不过米色的纱帘，房间变得昏暗。

又一集动漫播完，林叁七从屏幕上挪开视线，起身去拉开窗帘，从窗户里，望见前院的男生。

陈嘉巳站在花园里的草地上，在和人电话交谈。听不见他讲什么，但能明显看见他脸上的笑意，比傍晚的风还温柔。

电话讲完了，他还在笑。

林叁七梳完头发下楼，踩着蓝色的人字拖，拐进厨房，从冰箱里拿了一盒抹茶味的哈根达斯，带着两根咖啡勺，走到前院。

看见她走过来，陈嘉巳朝她笑。

晚霞融进云彩，炫目的橘，绮丽的紫，他身后的无尽夏开得圆满灿烂，淡淡的蓝，像夏天的海。

"刚刚在跟谁聊天？"林叁七把一个勺子递给他，拉着他一块坐在草地上。

"留学时的一个朋友。"他对她一直很耐心，无关的事也愿意解释给她听，"最近回国了，约着叙旧。"

不知怎的，林叁七直觉那个朋友是个女生。她说："漂亮吗？"

陈嘉巳有一双很善于发现优点的眼睛，和一张不吝赞美的嘴，即使面对敏感的问题，也能游刃有余。

"擅自评价别人的外貌有些失礼，"他说，"但她的眼睛很好看。"

他说话时眼睛在笑。

林叁七剜了勺冰激凌，含在嘴里，茶味很香，但有点苦，她不太喜欢。

吃了几口，可能是她不满意的表情太明显，陈嘉巳从她手中接过冰激凌，把剩下的吃完。

林叁七往身后仰倒，躺在草地上。

太阳在下山，太阳的温度还留在草地里，草尖贴着背上和后颈的皮肤，有点扎人。

林叁七又爬起来，换了个面对他的朝向，盘腿坐着，手肘支在膝盖上，撑着脸颊。

她问："总觉得嘉巳哥哥有点变了。"

陈嘉巳微微挑眉："为什么这么说？"

林叁七用食指点点一侧的太阳穴，一本正经："女人的直觉。"

陈嘉巳失笑。

以为他是不相信自己，林叁七强调道："真的，我的直觉一向很准，每次陈戍懿做过什么亏心事，我一看就知道！"

她甚至拿出讨厌鬼来举例。

陈嘉巳笑得有些无奈，也没戳破告诉她，那是陈戍懿自己藏不住事，尤其在她面前。

"其实戌懿有时候不是在对你胡闹。"他还想着二人昨晚的"辣椒之战",试图来当调节者。

但林叁七显然不吃这套,垮着脸嗔怪:"怎么连你也帮陈戌懿说话?"

没等陈嘉巳说什么,她又赶紧跳过这个话题:"好了好了,我们不聊那个讨厌鬼。"

她表现出抗拒,陈嘉巳也没有强求,只是温和地笑笑,问她:"那你想聊什么?"

"你!"林叁七几乎没有犹豫地回答,两眼亮晶晶地期待看着他,"嘉巳哥哥,跟我说说你在国外念书的事吧。"

陈嘉巳笑了下,说:"都是些没什么意思的生活琐事。"

"那我也想听。"林叁七看着他的眼睛,坦荡而认真,"嘉巳哥哥的一切,我都想知道,我都喜欢。"

陈嘉巳微微一怔,温柔的眉眼越发柔和:"真的是小朋友。"

想法天马行空,又简单好懂的小朋友。

林叁七反驳他:"我不是小朋友了,马上就成年了。"

"是是是。"他好脾气地笑,朝她俯身,捻去她头发上沾的草屑,"马上要成年了,我等你长大也等了很久。"

林叁七的心跳声有点吵。

搞不清楚,是因为他靠得很近,动作亲昵地摸了她的头发,还是因为他说在等她长大。

总之,她脸上的笑很灿烂。

在陈嘉巳回屋后,林叁七又倒在草地里打了个滚,太阳的温度到了脸上。

激动够了,她拍了拍发烫的脸,爬起来要进屋,无意间,却瞥见二楼窗户上的人影。

陈戌懿站在窗旁,漆黑的眼睛望着这边,脸色像要下雨的天。

没想到他还有偷窥的癖好,林叁七仰头同他对视,举起手,大拇指朝下向他比了个手势。

陈戌懿一言不发地关上窗户,离开了她的视线。

竟然没和她对骂,真是稀奇。

林叁七心情愉悦回到房间,躺在桌上的手机,屏幕亮起。

昨晚到现在一直没动静的网友狗狗,发来了微信消息。

狗狗说：傻狗。

4

林叁七回了个问号。

狗狗：刚刚错打了符号，什么傻狗？

林叁七没想到还能继续昨晚的话题，她回：一个很讨厌的男大学生。

狗狗：他做了什么事，让你这么讨厌他？

狗狗似乎对她和陈戌懿的恩怨很好奇。

林叁七很想给狗狗举例，但真要细说，讲到明天早上都讲不完，于是用一句话进行概括：各种各样的事。

狗狗回了个"小狗无语"的表情，谴责她的敷衍。

话题没再继续。

林叁七在屋子里窝了几天，接到妈妈的查岗电话，让她离开卧室，去外面晒晒太阳。

她是容易生病的体质，春夏秋冬每个季节她都能染上感冒。林妈妈把这归结于她太宅，每每督促她与阳光和解。

林拾六那边则与之相反，林妈妈对他的嘱托是少在外面浪。

和妈妈通话完的第二天，陈妈妈就把摘樱桃的监督任务交给林叁七。

夏天是樱桃成熟的季节，每年的这个时候，他们都会去顾叔叔家的院子里，摘樱桃，酿樱桃酒。

林叁七实在不想接触太阳，出门前换了条长裤，短袖外面套了件防晒衣，帆布鞋长筒袜，把脚脖子都遮个严严实实。

手上、脸上、脖子上涂一层厚厚的防晒霜，最后戴上墨镜、口罩、渔夫帽——全副武装。

"……你是吸血鬼吗？"下楼看见她这一身打扮，陈戌懿的表情一言难尽。

林叁七给了他一个白眼，忘记被墨镜遮挡，他根本看不见。

陈戌懿仍站在她面前，微微弯腰，食指勾下她的墨镜，侧着头瞧她："你不怕中暑？"

林叁七拍开他捣乱的手："我心里有数。"

陈戌懿耸肩，表示她开心就好。

对摘樱桃这件事最兴奋的人，自然是捣蛋鬼林拾六，原本就闲不住，难得有这种集体出门的活动，提着蓝色的小塑料桶，冲在第一个。

林叁七一出门就萎靡不振，哪怕和陈嘉巳同行，也没多兴奋。

顾家和陈家离得不远，但步行也需要十几分钟。

因为是夏天，上午的气温也不算低。道路两边间隔种着树，却因为日照角度，吝啬投下树影。

林叁七贴着狭窄的树荫，靠边行走。陈嘉巳走在她身侧，帮她撑遮阳伞。

才走两分钟，她脸上就渗出薄汗，披散在身后的头发被汗润湿，黏答答地沾在脖子上。

口鼻被口罩遮挡，她的呼吸逐渐不顺畅。

实在失策，临出门忘记拿上随行小风扇，她热得快融化了。

"要把口罩摘了吗？"注意到她的不适，陈嘉巳问。

林叁七摘下口罩，仿佛重获新生："还有多久能到？"

他估测："十分钟左右。"

林叁七快要"阵亡"："救命！"

陈嘉巳被她逗笑，又问："要我回去把小风扇拿过来吗？你在这里等我，我跑回去很快。"

原路返回又要多走一段路，热的人不止她一个，这么热的天，她不想让他受罪："不用，都走到这儿了，我可以！"

精力旺盛的林拾六走在最前面，把他们落下很远，还时不时回头，大声喊："你们走好慢啊！"

欠揍程度和年龄呈正比，很难不怀疑，是不是继承陈戌懿的衣钵。

"陈戌懿人呢？"林叁七突然发觉同行的人少了一个。

他竟然没和林拾六一块走在前面，渐渐落在他们身后，还让她觉得有些意外。

跟陈嘉巳说话时，余光却见身后的道路空无一人。

竟然半路溜回家偷懒，简直奸诈！

林叁七回头望着远处的陈家别墅，突然生出回光返照般的活力，要原路返回，把他抓回来。

正这么想时，看见一辆自行车从蓝色大门内骑出来。

失踪的男生去而复返，人字拖踩着脚踏板，骑车往这边过来。

他额前的头发被风吹开，露出俊朗的眉眼。白色的衣角在空中鼓动，阳光落在他扬起的眉梢，落进弯起的眼睛，神采飞扬。

车停在她面前，陈戌懿单脚支着地面，鬓角挂着薄汗，扬着唇，眼睛明亮看着她："要不要上来？"

他好像很得意。

像终于捡到飞盘,跑回来像主人讨表扬的小狗。

林叁七面露狐疑:"你有什么阴谋?"

"小狗"瞬间垮下脸色:"你爱上不上。"

他扶正车身要离开,林叁七连忙抓住他的手臂:"等等,我上!"

被她抓住的手臂明显僵住,他突然变得局促,舌头像打了结:"那、那你快点儿!"

林叁七看向陈嘉巳,他仍旧是笑着:"待会儿见。"

她抓住陈戍懿的衣服,坐上自行车后座。

夏天连风都是热的,坐在车上吹风,却很舒服。

林叁七取下帽子,摘下墨镜,阳光落在头发上、脸上,好像也没那么讨厌。

天空是温柔的蓝,像她昨天看到的动漫插画。她的长发被风吹拂,扫在皮肤上,有些痒。

她和陈戍懿意外地都没说话,耳边只有风的声音。

他们路过一棵棵树,叫不上名字的白色野花,提着蓝色小桶的林拾六。

小男孩在他们身后大呼小叫,埋怨竟然背着他骑车,真是不讲道理。

林叁七伸出食指,拉下眼睑,朝他吐舌头,扮出一副鬼脸。

"啊!气死我了!"林拾六捶胸顿足。

她哈哈大笑,没有察觉手指触碰到男生的腰。

车停在顾叔叔家的大门口,林叁七松开陈戍懿的衣服,跳下车。

她想着自己大概是要说声谢谢的,然还没开口,看见他通红的脸,到嘴边的话变成问句:"你中暑了?"

陈戍懿不回答,突然掉头,骑车往回跑,只在风里丢下一句:"我去接拾六!"

林叁七看着他的背影,莫名其妙。

院子里的樱桃树快两层楼高,枝干粗壮,林叁七张开双手都抱不住。

殷红的樱桃成串地挂着,像大颗的红玛瑙,风一吹,成熟的红玛瑙摇摇欲坠。

顾叔叔的女儿顾司晴和陈嘉巳一个年纪,绑着单边马尾辫的女生知道他们要过来,提前备好了樱桃气泡水——将樱桃捣碎熬成果酱,倒入一杯雪碧,丢几个冰块,放两片柠檬。

一口下去,樱桃味的气泡在上颌爆炸,果肉的酸甜充盈味蕾。

还没开始摘樱桃,林叁七就抱着玻璃杯不想撒手。她好想边吹空调,边看动漫,边喝这饮料!

顾司晴止不住地笑:"你们多摘点樱桃做果酱,能喝到明年夏天。"

四个人是四种不同的摘樱桃画面,最正常的是陈嘉巳,捏着果柄尾巴,反向折下。

林拾六个子矮,非要爬上树,一半摘进桶里,一半塞进嘴里,也不怕闹肚子。

陈戌懿比他讲究点,知道先往衣服上擦两下。

林叁七变成《疯狂动物城》里的"闪电",手慢慢抬起,再缓缓放下,效率堪比耄耋老人。

顾司晴遗传了父亲的热心,主动过来帮忙。

当她站在陈嘉巳身旁时,林叁七的注意力就没办法从那边移开。

女生总有些奇奇怪怪的第六感,可能没有常理、不合逻辑,但有时候,就是莫名地准。

她觉得顾司晴喜欢陈嘉巳。

顾司晴用樱桃汽水招待他们时,都是让他们自己去端,只有陈嘉巳,是从她手中接过去的。

她过来帮忙,也是第一个走向陈嘉巳,明明他是最不需要帮忙的那个。

林叁七感觉自己像是福尔摩斯,但"福尔摩斯"现在有些为难。

她和陈嘉巳在一起之后,顾姐姐难过怎么办?

她也很喜欢顾姐姐,不想让顾姐姐因为失恋陷入伤感。

要地下恋瞒着顾姐姐吗?好像会对顾姐姐伤害更大。

给顾姐姐介绍其他的男孩子?但好像没有谁能比得上陈嘉巳。

"女大学生"的脑洞很大,但当前的情商不足以想出一个妥善的处理办法。

林叁七还没能想出难题的解决办法,却看见陈嘉巳突然靠近顾司晴。

他的动作让在场的两个女生都僵在原地。

陈嘉巳摘掉顾司晴头发上的东西,笑着说:"有只小虫子,怕你害怕,刚刚没跟你说。"

顾司晴眨了下眼睛,心脏"扑通扑通"地跳。她在这里住了二十多年,这棵树上的一切,她都接触过无数次,无论是樱桃,还是树上的虫。

他不知道,她也不打算告知事实。

顾司晴笑着感激他:"谢谢,还好有你。"

林叁七目睹这一幕。聪明的"福尔摩斯",好像变成滑稽的小丑。

难题还没有解决,出题老师突然改了变量,她不知道该如何是好。

太阳晒得嘴巴里发苦,她摘了颗樱桃,放到齿间嚼烂。

偏偏这颗是酸的。

林叁七不想摘樱桃了。

太阳晒得她眼睛发酸,她想回去。

刚产生这个念头,一颗樱桃砸在她脑袋上。

林叁七还没开口问是谁砸她,就听见陈戍懿故作严肃地教训林拾六:"拾六,你干吗砸你姐姐?"

林拾六正在树上勤勤恳恳地吃樱桃,莫名其妙被扣了一口"锅",张着塞满了樱桃的"血盆大口",含混不清地辩解:"窝哪里炸她辣(我哪里砸她了)?"

"听不懂,讲人话。"陈戍懿对他说完,又一本正经对林叁七"翻译","他说他看你不顺眼,所以砸你。"

林叁七深吸一口气,努力让语气平静:"你是不是觉得我是个傻子?"

陈戍懿想了想,说:"前面六个字可以去掉。"

心情不好的"女大学生",忍耐度很低。林叁七从树上薅了几颗樱桃,朝他走过去,停在他身前。

陈戍懿也不动,定定站在那儿,脑袋一歪,抬眉瞧着她。

她将樱桃在手心碾烂,红色的汁水从指缝溢出,抬起染红的手拍在他的胸前,白色的T恤多出一只鲜红的手印。

"林叁七!我这件衣服是——"陈戍懿倒吸一口凉气,生气地喊她的名字。

他越生气,她越舒爽。

他却突然语气一变,笑眯眯,也贱兮兮:"——是本来就要扔掉的,想不到吧?"

林叁七沉默,他真的很懂怎么让她更生气。

林叁七揪住他的前襟,拽着他弯下腰,把手心里剩下的汁水糊到他脸上、头发上,表情狰狞,语气凶狠:"你的脸和头发干脆也别要了!"

"……林叁七!"他这次是真情实感地着急,大声喊她。

陈戍懿挣扎着从她的"魔爪"中挣脱,连连后退了两步,耳朵和脸上的樱桃汁一样红。

他舌头又在打结:"你——你这个……魔鬼!"

真要骂人的时候,他竟然想不出骂人的词。

"我不是魔鬼,我是咬人的吸血鬼!"林叁七狞笑着朝他走过去。

这一次,陈戍懿拔腿就跑。林叁七从"闪电"变成"闪电侠",追着他跑。

林拾六站在树上大声嚷嚷:"哥,我来帮你!"

林叁七头也没回地吼:"你帮谁?"

林拾六立马倒戈:"姐,我来帮你!"

陈戍懿被两姐弟满院子追着跑,人字拖打滑跌跄了几次,说了好几声投降,也没人听。

大概是真的被逼到绝境,他急中生智跑到草坪里,拧开草坪灌溉水管的开关。

水从管道喷涌而出,洒在翠绿的草地,日光投进水滴,反射出朦胧的彩虹。

林拾六"呜哇"大叫着逃窜,抱着脑袋跑出"局部降雨区"。

林叁七猝不及防被浇个彻底,冰凉的水淋湿她的头发、脸颊,她愣了两秒,本该生气,却不知怎的,突然想笑。

水雾渐沥落下,阳光在身后,彩虹在头顶,她莫名其妙但快乐地笑出来。

陈戍懿看着她,弯起眼睛也跟着笑。

第二章 "和平友爱车"

1

大闹一场,浑身都湿透,林叁七一回家就倒了,头疼得要命,脚踩在地上却发软,天旋地转的眩晕感。

家政阿姨在厨房准备午餐,陈妈妈在客厅沙发上,对着笔记本电脑写作。她是位小有名气的作家,产量低,但书的销量都还不错。

陈妈妈被院子里自行车倒地的声响吓了一跳,抬头就看见陈戌懿抱着林叁七跑进屋。

一个脸上衣服上都是鲜红的樱桃汁,乍一看还以为是血,一个闭着眼睛,脸色白得不正常。

两人都像是刚从水里爬出来,淌了一路的水。

陈妈妈连忙放下电脑跟过去,得知缘由后,哭笑不得地敲了下罪魁祸首的头。

林叁七是闹得太凶中了暑,调皮的结果是被灌下一瓶藿香正气水,呛得眼泪都要变成这个味道。

她换了身干燥衣服,躺在床上,整个人迷迷糊糊的,很难受,但睡不着。

陈嘉已开门进来,将泡好的感冒冲剂放在旁边,弯腰将手贴在她额头:"还有点发烧,我扶你起来喝药。"

林叁七假装没听见,他伸出手,她也没动。

"七七,听话喝药好不好?"他还没发觉她在闹别扭,当她只是不愿意喝药。

小孩都是这样,不爱吃苦东西,想方设法逃避。

林叁七装死几秒,从眼缝里瞧见他无奈的笑容,还是投了降。她向来拿他毫无办法,对他生气不起来。

她坐起来喝光药,抓住陈嘉巳的手,不说话,也不让他走。生病的人可以任性,在陈嘉巳面前可以更加任性。

"我搬把椅子坐过来。"这是他的纵容。

陈嘉巳把书桌旁的椅子搬到床边,大概想到会陪她很久,又征求她的同意,拿了书桌上的一本书。

他坐在床边看书,陪她。

林叁七突然有点后悔,她的书桌上应该放上几本有格调的名著,要不然,他不会拿着跟他不相称的少女漫画。

那本漫画她昨天才看完,画风精美,情节动人,中间有几页不应该被他看到的情节。

林叁七闭上眼睛,悄悄把被子往上拉,遮住因害臊而羞红的脸颊。

房间里很安静,书页翻动的声音都很轻柔,枕头很柔软,脑袋睡在上面好像会越来越沉,不知不觉就放空意识,呼吸逐渐绵长平稳。

林叁七睡了个很沉的觉,醒来时天已经黑了,房间里很暗,床边的人也不知道什么时候离开了。

体温恢复正常,也不再觉得难受,她掀开被子下床,伸了个懒腰,走下楼。

客厅里只有陈戍懿和林拾六,分别占据沙发一头,一个低头在看手机,一个抱着平板电脑玩游戏。

家政阿姨路过问了一句,那件沾了樱桃汁的白衣服,洗不干净,要不要扔掉。

陈戍懿从手机里抬起头,像是想起什么好玩的事,眉眼柔和地笑起来:"留着吧。"

听见下楼的动静,他扭过头,眼睛看向她这边。

林叁七到家的时候意识不清,但也模糊知道自己是怎么进屋上楼,一码事归一码事,今天应该还是得说声谢谢。

应该。

大概……

她做足被嘲笑的心理准备,刚张开嘴,对上他的眼睛,却突然变成失去发声系统的娃娃。

最后,感谢被换成硬邦邦的问句:"我煮面吃,你要不要?"

"加两个蛋,不要辣椒。"陈戌懿毫不客气地提要求。

他得到一个语气僵硬的"哦"。

林拾六抱着平板电脑,头也没抬地跟着嚷嚷:"我也要吃我也要吃!"

他得到来自亲姐的嫌弃:"你怎么就知道吃!"

本该和他站在一边的陈戌懿,也抬脚轻踹他一下,竟然扯着嘴角,附和他们的"共同敌人":"你怎么就知道吃?"

小男孩陡然生出危机感觉,"好哥哥"是否即将弃明投暗,自己濒临孤立无援。

林叁七走进厨房,倒水进锅,才拧开火,就看见陈戌懿堵在厨房门口,环起双臂,平直的肩膀倚在门框,勾着嘴角看着她。

"我来监督你不放辣椒。"他说。

林叁七给他一个白眼,拿出三人份的面条:"我没这么无聊。"

陈戌懿不置可否,还真就倚在门边,目光黏在她身上,盯梢似的,看着她切葱、下面条、煎荷包蛋。

林叁七本就没想过动手脚,但全程被人注视,觉得难受,尤其那人一直挂着莫名其妙的笑。

终于,她皱起眉头:"能不能别笑这么荡漾?"

只是煮个面跟他扯平,又不是穿着女仆装在他面前晃。

"嗯?我笑了吗?"陈戌懿居然自己也没察觉,立刻收敛起笑容,离开门框,身体站直,做出一副严肃的模样。

他轻咳两声,正经得做作:"你继续。"

林叁七觉得无语,想骂他有毛病,又不想在今晚跟他吵,于是咽下话,将他无视。

刚拿鸡蛋的时候,她看到冰箱里放着今天摘下的新鲜樱桃,已经洗好,用保鲜盒装着。

等面条变软的时间,她打开冰箱,从保鲜盒里拿一颗,怕又是酸的,牙齿只咬一半。

樱桃汁液沾上嘴唇,浓郁的红,是引诱人的危险颜色。

落在她身上的目光凝住,门口的男生僵住身体,喉结在无意识地滚动。

林叁七尝到甜味,将剩下半颗塞进嘴里,舌尖顺势舔去唇瓣上的红色汁液。

陈戌懿的牙关倏地咬紧,白皙的脸颊浮出红晕,手指捂住眼睛,在她望过来前,转身疾步离开。

林叁七看着他仓皇的背影，不明所以地嘟囔："什么毛病？"

"男大学生"有很多毛病，走在路上，突然表演无实物投篮的幼稚病；瓶子投进三米外的垃圾桶，就以为能实现一个愿望的中二病。

以及，看见心仪的女生舔嘴唇，晚上做梦会把床单弄脏的青春病。

天边泛起鱼肚白，梦境和夜晚一同退场。

陈戌懿睁开眼睛，又闭上。

几分钟后，他再次睁开眼，抬手捂住发热的脸，喊着自己的名字，低骂一句。他爬起床，把被套和床单全部换掉。

林叁七今天也醒得有点早，因为做了个不太美妙的梦。

她竟然梦见陈戌懿。

她和陈戌懿在梦里用"顾"比赛成语接龙，把所有带"顾"的成语都说完后，她接不下去，把自己急醒了。

真离谱，她怎么可能会输？

林叁七穿着宽松的T恤睡衣和短裤，打着呵欠去洗漱，迎面遇上在梦里跟她玩成语接龙的陈戌懿。

他应该是要回房，看见她，却突然停住，转身，头也不回地往反方向离开，风风火火跑下楼，仿佛她是什么洪水猛兽。

"有病。"林叁七丢出今天的第一句话。

将昨天采摘的樱桃分成两份，一份做果酱，一份酿果酒。

用盐水浸泡好樱桃，去蒂去籽，倒进锅里，加入冰糖，中火搅拌熬煮至黏稠，冷却后装进干净果酱瓶。这是樱桃酱。

用盐水浸泡樱桃半小时，去蒂清洗，放进干净密封的玻璃瓶，一层樱桃一层冰糖，密封一个月。这是樱桃酒。

做法明明都很简单，顾司晴却还专门跑来帮忙。

林叁七知道，过于热心的人，或许醉翁之意不在酒。但她毫无办法。

电视机里播放着今年夏天的热门综艺，帅气的偶像在灯光闪烁的舞台上又唱又跳，却吸引不了林叁七的目光。

她趴在长沙发一角，窥视厨房的方向。

陈嘉巳和顾司晴在厨房清理樱桃，能听到时而传来的说笑声。

林叁七原本是第二个"醉翁"，但陈妈妈也在厨房，说人塞得太多施展不开手脚，让她自己去玩。

于是她被塞了颗樱桃打发走,完全被当成小孩打发。

林叁七窝在沙发角落,偷听他们的对话。他们在讨论油画,1872年的勒阿佛尔港口,莫奈创作的《日出印象》。

她只看漫画,不懂油画,强行加入也听不懂。

林叁七承认自己有点眼红,十分牙酸。

偏偏有人要火上浇油。

林拾六穿着条蓝底小怪兽泳裤,从后院跑进屋,拐进厨房拿了两根冰棒,又往后院跑。

路过客厅时,"小怪兽"贱兮兮地说了句:"你觉不觉得嘉巳哥和顾姐姐很般配?"

林叁七鲤鱼打挺从沙发上爬起来,鞋都来不及穿,追着去踹他的屁股。

她追到后院。

泳池里的水是清透的碧色,阳光在水波里晃,几只塑胶小黄鸭在水面漂浮,围成圆圈。

潜在水里的少年,从圆圈中央钻出水面,翻起的水波将小黄鸭推远,其中一只被他抓住。

"冰棍拿来了吗?"陈戌懿只听到有人跑过来的动静,捋开湿发,却看见林叁七也跟着跑过来。

输掉憋气比赛,被他派去跑腿的"小怪兽",把"大怪兽"招惹过来。

陈戌懿,十八岁未满,相信光,但有自知之明——

即使变成奥特曼,他也打不过林叁七。

于是他闭上嘴巴,缩回水里,只露出透气的鼻子,和看戏的眼睛。

林叁七不会凫水,他知道哪里最安全。

巧的是,林拾六也知道。

眼瞧着要被抓住,林拾六连忙往水里跳,"扑通"溅出一大片水花,比下课冲食堂还卖力地往水中间游。

林叁七就差一秒,没捞着,站在岸边,气到叉腰。

"你有本事给我过来!"

"傻子才过去!"林拾六可能今天听了十遍《勇气》。

林叁七在泳池边绕了两三圈,也没把人捞着,累弯了腰。看见潜在水里看戏的陈戌懿,她对他道:"陈戌懿,你把他给我推过来!"

林拾六闻言大笑:"我哥才不会理你!"

下一秒,却听见他的"好哥哥"在跟"敌人"谈条件:"叫'爸爸'。"

林拾六和林叁七同时沉默。

沉默之后,两个"怪兽"开始愤怒。

一个是被队友背叛的愤怒:"哥你怎么能这样!"

一个是被无理要求的愤怒:"你在想屁吃!"

陈戍懿退而求其次,说:"叫声'哥哥'也行。"

林拾六大喊:"哥!哥!哥!爸!"最后一声声嘶力竭,却因为太吵而被摁进水里。

林叁七站在岸边,在报仇和自尊之间,咬牙切齿地挣扎。

"陈戍懿哥!"她是个能屈能伸的"怪兽",暂且委屈自己,把林拾六收拾一顿再说。

即使是连名带姓地被喊,陈戍懿也笑得灿烂,像得到糖的小孩,眼眸亮晶晶,湿发下的耳根,悄悄染上粉色。

林拾六被扭送到泳池边,林叁七蹲在地上,一只手抓住他的肩膀,一只手去拧他的耳朵:"你刚刚说谁跟谁般配?再说一遍?"

林拾六今天的勇气已透支,连忙改口:"你和嘉巳哥!你和嘉巳哥最般配!"

陈戍懿的笑容僵住,刚刚拿到的糖瞬间变成了屎。

这是背叛队友的福报。

与此同时,孤立无援的林拾六决定自救。

林叁七刚松开拧他耳朵的手,就被他抓住手臂,使劲往泳池里一拽。

她头朝下摔进水里,水花四溅,陈戍懿立刻游过去捞她。

旱鸭子对水的恐惧,让林叁七本能去抓住一切东西,于是紧紧圈着陈戍懿的脖子,心有余悸之时,和他对上目光。

挂着水珠的浓密睫毛,清澈湿润的眼睛,瞳孔里她狼狈的倒影。

落水的意外让两人的呼吸都紊乱,心跳乱得要命。

林叁七感受到他的体温,起伏的呼吸,胸腔猛烈的心跳,以及他逐渐僵硬的身体。

2

林叁七,一个没谈过恋爱,但看过不少漫画的女大学生。

她明白男生此刻的身体变化是因为什么。

"你这个变态!"林叁七红着脸将陈戍懿推开,陈戍懿也条件反射地松开与她接触的手。

两人都忘记还在水里，于是林叁七又沉下去，喝了一次泳池水。

陈戍懿慌手慌脚地抓着她的肩膀，把她推到岸边。

林叁七手忙脚乱地爬上岸，满脸通红地骂他："变态！"

陈戍懿的脸比她更红，舌头打结也要解释："我我——我这是正常生理现象！"

"闭嘴！"林叁七继续骂，"你这个脑子里塞满脏东西的肮脏的'男大学生'！"

陈戍懿也急了："都说是正常生理现象！'男大学生'招你惹你了？"他为广大男大学生鸣不平。

"女大学生"继续谴责："你这个游泳还要玩小黄鸭的未成年臭小孩！"

"你才是臭小孩！"

"你才臭！"

两人激烈对骂，嗓音越来越大，林拾六趁乱跑走，陈嘉已闻声赶来。

陈嘉已问发生了什么，又都没人说话，对视一眼，各自把头偏向一边。通红的耳朵在无声回答。

"陈戍懿的错！"林叁七抹掉脸上的水，丢下这句话，跑上楼。

陈嘉已看向泳池里的男生，目光疑惑。

"小黄鸭的错！"陈戍懿爬出游泳池，也丢下一句话，跟上去。

陈嘉已看着泳池里的小黄鸭，无奈地叹气。

林叁七怒气冲冲跑回卧室，咬牙切齿地脱掉上衣，背手解开内衣扣，长发贴在身上，发梢往下淌水。皮筋绑住头发，毛巾擦拭身体，去到衣柜前，粗暴拽出衣物，一件一件地换上。

陈戍懿在隔壁房门前停留几秒，伸出去要敲门的手，又在半空收回，垂头丧气地回到房间，褪下泳裤，擦干身体，套上干燥的衣服。

林叁七坐在梳妆台前，插上吹风机，骂骂咧咧地吹干头发。

陈戍懿垂头坐在床边，将毛巾盖在头上，一言不发地揉搓擦抹。

林叁七拿起手机，点开微信，编辑文字，给网友发送消息：cxy真是个变态！

陈戍懿听见声音，拿起手机，看一眼微信，手指捂住眼睛："我可真是个变态。"

林叁七和陈戍懿冷战了三天，不肯跟他独处，如果不小心肢体碰触，那双死鱼眼就会狠狠瞪他，仿佛要把他变成死鱼。

陈妈妈察觉两人的异常。她不插手孩子们的争吵，争吵也是一种爱的表现，但如果像这样冷战，她就会适当地，给出一些催化剂。

于是，冷战的第四天，林叁七看见陈妈妈从车库搬出那辆年代久远的双人自行车。

陈家有个传统，无论是大人还是小孩，如果矛盾闹得厉害，就会被安排去骑双人自行车。

双人自行车需要协调与配合，陈家父母觉得，骑这种车是培养感情的好办法，也是调解矛盾的好工具。

这辆车，骑得最多的两个人，无疑是林叁七和陈戍懿。

这是陈家的"和平友爱车"，却也是林叁七眼中的"魔鬼处刑工具"。

她永远记得，初中的时候，她因为和陈戍懿打架，闹得很厉害，被陈妈妈安排去骑这辆车。

林叁七先动的手，所以她掌车头。陈戍懿坐在后座，一直在偷懒。

她累个半死，中途甩手不干，陈戍懿一个电话打回家，陈妈妈开着小汽车出来，守着他们骑。

平时温柔的陈妈妈，在这个时候语气还是温温柔柔，态度却强硬，手段更狠辣。她说骑到和好才能回家，还必须跟上她开车的速度。

于是，小汽车在一边开，"女初中生"和"男初中生"在另一边使劲蹬。

"女初中生"在前面边蹬边骂："该死的陈戍懿，都怪你打电话！"

"男初中生"在后面边蹬边回："谁让你骑到一半甩手不干！"

林叁七："是你先偷懒！"

陈戍懿："是你先打我！"

林叁七："那是因为你一直来烦我！"

陈戍懿："还不是因为你在学校装不认识我！"

林叁七："谁让你长成那样招蜂引蝶，跟我交朋友的女生全是奔着你去的！"

陈戍懿："长得帅有错吗！别以为你夸我帅，我就会原谅你！"

林叁七："我才没有夸你帅！"

陈戍懿："你就夸了！"

林叁七："没有！"

陈戍懿："就有！"

两个人一边使劲蹬，一边使劲吵。

还都死倔，死活不说对不起，最后累到表情狰狞，吵不动了，也踩不动了,差一口气就要离开这个美丽的世界,才勉勉强强握手言和。

那次之后,林叁七和陈戌懿第一次那么强烈又默契地达成共识——

吵得再厉害,在陈妈妈面前也要假装和平友爱,坚决不能再让"和平友爱车"出山!

看到陈妈妈时隔很久推出这辆车,林叁七的第一个念头——快跑。

还没跑出院子,就被陈妈妈喊住,让她去把陈戌懿喊出来。

几分钟后,陈戌懿从卧室里打开门,看到门外的林叁七。

几天不肯跟他说话的女生,竟然主动敲响了他的门。

他有些意外,张嘴,还没来得及说什么。林叁七惨白着脸,先开口:"我们完了。"

双人自行车被陈妈妈擦得很干净,陈戌懿生无可恋地跨上前座,林叁七同样生无可恋地坐上后座。

陈妈妈温柔叮嘱:"天气热,别骑太久哦。"

意思是什么时候和好,什么时候回来,想赶紧回来吹空调,就尽快和好。

林拾六凑热闹嚷嚷:"顺便去便利店给我买点零食!"

林叁七和陈戌懿同时扭头瞪他,异口同声:"吃个屁!"

在迫害林拾六这件事上,他们倒是越来越默契。

小男孩之前产生的危机感更甚。

自行车歪歪扭扭地骑出蓝色大门。

时值下午两点,挑在太阳最烈的时候让他们出门,一定是刻意为之。

天空依旧很蓝,没有一片云,阳光要亮瞎眼。蜿蜒的坡道延伸到视野死角,被浓郁的树遮挡。

林叁七穿着短袖和短裤,细白的胳膊和腿,毫无准备地暴露在阳光下,皮肤被晒得隐隐作痛。

但她仍没有先开口的打算,先道歉的人,不应该是她。

坐在前面的男生今天异常安静,一想到他可能也是这种想法,林叁七更生气。

他们骑车路过围墙上的橙红色凌霄花,没人说话;路过顾家,也没人说话;路过一只离家出走的哈士奇,还是没人说话。

头发被汗浸湿,吸附在皮肤上,大腿开始酸胀。林叁七默默卸下蹬车的力气。

哪怕偷懒一小会儿也行。

意外的是,陈戌懿可能是力气大,也可能反射弧太长,竟然没有发现她偷懒，一言不发地继续骑车。

自行车骑出分岔路口，进入海边公路，风里带上了海洋的咸腥味。

大海比天空要更蓝一些，天气太热，沙滩上见不到人，只有一棵棵树在路边如士兵般伫立，守候这片风景。

偷着懒的林叁七，抿着唇无声偷笑，在后座悠闲地闭着眼睛，任发丝飘起，享受风的吹拂。

他坚持不开口也没关系，反正骑车累死的人又不是她。

反正，她恰好喜欢坐在自行车后座吹风。

然而没享受多久，自行车突然刹住，林叁七因为惯性前倾，撞到陈戌懿背上的同时，条件反射地伸手，抱住他的腰。

两个人的身体都很明显地僵住。

林叁七竟一时忘记松手，下巴传来的疼痛，让她第一时间是去骂他："你突然刹车搞谋杀？"

陈戌懿的舌头好像也僵住："便、便利店到了，我要去买根冰棍……"

他们停在便利店门口。

男生炙热的体温传到她的手臂，林叁七反应过来，连忙松开手，跳下车。

她可能哪根筋搭错，哪壶不开提哪壶，脱口而出一句："你不会又……"

"……我又不是发情的猴子！"陈戌懿红着脸吼。

两人又要因为同一件事争吵起来。

便利店的门被人从里面推开，穿着蓝色员工马甲的男生，站在门口，试探性喊出一个名字。

"林叁七？"

3

争吵被打断的两人，同时朝"蓝色马甲"看过去，原来是他们的高中同学，李梓华。

准确来说，是陈戌懿的狐朋狗友，林叁七和他往来不多。

高中时，她在学校和陈戌懿装陌生人，有次暑假住在陈家时，被李梓华看到，这才知道两家的关系。

林叁七对李梓华没有好感，一半是因为他是陈戌懿的朋友，另一半是因为还没认识他的时候，她就撞见他招惹的一个麻烦，差点殃及她。

李梓华看出两人在吵架，眨了眨眼睛："你们俩这是——

"陈戌懿劈腿了吗？"他幸灾乐祸地问。

短暂的沉默后，林叁七睁着那双死鱼眼，面无表情地反问："你喝多了吗？"

"你在说什么胡话？"陈戌懿也附和，"我怎么可能会劈腿？"

"男大学生"的关注点往往与众不同。

林叁七不想和"猴子"讲话，绕过李梓华，推门走进便利店，店内的冷气凉得她一个激灵。另外两人还站在便利店外，她也不管。

李梓华当初没考上大学，被他爸按头复读了一年，今年参加完高考，去旅游"浪"了一圈，回到家，为了让他爸看他顺眼点，找了个便利店的兼职做。

他撞了下陈戌懿的手臂，笑得玩世不恭："什么时候改走艺术家风格了？"他在指陈戌懿放荡不羁的头发，竟然留长，还扎了个小鬏鬏，第一眼都没认出来。

陈戌懿："去理发店很烦。"他不喜欢被人摸头。

"你们俩刚刚吵什么呢？"李梓华开玩笑说，"林叁七劈腿了？"

陈戌懿长腿一抬，往李梓华的小腿上一踹："别瞎说！"

没好气骂了一句后，他暴躁的语气突然变弱，声音变小："我们……还没在一起。"

他声音小，李梓华也还是听到，眼睛睁大，惊讶地问："你去年不还说你们在网上聊得挺好？"

陈戌懿喜欢林叁七这件事，他是知情的。林叁七讨厌陈戌懿这件事，他也十分了解。

于是，作为好兄弟的他，帮陈戌懿出了个主意——用个陌生号码，假装充错话费，借此和林叁七成为网友，用网友的身份，跟她聊出感情。

电子信息时代，网恋不是什么稀奇事，总之先和她在网上恋上再说，等感情深了，再揭掉"马甲"。

李梓华觉得自己的计划简直完美，他真是个教人谈恋爱的天才！

提起这事，陈戌懿就来气，烦躁地抓了下头发："她一直把我当成女孩，网恋个屁！"

他根本没说自己是男是女，只是看网上说，多用些亲昵称呼和语气词，更人讨人欢喜，却没想到，让林叁七直接默认他是女孩。

意识到这点时，他们已经聊了大半年，怕解释后让她太尴尬，不再跟他聊天，他索性将错就错。

李梓华对此感到震惊，且不解。

是怎样的奇葩，才会用一年时间，跟喜欢的女生聊成网络闺蜜？

"你到底是不是真的喜欢她？"没有冒犯的意思，他是真心提问。

陈戌懿皱着眉头，说："我在努力让她喜欢我。"

李梓华："比如说？"

陈戌懿咳了下，脸上表情稍不自然："我看网上说，女生喜欢看男生仰头喝水，露出喉结很帅。"

李梓华："然后？"

陈戌懿："我在她面前喝光了一瓶一升的牛奶！"他语气甚至有点自豪。

李梓华忽然有种不太好的预感，好奇心让他接着问："她什么反应？"

陈戌懿竖起四根手指："她说了四个字。"

李梓华掰着手指头，边数边说："你、好、帅、啊？"

陈戌懿摇摇食指，学着林叁七当时的模样，语气深沉地说："她说，'男大学生'。"

李梓华沉默。

白色的汽车从便利店前驶过，卷起的热浪，狠狠拍在李梓华的脸上。

李梓华拍了拍陈戌懿的肩，语重心长："……哥，你别努力了。"

陈戌懿不解："为什么？"

李梓华指着便利店对面的那棵树，说："本来终点在这里，你一努力……"他又指向路尽头的另一棵树，"终点变成了那儿。"

陈戌懿无语。

林叁七挑了些零食，想了想，又拿了两袋海盐薯片，从冰柜里拿了一袋棒棒冰。回到收银台前，她发现那两人还站在外面，也不知道在聊什么。

她推开门，冲"蓝色马甲"喊："李华，结账。"

"……是李梓华！"

纠正名字已经成了李梓华的条件反射。他高中时候改过名，至于为什么改名，相信写过英语作文的人都知道。

林叁七不管这些，结账的时候，听到他说下次一起出去玩，都懒得敷衍："哦，不去。"

提着购物袋走出便利店，她跨坐上自行车后座，将袋子抱在怀里，对陈戌懿说："我提东西，你骑车。"

正大光明的偷懒叫"摆烂",她理直气壮地"摆烂"。

陈戍懿嘟囔了一句什么,她没听清,问:"你说什么?"

"我说,都听你的。"陈戍懿边说边跨上车。

来的时候她也没骑多远的路,虽然是他默许。

有便利店里的吵闹作对比,回去的路上,显得更安静。

林叁七低头,手伸进便利袋里,窸窸窣窣,拿出一根棒冰,橙色,橘子味的。

她才拆开包装,掰成两半,就听见前面骑车的人忽然说了一句:"对不起。"

她的心思在棒冰上,一时没反应过来,顺嘴就应下:"哦。"

陈戍懿继续说:"虽然是正常生理反应,但是对你……总之这件事是我不对,我道歉,你别因为这件事……讨厌我。"

林叁七咬了口棒冰,橘子味很甜,稍微有点酸,但并不讨厌。

"我不会因为这件事讨厌你的。"她说。

陈戍懿张开嘴,挺想说声谢谢,又听见她说:"我本来就讨厌你。"

"……我到底做了什么,让你这么讨厌?"他又问出了曾经被敷衍过的问题。

林叁七这次没用一句话概括,从最近的事开始复盘:"我刚到家,你就故意让林拾六滋我一脸水,弄花了我化了两个小时的妆。"

……好吧,这件事确实是他故意,尤其是看到她在微信里说,打扮这么漂亮,是为了陈嘉巳。

陈戍懿突然有些没底气:"你不也把我踹进泳池报复回来了?还故意往菜里放很多辣椒。二比一,我让你了。"

"什么你让我?"林叁七觉得好笑,"要不是你跟林拾六凑在一起说我坏话,我才不会放辣椒。"

陈戍懿莫名其妙:"我什么时候说过你坏话?"

"你教林拾六弹钢琴的时候,"林叁七十分笃定,"你坐在钢琴前看我那一眼,好像我欠了你很多钱。"

只是习惯性地朝她看一眼,就被曲解成厌恶,陈戍懿简直要被气笑:"我什么时候嫌弃过你?是你自己脑补!"

"你讨厌我是事实,我不需要脑补。"林叁七平静地反问,"从小到大,不都这样吗?"

陈戍懿抿起嘴唇,不再说话。

自行车拐进岔路口,进入坡道。上坡的路,沉重而艰辛。

沉默了有一会儿,他突然开口:"我不讨厌你。"

林叁七咬着棒冰,看着少年宽且消瘦的脊背,思索这句话的可信程度,以及,手里的另一半棒冰正在融化,要不要给他。

自行车在树影中平稳地停下,这次没有突如其来的惯性。陈戌懿从车上下来,扶住车转身。

日光穿过茂密枝叶的空隙,斑驳地落在他身上。风恰好吹过,金色光斑同枝叶沉沉浮浮。

林叁七抬起头,和他四目相对。

少年低着头,鼻梁高挺,额发被风吹得些许凌乱,半遮住漆黑的湿润眼睛,下垂的眼尾,天然让人觉得无害。

而他望过来的眼神,更如泳池里的水波般清澈。

林叁七想起那只没人搭理,就离家出走的委屈小狗。

"小狗"说:"我真的没在讨厌你。"

4

冰凉的自来水喷洒而下,淋湿她及腰的长发、裸露的皮肤,总算驱散暴晒后的燥意。

林叁七不敢贪凉,不然又要感冒,在合适时机转动旋钮,调高水温。

洗发水和沐浴露都是清新的花果香,佛手柑和橙花,像刚剥下的新鲜橘子皮。

她擦干身体,换上干爽的短袖和休闲短裤,从浴室出来,回到房间,面膜敷在脸上,做亡羊补牢的晒后护理。

白色梳妆台上,钉着十几张照片的软木板靠墙摆放,林叁七抬头,顶端最边角的一张,是她和陈戌懿的合照。

高一还是高二的时候,陈妈妈去学校参加家长会,拉着他们在教学楼外面,拍下这张半身照。

那时候,陈戌懿的头发不像现在这么长,规规矩矩的碎盖头,黑白的校服外套穿得板正,拉链拉到最高。

她站在旁边,矮了半个头,依旧是长发,齐刘海,同样穿着校服,但习惯性没拉拉链,露出里面的白色短袖。

两个人都很不情愿合照,被提醒几次也挤不出笑,面无表情,双手插兜。

当时在旁边看戏的朋友评价,说他们俩像误入学校的坏人。

也难怪被她爸爸的导演朋友看上,一个扮校霸,一个演不良少女。

林叁七收回目光。

坏人倒不至于,他们只是单纯有仇。

不是什么深仇大恨,从幼年时期结下的各种恩怨,有些可能都记不清具体的争吵原因,但会记住当时讨厌对方的感觉。

林叁七揭下面膜,擦掉多余的精华,走出房间,在楼梯口,刚好撞见从楼下上来的陈戌懿。

他也刚刚洗完澡,发梢还有些湿润,穿着她回家那天见到的蓝色T恤,手上拿着一根棒冰,粉色,草莓味的。

棒冰被掰成两半,他把长的那半根递过来:"要不要?"

"怎么不是橘子味?"林叁七嘴上抱怨,伸手接过。

"刚吃过了,换个口味。"他说的是路上吃的那半根。

林叁七想说"你是小孩吗,每个口味都要尝一遍",但才跟他休战,总归没再挑起争端,只"哦"了声,转身上楼。

陈戌懿叫住她:"你去做什么?"

"找嘉巳哥哥看电影。"林叁七头也不回地说。

今天是周日,陈嘉巳不会闷在画室画画。三楼有间游戏影音室,他们可以在里面看电影打游戏,做什么都行,总之能跟他待在一起,就很开心。

偏偏陈戌懿也跟上来:"我也要看。"

林叁七停住,扭头,拒绝:"你回房间用电脑看。"

"为什么?他也是我哥。"陈戌懿能屈能伸,在这时候拿兄弟关系当挡箭牌。

林叁七发现自己居然还无法反驳,只好闭着嘴,盯着他,在心里说了一句:你好讨厌。

他突然改了主意,不想因为这件事又让她讨厌自己,说:"算了,我回房看。"

看着他离开的背影,林叁七眨了眨眼。

她刚刚难道把心声说出来了?他看起来好像有点委屈?

算了,看在棒冰的份上,让他一下好了。

"陈戌懿。"林叁七叫住他。

他转身看过来,嘴里咬着棒冰,眼神无辜又迷茫。

林叁七不情不愿朝他招了下手,瞬间,那双眼睛像是被什么点亮。

半分钟后,陈嘉巳的房间门被敲响。

他打开门,门外多了两只叼着粉色冰棒的"小狗",眼睛亮晶晶看着他:"看电影吗看电影吗?"

电影是林叁七选的,《怦然心动》,一部关于青梅竹马的浪漫爱情片。她其实已经看过,和陈嘉巳一起看这部电影,她的私心很明显。

陈嘉巳坐在沙发左边,她坐在中间,另一边是陈戌懿。

电影开场,小男孩布莱斯搬到新家,被朱莉追着跑走时,不小心握住她的手。朱莉望着布莱斯的眼睛,对他一见钟情。

林叁七吸完最后一口棒棒冰,将塑料壳扔进垃圾桶。拿着棒棒冰的手沾上了水珠,湿哒哒,很不舒服,要偷偷蹭到衣服上。

余光里,陈嘉巳伸手过来,手里拿着纸巾。

她扭头,他正看着她,清澈的眼睛明亮,和嘴角一同弯起。

"他的双眸有种魔力,让我如痴如醉。"电影里的朱莉说。

"也让我如痴如醉。"林叁七在心里跟着说。

塑料壳呈抛物线落在她腿上,打破旖旎。

林叁七扭头看向罪魁祸首。

"抱歉,不小心。"陈戌懿指了指她左手边的垃圾桶,"帮我扔下,谢谢。"

他毫无负担地在一句话里同时道歉和感谢。

林叁七无声地瞪他一眼,丢掉塑料壳。

陈嘉巳是做什么都很安静专心的类型,画画,或是看电影。但跟他搭话,他也还是会答,也不敷衍。

林叁七喜欢随时表达,看到搞笑的情节会笑,看到过分的情节会吐槽,但因为是跟他在一起,于是也变得安静。

电影结束,布莱斯成长改变,朱莉和他重归于好,合家欢喜。

林叁七憋了很久,终于能发表感想:"先喜欢上的人真难过,尤其是喜欢上一个性格有缺陷还讨厌自己的人,要被他伤害,还要等他改变成长。"

陈戌懿重重点头,深表同感:"确实。"

但没人理他。

林叁七又说:"我比朱莉小气,做不到她那样大度。"

陈戌懿还是点头,却在心里说:"你是布莱斯,但没关系,我向朱莉学习。"

但没人听见他的心声。

林叁七扭头看向陈嘉巳，笑嘻嘻说："幸好我喜欢的人不是布莱斯。"

陈嘉巳果然问："你有喜欢的人了？"

"一个比我大几岁的哥哥。"她故意不说清楚年龄。

"不是大学生？"

"他在国外读书，大学毕业了。"

陈嘉巳想了想，问："你很喜欢他？"

林叁七点头，突然又有了新的想法，于是问道："你不想让我喜欢别人吗？"

"如果是这个人的话，"他顿了下，像在斟酌，"是不太希望的。"

他说他不希望她喜欢别人。

不是幻听，是他亲口承认。

"为什么？"林叁七感觉自己心跳很快，不知道声音有没有发抖。

她目不转睛地盯着他，电影在报幕，片尾的歌声深情徐徐，歌名就像她此刻的心情，*Let It Be Me*——让我爱着你。

荧幕的光落在他清俊的脸庞，映得他眼睛明亮，有种温柔的魔力。

陈嘉巳笑着说："大你太多，我会担心。"

被喜欢冲昏头脑的"女大学生"有点通病，病症表现是突然娇羞，止不住笑，和选择性地听。

一句话只听后半句，八个字只拣四个字。

林叁七坚持到在陈嘉巳离开影音室后，才倒在沙发上发笑。她捂住脸，笑声也还是从指缝中闷闷传出，有点傻。

她完全忘记房间里还有一个阴沉着脸的"男大学生"，两只脚在空中胡乱地蹬，于是踹到他的肩膀，脚腕被抓住。

林叁七才想起他的存在："啊，抱歉。"

她的道歉难得痛快，脚腕却没有因此被松开。

他有双很适合弹钢琴的手，手指很长，骨节分明，骨头很硬，能十分轻易握住她的脚腕。

林叁七试着挣开，却纹丝不动，力量的悬殊在此刻显现。

她皱起眉头："你干吗？"

陈戍懿没有松手，也没有说话，只垂眸注视着她。

影音室没开灯，电影完全结束，荧幕停留在原始页面，黯淡的灯光映在他轮廓分明的脸上，少年的五官更显立体。

额发自然地垂落，在他脸上投下阴影，黑眸匿在阴影中。

他平日总在笑，开心的、欠揍的、得意的，以至于让人忘记，他长着很有攻击力的相貌，不摆出任何表情的时候，格外阴沉。

这样的表情，她在以前见过一次，是跟他说在学校装作陌生人的那次。

脚腕被他牢牢握住，他倾身过来，带着扑面而来的压迫感。

林叁七忽觉压抑不安，另一只脚踢在他小腹，将他抵住："陈戍懿，你是不是又想打架？"

她可不想再去骑双人自行车！

陈戍懿低头看着踩在他小腹的脚，白得透明的小巧脚尖，仿佛能轻易折断的纤细脚腕。

他喉结滚动了下，捏住她脚腕的长指，不自觉地收紧。

"疼！"林叁七痛呼出声。

他猛然回神，对上她惊慌的目光，下意识地松开手。

林叁七胡乱穿上拖鞋，跑出影音室。从三楼跑到二楼，回到自己房间，心跳快得像是要跳出来跟她本人打一架，如同心悸。

她靠在卧室的门上，手背在身后，按着房门，脚腕隐隐发疼，脑子里控制不住闪过那张没有表情的脸。

陈戍懿好像不是想要打架……

那他刚刚是想干吗？

林叁七没能想出另外的答案，房门就被人敲响，男生的声音从门外传过来。

"刚刚，对不起。"

她没有回答，甚至屏住呼吸，也不懂为什么要装不在。

半晌的沉默后，林叁七听见他叹气的声音，开门进屋、关门的动静。

她松了口气，走到床边，扑倒在绿色的柔软的床上。

好奇怪，她干吗怕他？

林叁七突然疑惑。

第三章 阳光，少年，彩虹

1

透过窗帘的缝隙，阳光钻进房间，淡淡的金黄，落在绿色的床上。她睁开眼，看着白色的天花板，慢慢唤醒混沌的意识。

林叁七从床上坐起，瞥见桌上摆放的日历，离画着蛋糕符号的日期，还剩五格。

再过五天，她就要成年，以及，向陈嘉巳告白。

林叁七又倒回床上，捂着开始发热的脸，傻笑出声，十分钟后，才走出卧室。

贴着蓝色瓷砖的卫生间，窗户关着，洗漱台摆放的精油，散出清新的尤加利的气味。让人心情很好的味道。

吐出薄荷味的牙膏泡沫，她抬头，镜子里，眼睛和嘴角都在弯起。这并非尤加利的功劳。

下楼后，林叁七拐进厨房，拿出那只她喜欢的白色小狗杯，咖啡不小心倒太多，牛奶没能中和苦涩，尝一口，被苦得眯起眼睛。

没关系，这点小事对她的心情毫无破坏力。

电视机里放着关于天文现象的报道，对面的单人沙发，陈戍懿微低着头，电脑在腿上，高挺的鼻梁，架着银色的细框眼镜，修长的手指，在键盘上灵活敲击。

可能是因为认真的表情，又或许是眼镜，竟让她觉得斯文正经。她无故想起导演叔叔说的那句"闭上嘴就是校草"，原来不是吹嘘。

陈戍懿很专注，注意力都在电脑里，有人走来也没发觉。

难得见他这么认真，如果嘴里没叼着一根棒棒糖，脸颊没因为含着糖果鼓起，会更像个严肃的大人。

林叁七端着拿铁，在另一边的长沙发坐下："你终于近视了？"

键盘的敲击声戛然而止，陈戌懿抬起头，眼里闪过一瞬的迷茫和惊讶，意外她竟然主动搭话。

"没度数，防疲劳的。"他摘下眼镜，像乐于分享玩具的乖小孩，说，"要试试吗？"

林叁七放下杯子，俯身伸手，从他手中接过眼镜，戴上，眼珠子上下左右看了一圈，又眨两下眼睛，除了视野里多了两个框，没什么多余感觉。

她摘下眼镜，没什么兴趣地还给他，顺便拿走他手边的遥控器："记完了吗？我要换台了。"

她以为他在写与新闻报道有关的东西——

他是天文学专业。

和她因为看了某部综艺，一时热血上头，去读动物医学的情况不一样，他是从小到大都喜欢，才选的这个专业。

"你换。"陈戌懿合上电脑，放到一边，"我没在看电视，在写学校的课题。"

"大学还有暑假作业？"

"跟学长学姐一起参加的课题，算课外活动。"

"哦……"林叁七不走心地应着，心里想着其他事。

她突然感觉奇怪。

他们这样和谐地交谈，有点奇怪。

于是不再聊下去，林叁七端起拿铁，递到唇边抿了一口，苦的东西喝第二口，还是一样苦。

她皱起眉，喝不下去，再一次放下杯子。她拿着遥控器换台时，陈戌懿起身离开，踩着人字拖跑上楼。

客厅只剩林叁七一人，她乐得清静，但很快又听见跑下楼的声音。

陈戌懿在她旁边坐下，伸手过来，把拿来的东西给她。

一根棒棒糖，橙色包装，橘子味的。

林叁七犹豫了一下，还是没接。

其实是觉得，他好像突然对她很友好？

分享眼镜，和平聊天，给棒棒糖……

什么时候他们关系这么好了？

-043-

她有点别扭,于是说:"吃这么多甜的,不怕蛀牙吗?"

陈戌懿不知道是缺根筋,还是故意,竟然把她拒绝的话接下去:"我的牙齿很好,要检查吗?"

他还真凑过来,打算张开嘴给她看。

林叁七忍不住笑出来,推着他的肩膀一边往后躲,一边笑着骂他:"你神经病啊?"

陈戌懿也在笑,没再逗她,棒棒糖还拿在手里:"那你要不要?"

林叁七还是拒绝,故意板着脸,做出大人平时的语气:"不要,小孩才爱吃糖。"

才说完这句话,她看见陈嘉巳从楼梯走下来,嘴里竟然也含着一根棒棒糖。

她惊讶的表情太明显,陈戌懿沿着她的视线,转头看过去,笑出来:"那他也是小孩。"

语气里的得意太明显,他得到一个熟悉的白眼。

林叁七大概猜到陈嘉巳吃糖的原因。

他最近抽烟抽得少了,去画室的时候,她没怎么闻到烟味。

"嘉巳哥哥,你在戒烟吗?"林叁七顺从自己的好奇心,在陈嘉巳走进厨房时,跟着跑过去,问他。

陈嘉巳没否认:"嗯,在考虑戒烟。"

他取出咖啡豆,研磨,笑着说:"以为吃糖有用,但果然还是太甜,下来泡杯咖啡。"

林叁七又问:"怎么突然要戒烟了?"

陈嘉巳半开玩笑说:"怕被人骂。"

"谁会骂你?我帮你骂回去。"林叁七立马说。

虽然戒烟是好事,但骂他可不行。

她气势满满,却听见他说:"医生。"

"……好吧。"林叁七的气势瞬间弱下去,"我也怕医生,不能帮你骂回去。"

陈嘉巳只是笑着,没说话。

看着他温柔的笑容,"女大学生"又开始突然娇羞,嘴角止不住上扬。

温情的、美好的时刻,厨房里却突然挤进第三个人,打破气氛。

陈戌懿横插在她和陈嘉巳中间,问:"吃不吃苹果?"

林叁七为此不满,又不明所以:"吃苹果干吗?"

他板起脸,食指推了下鼻梁上的眼镜,学着她刚才对他故作严肃的语气,说:"一天一苹果,医生远离我。"

她本想生气,却忍不住又笑出来:"你神经病啊!"

晚上突然停了电,以为是电路问题,打电话问,原来是这片区都断电。

房间没了空调,林叁七热得待不下去,拿着手机照明,要去楼下拿冰棒。

客厅里燃着一盏香薰蜡烛,路过时,闻到罗勒叶的青草香,清淡好闻。

陈妈妈靠在沙发上,在和谁讲电话。

拿着冰棍从厨房出来时,林叁七听到自己的名字,又听到陈戌懿的名字,猜到电话那边的人是她妈妈。

她轻车熟路地爬上沙发,脑袋枕在陈妈妈的腿上,用不惊扰电话的声音,小声说:"我们没有吵架。"

陈妈妈轻笑出来,闲着的手抚摸她的头发,向电话那边的林妈妈,原模原样复述:"叁七说她没和戌懿吵架。"

林叁七捂住眼睛,后悔多此一举。没出意外,几秒之后,手机传到她手里,被妈妈在电话里训诫一顿。

一根冰棍吃完,通话终于结束,耳朵又起了茧子。她向陈妈妈嗔怪,一半撒娇一半抱怨:"我们真的没再吵架。"

加了个"再"字,确实变成真话。

"看出来啦,你和戌懿现在相处得很好。"陈妈妈的声音和她的性格一样温柔,如果她的温柔之下没有腹黑的恶作剧,林叁七会觉得更好。

陈妈妈问:"是自行车的功劳吗?"

"是我气量大的功劳。"林叁七毫无心理负担地揽功。

陈妈妈只是笑,用手指给她梳理头发:"其实戌懿挺喜欢你。"

林叁七想说这不是假话,是鬼话,但这样对阿姨太冒犯。

陈戌懿说不讨厌她,她姑且半信半疑,更遑论"挺喜欢她"。

"阿姨,你是不是记错孩子了?"林叁七说,"应该是嘉巳哥哥挺喜欢我吧?"

陈妈妈笑着问:"你记不记得小时候喜欢玩过家家,和戌懿吵过一架?"

林叁七心想,她和陈戌懿吵过的架,两个人的手加起来都数不清,哪里会记得这么清楚。

又听陈妈妈提醒:"你和戌懿都哭了的那次。"

-045-

陈戌懿小时候是个爱哭鬼，她不记得他哭过多少次，但她哭得不多，所以有印象。

吵架的原因，似乎是陈戌懿突然犯毛病，不愿意再跟她一块玩"过家家"，两人闹得挺凶，陈嘉巳在中间劝，都没能熄火。

当时年纪小，词汇量少，吵来吵去，说得最狠的话，也不过就是那两句：

"我讨厌你。"

"我再也不要跟你玩了。"

前一句是她说的，后一句是陈戌懿说的。

这两句话对大人没点杀伤力，却是让小孩掉眼泪的最强武器。

于是两个人都被对方气哭，当时连自行车都没学会骑，"和平友爱车"自然也派不上用场。

不过，吵完后的第二天，陈戌懿又像个没事人一样，继续陪她玩，好像前一天放的狠话、发的毒誓，都是梦话。

她以为是陈戌懿忘性大，睡一觉起来，把什么都忘了。

现在，陈妈妈却说："戌懿当时哭着问我，为什么总是大哥当新郎，他只能当抢婚的坏蛋，他也想当新郎，想跟你交换戒指糖。"

他们当时的戒指道具，是五毛钱一颗的戒指糖。

"小孩子嘛，都喜欢当正义这一方，戌懿也一样，但是看到你也哭了，他又改了主意。"

陈妈妈回忆起当时的场景，忍不住笑。

小男孩眼角还是红的，却还是擦干眼泪，下定决心般，抽抽噎噎地说："原来坏蛋对新娘这么重要，我要继续当七七的坏蛋。"

林叁七听着沉默，半天，才说："那是很小的事了吧？"

过家家的年纪，应该在他们梁子彻底结下之前。

长大后的陈戌懿，早丢掉了小时候的可爱，只剩下欠揍，欠揍，和欠揍。

"是挺久了。"陈妈妈感慨，"一眨眼，你们都这么大了，我们都老了。"

"才没老。"林叁七抱住陈妈妈的腰，埋在她怀里，"阿姨还是和以前一样漂亮，一点没变，以后也不会变老。"

"那我就成妖怪啦。"陈妈妈故作夸张地轻笑。

开着玩笑的工夫，林叁七听见拖鞋踩在楼梯上的声音，抬头，陈戌懿拿着平板电脑从二楼下来。

他踩着人字拖，穿着及膝的卡其色短裤，小腿的肌肉匀称，骨骼修长。上身宽松地套着一件砖红色的T恤，在灯光并不明亮的客厅，也很显眼。

陈戌懿走过来，目光与她有短暂的交错，扬起下巴，拿捏出做作的绅士腔调："美丽的女士们，需要音乐吗？"

林叁七猜测，他一定又看了奇怪的东西，在犯神经。

陈妈妈倒是很给面子，做了个"请"的手势。陈戌懿的钢琴是她教的，大概是学了一首新曲子，要过来显摆。

陈戌懿坐到钢琴前，揭开琴键盖，将平板电脑放上曲谱架，页面是提前准备好的，某首歌的谱子。

林叁七从陈妈妈怀里坐起，抱着双腿，下巴搁上膝盖，瞧着那边，倒要看看他玩什么把戏。

他微低着头，指节分明的长指按下琴键，前奏响起，琴声从他指尖飘出，飞到她这里。

是熟悉的歌曲。

前不久，他们在电影结束时一起听过。

Let It Be Me。让我爱着你。

陈戌懿勾着唇，朝她看过来。

平板电脑冷白的光，映在少年俊朗的脸庞上，光线黯淡，他的眼睛却很明亮。

林叁七愣了下，撇开脸，离开目光相接的轨道，视线从他脸上平移开。

香薰蜡烛被放在茶几上，绿色玻璃罐装载着白色蜡体，明黄色的烛火勉强照亮四周，烛光在黑暗中摇曳。

分明无风。

2

手心接住自来水，泼在脸上，头发被打湿，她也不管。反复几次，总算稍微清醒。她抬起头，镜子里，眼下的青黑，向她描述失眠后的惨状。

林叁七睁着无神的眼睛，牙刷头塞进嘴里，麻木地移动。

一定是停电太热的关系，她昨晚怎么都睡不着。

难以入睡时，通常还会中点其他魔咒，比如脑内循环某个声音，或者某首歌。

Let It Be Me，她最近都不想再听到。

距离生日还有四天，她不能被失眠毁掉十八岁的第一张合照，和告白。

洗漱完，林叁七从卫生间出来，在门口遇见让她失眠的罪魁祸首之一。

陈戌懿还是昨晚那件砖红色短袖，两边袖子被撸到肩膀，平时被遮盖的皮肤偏白,与平时裸露的部分有些肤色差。

他手臂的肌肉线条流畅,比她想象中要结实,和看上去的清瘦身形不一样。

他也是刚刚睡起,略长的头发胡乱往上翘,被他随随便便一抓,更加乱糟糟。

"昨晚没睡好?"他看见她眼下的暗淡。

林叁七随随便便回了句:"热的。"边说边绕过他,快步走回房间,关上门。

树上的蝉扯着嗓子鸣叫,没人搭理也一直叫,真吵,让人心烦意乱。

林叁七戴上蓝牙耳机,点开音乐软件,要放歌听,却听见楼下院子里,比蝉鸣还响亮,甚至有点刺耳的高亢女声。

"林、叁、七!"

她放下手机,耳机还没摘就跑下楼,在前院见到提前从国外回来的,拉着黄色行李箱的女生。

亮粉色紧身露脐T恤,蓝色牛仔短裤,红棕色大波浪,墨镜遮了一半脸。这一位,是跟她"相爱相杀"的好姐妹,伍伊可。

"好"字需要打个引号。

和伍伊可的相识,完全是个意外。

初三的时候,林叁七无意中看见几个不良少女把一个女生堵在小巷子里,在找麻烦。

她并不是喜欢多管闲事的热心人,但那会儿刚好和陈戍懿吵完架,窝了一肚子火,正愁没处发泄,于是决定见义勇为。

林叁七走上前,抓住不良少女把巴掌扇下来的手。

"同学,君子动口不动手。"她顶着最凶的眼神,跟人讲道理——其实只是死鱼眼没做表情。

可能是她眼神太凶,不良少女竟然被她唬住,让她自己去问伍伊可,到底发生了什么。

看上去柔柔弱弱的伍伊可,顶着一张清纯脸,淡定开口:"她让我离她看上的男生远点,我只是问了她一句,那男生叫什么,不然我不知道是哪个。"

林叁七沉默。

她这辈子没这么无语过。

这是第一次相遇。

第二次，是升上高一后不久。

某次做完广播体操之后，伍伊可从别班过来拦住她，放话："我想和陈戍懿交朋友，所以我们做朋友吧。"

从初中起，确实有不少人冲着她和陈戍懿的关系，来跟她套近乎交朋友。但像伍伊可这么直白说出来的人，还是第一个。

林叁七当时的回复是，一个白眼，一句"无聊"。

林叁七虽然长得凶，但是个正常人，初中的"假朋友遭遇"让她变得有点冷漠，人不犯我，我不犯人。

伍伊可长得人畜无害，却是个"神经病"，看上就要得到，得不到就缠着要。

她把伍伊可无视得彻底，对方却完全没被打击到，整天串班，跟着她跑。

记不清被纠缠了多久，突然有一天，伍伊可又跟她说："不管陈戍懿了，我们做朋友吧。"

林叁七疑惑。

伍伊可说："我发现我也挺喜欢你的，但跟你做朋友，与跟陈戍懿做朋友，好像不能兼得。所以我昨晚抛硬币决定好了，跟你做朋友。"

林叁七当时的回复是："有病吃药，没病再见。"

林叁七当然没和伍伊可做朋友，她没有和"神经病"交朋友的喜好。

伍伊可终于消失了一段时间。

但没多久，又找上她。这次却不是来跟她交朋友的，而是来宣战的。

伍伊可说："我觉得陈嘉巳也不错。"

林叁七终于忍无可忍，抬脚往她屁股上就是一踹："你有完没完？"

伍伊可捂着屁股说："我说真的！"

她在追着林叁七跑的时候，无意间遇到过跟林叁七走在一块的陈嘉巳，又"不小心"去跟陈嘉巳接触了一次，被温柔的人格魅力折服。

伍伊可列举了陈嘉巳的一众优点，林叁七竟然很认同，莫名其妙就跟她聊上了。

对上脑电波的感觉很爽，那个午后，林叁七和她蹲在便利店附近的树下，顶着夏天的高温和蝉鸣，咬着棒棒冰，聊了一个下午的陈嘉巳。

最后两人成为朋友。

用伍伊可的话来说，她们俩的友谊，她朝林叁七走了九十九步，林叁七在踹她那一脚时，终于迈出了最后一步。

林叁七从一个冷漠的死鱼眼，变成神经质的死鱼眼。

现在,两个"神经病"在院子里尖叫,拥抱,对线。

伍伊可:"几个月没见,就这么颓了?黑眼圈都到下巴了。"

林叁七:"去年的衣服紧成这样,看来你这几个月伙食不错。"

伍伊可:"你是不是晒黑了?"

林叁七:"你发际线又高了?"

伍伊可:"我又换了两个男朋友,你呢?"

林叁七:"被男人甩是个什么滋味呢,我还真不知道。"

两人微笑着对视。

林拾六和陈戍懿趴在门口偷看,一人扒着一边门框。

林拾六小声问:"她们到底是关系好还是关系差?"

陈戍懿小声回:"不要试图去搞懂女人,因为你根本搞不懂。"

林拾六感慨:"女人真可怕,被她们喜欢上的人真惨,喜欢她们的人更惨。"

陈戍懿:"所以要向朱莉学习。"

林拾六:"朱莉是谁?"

他没能得到回答。院子里,林叁七先开口:"太阳好大,剩下的问候,我们进屋说。"

"OK!"伍伊可也同意,看见门口的陈戍懿,朝他招手,"哥哥,帮我搬下行李箱好吗?"

她对谁都喊哥哥,长得帅的都是哥哥。

跟清纯甜美的外貌一样,她嗓音很甜,尤其是她想让别人觉得她很甜的时候,过去好几任男友,一开始,也都是被她的一声"哥哥"迷了心窍。

但也有人不吃这套。

陈戍懿把林拾六推出门外:"叫你呢,快去。"

林拾六,十二岁,刚小学毕业,心里只有手机游戏和电脑游戏,不懂女人的撒娇和禁忌。

于是他毫不知情地开始雷区蹦跶,跳脚说:"她喊的明明是你!她比我老,怎么会喊我哥哥?"

话音落下,被说老的女人已经瞬移到他身后,柔软的手搭在他的肩膀。他扭头,看见一个眼里冒红光的魔王。

"红眼魔王"的嘴角咧到耳根,好像能一口一个小朋友:"弟弟,你在说谁、老、呢?"

林拾六立刻闭紧嘴巴。

妈……爸爸，女人好可怕。

屋外的蝉仍在鸣叫，致力加入夏天的热闹。

浅绿色的床上，林叁七盘腿而坐，莹白的脚边，几个五颜六色的小玻璃瓶。

伍伊可侧躺在她身前，一只手撑着头，另一只手翘着手指，搭在她手中，让她涂指甲。

裸粉色的指甲油涂上甲面，然后用笔刷画上彩虹。

"什么奇怪的仪式感，非要生日后才告白？你都是大学生了。"伍伊可的嘴里依然吐不出象牙。

林叁七换了一根手指继续画画，头也没抬："因为在他眼里，成没成年很重要。"

伍伊可也知道陈嘉巳正直的性格，倒不否认这点，但还是说："再不抓紧时间，可别被别人捷足先登。"

林叁七松开伍伊可的手，踢了她一脚："能不能说点好话？"

"原来你也会怕。"伍伊可躺在床上笑，紧接着又正经道，"不过说真的，我真想象不到陈嘉巳谈恋爱的样子。"

"过几天你就能看到了。"林叁七做作地撩了下头发，得到伍伊可的一个白眼。

伍伊可换了只手，递给她，说："我的意思是，和陈嘉巳谈恋爱，有点没劲，没有反差。"

她说得煞有介事，好像她跟他谈过一样。但她是真这么认为。

陈嘉巳热心温柔，待人处事都周到，但他不适合谈恋爱。跟他在一起，和不跟他在一起，好像没什么两样，都会被他细致地照顾到。

她因为这点开始关注他，也因为这点放弃他。

陈嘉巳温柔到没什么边界感，相处久了就能发现，他其实对谁都一样，男女老少，只要在他身边，在他视线里，他都会去体贴。

这种体贴并不完全出自善意，也不是因为他对谁有好感，而是为了让他自己看上去更善良，久而久之成了习惯。

与其说他温柔，不如说他在扮演温柔，让所有人都觉得，他是个温柔的好人。

在被他拒绝之后，伍伊可发现了这点。

林叁七没把她这话当回事："少吃不到葡萄就说葡萄酸。"

-051-

"我都吃了那么多葡萄了，还差这一颗？"

"因为这颗是最好的。"

"……爱信不信。"伍伊可又换了个语气，朝她眨着眼睛，"其实陈戌懿这颗'葡萄'会更不错。"

林叁七手一滑，彩虹的蓝色画到甲床外。她抬头，好让伍伊可看到她无语的表情："……那个幼稚鬼？姐姐，您没事儿吧？"

伍伊可："你少对他这么大偏见。要不是他，咱俩现在能坐在这儿涂指甲油？"

林叁七觉得好笑："那你去追他，'神经病'和'幼稚鬼'在一起，绝配。"

伍伊可摇头："鱼和熊掌不能兼得，你跟他，我只能选一个。"

"为什么？"林叁七不解，"我又不会因为他对你有偏见。"

"是陈戌懿自己说的。"伍伊可见她什么都不知道的模样，问，"他没跟你说过这事？"

林叁七一头雾水："什么事？"

伍伊可："高中的时候呀，他让那些女生，别因为他去烦你。"

林叁七高中是直升，所以有不少曾经的初中同学。伍伊可则是从另一个初中考过来的。

高一刚开学，伍伊可靠在教室外的走廊，听班上几个女生聊天，聊到了隔壁班的某个男生，从初中部直升上来的，据说比最近出道的男偶像还帅，但很难接近。

其中一个女生说："想跟他一块玩，找林叁七就行，他们是发小。去年暑假，托林叁七的福，我还去过他家呢，可惜我现在跟林叁七玩崩了，她脾气很怪。"

"是她脾气怪，还是你没真心跟她相处？"

突然，插进一个陌生的声音。

伍伊可扭头看过去，是一个长相出众、阴沉着脸的男生。

干净利落的短发，校服外套板正地穿在身上，拉链拉到胸前，可即使是这样，也压不住他眉眼间的戾气。

那可不是幼稚鬼会有的模样。

"我就是在那瞬间，觉得他超帅的。"伍伊可空闲的手捧着脸，真情感慨。

林叁七这次没吐槽伍伊可，低着头，看着指甲上画歪了的彩虹桥。

她和陈戍懿相识至今，无数次斗嘴，很多次打架，有关他的回忆，占据最多的，是厌烦、怒火，和眼泪。

此刻想起来的，却是一道彩虹。

阳光在他身上，彩虹在他头顶，少年站在草地里，站在水雾中，弯着眼睛对她笑。

3

距离生日还有三天，林叁七的黑眼圈又重了点。

昨晚伍伊可在这里留宿，跟她一块睡，拖着她聊天。

"女大学生"的夜聊完全刹不住车，林叁七用冷水洗了三遍脸，也没能松缓通宵后的疲惫。

调拿铁的时候又手抖，往杯子里倒了一半黑咖啡，她索性倒满，递给伍伊可。

她再次打开冰箱，拿出前些日子做的樱桃果酱，一罐绿茶和一颗柠檬，给自己冲了杯樱桃果茶。

"我十八岁的第一张照片，绝对会因为你毁掉。"林叁七喝了口果茶，提前怪罪。

伍伊可端着黑咖，靠在料理台边，不以为然："到时候修个图就好了，我修图软件开了年会员。"

"难怪本人和图差这么远，"林叁七没放过任何一个损她的机会，"我还以为你去一趟韩国整了容。"

伍伊可高中毕业后去了韩国留学，准确点说，是为了追星。

伍伊可轻哼一声："我天生丽质，不需要整容。倒是你，还在迷信木瓜吗？"

林叁七以前迷信过木瓜丰胸，有段时间几乎快用木瓜下饭。

"请不要传播身材焦虑，"林叁七挺起胸膛，面无表情说，"我平我骄傲。"

"……你们俩都聊些什么乱七八糟的！"有些激动的熟悉男声插进她们的对话。

林叁七抬头，陈戍懿站在厨房门口，两只手捂着林拾六的耳朵，白皙的脸上浮出红晕，耳根也红得要滴血。

他的目光跟她有一瞬的交错，又很快岔开。

林拾六还不知道发生了什么，才走过来听到什么身材焦虑，陈戍懿的巴掌突然拍在他耳朵上,打得他的脸都有点疼。

他很不满:"干吗捂我耳朵?"

"小孩别问这么多!"陈戌懿比他更凶,强行带着他转身,离开这不纯洁的是非之地。

两个女孩待在家里,最常玩的就是互相给对方当芭比娃娃,化妆、做头发、搭衣服,再美美自拍、修图、发朋友圈。

蓝牙小音箱放着歌,她们能玩上一整天。

临近下午六点的时候,林叁七的卧室门被人敲响。

她去开门,原是单手撑在门框,懒散地站着的男生,一见到她,立即站直身体。

陈戌懿抬手摸下脖子,表情似乎有些许不自然:"李梓华组局玩沙排,去不去?"

有太阳的地方,就不会有林叁七。她一口回绝:"不去。"

"我去我去!"伍伊可却来了兴趣,尤其在听说,除了李梓华,还有李梓华他表哥之后。

伍伊可和李梓华短暂地交往过,从李梓华的脸推测,他家基因应该不错。听说有帅哥,拉着林叁七去陪她晒太阳。

林叁七死活不愿意,没料到伍伊可直接跑上三楼,叫上了陈嘉巳。

这个"神经病",是真的懂怎么拿捏她。

别墅区离海边的沙排场地不远,考虑到林叁七的懒惰,他们决定由陈嘉巳开车,载他们过去。

林叁七坐副座,陈戌懿、伍伊可和死活要闹着去的林拾六,挤在车后排。

下午六点的太阳没那么烈,但太阳的温度留在了沙滩上。

林叁七打着遮阳伞,踩在炙热细密的沙地里,有逃回家的冲动。

伍伊可戴着墨镜,看到李表哥身边的表嫂,也有回家的冲动。

回家之前,伍伊可先跟前男友打声招呼:"哟,李华!"

"……李梓华!"纠正名字已经成了李梓华的条件反射,他揽着陈戌懿的肩,走到一边,低声问他,"你怎么带了这么多人?不是让你只带林叁七吗?"

组织这场沙排的目的,自然是为了撮合他的好兄弟。

他原本是想,让陈戌懿和林叁七组队,跟他表哥表嫂打场情侣沙排,运动能让心跳加速,一起为了同一个目标努力,不仅能提高默契,在赢的那一刻,最讨厌的搭档也变顺眼。

这是李梓华的计划,堪称完美,他甚至跟表哥表嫂提前打好招呼,让他们适当放水。

没想到,陈戌懿不仅带来了林叁七,还带来了伍伊可和陈嘉巳,一个"神经病",一个情敌。

"伍伊可刚好也在,"陈戌懿说,"陈嘉巳不来,林叁七也不愿意来。"

李梓华扶额,感觉自己逐渐带不动。到了分组的时候,这种感觉更甚。

林叁七:"我要跟嘉巳哥哥一队。"

林拾六:"我跟戌懿哥!"

伍伊可:"我不要李华!"

李梓华:"……李梓华!"

沙排每队两人,他们八个人就要分成四队,两两对战。只有一个场地,就轮流上场,每场一局,每局 15 分定胜负。

两个"神经病"和一个小屁孩闹得厉害,最后还是陈嘉巳主持大局,手心手背的方式决定分组。

分组的结果:林叁七和陈戌懿,对战伍伊可和陈嘉巳;李梓华和林拾六,对战表哥表嫂。

林叁七拍了下自己不争气的手心,大怨:"什么鬼运气!"

伍伊可故作遗憾地叹气,看似惋惜实为嘲讽:"真可惜,没能跟我的好姐妹分在一起,看来这是老天的安排。"

林叁七踢了她一脚沙:"臭婆娘,说这话前先收起你得意的嘴脸!"

另一边,李梓华和林拾六也在扯着嗓子,互相抱怨。

李梓华崩溃说:"为什么我又要带小孩!"

林拾六朝他嚷嚷:"小孩怎么了?少瞧不起小孩,你这个一看就弱爆了的老男人!"

李梓华追着去打他屁股:"臭弟弟说谁老呢!我今年才刚十九岁!"

沙滩排球还没打起来,他们四个人已经开始混战。

另外三人纷纷去拉架,只有陈戌懿,还站在原地,背对着他们,抬头,日光让他眯起眼睛。

而他仍翘着唇角,声音虽小却真诚:"感谢老天。"

4

第一局是林叁七、陈戌懿,和伍伊可、陈嘉巳比赛。

运动方面,林叁七比废柴还废柴,大学体测都能要她半条命。

陈戌懿则跟她相反,他住在海边,从小到大没少参加海边的户外运动,游泳、冲浪、潜水、沙排、飞盘,都不在话下。

他的运动细胞是这几个人里最好的。

但沙排和双人自行车一样,是一项需要合作和配合的运动,一个人扯后腿,意味着另一个人更累。

林叁七不是扑空,没能接住球,就是勉强接住球,却没能把球传给陈戌懿。不是失误,而是她能力如此。

第五次扑空,扑倒在沙地里,她脸色黑了大半。都说了不要来打排球,一直拖后腿的自己真的很气人!

阴影罩在头顶,她抬头,陈戌懿蹲在她面前,遮挡住身后大半的阳光。

他伸手,食指点在她眉心。

"……你干吗?"林叁七要皱眉,却被他的指尖阻挡。

陈戌懿轻点她眉间的皱痕:"只是玩游戏,输赢不重要,跟自己发什么脾气。"

林叁七短暂地愣了一下,头撇向一边:"我很弱,一直在拖后腿,你不生气?"

她见过他跟林拾六打手机游戏,碰上猪队友的时候,能问候别人全家。

陈戌懿似笑非笑看着她,说:"我气什么,你哪次拖后腿,不是我帮你兜着?"

林叁七以为他在嘲讽,正要怼回去,他的手伸到她眼前。

少年逆着光,发梢被阳光染上些金黄,清澈双眸在此刻尤为明亮。

"就当在骑双人自行车,你在我身后偷懒、摆烂,都行,怎么开心怎么来。"他看着她,眼睛在笑。

林叁七稍愣一下,低下眼,没再看那双眼睛,犹豫了下,握住他的手。

他掌心的温度灼热,皮肤沾着细沙,不是细腻的触感,手掌比她的宽大,手指也比她的长很多。被他握住时,是大人的感觉。

不是幼稚鬼,不是臭小孩,是她从小就很崇拜的,像陈嘉巳那样给人安全感的、靠谱的大人。

被他拉着,从沙地里站起,林叁七松开手:"我……"

她应该是要说些什么的,谢谢,或者关于双人自行车的其他,但是突然像忘记台词,卡了壳。

幸好,伍伊可在网的那边,嚣张地朝这边送嘲讽,打破她的尴尬:"林叁七！不会吧不会吧？你不会就不行了吧？"

"……哈！"林叁七瞬间被气笑。

输赢不重要？

输赢重要死了！

她斗志十足地冲陈戌懿说："摆烂的机会留给下次，我们今天必须赢！"

她说，我们。

陈戌懿的唇边弧度扩大："好，我们一起打爆他们。"

林叁七燃起斗志，陈戌懿改变战术，从防守改为进攻，而进攻的中心，是伍伊可。

伍伊可总归没有男生那样的体力，沙排场地大，陈嘉已救场也不可能次次及时。几次下来，先后消耗两人的体力。

不辜负林叁七铆着劲打完，最后分数反转，她和陈戌懿一起赢了。

她也累得狗喘气，如果不是被陈戌懿扶着，她可能马上倒在沙地里，变成尸体。

但"狗"喘气，也要坚持嘲讽："伍伊可，你行不行啊，怎么连打球都赢不了我？"

伍伊可被陈嘉已搀着，也同样气喘吁吁："盯着我一个弱女子，你们好卑鄙。"

"球场无性别，我们这叫合理使用战术。"林叁七说完，还不忘寻求搭档的认同，"是吧，陈戌懿？"

陈戌懿低着眸，扬着唇应："嗯。"

两个"神经病"都是运动废柴，铆着劲打一局下来，就再也不想上场。索性，李梓华几人上场的时候，二对二变成三对三。

林叁七和伍伊可，则是坐在伞底下，守着大家的手机，咬着刚从便利店买来的冰棒，悠闲看戏。

海那边的云慢慢变成橘色，太阳在往海平面移动，海面波光粼粼。

伍伊可突然问："跟陈戌懿打球的感觉怎么样？"

"嗯……"林叁七想不出什么形容词，"赢了的感觉很好。"

伍伊可嫌弃地说："啧，谁问你赛后感想？"

她又换了个八卦的语气，问："你们俩中途不是聊了什么吗？跟姐妹细说一下。"

林叁七把棒冰吸得作响，想起陈戌懿的那句话。

原来他那时候,知道她在背后偷懒。

她吸得腮帮子发酸,才敷衍回了句:"没什么,就商量怎么打爆你们。"

"……真没劲。"伍伊可撇嘴,向后仰倒,躺在沙地里,终于安静。

林叁七咬着塑料壳,望着球场那边。

他的头发比平常男生长,但并不让人觉得邋遢,反而随性不羁,这多半归结于那张帅气的脸。

脑袋后扎着个小辫,额发被运动时的风吹向两边,露出光洁的额头。少许拂动的发丝,被日落镀了层金色。

轮廓分明的脸,线条利落流畅,即使隔得远,也能看见他深邃的眉眼。

奇怪,夕阳会把人照得这么好看吗?林叁七撑着脸,突然疑惑。

"陈嘉巳天天被你这么盯着,真的不会觉得恶寒吗?"伍伊可冷不丁出声,开口就是一波嘲讽。

林叁七猛然回神,没注意她说的内容,有点呆地问:"你说什么?"

伍伊可翻了个白眼:"我说,你一脸花痴盯着陈嘉巳,眼珠子都要掉下来了。"

"谁盯着陈……"林叁七下意识反驳,却忽然察觉一件事——什么?

她在干什么?

她刚刚在看谁?

她怎么会……对陈戍懿犯花痴?

伍伊可见她突然闭嘴,睁大眼睛,一副震惊又难以置信的模样,关切地问:"怎么了?你来例假了?弄脏裤子了?"

真这么简单就好了。

林叁七撑着脑袋,头疼地说:"我脑子疼,感觉出了点问题。"

"什么问题?"睁大眼睛的人变成伍伊可,"女大学生"的想象力不容小觑,她捂住嘴,眼冒泪花,"难道你脑子里长了瘤子一直没告诉我?"

林叁七很想去踹她一脚,但现在没这个心情。

无意中对陈戍懿犯花痴这件事,让她脑子里一团乱麻。

不单是震惊。

还有种……被自己背叛的感觉。

她明明讨厌陈戍懿,她喜欢的人是陈嘉巳才对。

三天之后,她就会向陈嘉巳告白,向他倾诉自己的心意。

林叁七深呼吸几次,总算捋清思路,心情稍微平复。

一定是她最近没再跟陈戍懿吵架,再加上连着两天晚上没睡好,才一时犯了糊涂。

"这是谁的手机,有电话打进来了。"伍伊可拿起一部手机,递过来。

林叁七接过,发现是陈嘉巳的手机,看到来电人备注"江医生"。

医生?林叁七露出疑惑,不解陈嘉巳为什么会和医生私下联系。

"女大学生"的联想能力也不容小觑。

她想起陈嘉巳最近戒烟,理由是怕被医生骂,偏偏伍伊可刚刚又说了句脑子里长瘤子。

林叁七脑子里闪过很不好的猜想。

难道他得了什么重病瞒着家里?

这可不行!林叁七从地上爬起,丢下一句"我去接电话",就拿着手机跑远。

她跑到无人处,担忧万分地接下电话,然后听见十分暴躁的女声,骂:"陈嘉巳你是不是有病?"

林叁七:"……啊、啊?"

电话那边的女人,听见不是陈嘉巳的声音,也是一愣,问:"你是谁?"

"我我……我是他的……"林叁七挤牙膏似的,费劲地挤出一个词,"妹妹。"

"噢噢。"女人的语气比刚刚客气,但还是能听出心情并不美好,"抱歉,刚刚吓到你了,你哥呢?"

"在打沙排。"林叁七跟她解释,"我看到来电显示人是医生,还以为他是生病,擅自接了电话,对不起。"

女人笑出声:"哎,你真可爱。放心,他只是脑子有病。"说完,似乎是觉得当着妹妹的面骂哥哥,不太好,于是又说,"开玩笑的,他没病,我们不是医患关系,是他……留学时交的朋友。"

林叁七垂着脑袋,低低地应:"这样啊。"

脚下的沙子炙热,她却浑身发冷。

留学时的一个朋友,提起时他眼睛会笑。戒烟,怕被骂……

傻子也该明白了。

她是个大傻子。

林叁七捏紧手指,呼吸忍不住颤抖,但忍着哽咽,也还是要问:"姐姐,你的眼睛是不是很好看?"

第四章 生日快乐

1

夏天的夜晚，总是不完全安静，窗户关得再严实，也还能听见屋外的虫鸣，聒噪不休。

林叁七躺在床上，不记得自己是怎么回来的，大概天生演技好，伪装出平静，被以为只是运动后的疲惫。

听见伍伊可开门进屋的声响，她转过身，背对房门，蜷缩身体，手机拿在手中，却不知道该点进哪个软件，看些什么。

房间里剩下吹风机的噪音，持续十几分钟，然后是水乳被拍在脸颊的声音，椅子在地板上挪动的声音，拖鞋走动的声音，身后的床稍微往下陷的声音。

最后，伍伊可的声音代替所有："宝贝，发生什么事了？"

林叁七的视线没离手机，尽管屏幕在主菜单已经停留很久。

"没什么事。"

"是那个医生跟你说了什么吗？"伍伊可知道，林叁七是接完那个电话回来，情绪开始不对劲。林叁七刻意隐藏情绪，于是她也等到睡前才问。

"没说什么。"林叁七并不肯说，也想不出该怎么说，只能重复前一句，"真的没事。"

伍伊可终于没再问，关灯，在她身边躺下。

房间里，只剩下冷清的月光和极轻的呼吸声。

林叁七闭上眼睛，手指抹去闭眼时溢出来的眼泪。不知道过了多久，身后人的呼吸变得平稳绵长。

她睁开眼,轻手轻脚地下床,轻轻地开门、关门,走出房间。

卫生间的灯亮得刺眼,流泪后的鼻子失灵,也闻不到能使人心情变好的尤加利的气味。

只有水是站在她这边,帮她掩盖抽泣的动静。

不想太浪费水,林叁七没待很久,洗了把脸,关上水声"哗哗"的水龙头,纸巾擦掉水珠和新流下的眼泪。

庆幸是深夜,所有人都在安睡,没人会看见她通红的眼睛、狼狈的哭脸。

情绪稍微平复,林叁七回到房间,小心翼翼地躺回床上,平躺着,闭上眼睛。

身边的女生忽然有了动静,朝她靠过来,把她的一条手臂抱在温暖的怀里。

没人说话,房间里,只有月光,和呼吸声。

次日。

林叁七被刺目的阳光叫醒,掀开沉重的眼皮,发现卧室只剩下她一个。

从床上坐起,第一眼看见桌上摆放的日历,离画着蛋糕符号的日期,只剩两格。

再过两天,她就要成年了。但现在她并不是那么期待。

林叁七倒回床上,闭上眼,想短暂逃避现实。

手机"叮咚"响起提示音,摸出来解锁,是伍伊可发来的消息。

伍伊可:宝贝,我先回家,给你去拿生日礼物,过两天再来。

林叁七回了个"OK"的搞笑表情,尽管她此刻是面无表情。

这就是网络聊天的方便之处,比现实面对面聊天,更轻易隐藏情绪。

伍伊可又发来了两条消息。

伍伊可:我修图软件的会员好像今天到期。

伍伊可:要么给我转三百块钱续费,要么这两天给我睡个好觉。

她没能得到回复。

手机被放在一边,林叁七捂着脸,闷在掌心里,哽咽着骂了声:"神经病。"

林叁七一个上午没下楼,午饭也没去吃。

林拾六啃着蟹腿,说:"她肯定是想在过生日那天好看点,不吃饭减肥。"女生都这样,他懂的。

陈戌懿皱起眉:"才两天,现在减肥也来不及。"她也不需要减肥,够好看了。

林拾六故作高深地说:"你不懂,这就是女人。"

陈戍懿屈指给他弹了个脑瓜崩:"你懂个屁。"

楼下的人吃完了饭,林叁七也还在床上躺着。卧室的门被人敲响,陈戍懿在门外问:"你不去吃饭吗?"

林叁七闭着眼睛,只有嘴巴在动:"不吃。"

陈戍懿耐着性子:"你真在减肥?光饿肚子减不了肥。"

"少管我!"林叁七扯着被子,闷住脑袋。

陈戍懿安静了几秒,察觉出异样,撑在门边,问:"你心情不好?"

"没有。"分明就在闹脾气。

"和伍伊可吵架了?"伍伊可今天一大早就回了家。

"没有没有!"林叁七又掀开被子,僵尸一样从床上弹起来,冲着门不耐地喊,"你烦不烦?"

号了这一嗓子,门外终于没了动静。

林叁七又倒回床上,闷在被子里,继续当"尸体"。

而房门外,陈戍懿倚在墙边,低头,拿着手机,正在请外援。

陈戍懿:女生说没有,是不是就是有的意思?

恋爱专家李梓华秒回:看情况。

陈戍懿:什么情况?

李梓华:比如你问她有没有钱,她说没有,可能是真没有。

陈戍懿无语,他现在没心情开玩笑。

李梓华又发了消息,问:你和林叁七又吵起来了?

陈戍懿回:不是跟我,可能是和伍伊可,你帮我问问。

就算是恋爱专家,也觉得离谱。

李梓华:你让我去找我前女友聊天?我犯贱找骂呢?

李梓华硬气地拒绝:不去!

陈戍懿给他发过去一个红包。

五分钟后,挨了一顿骂的李梓华出现:问完回来了。没吵,两个神经病感情好着呢。

陈戍懿疑惑:那她怎么不开心?

李梓华:说不定是你惹了她。

陈戍懿无语,这又关他什么事?

请外援也没能搞清当下的状况,陈戍懿决定还是靠自己,去回想,去琢磨，究竟发生了什么事，让林叁七饭都不吃闷在屋里。

走到客厅，看见窝在沙发上看动画的林拾六，他走过去，挡在电视前，问："你今天是不是跟你姐说了她胖？"

林拾六莫名其妙，且被挡住电视很烦躁："我今天都没看见她人影！快让开！"

陈戌懿摸着下巴走开。不是这小子。

走到前院，看见在花园里鼓捣花的妈妈，他长腿迈出一步，又收回来，摇摇头。

应该不是。

路过厨房，看见在厨房泡咖啡的陈嘉巳，他目光停留一秒，果断转身离开。

这肯定不是。

去到卫生间，看见镜子里的自己，他愣了两秒，像被鬼吓到，退后一步："不会真是我吧？"

姑且算有新进展，陈戌懿心焦地继续琢磨，但想不出自己做了什么事，惹她不开心。

他最近表现都很好啊。

挺好的吧？

还好吧？

应该？

"男大学生"越想越没底气，绞尽脑汁时，突然灵光一闪。

他竟然忘记自己还有个微信小号。

陈戌懿坐在床边，点开另一个微信，低头编辑，消息发出去。

林叁七听见消息提示音，拿起手机，看到网友狗狗发来的消息。

狗狗：宝，你是不是快过生日了？有什么想要的？链接发给我，我给你买。

林叁七：谢谢，但不用，我没什么缺的。

狗狗又问：你家那个讨厌鬼，有惹你不开心吗？

林叁七：没有。

"Yes！"另一个房间，男大学生瞬间松口气，感谢互联网，感谢闺蜜，"不是我！"

心里石头落地，陈戌懿又开始旁敲侧击，问她：快过生日了，开心吗？

面对不知道真实身份的网友，她应该能袒露心扉，至少过去，他也是这么陪着她，聊喜欢的男生"cjs"，臭骂讨厌鬼"cxy"。

然而，这次，林叁七却只回了一个字：嗯。

她用谎话，结束了话题。

林叁七晚上也没吃饭，陈妈妈都来敲门关心。

她又撒了谎，说是因为前两天没睡好，加昨天运动过度，有点不舒服。

因为她那容易生病的体质，她的谎话没被怀疑。

陈妈妈伸手覆上她的额头，没发烧，稍微放心些，又问："嘉巳煮了粥，你要喝点吗？"

以前生病，只要是陈嘉巳做的东西，她都不会拒绝，这次听到陈嘉巳的名字，却反而往被子里缩。

林叁七摇摇头："不喝了，没胃口。"

大概是真的难受吧。陈妈妈摸了摸她的头发，又替她掖好被子："那就先睡一觉好好休息，还觉得难受，我打电话让家庭医生过来。"

和陈嘉巳一样的温柔语气，林叁七点点头，紧闭着眼睛，不然又要哭。

听见陈妈妈离开房间，关上门的动静，她终于忍不住眼泪，闷在被子里，压抑地小声哭出来。

林叁七小时候有个奇怪的强迫症，喜欢把最好看最好吃的东西留到最后，然后很有仪式感地吃掉。

在六七岁的年纪，有一次，陈妈妈给他们三个小孩洗了樱桃，一人一个小碗装着。

林叁七第一眼就看见最饱满的那颗，但她并没有马上挑出来吃掉。

等碗里的其他樱桃都吃光，只剩下她最喜欢的那颗樱桃，她把碗放在桌子上，去倒了杯水，漱口，充满仪式感地，清理掉嘴巴里的樱桃味，再跑回来，打算吃掉。

回来后，碗里的樱桃却不见了。

被讨厌鬼陈戍懿吃了，他以为那是她吃不完剩下的。

林叁七气得当场大哭，谁哄也没用。

后来听大人们聊天，开玩笑提起这件事，平时和陈戍懿打架都不会哭的她，只是被吃掉一颗樱桃，就哭成这样。果然还是小孩。

不是的。

林叁七想说，不是的。

不应该说，"只是一颗樱桃"。

那是她在所有樱桃中第一眼看中，最喜欢的，和其他樱桃都不一样。

被抢走的，不只是樱桃，还有她等了很久，守到最后一刻，饱含期待的心情。

所以她才难过，大哭。

那一天，是陈嘉巳把她安慰好，带着她去顾叔叔家的樱桃树下，让她从树上，重新选一颗最喜欢的樱桃。

她为什么哭，只有陈嘉巳知道。

现在，林叁七的樱桃，又被人抢走。

但没人会再带她去樱桃树下。

2

太阳下山，夜幕笼罩，繁星在无边的深蓝里闪烁不定。

林叁七吸着鼻子，从床上爬起来，也不开灯，摸着黑，走出房间。

眼泪流得太多，她需要补充水分。

已经是深夜，其他人都在安睡，她像只游魂，飘进厨房，又飘回楼上。

回到二楼时，和她卧室相邻的房间门，却开着。

陈戍懿背光站在门口，宽且直的肩膀倚在门框，环着双臂，眼睫半垂注视她，脸上没什么表情："到底，发生了什么事？"

长时间没说话，他晚上的声音有些低哑，多几分沉稳的磁性。

林叁七的声音更沙哑，是哭得嗓子发干的哑，"没什么事。"

她越过他的房间，要走，手臂却被他抓住。

"你的眼睛都肿成这样，还说没事？"他的声音里带了些薄怒。

林叁七抬头，对上他同样蕴着怒气的眼睛，声音不自觉地拔高："我说了我——"

下一秒，嘴巴被捂住，她要挣扎，却反而被陈戍懿抓着手臂，拽进他的房间。

房门关上，屋外恢复静谧。

蓝色的房间里，他将她抵在门边，一只手摁住她的肩膀，另一只手捂住她的嘴。他俊眉拧起，像是气急败坏，又像无可奈何，凶且躁："你到底说不说？"

下一句："别逼我求你！"

"你是不是有病？"林叁七推开他的手，怒瞪着他，眼眶不受控制地，又开始泛红。

陈戍懿连忙退后两步，跟她拉开距离，双手举起，投降似的，语气里带着慌张:"我不是凶你,你别哭啊。"

林叁七没理会他,转身要开门走,却听他说:"你爸妈过两天就要来,你想用这副模样见他们?"

林爸爸最近在剧组拍戏,林妈妈陪同,过两天,她父母会从剧组赶回来,为她庆祝十八岁生日。

林叁七开门的手停在空中。

她光顾着难过,逃避跟生日有关的事,也忘记父母要过来。

"我去拿冰袋,你在这儿等着。"没给她拒绝的机会,陈戌懿越过她,开门往外走。

离开时,还顺带关上了门,好像觉得关上一道没上锁的门,就能把她留在房间里。

林叁七站了会儿,到底没离开,走到床边,掀开深蓝色的被子,坐在床沿。

陈家的每个房间,装修风格都各不相同。他的房间是蓝色,窗帘、木门,还有床皆是。

蓝色的门框上,用黑色记号笔画了好些条线和数字,是身高记录和当时的年龄。

墙壁上,没有什么球星或乐队的海报,但挂着几张关于天文现象的照片,她完全看不懂,只觉得其中一个像爱心,有点好看。

书桌堆着很多书,但很整齐。电脑旁边是两家人的合照,一张不太成功的家庭合照,他们俩都没看镜头,在照片里,用眼神吵架。

房门被人从外面推开,陈戌懿拿着一个冰袋进来,另一只手里端着个碗,盛着粥。

冰袋和碗都放在桌上,他把椅子拉开,命令的语气:"吃。"说完又补充一句,"陈嘉巳白天给你煮的。"

在林叁七这里,陈嘉巳这个名字,永远是说服她的理由。

今晚,这个理由却碰壁两次。

"我不想喝粥。"她闷闷地说。

陈戌懿大概没想到她会拒绝,想了想,说:"那我去给你煮碗泡面?"

陈妈妈不太赞成他们吃太多速食,所以这些东西很少在家出现,但他知道林拾六窝藏泡面的地点。

林叁七还是摇头:"吃了明天脸会肿。"

"那吃什么不会肿?"这是"男大学生"的知识盲区。

"哈根达斯。"

短暂地沉默下，陈戌懿犹豫着说道："饿了一天，只吃冰激凌会不会不好？"

他没直接拒绝，于是被默认在纵容她的任性，林叁七一本正经道："泡面也是垃圾食品。"

房门又被打开关上，两分钟后，陈戌懿回到房间，手里多了两盒哈根达斯。

在家做贼，不敢开灯，他摸黑随便拿的两个口味。

林叁七伸手，要去拿他手里那盒抹茶味，却被他躲开："这个苦，不好吃。"

他记得她不喜欢苦味，哪怕是抹茶的微苦，每天早上喝的拿铁，都不愿意加太多咖啡。

连喝咖啡这点，她都是和陈嘉巳学的，因为陈嘉巳每天早上会喝一杯黑咖。她有样学样，但黑咖太苦，于是改喝拿铁。

陈戌懿把另一盒草莓味递给她，林叁七却没接，还是拿过那盒抹茶味的："我也该开始学着去吃苦东西了。"

在他的房间里，两个人沉默地吃着各自手里的冰激凌。

林叁七坐在床沿，脱下拖鞋，光脚踩在冰凉的地板上，细白的小腿交叠。

陈戌懿盘腿坐在地上，背靠床边，和她离着半步的距离。

抹茶味的冰激凌，咽进肚子里，嘴巴里也还有苦味。果然还是不喜欢。吃了一会儿，林叁七起身，冰激凌放在桌上，拿起有点融化的冰袋，也屈腿坐在地上，抱着膝盖，与他并排坐着。

冰袋敷上眼睛，太凉，皮肤有些刺痛，她"嘶"了声，转过头，看他挖冰激凌吃。

他竟然在冰激凌上画了个象限，分成四格，其中一格已经被吃掉，正在吃斜对角的第二格。

这种事，她小学就不会再做。

林叁七使劲抿唇，才忍住没笑他吃东西也要玩的孩子气行为，没话找话地问："墙上那颗爱心，是什么东西？"

陈戌懿抬头，朝墙上挂着的照片看了眼，耐心地给她讲解："那是乌鸦座的一对星系，叫触须星系。左边的是NGC4038，右边的是NGC4039，它们的核心正在结合，形成超星系。你看到的爱心，就是它们碰撞产生出来的延伸结构。"

"哦……"林叁七不走心地应,假装听懂,视线却没从他脸上移开。

她的心思,没在什么触角星系上,而在他眨眼时扇动的眼睫毛上。

他的睫毛原来这么长吗?她第一次注意到。

正出神时,被观察的男生忽然转过头,和她对上视线。

以为开小差被抓个正着,林叁七连忙撇开脸,像上课摸鱼被老师点名的小学生,不懂也要装懂:"哦!我知道了,触角星系!"

陈戍懿绷紧唇角,才勉强把喉腔里的笑声,变成极轻的咳嗽。

不能笑,不然脸皮薄还好强的人又要跟他吵。

"吃吗?"他把手里的草莓冰激凌递到她面前,四个象限还剩两个,"那两块我没碰。"

林叁七愣了下,没接,撑着床沿从地上起身:"困了,我回去睡觉。"

走到门口,打开门,又停住。她转身,回头。

陈戍懿还坐在地上,背靠床沿,盘着腿,一只手端着冰激凌盒,微仰着头,望着她。

他身后的窗外,深蓝色的天空,被碎星缀满。当下太安静,仍能听见虫鸣。

桌上那盒没吃完的冰激凌,融化成绿色的糖水,塑料盒冒出的水珠,往桌面淌了一片。

抓着冰袋太久,掌心快失去温度,林叁七轻轻舒出一口气,终于开口:"谢谢。"

她说完,马上转身就走,但还是听见,身后传来的那声:"晚安。"

这好像是他们之间第一次说晚安。

睡着之前,林叁七迷迷糊糊地想。

生日当天,林叁七不得不起很早。就算是尊贵的寿星,睡懒觉也会被妈妈骂。

两家父母都不是喜欢应酬的人,两个寿星更加不是。于是,每年的生日,实质上也只是两家人的聚餐,不会邀请多余的亲戚。

林叁七赶在父母来之前起了床,洗漱完,坐在梳妆台前护肤、化妆。

今天会拍很多照片,她不能在十八岁的第一天,就留下黑历史丑照。

想到照片,林叁七习惯性抬头,看向竖在桌上,靠墙摆放的软木板,最中间那张,她和陈嘉已的合照。

她伸手过去,想揭下来,却在摸到的瞬间又缩回手,低下头,对着镜子，手指牵起两边嘴角，扯出一个笑。

认真化妆的时间过得很快，涂口红时，林叁七听见院子里的汽车声音。她即刻放下口红，走到窗边，打开窗户，趴在窗沿朝下看。

熟悉的黑色越野车，一脸凶相的男人先从车上下来，然后是另一边，留着利落短发的中年女人。

"老林！"林叁七朝爸爸送去一个飞吻。

林爸爸站在楼下，也和她做出同样动作，露出一个和他凶脸一点不搭的慈爱的笑。

林妈妈果不其然问她："这个点了，还没起床？"

"寿星化妆呢！"林叁七不辜负大清早的闹钟，理直气壮地回。

她离开窗户，对着镜子随随便便涂了两下口红，抿抿嘴唇，跑下楼。她先抱一下妈妈，再抱一下爸爸，最后捧着脸，眨着眼睛臭美："我今天好看吗？"

"就知道臭美，"林妈妈第一句是怼她，第二句还是夸，"好看，今天你最美。"

林爸爸的赞美要更具体些，多少带点夸张演技："不去拍电影可惜了，这一看就是未来影后的脸。"

得到满意回答，林叁七心满意足地离开。还没吃早餐，她先去喝杯牛奶垫肚子。

近九点的时候，伍伊可也到了，凑在她身边，故作可惜地说："看你脸色好很多嘛，看来我那三百块会员费没戏了。"

林叁七心暖地笑了："谢啦。"

谢谢她没问，给她独处的空间。

"李华前两天还给我打电话，问我们俩是不是吵架。"伍伊可忽然想起这件事。

林叁七疑惑："他问这干吗？"

"傻，某些人看出你不开心，关心你呗。"伍伊可朝一个方向扬了扬下巴。

林叁七抬头，顺她指的方向看过去。

陈戌懿正用手臂箍着林拾六的脖子，一面走一面跟他争论什么。林拾六闹着要喝樱桃酒，被陈戌懿没好气地教训："未成年小屁孩喝什么酒？喝你的可乐去！"

林拾六不服："明明你也喝了！"

"哈,我今天成年!"

"可恶的成年人!"

两人吵吵闹闹地走远。

"他对你挺不错的。"伍伊可意有所指地说。

林叁七收回目光:"他肯定是怕再跟我吵架,毕竟我们之前约定过。"

"约定什么?"

"不再骑'和平友爱车'。"

"……什么车?"伍伊可并不知道陈家这个不成文的规矩,正要细问,瞥见另一个陈家兄弟朝这边走过来,给林叁七使了个眼色,她随便找个借口走开。

在陈嘉巳朝这边走过来的时候,林叁七就变了脸色。

她这两天一直在有意躲他,就连在同一张桌上吃饭,也没和他有任何眼神接触。

陈嘉巳不是迟钝的人,他肯定能感觉到,但他没提,只是笑着把手里的东西送给她:"生日快乐。"

他没有给礼物包上繁复的包装,只是用一个纸袋装着。

他送的,是她很喜欢的一部小众漫画的原画集,已经绝版很久。在很久之前,她和他聊天时,无意提过一句,他竟一直记得。

不,她不应该太惊讶,因为他总是这么细心周到。

"谢谢嘉巳哥哥,我一直很想要这个。"林叁七牵出一个笑,努力跟他像往常一样对话,"这个绝版很多年了,很难找到吧?"

"托日本的朋友帮了忙。"陈嘉巳说,"你喜欢就好。"

他丝毫没提起她这两天躲着他的事。

尽管知道,他是在照顾她的心情,但这样做,反而更让她难受。

其实是期待他主动提起的,期待他皱着眉,或者带着受伤的表情,来问她,为什么要躲着他,是误会他生病的事,让她尴尬了?还是他做了什么,让她不开心了?

可是,他什么都没问,就像这件事没有发生过。

林叁七突然有点动摇,产生一个令人害怕的猜测。

他不问、不提,是在照顾她的心情,还是根本就不在乎她躲着他?

林叁七不敢再往下想,于是主动提起:"前几天偷偷接了你的电话,对不起。"

"没关系,江医生都告诉我了。"陈嘉巳笑着说,"让你担心,我才要说抱歉。"

"你们关系很好吗？"她到底还年轻，沉不住气，这样直白地问他。

"嗯……难说。"陈嘉巳沉吟了下，"我们俩的情况稍微有点复杂，没办法用一句话概括。"

他很耐心地在回答，没有撒谎，也没有敷衍。

林叁七实在没办法继续问下去，找了个回"房间放礼物"的理由，慌忙离开。

回到房间，她靠在门边，深呼吸了很多次，才勉强把眼泪憋回去。

今天是她的生日，十八岁的第一天，要开个好头，绝对不能哭。

林叁七突然想吃点苦的东西，用嘴巴里的苦，压下情绪。

她走下楼，客厅里人不少，两个妈妈在聊天，两个爸爸在陪林拾六打游戏，陈戌懿在旁边看戏。

林叁七默不作声地拐进厨房，去煮咖啡，咖啡煮好，倒进她的白色小狗杯，却在端起来时，烫到手指。手指本能地松开，杯子落地。

响亮的"咔嚓"一声，陶瓷杯破碎，像极了她的心。

厨房的动静传到客厅，陈妈妈朝这边问："叁七，什么东西打碎了？"

"只是杯子，没事！"林叁七蹲着地上，大声回道。

她伸手要去捡起碎片，却被人抓住手指，抬头，陈戌懿不知道什么时候跑过来，蹲在她面前："你……"他的话在看清她的表情时，戛然而止。

客厅里，热闹的笑声和说话声，传到这边。

她没能憋回去的眼泪，在和他对上目光的瞬间，毫无预备地掉下来："帮我挡着，别让他们看见。"

3

厨房里弥散着咖啡的气味，醇厚的苦，让人止不住眼泪。她低下头，眼泪便砸进地上的咖啡里。

陈戌懿默不作声地松开手，去清理陶瓷碎片，动作并不快，等她平复情绪。

她没哭出声，即便他刻意打开洗碗槽的水龙头，冲洗并不需要清洗的干净餐具。

短暂又漫长的几分钟后，林叁七终于止住眼泪，却仍没办法走出去。

她抬头，看向还站在这里的陈戌懿。

他会意走过来，蹲在她面前："嗯？"

压低的声音近在咫尺,钻进她的耳朵,莫名有种安全感。

林叁七吸了吸鼻子,小声开口:"可以去我房间,帮我把镜子、卸妆水、棉签、眼线笔、粉饼拿过来吗?"

她肯定哭花了妆,现在出去,一定会被发现。

她说得很详细,陈戌懿却面露为难:"我不认识。"

林叁七也漏算"男大学生"对化妆品的了解程度,索性说:"那你全部拿过来,我不能让他们看到这个样子。"

在生日当天哭,一定会让他们担心,她不想成为这场聚会的破坏者。

"不用这么麻烦。"陈戌懿搞清了她的意图,"我帮你吸引他们注意力,你跑回去。"

林叁七问:"怎么吸引?"

她才问出口,就听见客厅那边,陈妈妈招呼的声音:"哎,李华来啦。"

"……阿姨,我现在叫李梓华。"李梓华心累。

厨房里,陈戌懿朝她笑一下,似乎已经有了主意:"看我的。"

他起身,朝那边走过去,长臂一伸,揽住李梓华的肩膀。

李梓华有点蒙,问了句"干吗",没得到回答,一头雾水地被陈戌懿强行带到众人面前。

陈戌懿清了清嗓子,语气郑重:"今天我生日,跟大家宣布一件事。"

陈妈妈问:"什么事?"

李梓华也问:"什么事?"

林叁七也偷偷站在厨房这边看,却见他转头朝自己看过来。短暂的一秒钟,他和她对上目光,唇角一勾,示意她准备好。

下一秒,他面色平静地牵住李梓华的手,十指相扣。还没来得及说什么,李梓华一脸惊恐地推开他:"你你——你干啥!"

客厅里的大人们面露不解,惊疑声和李梓华的骂声乱成一片,没人注意到跑上楼的林叁七。

陈戌懿不着痕迹地瞥了眼楼梯口,挂上平日里的不正经表情:"开个小玩笑。"

大人们对他的恶作剧见怪不怪,随便说了他两句,又继续聊天。

林叁七回到房间,坐在梳妆台前,重新补画哭花的眼线,房门被急促敲响,她说了声:"门没锁。"

门被推开一条缝,陈戌懿从门缝里钻进来,火速关上门,靠在门口,小声说:"让我躲躲,李梓华在追杀我。"

林叁七忍不住吐槽:"你出的什么馊主意。"

陈戍懿:"管它馊不馊,有用就是好主意。"

林叁七没忍住,笑出声,手里捏着的眼线笔,跟着笑声抖动。

陈戍懿倚在门边,看着她,也弯起唇角。

含着笑的目光在某一时刻交汇,黏着,停滞。

空气突然变得安静。

几乎是同时,一个往左一个往右撇过头,错开视线。

陈戍懿不自然地咳了声,没话找话地问:"你、你的妆补好了没?"

"没、没呢。"林叁七也没再看他,扭头继续对着镜子补妆,却忽然忘记下一步要做什么,看见手里捏着的眼线笔,才想起来。

在她补妆的时候,陈戍懿没离开,走过来,小臂撑上梳妆台,斜倚身体,像个吊儿郎当的小少爷,懒散地靠在旁边。

"为什么要在眼皮上画线?"他像个好奇宝宝,求知欲旺盛。

林叁七给"好奇宝宝"解答:"让眼睛看起来更大更有神。"

"看起来更凶?"他加上了自己的理解,又自言自语般小声嘟囔,"你不是已经够凶了。"

他声音小,但在只有两个人且离得近的空间里,还是能被听到。

林叁七面无表情地盯着他:"你说什么?"

"我说什么了吗?"陈戍懿即刻懂得祸从口出这个道理,装傻充愣,"我刚刚没说话,你幻听了吧?"

"……嗯,可能是鬼在说话吧。"林叁七拐着弯骂了一句,没再追究,继续补妆。

有前车之鉴,陈戍懿不再乱开口,安安静静地看她化妆。

她拧开唇釉盖,唇刷薄涂一层,唇瓣染上浓郁的樱桃红,镜面的质感,水润通透。

陈戍懿敛着眼睛凝视,视线扫过她轻抹嘴唇的指尖,停在微微张开的唇瓣。他垂下的眼睫无意识轻眨,喉结缓慢地滚动。

他想起那晚的樱桃。

在她抬眼看过来时,陈戍懿连忙别开视线,起身站直:"你、你化妆好无聊!"

林叁七莫名其妙:"那你别看,我又没逼着你看。"

"不看了。"陈戍懿扭过头,连她的脸也不再去看,却无意瞥见桌上钉着照片的软木板。

073-

她和陈嘉巳的合照，被钉在最中间。和他的合照，却在最不起眼的边角。

他烦躁地抓下头发，索性离开梳妆台这边，眼不见为净。

林叁七房间里的东西不多，但色彩丰富，淡黄的墙纸，米色的窗帘，浅绿色的被单，床边铺着的浅咖圆形地毯，都是清新的浅色系。

陈戌懿走到书桌前，随手拿起一本漫画书翻了几页。

以为是普通平常的少女恋爱漫画，却在某页看见特别的内容。他慌张地合上漫画，像做坏事被发现，条件反射地看向漫画书的主人。她还在照镜子，背对着这边，没在意他的动静。

陈戌懿松一口气，偷偷摸摸把漫画书放回去，又在半空停住，犹豫一秒，手缩回来，迟疑又好奇地，继续翻。

林叁七检查完补好的妆，收拾好摆放着化妆品的，乱七八糟的桌面，转身，然后看见"男大学生"通红的脸。

"你很热吗？"她疑惑地问。

在她收拾东西搞出动静时，他就急急忙忙把漫画书放回去，装作无事的模样，但还是被脸色出卖。

还好她没怀疑。

陈戌懿连忙点头："热！"

"热死了！"他头也不回地往屋外跑，丢下一句，"我出去吹风！"跑得急，连卧室的门都忘记带上。

林叁七看着门口，莫名其妙地嘟囔："这又犯什么病了？"

傍晚起风了，屋外很凉快，于是改在前院的露天花园吃晚餐。

长桌搬到宽敞地方，铺上鹅黄色碎花桌布，餐具和红酒杯按位置摆放。

大人们在品尝林爸爸特意带过来的红酒，林拾六仍旧在惦记前些日子酿的樱桃果酒，对陈戌懿闹了一通，跟他玩了局抛硬币，总算如愿，得到小半杯佳酿。

陈戌懿虽然总是带着林拾六胡闹，却并不是完全不限制林拾六，比如酒精，比如小孩不能玩的危险运动。

在某些方面，他甚至比大人还严格，林拾六即使是在后院的游泳池里游泳，也需要向他报备，让他陪同。

林叁七的晚餐吃得心不在焉，她的心思分成了很多块。

比如刚刚的照片，还能拍得更好看；比如生日礼物，要不要给陈戌懿送一个，但并没有事先准备，可不可以先打个欠条；比如今天就要结束，爸爸妈妈又要离开；比如……

今天是等了很久的十八岁生日，她还要不要向陈嘉巳告白。

她想的事情太多，唱生日歌吹蜡烛时，都浑浑噩噩，于是留下一张没有表情、目光呆滞的凶脸生日照。

林爸爸看了直呼："女儿长得真像我。"

晚餐结束后，大人们都还在花园里闲聊，年轻客人各回各家，林叁七在回屋时，叫住陈戌懿，问他："你有没有想要的？"

他露出迷茫的神色，她别扭补充一句："生日礼物。"

过去关系不好的缘故，他们之间从来没送过生日礼物，生日祝福都吝啬说。

但他今天帮了她，她应该送一个，没别的意思，只是表示感谢。

陈戌懿从迷茫，到惊愕，想了想，说："女朋友。"

林叁七以为自己听错："什么？"

"我想要女朋友。"他竟然在一本正经地重复。

林叁七有点好笑地说："这你得去找圣诞老人，我帮不了你。不过夏天没有圣诞老人，你等他半年。"

他认真地反驳："圣诞老人帮不了我。"

林叁七："那你换一个，我能送你的东西。"

陈戌懿沉默着，没说什么，过了一会儿，说："你送我一个答案吧。"

以为他又在开玩笑，林叁七想让他正经点，抬眼，却没见他在笑。

深蓝色的夜幕里，屋檐下投来的暖黄色灯光，映在少年认真的脸庞。

他敛着眼睛，注视着她，问："你今天为什么哭？"

4

风吹过，蓝色的绣球花，和她白色的裙摆。花园那边，大人们围着餐桌，还在说笑。

林叁七眼睛没看他，望着随便一个方向，虚无的空气，说："我本来打算，在十八岁生日的时候，去向嘉巳哥哥告白。"

"……那现在呢？"他低声问。

林叁七摇头："我不知道。"

她应该算个幸运的考生，在考试之前，拿到试卷的答案。

却又是个不幸的暗恋者，她喜欢的陈嘉巳，在意的人并不是她。

怕被拒绝，会被拒绝，已经提前知道结果，她再去撞南墙，只会徒增

-075-

尴尬。傻子都知道，明智之举是及时止损。

可是，不甘心。

就像小时候参加长跑比赛，在最后一圈，发现别人都已经到达终点。继续跑下去，身体会更难受，也不会得到任何奖励。可这时候放弃，之前跑了那么久的辛苦，又算什么？

那个时候，她摔倒在跑道上，被抬出赛道，没能自己做出选择。

现在，又戏剧性地面临同样的问题。

怎么选？她真的不知道。

"去吧。"陈戌懿突然出声。

林叁七侧头看他，但没能和他对上目光。

陈戌懿低着眼睛，像是在看脚下的杂草，瞧不见他眼里的情绪。他只淡淡地说："你等这一天应该等了很久吧，等了这么久，不去坦白心意，岂不是很对不起过去那么久的喜欢？

"你可是十头牛都拉不回来的倔脾气，怎么这时候临阵退缩？"

他突然笑了，抬起眼，她却没在他眼里看见笑意。

不知怎的，林叁七忽然有点生气："你知道什么呀？"

没错，他知道什么？不知道陈嘉巳已经有了江医生，也不知道……

"我知道你很喜欢他。"陈戌懿收敛起笑，表情认真。

林叁七没再说话，别开脸，心里莫名发堵。

"这样吧。"陈戌懿拿出一枚硬币，提议，"正面去，反面不去，让老天决定。"

抛硬币决定未免太儿戏，但似乎是目前能想到的最好办法。

林叁七伸手，要接过硬币，又停了半秒，把硬币和他的手一块推回去："你帮我抛。"

"……好，我帮你抛。"陈戌懿没多说什么，硬币放在指尖，抛向空中。

她的视线跟着硬币上升，下降。硬币落在他掌心的瞬间，被他另一只手盖住。

他收回手，自己先看了一眼。

林叁七突然紧张起来，像急于得出跑马结果的赌徒，语气里不自觉带些急切："正面反面？"

陈戌懿抬眸，嘴角弯起："你该去找陈嘉巳了。"

林叁七一怔："哦……"

是老天让她去找陈嘉巳告白，连老天都不愿意让她放弃吗？

"那我……去了……"她越过他,朝屋内走去,进门,上楼,最终消失在他的视野中。

陈戍懿收回目光,挪开手,刻着牡丹花纹的硬币,安静地躺在手心。

他低着头,垂下的额发遮住表情,几秒后,攥紧硬币,抬手捂住眼睛,低骂了声:"这时候还装大方,傻子吗我。"

陈嘉巳在后院,他背对着门口,坐在泳池边,指间的光点在夜色中明明灭灭,不知在想些什么。

原来他也有坚持不了的事。她第一次发现。

林叁七站在门口看了一会儿,走过去,脱下鞋,在他身旁坐下,学着他,把腿伸进泳池,长裙被浸湿也不管。

"我有话要和你说。"她开门见山,连平日的称呼都没带,语气甚至有些冲,不像是来告白,反而像要吵架。

陈嘉巳碾灭光点,声音依旧温和:"什么话?"

"我……"林叁七顿了下,深呼吸两回,总算开口,"嘉巳哥哥,我喜欢你。"

陈嘉巳并不惊讶,用玩笑的语气问:"原来你以前还讨厌过我吗?"

以他的情商,不应该听不懂她说的喜欢是哪种,但他却故意用玩笑话回避。

他甚至连一点惊讶都没有。

白天那种让人动摇的感觉又来了,陈嘉巳或许早就看出她喜欢他,不是妹妹对哥哥的那种喜欢。

不,不是或许,他知道的,他一直知道的。他那么聪明,那么了解她,怎么可能看不出来?

林叁七忽然感觉呼吸有些困难。

她想起小时候溺水,水从四面八方涌进口鼻,窒息,心悸,毫无办法,陷入绝望的恐慌。

那时候,是陈嘉巳救了她。

现在,也是他把她推进自我厌恶的漩涡中。

好后悔啊,后悔告白,后悔来这里找他,后悔抛硬币,什么让老天决定,老天只想捉弄她,看她笑话!

这个恶作剧,太过分了……

林叁七低头捂住脸,呼吸颤抖。

"想吃冰激凌吗？"陈嘉巳忽然问。

她知道，他在找借口离开，给她独处的时间。这种时候，他依旧体贴周到，不是只对她一个人，任何女生在这里，他都会这样做。

"你还记得我在十岁那年离家出走，你找到我，把我带回家的事吗？"林叁七没让他走，继续说。

她已经毫无想法了，只是想像完成任务一样，把这件事做完。就像陈戍懿说的，她可是十头牛都拉不回来的倔脾气，决定要做的事，怎么会半途而废？

陈嘉巳略一沉吟，说："有印象，那天下很大雨呢。"

那一天，对林叁七来说，不是轻描淡写的有印象。

那是她第一次离家出走，原因是和妈妈吵架，怎么争执起来的，记不太清，但之后的事，深深刻在她记忆里。

跑出家门的时候，天色很阴，她一个人走了很远，最后停在一个废弃的小型儿童乐园，她的秘密基地。

说是秘密基地，其实也只来过一次。因为位置偏僻，她觉得没人会来这边玩，于是自作主张，把这当成她的秘密基地。

同样是因为偏僻，她也懒得跑去那边玩，时间久了，连她自己都忘记秘密基地这回事。

离家出走的时候，偶然走到了这里。

其实跑出家门后，她马上就后悔了，但也不知当时怎么想的，心里憋着一口气，索性越走越远。

本想着在秘密基地玩上一会儿，就自己回去，却没料到，突降暴雨，她躲在滑梯下，被迫困在那里。

雨越下越大，天越来越黑，她越来越慌。

秘密基地太偏僻了，没人会找来这里，她死定了。

正当她又饿又怕时，她听见雨幕中传来的，有些模糊的,陈嘉巳的声音。

陈嘉巳找到了她。

比她大五岁的男生，撑着雨伞，拿着手电筒出现时，她浪漫地觉得，她心里的雨停了，她的世界被点亮了。

无论她被困在哪里，她的嘉巳哥哥，都能找到她。

"所以，我才会喜欢你。"林叁七终于说完最后一句话，如释重负般，长舒一口气。

被老天恶作剧就恶作剧吧，她已经完成使命，从此以后，陈嘉巳就只是陈嘉巳。

她才不会死缠烂打,她那么好看,才不要在一棵树上吊死,总会有人喜欢她的,一定会的。

"原来是这样。"陈嘉巳了然地说,又话锋一转,"不过,有点小误会。"

林叁七问:"误会什么?"

"找到你的人,不是我。"陈嘉巳笑着说出真相,"是戍懿带我去的那边,他说他看到了你,但你当时在跟他闹矛盾,肯定不愿意跟着他走,让我去把你带回家。"

林叁七睁大了眼,感觉自己的什么东西受到冲击,张着嘴半天,才发出声音:"你、你当时怎么不说?"

这哪里是小误会?这是天大的误会!

陈嘉巳眨了眨眼睛,有些无辜:"你没问过我。"

她突然觉得陈嘉巳的性格有点讨厌,竟然在这种时候还能这么淡定。

淡定的他又笑了下,并不真诚地,甚至带点玩笑的语气,说:"没想到这件事对你这么重要,抢了戍懿的功劳,感觉有点不好意思。"

"……我讨厌你!"林叁七从地上爬起来,甩下这句话就往屋子里跑,跑到门口,又停下,转身,冲他说,"盯好你的手机,不然我一定会给江医生打电话,把你刚刚偷偷做的事告诉她,让她骂死你!"放完话,立刻跑没影。

陈嘉巳看着她离开的背影,忍俊不禁。

果然还是小孩,在爱意里长大的,单纯的、无忧无虑的小孩。

独自坐在静谧的夜色里,他的笑容缓缓消失不见。

"她才不会管我死活呢。"陈嘉巳轻轻说。

跑回房间,林叁七的心情还没平静。

竟然闹出这么大一个乌龙,还直到今天才知道。

这算什么?

她活在哪部古早狗血漫画的世界吗?陈戍懿是什么专为他人做嫁衣的悲情男二吗?

林叁七靠在门边,捂住脸:"搞什么呀……"

难道这才是老天的恶作剧?从多年前就开始布局?那她也太惨了!

林叁七拍了拍脸,去卸妆,洗澡。她要用水把今天晚上的记忆都冲掉,最好把"陈嘉巳"这个名字也从记忆里冲掉。

洗完澡时,已经十一点多,吹头发的时候,她习惯性把手机拿过来玩。她今天一直把手机放在房间,都没怎么看,"冲浪"时间严重不足。

打开手机,看见微信里,网友狗狗在几个小时前给她发了消息。

晚上八点三十七分,狗狗说:生日快乐。

林叁七的出生时间就是晚上八点三十七分,这也是她名字的来历,不过她没和狗狗说过这件事,没想到这么巧,狗狗刚好卡在这个时间发来祝福。

林叁七回了几个可爱的表情包,又问狗狗现在在干吗,但狗狗没回,可能是睡了,也可能已读不回。

她没在意,"女大学生"的聊天方式总是匪夷所思,回消息的速度全凭心情。

吹干头发,时间快到十二点,十八岁的第一天,马上要结束了。

林叁七躺在床上,忽然想起,她今天好像还没跟陈戌懿说声"生日快乐",问他想要什么礼物的时候,话题完全被他带偏,也忘记说。

要去说一声吗?林叁七有点纠结,从床上坐起来,又忽然想起,他今天也没跟她说"生日快乐"。

他没说的原因,肯定不是忘了,而是压根没打算跟她说。

林叁七抓了抓头发,莫名有点烦躁,这算不算扯平了?

她又倒回床上。

一分钟后,看一眼手机,十一点五十八分。

林叁七叹一口气,认命地从床上爬起,穿上拖鞋走出房间,停在隔壁房间门口,抬手,敲门。

屋里传来拖鞋踩在地板的声音,房门被人从里面打开,他没开灯,房间里很暗,只有她屋里投来的灯光,勉强照亮这边。

陈戌懿站在门口,大概是刚从床上爬起,稍长的头发有些凌乱,昏暗光线下,他脸上的表情并不明晰,只能看清利落的轮廓。

他微低着头,漆黑的眼睛朝她看过来,没问她做什么,也没说其他什么话,只安静地、直勾勾地看着她。

"你已经睡啦?"林叁七忘记他可能已经睡下的这茬,突然有点尴尬,"我想起来今天还没跟你说生日祝福,所以过来跟你说一声,生日——"

陈戌懿忽然伸手,她被他抓住手臂,拽进怀中。她未说完的祝福,在失控过速的心跳声中,变成磕磕绊绊的疑惑:"——快……乐?"

第五章 最后一分钟的拥抱

1

少年的身体散发着滚烫热意,她似乎能感受到他胸腔里猛烈的心跳。

鼻间被他身上的清新气味包裹,很熟悉,和她身上一样的沐浴露的香味,佛手柑与橙花,像刚剥下的新鲜橘子皮。

分明用着同一款沐浴露,分明每天都能闻到,她却莫名地觉得,他身上的味道,好像更好闻,让人着迷。

这有点奇怪。

林叁七试图挣脱,却被他抱得更紧,力量差距的悬殊再一次显现。

"最后一分钟。"陈戌懿哑着嗓子,低声请求,"至少把今天的最后一分钟,留给我。"

还有一分钟,今天就要结束。

林叁七没再推开他,他的声音听上去很难过,悲伤、委屈,像是弄丢了珍贵宝物的小孩。

她站在门口,被他紧紧拥抱着。

夏天的夜晚,仍旧炎热。

被他松开时,林叁七有种立刻回房吹冷风的冲动,太热了,她的耳朵都热起来了。

从他怀里离开时,却闻见他呼吸间,隐约的酒精气味。

"你喝酒了?"林叁七问。

"喝了。"陈戌懿点头承认,长睫垂着,模样竟有些乖巧。

难怪他今晚不正常。林叁七搞清了情况,本该结束话题回房,鬼使神差又问了句:"好喝吗?"

"有点晕。"他答非所问,可能脑子真不太清醒。

"我也想喝。"可能是被他的不清醒传染,她竟然深更半夜向他发出邀请,"要一起吗?"

"要。"他没犹豫地应邀。

于是,林叁七走在前面,他跟在后面,两人轻手轻脚地摸下楼,拐进厨房。

晚餐时候,林叁七因为心不在焉,没喝两口樱桃酒,也没去在意它的味道。这会儿,她搬出酿着樱桃酒的玻璃罐,又从冰箱里拿了盒冰块。

陈爸爸陈妈妈都喝了酒,现在应该睡得很沉,但晚上干坏事,总归不敢张扬。

林叁七只开了一盏壁灯,勉强照亮料理台这方。

她放轻动作,拿出两个威士忌杯,倒酒。冰块落入樱桃酒中,砸出清脆的"叮当"声响。她将一杯递给陈戍懿,一杯给她自己。

尝一口,被味道惊艳,她索性一口喝光,再倒了一杯,她又看向旁边没什么动静的少年。

陈戍懿倚在料理台边,一条长腿半屈,一条长腿伸直踩在地面,捏住酒杯的手指修长,指节分明,浓密的长睫垂着,在黯淡光线下,在眼睑处投降一片阴翳,瞧不出情绪。

"陈戍懿?"她唤一声。

"嗯?"少年抬起眼皮,一向清澈的黑眸,此刻像蒙了层雾,透出些许迷茫。

林叁七只当他是喝晕了头,举杯的手伸出去,与他的酒杯轻碰,小声地跟他庆祝:"Cheers(干杯)!"

他没应声,将酒杯递到唇边,一言不发地饮尽。

两人也没聊天,站在厨房,安静地倒酒,喝酒。满满一大罐的樱桃酒,没多久就见了底。

成年之前,林叁七还没正经喝过酒,今天第一次这么喝,发现自己酒量竟然还不错。除了有点热,和没缘由的开心——像踩在柔软的云朵上,十分新奇的开心。

不知道喝了几杯,她嫌站着太累,暂且放下酒杯,撑着料理台,要爬上去坐,但没成功。

真是奇怪,这料理台看上去明明不高,她怎么就爬不上去呢?

身旁传来少年的低笑，林叁七侧过脑袋，朝他看过去。

他眼里的雾像是散了，尽管眼神有些迷离，但浮现出与方才阴沉气场截然相反的笑意，因为酒，或是因为她滑稽的动作。

"你做什么？"他问。

"'泰山'好难爬。"林叁七苦恼地说。

陈戌懿搁下酒杯，直起身体，长臂一伸，搭上她的肩膀，把她身体扳过来，面朝自己。

"你干吗——"她才出声抗议，就被他两只手托住腰，轻松抱上料理台。

"这不就爬上去了？"他微抬起头，得意地看着她。

近在咫尺的距离，从上往下的角度，少年的睫毛似乎比平时更长更浓密，像柔软的羽扇，干净得根根分明。

黯淡的灯光让他的脸部轮廓更清晰，五官更立体，将外貌上的攻击性突显。偏偏眼尾是下垂，湿润的眼睛冲淡骨相带来的凌厉感，只会让人想起无害的小狗。

林叁七极缓缓地眨了下眼，恍然大悟的模样："哦！"

"傻。"陈戌懿松开手，又靠回旁边，长指捏着酒杯，朝她举杯邀功，"谢谢我。"

林叁七今夜太开心，被说傻竟然也没反驳，举杯跟他轻碰："不客气。"

驴唇不对马嘴的回应，他竟然也满意点头，似乎丝毫没发现异样。

玻璃罐里的酒见了底，林叁七仍然没喝尽兴，看到陈戌懿手里那杯还没喝完，想也没想，直接要从他手里抢。

陈戌懿用手挡住她，像看到强盗来抢宝物一样，不满地问她："干吗？"

他的声音很好听，比白日多了几分磁性，或许是喝醉酒的关系，有些拖腔带调的，不太正经。

"给我。"

林叁七要去抢，他抬高端酒杯的手，躲开她的动作："不给，这是我的。"

林叁七跳下料理台，还差点摔一跤，幸而被他及时抓住手臂扶住。但她没去感谢他，也顾不上，踮起脚，伸手去抢他的酒杯："这是我给你倒的，给我！"

陈戌懿借着身高优势，护住最后半杯酒，也说："那樱桃还是我摘的呢。"

"我也摘了!"林叁七有理有据地反驳。

"我摘得比你多。"

"胡说,你明明光顾着吃,我摘得更多。"

两人莫名其妙地就开始攀比起来,从"谁摘的樱桃更多",到"谁干的家务活更多",再到"谁初中时闯的祸更多"。

说到最后,陈戌懿突然开口:"我手好酸。"

林叁七也说:"我口好渴。"

手举酸了,嘴巴也说干了,两人还没分出个胜负。

陈戌懿又问:"这是我喝过的,你不嫌弃吗?"

林叁七鄙夷地看了他一眼:"你的口水吃了又不会死。"

陈戌懿若有所思,竟点头附和:"哦,也对。"

他把手放下来,酒杯送到她面前,说:"那分你一半,你——"

话还没说完,林叁七就连同他的手一块抓住,一口气把剩下半杯酒都喝了个精光。

陈戌懿当场崩溃:"——你怎么全喝光了!"

"嘘……"始作俑者竖起食指贴在唇边,示意他小点声,"你想把阿姨和叔叔都吵醒吗?"

陈戌懿还真的听话放轻声音,小声重复上一句话:"你怎么全喝光了?"

"我给你留了呀。"林叁七把酒杯里剩下的冰块给他看,"喏,留了冰块。"

陈戌懿不想说话。他背过身,不想理她。

"生气啦?"林叁七拍了拍他的手臂,没得到任何反应,又绕到他面前,歪着脑袋看着他。

少年眼睫敛着,俊眉下压,下巴线条绷紧,是不开心的模样。

"真生气啦?"

陈戌懿撇过脸,郁闷地说:"没生气,在后悔。"

"后悔把酒给我喝了?"

"后悔今天又做了件后悔的事。"

他像是绕口令般说了这句话,林叁七半天没绕过来,索性不想这么多,哄小孩的语气,说:"别不开心啦,我给你做好喝的酒。"

她想了想,先洗了颗柠檬,一半切成片,放进空玻璃罐,又从冰箱里拿出樱桃果酱,挖了一大半倒进去,然后是冰块、雪碧。她又走到酒柜边,手指点点当当,选了一瓶威士忌。

最后,手抓着两根筷子,像女巫搅毒药一样,将装着混合物的玻璃罐抱在怀里疯狂地使劲搅拌。

冰块、柠檬、樱桃果酱、雪碧、威士忌,毫不相关的几样东西,混在一起,变成奇怪的红色液体。

她献宝一样把玻璃罐塞到陈戍懿怀里,豪迈道:"喝!"

陈戍懿即使有些醉了,但对生命安全仍保留一丝理智,迟疑地问:"喝了……会死吗?"

"啧,"林叁七瞪他一眼,豪迈请客变成威胁命令,"你喝不喝?"

仿佛他不喝,下一秒她就要灌给他喝。

"……我喝。"不敢反抗"女巫"的命令,陈戍懿抱着试毒的心态,倒了一杯,喝了一口,眼睛一亮。

竟然还不错!

他点点头,竖起大拇指。

"赶紧也给我试一下。"林叁七迫不及待地倒了一杯,新的一轮灌酒又开始。

两人从站着喝,到坐着喝,最后就差躺着喝。最后两人肩并肩挨着,瘫坐在地上,靠着身后的冰箱门,一会儿一个酒嗝。

也不记得是谁关了灯,又是谁打开了冰箱上层冷藏室的门。

冷藏室的灯光,昏暗地落在他们俩的身上。

"林叁七。"

"嗯?"

"你到底、为什么……这么讨厌我?"陈戍懿打着酒嗝,断断续续问出这句话。

"嗯……让我想想。"林叁七打着酒嗝想了一会儿,在第五个嗝的时候,说,"你把嘉巳哥哥的鞋子扔进游泳池,不让我和他出去玩。"

她说的是很早之前的事,连她自己都记不清,是多久之前。

真奇怪,明明过了那么久,却还印象深刻。

她记得,陈戍懿也记得:"那你也把我的鞋带绑起来,害我摔跤。"

还差点把牙给摔了。

"活该。"林叁七靠着他的肩膀,幸灾乐祸地笑,"谁让你先惹我。"

"是你先惹我。"陈戍懿细数她的罪过,"明明说好要坐我的自行车,还一直催我赶紧学会,等我学会了,你倒好,忘得一干二净。"

-085-

"是吗？有这回事吗？"林叁七一点没印象，又傻笑着道歉，"我忘记了，对不起哦。"

醉鬼的道歉，比呕吐还容易。

陈戍懿叹了口气，像是做了什么不得了的让步："唉，原谅你了。"

林叁七还在傻笑，甚至真诚地夸赞他："哇，你好大度哦。"

陈戍懿被夸得也笑起来："我和朱莉一样大度。"

或许是骨传导，让声音更好听，或许是其他原因，他的笑声传到她耳朵里，有点痒痒的。

林叁七换了个姿势，从他的肩上滑下去，枕在他腿上，继续傻笑："那我和朱莉一样漂亮。"

"你不是朱莉，"陈戍懿把屈着的腿放平，更方便让她躺，一边纠正，"你是布莱斯。"

林叁七不笑了，不满意地皱起眉，问："为什么我是布莱斯？"

"因为已经有一个朱莉。"

"啊？我不要，我不要当布莱斯。"

"你就是布莱斯。"

"为什么啊？为什么？"

两人毫无逻辑地又开始拌嘴，像是在玩过家家游戏前，争抢角色的小孩。

在林叁七问了十几个为什么后，陈戍懿终于不再重复那句"你是布莱斯"。

因为问问题的人，睡着了。

她闭着眼睛，安静地躺在他怀里，呼吸很轻，从未有过的乖巧温顺。微弱的冷色灯光，落在她脸上，长年不见日光的皮肤像白得透明。

她很漂亮，却有一双漠然的眼睛，仿佛漠视着一切，此刻闭上，才终于感觉离她没有那么遥远。

在静寂的夜里，少年低着头，手指抚摸她柔顺的头发、合上的眼睛，像诉说秘密，声音很轻地，悄悄回答——

"因为你是被喜欢的那一个。"

2

清晨的太阳，比醉酒的人醒得早。

陈嘉巳总是家里起得最早的那个，习惯下楼煮杯黑咖啡，看到厨房里的景象，平日再淡定，也不由得多惊讶了几秒。

"一片狼藉"用在这里，都算十分收敛的形容。

料理台上到处都洒着不明的红色液体，从气味上看，可能是酒，又像柠檬汽水。

樱桃果酱、勺子、筷子、酒杯，乱七八糟地摆放。

装着樱桃酒的玻璃罐已经空了，倒扣在地上，另两个倒在地上的空瓶，是继母一直不让父亲喝的威士忌。

唯一称得上干净的，可能就只剩下案板上那半颗柠檬，或许因为太酸，逃过一劫。

没人知道，昨晚的厨房遭遇了什么"不测"。

但看一眼就知道，谁是罪魁祸首。

少年背倚着冰箱，低着头睡着，一只手搭在怀里少女的头发上。而他怀里的少女干脆枕着他的大腿，躺在地板上熟睡。

忽略厨房的狼藉，这一幕或许有些美好。

陈嘉巳看着在地上醉得不省人事的少年男女，难得地，连他都有些头疼。

他叹了口气，走过去，挨个把人扶起来，背回他们各自的卧室。又在其他人醒来之前，把"犯罪现场"清理干净。

林叁七和陈戍懿，醒过来时，除了床头的感冒冲剂，各自在手机里，收到来自陈嘉巳的消息。

一张他们躺在狼藉的厨房，醉得不省人事的照片，和一句，兄长收拾残局后的温柔警告。

陈嘉巳：再有下次，你们会在未来的婚礼上见到这张照片。

即使喝了感冒冲剂，林叁七还是毫无意外地着凉感冒了，万幸没严重到发烧，只是有些咳嗽和没精神。

同样是在厨房睡了一整夜，她受凉感冒，陈戍懿却生龙活虎，什么事都没有。

这是林叁七第一次宿醉，醒来时很难受，脑袋像是要爆炸，昨晚的发生的一切却清晰记得，完全没像漫画里描述的那样，一醉酒就断片。

她记得和陈戍懿聊了很多，还像个幼稚鬼一样抢他的酒喝，最后还在他腿上睡过去。

说不尴尬是假的，庆幸的是，她没发什么更神经的酒疯，比如闹着要

-087-

唱歌跳舞，或者做什么更出格的事情……

林叁七拍了拍脸，赶紧甩去脑子里那些乱七八糟的假设。

说不清是冤家路窄，还是过于默契，她才走出房间，就碰见陈戌懿。

少年穿着件黑色T恤，被压出些皱痕，像还没睡醒，眼皮恹恹地耷拉着。

他今天没扎头发，微卷的发梢四面八方地翘起来，乱糟糟的，像稻草堆，分明很凌乱，却偏偏有种慵懒颓丧的美感。

她往右走，他也往右，她往左走，他同时也往左。

林叁七抬头，跟他对上视线，又在目光交汇的一瞬间，撇开脸："你……"

"你先走。"在她把话说完之前，陈戌懿先一步说出她打算说的话，侧身，给她让路。

"哦……"林叁七从他身前走过，走了几步，转身叫住他，"昨天晚上你——"

她其实想问，昨晚他看上去心情不太好，是因为什么。

只是话没说完，就被他打断："我不记得。"

陈戌懿没回头，背对着她站着，说："昨晚喝太多，我只记得喝醉后回房睡觉，之后的事，我没印象。"

"这样啊。"林叁七没想到喝断片的人竟然是他，想起他昨晚，确实一开始就有点不太清醒的样子，"不记得就算了，反正都是黑历史。"

提起黑历史，她又想起另一件事，又问："嘉巳哥拍的那张照片，你应该会删了吧？"

那张照片里的她太丑了，而且还枕在他大腿上睡觉，是尴尬到八十岁时再翻出来，都会抠脚趾的黑历史，绝对不能留着。

她提醒陈戌懿把照片删掉，他没说好也没说不好，一言不发地离开。

林叁七盯着他的背影，直到他开门进屋，完全消失在她视野中。

她摸了摸眉毛，若有所思，总觉得陈戌懿今天有点奇怪。

她想了会儿，没想出个所以然，干脆不再想。下楼时，却忽然想起一件气愤的事。

他说他只记得昨晚喝多回房睡觉，意思就是，她在十一点五十八分跑去跟他说生日快乐，还莫名其妙被他抱了一分多钟的事，也忘了？

他竟然忘了？

他怎么能忘！

林叁七不知怎么有点生气，转念一想，又觉得，他不记得才更好，不然多尴尬。

他们可是盼着你死我活的冤家,要是他欠揍地问起来,昨晚为什么那么听话,让他抱了那么久,她要怎么回答?

想到这里,林叁七忽然又不那么生气了。

不生气,但有点心烦。

只有她一个人记得这些,为这些事尴尬,浪费脑细胞,浪费感情,真不公平。

宿醉的第二晚,林叁七还是没能睡个好觉,闭上眼就是喝酒前后的那些画面,那个拥抱,还有那些话。

没人知道,凌晨四点,会有一个"女大学生"睁着疲惫的死鱼眼,躺在床上,望着天花板,所有的脑细胞都在问:

"为什么啊,为什么我是布莱斯?"

林叁七一晚上没睡,听见隔壁房间开门关门的动静,纠结了一会儿,索性也跟着早起。

她穿着宽松的长袖睡衣和不匹配的短裤,下楼,拐进厨房。路过客厅时,瞥见沙发上的少年。

他闭着眼睛靠在沙发上,微仰着头,露出线条流畅的修长脖颈,冒着尖的喉结,唇角抿着,神情比清晨的风还冷淡。

林叁七撇下嘴角,什么啊,还以为他早起,结果是换个地方睡觉吗?

真无语,害她也跟着起来。

"女大学生"正因失眠等多种因素而烦躁,完全没意识到,她其实可以不用跟着起床。

陈嘉已正在厨房煮咖啡,看见她走过来,问:"要来一杯拿铁吗?"

林叁七摇头:"不要,我要喝牛奶。"

她不喜欢苦东西,小时候体弱多病,喝了太多中药,长大后,即使是微苦的味道,她也很抗拒。

黑咖啡对她来说,味道就像中药。但陈嘉已喜欢喝,于是她有意无意地想向他靠拢,模仿他的生活习惯。实在接受不了纯黑咖啡,只好加牛奶改成拿铁。

现在已经没必要再做这些。

林叁七打开冰箱,挖了勺樱桃果酱,倒了一杯牛奶,还想加冰块,却被陈嘉已制止:"你还在感冒,别喝太冰的东西。"

"可是我没精神,"林叁七十分气壮地拿出歪理,"需要用冰块刺激提神。"

"听话，把牛奶热了再喝，趁这会儿回房换条长裤。"陈嘉巳游刃有余地笑着，收走她的冰块，帮她把牛奶加热的同时，说，"你也不想多吃几天感冒药吧？"

听到吃药，林叁七放弃挣扎，垂头丧气地往厨房外走，嘴里小声嘟囔："嘉巳哥越来越唠叨了。"

"开始嫌弃我了呢，有点难过。"她身后，陈嘉巳笑了声，用一点也听不出来在难过的、平静的语气说道。

林叁七走出厨房，准备回房换条长裤，路过客厅时，又瞥向沙发，却不料和陈戍懿的视线撞个正着。

少年不知道在什么时候睁开了眼睛，也不知道在什么时候看向她这边。

他脸上没有一丝表情，漆黑的眼睛，没有温度，像冰川下的海，望不见底的深沉。

就像那一天，在影音室，温驯的幼犬，似乎要露出獠牙。

林叁七莫名感觉不安、压抑。不明所以，但想逃离。

但这一次，先离开的，却是陈戍懿自己。

他收回视线，起身离开客厅，走去前院，什么话也没说，只留给她一个消薄的背影。

3

陈戍懿不只有点奇怪。

几天下来，林叁七得出这个结论。

他在无视她。

与其说无视，不如说，他像是突然被人夺了舍，变成一个对她爱搭不理、十分冷漠的陌生人。

具体表现，前天下午，林叁七在网上买的东西被快递送到，碰巧陈戍懿也在网上买了东西被送到，同一个快递员配送。

在家门口签收快递的时候，林叁七随口问了他一句："你买了什么？"

陈戍懿回得尤其冷淡："没什么。"

林叁七又说："那你猜猜我买的什么。"

她买的东西，是给他的十八岁生日礼物，之前那个"答案"，她根本没算作是生日礼物。

而且，既然他忘记那句生日祝福，那她就在补送生日礼物的时候，补上一句好了。

　　林叁七是这么想的,所以打算让他稍微猜一下,再当场把礼物送给他。

　　然而,陈戍懿却连看都没看她,背对着她,毫无兴趣地回了一句:"我为什么要关心你买的东西?"

　　还没送出去的好意,就被他冷漠的态度狠狠踩了一脚。

　　林叁七气得差点当场把东西给扔掉,在他身后骂了他好几句,他也一点没反应。

　　还有昨天下午,林叁七看见他坐在沙发上,戴着那副银色细框眼镜,对着电脑写课题。

　　她在另一条沙发上坐下,也就是在看电视的时候,往他那边多瞥了几眼,她保证,就几眼。

　　陈戍懿突然从电脑里抬眼,问她:"我挡住你看电视了?"

　　"啊?没有啊。"林叁七有点蒙。

　　"……你一直在看我。"

　　这个时候,最佳的反击,应该是去质问他"你没看我,怎么知道我在看你",但"女大学生"的心理素质有待加强,稍微一心虚,就忘记了争辩的逻辑。

　　林叁七毫无逻辑且十分牵强地找了个理由:"我想问问你的眼镜是什么牌子,还挺好看的,能不能发个链接给我?"

　　庆幸的是,陈戍懿竟然真的相信她这个理由,不过依旧冷淡:"哦,没链接,在实体店随便买的。"

　　"哦……"林叁七有点可惜地应着,陈戍懿的手机忽然响了,电话打进来,他接起电话,喊了一声"学姐"。

　　林叁七睁大了眼睛,没想到他竟然还有乖乖叫别人"学姐"的时候。

　　也不知道手机那边的人说了什么,陈戍懿笑了声:"不用着急,数据我核对好了,没出错。"

　　这几天他对她板着个脸,还以为是因为他心情不好,但他现在却在对别人笑?

　　林叁七感觉自己就要急火攻心,咬牙切齿,怒瞪着他。

　　察觉到她的目光,陈戍懿往她这边看了眼,皱起眉,拿着手机和电脑,起身离开。

　　他竟然就这么走了?

　　林叁七感觉自己已经急火攻心,胸口在疼、手在痒,好想破坏点什么东西。

恰好，林拾六咬着棒棒冰从这边路过，于是看见一个浑身充满怨气的女人，拿着快递包装的泡沫纸，又掐又搓，仿佛手里的不是什么泡沫纸，而是跟她有八辈子血仇的仇人。

她嘴里还在念念叨叨："成天板着脸也就算了，对别人一口一个'学姐'，喊得甜兮兮，让他喊我'姐姐'，就跟杀了他一样不乐意，该死的陈戌懿，明明我也比你大！"

林拾六本应该要走，也很有危机意识地正准备溜，却被林叁七叫住，向他寻求认同："你说是不是？"

林拾六本应该说是，但她骂的人是他的好哥哥、好战友。于是，刚看完两集奥特曼，心中充满正义感的他，选择了正义，说出真相："你们不是同一天生日吗？"

林叁七愤然："大七分钟也是大！"

林拾六不解："七分钟很久吗？"但他没再有向她提问的机会，因为陈戌懿打完电话回来了。

能解答他疑惑的林叁七，狠狠瞪了眼回来的人，使劲哼了声后，气势汹汹地离开，上楼的声音，像是要把楼梯踩穿。

陈戌懿困惑地皱眉，在这打一会儿电话，打扰到她看电视，让她这么生气？

林叁七：cxy是个讨厌鬼！

回到房间，林叁七找网友狗狗大吐苦水，说起陈戌懿这两天像被人夺舍，完全无视她。

她鲜与现实中的朋友深聊自己的情况，却与网络上的狗狗聊过很多，比如暑假住在陈家，比如之前喜欢的陈嘉巳，比如和她天生合不来的讨厌鬼陈戌懿。

提起名字的时候，就用首字母缩写代称。

狗狗并不算一个很好的倾诉对象，聊陈嘉巳的时候，对方可能会插科打诨，泼点冷水；陪她骂讨厌鬼的时候，对方可能骂着骂着就消失，第二天发来消息，说自己不小心睡着。

但每次和狗狗聊完，林叁七的心情都会舒畅很多。

"女大学生"只是需要一个在情绪上头时，能毫无顾忌聊这些的宣泄口，无所谓对方听不听进去，记不记得住。

只是这一次,狗狗回复的一句话,反而让她心里更堵。

狗狗说:也许他失恋了,心情不好。

林叁七当即否认,他恋爱都没谈过,怎么可能会失恋?

否认的文字发出去之前,却突然停住。

她怎么就肯定陈戌懿没谈过恋爱?

虽然,陈戌懿的确从没在家提过恋爱相关的事,但是,陈嘉已不也一样?表面上无欲无求,其实早就有了一个关系暧昧的江医生。

他们俩虽然性格截然相反,但毕竟是流着一半相同血液的亲兄弟。

林叁七已经吃过一次亏,在这方面开始变得谨慎,只是考虑越多,心里就越烦躁。

她想起生日那晚,陈戌懿说想要女朋友;又想起,那晚的他,情绪不对劲。

蛛丝马迹的线索终于连在一起,林叁七再一次化身福尔摩斯,推测出最后结果——

陈戌懿果然失恋了,而且是在十八岁生日当天。

好惨。

林叁七忍不住摇头,转念一想,又觉不对,谈过恋爱的人怎么能叫惨?她连恋爱都没谈过呢!

谁还不是在生日那天,被喜欢的人拒绝?她发脾气了吗?没有。她摆脸色了吗?也没有。

所以,他失恋,他活该。

林叁七删掉刚才编辑的文字,重新打了一行字,发过去:那他可真是活该。

卫生间里的尤加利的气味,像薄荷一样清爽,能驱散夏天的燥热,却没能驱散她心里的烦闷。

刷牙时发现把洗面奶当成牙膏,这烦闷就又增加两分。

林叁七吐掉泡沫,抬头,镜子里的眼睛已经快失去焦距,眼下的青黑,让本就有些凶的长相,多了几分阴郁。

把长发披散下来,穿上白衣,她或许可以扮演贞子。

昨晚失眠到凌晨三四点,"女大学生"从床的这边,滚到那边,所有的脑细胞都在问:"他究竟有没有谈恋爱,是不是失恋?"

分明在睡前就推论出结果,闭上眼睛却在对这件事反复质疑,企图从蛛丝马迹中，找出与推断完全相反的，否定答案。

洗漱完，林叁七贴着两片眼膜，下楼。

厨房里没人，她打开冰箱，拿出吐司、鸡蛋和培根，简单做了一份早餐。又站在置物柜边，手指点点当当，从众多杯子中选出一个。

自从那只白色小狗杯，被她不小心摔碎，每一次用杯子，她都是这么随机挑选。

林叁七原本以为，她喜欢那只小狗杯，是因为那是陈嘉巳送的礼物，摔碎之后才发现，和陈嘉巳无关，她只是喜欢杯子里那只吐舌头的微笑小狗。

喝完牛奶，没再有"小狗"对她微笑，她好不习惯。

林叁七倒了一杯牛奶，正要端着盘子去餐厅，目光瞥见朝厨房走来的人，已经握着盘子的手，悄悄松开。

陈戍懿走进厨房，从冰箱里拿了一罐橘子汽水。

他刚洗漱完，额前的头发有些湿润，难得见他穿了件衬衫，海报满印的复古图案，宽松地套在身上，显得他格外清瘦。

他一只手关上冰箱的同时，另一只手拿着汽水，食指勾住拉环，将易拉罐打开，他微仰起头，喉结上下滚动。

于是，林叁七的视线，从他骨节清晰分明的手指，不自觉移到他修长的脖子，上下滚动的，冒着尖的喉结。

可能是她哪根筋搭错，她竟然觉得有点……性感。

似乎察觉她的视线，陈戍懿侧头看向这边，斜着的视角，让他没带任何情绪的眼神，被动变成高高在上的冷漠。

"有事？"他对上她的眼睛，问。

"我……"林叁七感觉像是坐了一趟过山车，心脏在胸腔里抓狂疯跳。她明明很不满他此刻的态度，大脑却罢了工，平日里的伶牙俐齿，此刻一句怼他的话也想不到。

这慌张简直莫名其妙。她自己也无法理解。

卡壳半天，她以为陈戍懿会不耐烦地走开，但他还站在那儿，像在等她把话说完。

于是，林叁七只好挤出一句，和他们关系毫不相符的关心："你早餐就喝一罐汽水？不会伤胃吗？"

"嗯，"陈戍懿淡淡地回，"没什么胃口。"

"哦……"林叁七盯着他离开的背影，心里关于某个问题的天平，在肯定的那边,加了一个砝码。

食欲不振,是失恋的表现。

夏日午后,阳光最强烈,人也变得懒散困倦。

林叁七勉强用短暂的午觉,补了会儿眠,不敢睡太多,不然晚上又失眠。

迷迷瞪瞪被闹钟吵醒,林叁七爬起床,洗了把脸,打着哈欠下楼,听见客厅里的说话声,她立马合上过于张开的嘴巴。

林拾六正闹着陈戌懿,让他陪自己打游戏,但被对方一句"不玩,没心情"回绝。林拾六退而求其次:"那我要去游泳。"

即使是在家里的游泳池游泳,他也必须报备,找人陪同,这是陈戌懿的规定。实际上,大多数时候,也只有陈戌懿肯陪他泡在水里。

今天却例外。

陈戌懿二度回绝:"今天不游,没心情。"

"你已经好几天没陪我玩了!"林拾六很不满地号了几嗓子,但拿他毫无办法,生着闷气跑回二楼房间。

林叁七听完二人的对话,心里关于某个问题的天平,肯定的那边,又多了一个砝码。

精神萎靡,也是失恋的表现。

心里的天平越发倾斜,答案呼之欲出,但她还没放弃,仍保留否定的意见。

毕竟谈恋爱和失恋,都只是她的猜测,万一她猜错了呢?万一和她想的完全不一样呢?

林叁七站在楼梯上陷入思考,直到客厅里的人上楼。楼梯道并不宽敞,她看着陈戌懿缓步上楼,朝她走过来。

她率先撇开脸,不跟他对上视线,不然又被他质问,为什么盯着他看。余光里,他目不斜视与她擦身而过,仿佛她是空气。

林叁七突然有些生气,还真应验了那句——惹怒一个人的最好办法,就是把他当空气。

她扭过头,怒瞪他的背影,却见他并不是回二楼的卧室,而是上了三楼。

他去找陈嘉巳吗?他找陈嘉巳干吗?失恋后找哥哥谈心?

林叁七的愤怒顿时变成好奇,想了想,悄悄跟上去。也不知道为什么要像做贼,明明她以前来三楼更频繁。

陈戌懿并没有去陈嘉巳的房间,也没去画室,而是进了影音室。

林叁七又困惑了,他一个人看电影?失恋了看电影疗伤?还是躲在影音室偷哭?

好奇心让她又跟上去,趴在门口听了半天,并没有听到播放电影的动静,也没有哭声。

她轻轻旋开门把,打开一条门缝,悄悄往里观察。

屋内没开灯,阳光被窗帘遮挡,只堪堪从缝隙中投进,在地板上留下长方形的金色光斑,勉强让这个房间不完全黑暗。

少年背靠沙发,懒散地坐在地上,一条长腿伸直,一条长腿屈着,手臂搭在膝盖上。

但她的视线,被他另一只手所吸引。

从狭窄的门缝,她看见他手上玩着一个打火机,旁边放着一盒烟。

最后一个砝码放上天平,答案昭然若揭。

自甘堕落,沾上坏习惯,绝对是失恋的表现。

林叁七一把推开门,像入室捉拿在逃嫌犯的正义警察:"你在学坏,被我捉到了!"

他只在她突然推门进屋时稍有惊讶,朝她看过来,但并没因为她的话显出慌乱,只不咸不淡瞥她一眼,就收回目光:"哦。"

这反应真没劲,林叁七颇为无趣地撇下嘴,关上门,走过去,在他旁边坐下。

"为什么要学这个?"她问。

"要你管。"他拒绝回答。

林叁七接着开口:"你抽了吗?"

陈戌懿如实交代:"我没抽。"

林叁七很不理解地抱怨:"不知道有什么好抽的。"

陈戌懿自言自语般呢喃:"可能觉得解愁吧。"

林叁七看了他一眼。

林叁七又看了他一眼。

林叁七在看他第三眼的时候,他转过头,皱起眉头:"你眼睛抽筋?"

久违的欠揍的感觉,又回来了。

林叁七忍住没跟他斗嘴,想斟酌一下措辞,没斟酌出来,索性开门见山:"你失恋了?"

陈戌懿没说话,只是眉心的皱痕更深。

她当他默认,沉默了一会儿,轻声说:"就算失恋也不能自甘堕落呀,健康是自己的，没人值得你作践自己的身体。"

她的声音很温柔，语气、表情、眼神，都表现出真诚的关切，对他从未有过的，温和善意。

陈戌懿没再看她的眼睛，低下眼："她就是好。"

林叁七原本还想走一次温和路线，安慰他，没想到他一出声就是反驳，还是为别人反驳她，不禁有些烦躁，温柔形象没能维持半分钟，就变回原来模样。

"既然她那么好，那你就去把她追回来呗。"

"她已经和别人在一起了。"

"这样啊，"林叁七一时失语，"这就……不太好办了，撬墙脚有点……不道德。"

她有点艰难地圆回上一句话，却半天没等到陈戌懿的反应。

他一句话都没说。

他竟然一句话都没说？

林叁七意识到什么，睁大眼睛看着他："你不会是想去撬墙脚吧？不会吧？"

陈戌懿抬眼注视着她。昏暗的室内，他漆黑的眼睛像望不见底的深潭，深潭之下，某种情绪在翻涌，但她看不透彻。

只感受到一种前所未有的，蛰伏已久的野兽，蓄势待发的侵略感。

她莫名有些紧张，不知缘由。

但他却在此时收回视线，低下头，抱着膝盖，脸埋在双臂间，闷声说："我好喜欢她。"

"……你清醒一点！"林叁七恨不得抓着他的手臂，把他脑子里的水摇出来，"就算你去撬墙脚成功了，你能保证她下一次不会被别人撬走？"

她真情实感地在担心他的精神状态，孩子虽然有点欠揍，但不能去干缺德事呀！

陈戌懿埋着脸，没理会她。

林叁七越发觉得，他这样下去很危险，要继续劝他，却听见他闷笑："不会成功的。"

"……你果然还是想去撬墙脚。"林叁七理解了他这句话里的第二层含义，瞬间感觉刚才的劝说都是放屁。

或许是恨铁不成钢，又或许因为其他，她气得不行，起身要往屋外走："随便你好了！"

走到门口,她又停住,就当是她脑子不清醒,就当是好奇心害死猫,她转过身,抿了抿唇,问:"为什么?"

"为什么还没去做就觉得不会成功?"

她不是支持他去干坏事,只是见不得他像丧家之犬一样,自暴自弃。

陈戌懿从手臂里抬起头,朝她看过来。

屋内只有一缕阳光,没能落在他身上,他脸上的笑意,也没能出现在他眼睛里。

少年蜷缩在黑暗的阴影中,望着她的眼睛,说:"因为她不喜欢我。"

林叁七并非一个善于捕捉别人情绪的人,曾经不止一次被人说过冷漠,其实只是有些迟钝,对他人情绪的感知没那么敏感。

但她此刻感知到的悲伤,像是扑面而来的海浪,要将她淹没。

她站在那里,对上他的目光,他湿润的眼睛、泛红的眼眶,和勉强笑着的脸。

回过神时,她已经蹲在他面前。

林叁七伸出手,揉了揉他没绑小辫的毛茸茸的头发,替他埋怨:"哎,哪个女人这么狠心,舍得丢下我们家这么可怜的'小狗'?"

少女的表情太过柔和,那双总是漠然的眼睛里,第一次有了名为心疼的情绪。

陈戌懿愣愣地望着她,被说是小狗,他没去反驳,头发被她揉得乱糟糟,他也没挣扎。

林叁七手搭在他头发上,温柔地轻哄:"我去给你拿冰激凌,别不开心啦,好不好?"

她说着要起身,却被他抓住手臂,就像十八岁生日那晚,被他拽进怀里。

他毛茸茸的脑袋埋在她的颈窝,他灼热的呼吸,让她的身体,和被他抓住的手臂,一起僵住。

少年的额头靠在她的肩上,温驯地闭着眼睛,声音很轻地请求:

"再多摸一会儿。"

第六章 加速的心跳,与他有关

1

午后一两点的阳光,刺目得眩晕。嘈杂的蝉鸣,淹没风吹树叶的声响。后院的游泳池,池水像绿又像蓝。阳光晃进水里,水波荡在池壁。

林叁七打着伞坐在泳池边,一条腿盘着,一条腿垂在水里,吃着西瓜,看林拾六狗刨。

一片西瓜吃完,她把西瓜皮放在旁边,从整齐排成一列的小黄鸭中,拿起一只,丢向林拾六的头:"还有十分钟。"

"骗人的吧!我才刚下水!"林拾六扯着嗓子嚷嚷,"不是说好半小时吗?"

"还有八分钟。"林叁七没跟他争,又丢了一只小黄鸭。

"……姐你怎么这样!"

"五分钟。"

"……姐我错了姐,我再去给你拿西瓜!马上!"

几天没能下水,为了能在水里泡上一会儿,林拾六能屈能伸,立马爬出泳池,去客厅给她跑腿。

没人监护他就不能下水,好不容易让亲姐松了口,陪他在后院待上半小时,他不得不抓住这个机会。

林拾六把西瓜连盘都端过来,进奉给"太后"。"太后"甩了甩手,示意他可以继续狗刨。

"小狗腿子"跳下泳池,林叁七撑着脑袋坐在泳池边,细白的脚趾轻轻拨出水波,分出心思,回想昨天下午,影音室里的那个拥抱。

-099-

她不是从来没和异性抱过,爸爸、陈叔叔、陈嘉巳、林拾六,哦,还有那只爱离家出走的哈士奇。

本应该对这种普通的拥抱习以为常,但为什么,和陈戍懿拥抱,就有点奇怪?

奇怪的呼吸不顺畅,奇怪的身体僵硬,奇怪的紧张,和奇怪的事后一直回想。

是他抱得太紧了?还是他身上的味道太好闻?

林叁七陷入困惑,于是向网友狗狗发了条消息,询问同龄人的看法:讨厌鬼昨天抱了我,我好像有点奇怪。

狗狗这几天也都没主动找她,是夏天太热的缘故吗?进入了聊天倦怠期。

等回复的期间,林叁七百无聊赖,从身旁拿起一只小黄鸭,捏了捏。

小黄鸭发出尖细的叫声,有些刺耳,但莫名地,突然打开她的思路。

让她觉得奇怪的原因,是"他是讨厌鬼"啊!

哪有人会愿意和自己讨厌的人拥抱?当然会尴尬、不自然、紧张,害怕自己会忍不住动手去捶他。

第一次愿意被他抱着,是因为他过生日,最后一分钟,勉强满足一下他的生日愿望。

第二次愿意被他抱着,是因为他失恋了,她也刚被陈嘉巳拒绝,懂失恋的感觉,同病相怜,所以好心安慰他。

茅塞顿开,林叁七把小黄鸭扔进游泳池,拿起手机,撤回那条消息。

在她撤回的同时,狗狗刚好回复:哪里奇怪?

林叁七想了想,回:觉得cxy有点可怜,他真的失恋了!

林叁七:没想到他是个痴情种,竟然还想去撬墙脚。

林叁七:强扭的瓜也不甜,我要不要劝他死心,离那个女孩远一点?

她向狗狗寻求建议,但一连发了几条,对方都没再回复。

林叁七拿起身旁最后一只小黄鸭,垂眸思忖片刻,决定帮陈戍懿走出失恋的情伤。

毕竟,在她因为陈嘉巳难过的那几天,陈戍懿也安慰过她。虽然讨厌他,但一码归一码,就当还他人情。

林叁七没有安慰失恋"男大学生"的经验,安慰失恋"女大学生"的经验倒不少——托伍伊可的福。

二者只差了一个性别,差别应该不大。

第一步，见缝插针地夸，提高他被失恋打击到的自信。

于是，吃完晚餐后，林叁七跟在陈戌懿身后上楼，状似不经意地提了一句："你是不是又长高了？"

以他们的恶劣关系，她实在没办法从嘴里对他吐出一个"帅"字，也没办法夸他性格好，想了半天，没想到他的什么优点，只好硬着头皮夸了一句身高。

陈戌懿头也没回地说了句："没关注过。"

见他对此无动于衷，林叁七小跑两步追上他："你今年是不是还没量身高？我帮你量量看。"

没给他拒绝的机会，她比他先到他房间门口，像进自己房间般自然，开门进屋，拿了支记号笔，把椅子搬到门口。

她爬上椅子，朝他招手："过来，站这儿。"

过去，他几乎每年都会在门框边量身高，做上记号。

陈戌懿走到她面前，伸手虚扶着她，说："我还没长到三米，不用这么夸张。"

"我站得高才能给你量准点。"林叁七指挥着他，"把脑袋上的小辫子拆了，贴墙站好。"

陈戌懿扯下发绳，随意抓了下头发，头靠在门框上，又问："你不去画室？"

林叁七不明所以："我去画室干什么？"

"陪陈嘉巳。"她以前就经常待在画室陪他。

林叁七更莫名其妙："我陪他做什么？"

没准陈嘉巳又在跟江医生打电话呢，她才不要当没眼色的电灯泡。告白被拒绝，说不难过是假的，但生日那晚聊完之后，她就没那么难过了。

也许是发现陈嘉巳原来也有不可爱的地方，比如天塌下来都看不出情绪的淡定，比如坚持不了戒烟的懈怠。

她的语气太随意，让陈戌懿误会，他问："你和他吵架了？"

"没啊。"林叁七觉得他的想象力有点丰富，有些好笑地说，"你又不是不知道他的脾气，我怎么可能跟他吵得起来？"

陈戌懿低着头，没再说话。

他的站姿让林叁七没法给他量身高，她有点着急地说："哎，你把头抬起来，站直。"

陈戌懿没动。

-101-

林叁七忍不住弯腰，一只手搭上他的肩膀，一只手捏住他的下巴，让他把脑袋抬起来："抬头看正前方。"

陈戌懿被她捏着下巴，被迫仰起头，同时也抬眼，和她对上目光。

俯视的角度，他的脸轮廓更分明，眼尾向下的优势在此刻显现，即使没在笑，也让他看起来没有一点攻击性，反而显得无辜又可怜。

少年睫毛轻颤，漆黑仿佛见不到底的眼睛，怔怔地望着她。

她愣了下，下意识松手，却被他抓住手腕。

"怎么办，我好想撬墙脚。"他无法自控地，痴痴地说。

"……你怎么又开始了？"林叁七甩开他的手，爬下椅子，忍住去撬开他脑子，看看是不是只装了"恋爱"这两个字的冲动。

她语重心长地劝导："不是说好了，过去的都让它过去吗？你长得又不差，怎么尽想着在一棵树上吊死？"

"你在夸我长得好看吗？"陈戌懿忽然问。

林叁七没想到他这时候的关注点，竟然是她夸他长得好看。

她有些好笑，但还是顺着他的意愿，索性夸下去："对对对，我夸你长得帅，开心了吗？"

陈戌懿低低"嗯"了一声："稍微有点吧。"

见他心情转好，林叁七趁热打铁，让他在这儿等着，回房把前几天买的礼物拿过来，塞给他："补给你的生日礼物，还有，补一句，生日快乐。"

陈戌懿接过东西，打开盒子，拿出来的是台星空夜灯。

林叁七关上房间的门和灯，让他打开。他按下开关，银河散在房间里，星光落在他们身上。

她站在细碎的星光里，弯着眼睛，笑着问他："喜欢吗？它能让你雨天也能看见星星。"

当漠然的眼睛里有了温度，太想让人据为所有。

陈戌懿垂下眼，声音低不可闻："为什么要对我这么好？"

"我失……我之前心情不好，你也帮过我，我还你人情。"林叁七差点就说漏嘴，还好及时改口，没被发现。

她并不想把被陈嘉已拒绝的这件事告诉他，她脸皮薄，被人拒绝是件很伤自尊心的事。即使她那天是抱着破坏子破摔的心情，去坦白心意。

"……我也有东西要送给你。"陈戌懿忽然说。

他从书桌上拿来一个盒子，递给她："生日礼物。"

林叁七有些意外，接过盒子，打开，是一只白色的陶瓷杯。

杯子内壁的底部，画着一只吐舌头的眨眼小狗。

久违了的"小狗"，久违了的小狗杯。

她真心喜欢这个礼物，是意外之喜。

"这只小狗有点像你哎！"她开心地笑出来，黑白分明的眼眸，比墙上的那些星星还明亮。

陈戌懿侧过脸，没再看她，没有任何表情："我们之间的人情还清了。"

林叁七的笑容僵在脸上："什么意思？"

"意思就是，你不用再委屈自己来安慰我，尽可以远离我，"少年的言语如玻璃般冰冷，"我不需要你假惺惺的同情。"

林叁七敛起笑容，心情就像过山车，刚刚还在兴奋着，这会儿气得声音都有些抖："你觉得我做这些，是在假惺惺地同情你？"

"不然？"

"你……"

"你很讨厌我，不是吗？"

林叁七气得眼睛泛酸，想跟他争论，却被他打断，夜灯被他关上，墙上的银河消失，房间陷入黑暗。

没能适应黑暗的眼睛，只能隐约看见眼前人的模糊轮廓。

他站在黑暗之中，分不清是自嘲还是讥讽地笑了声："从小到大，一直这样。"

听见这句话，她一直忍着的眼泪，像断了线，不受控制地掉下来："我讨厌你！"

2

像要下雨，天空从清透的蓝，变成浑浊的灰。就像她的心情。

暴雨来临前夕，风吹树动，树叶簌簌作响，空气却沉闷。

林叁七打开卧室的窗户，戴着耳机下了楼。

客厅已经有了"领主"，陈妈妈坐在沙发的一侧看书，黑金色的书皮，一对男女在封面相拥。

林叁七走过去，爬上沙发，枕着她的腿躺下，摘下耳机，闭着眼睛请求："阿姨，给我读一读书吧。"

陈妈妈是个细心的人，能察觉到林叁七这两天的情绪异样，抚摸着她的头发，轻声朗读这一页的诗。

"斯特雷弗曾在春天吻我，罗宾在秋天吻我啦，但科林只用眼神看我，却从不把我亲吻一下。"

她的声音很温柔，有种安抚人心的魔力，林叁七脑子里却控制不住浮现其他画面。

眼神。

他站在彩虹下，朝她笑起来时的眼神，像照进阳光，温暖明亮。

他蜷缩在暗处，红着眼睛，望向她的眼神，又很悲伤。

"罗宾的吻丢失于游戏，斯特雷弗的吻丢失于玩笑，但科林眼中的吻，却日夜在我心头萦绕。"

科林的眼神，像爱人相拥时的吻，让人难忘。

最后一次聊天，他看着她的眼神，也冷漠得让人难忘。

林叁七睁开眼睛，强行终止那些画面，却见陈妈妈朝门口招手："戌懿，过来给我们来点伴奏。"

她坐起身，目光越过墨绿色的单人沙发，落在门口的少年身上。

他站在逆光里，余晖勾勒出颀长的身形，消瘦的宽肩，笔直的长腿。面部的轮廓被光线柔和，像质感朦胧的老照片，本该是温暖的基调，偏偏脸上没有任何表情。

他却没在看她，一秒也没有。

陈戌懿从门口走进来，在三角钢琴前坐下："要听什么？"

林叁七笃定，他没在问她，因为他自始至终没看她，所以并不打算回答。却听陈妈妈问她："叁七，你想听什么？"

"我不太想听音乐，你们听吧。"林叁七丢下这句话，离开沙发，头也不回地上楼。

直到上楼的声音消失，陈戌懿才看了眼楼梯的方向。

他收回目光，问："还是《舒伯特小夜曲》？"

陈妈妈很喜欢这首，尤其爱在下雨天听这首曲子。然而，她却摇摇头，说："叁七把耳机落在这儿了，你给她送过去。"

她看出两人之间的异样，在帮他们找机会协调。只是，没想到这一次，连陈戌懿都不愿意配合。

"我不方便进她房间，"陈戌懿说，"她会自己下楼找。"

事实证明，拒绝陈妈妈的协调，对他们两个人来说，都不是好事。

已经给过一次温和的机会，陈妈妈又搬出了那辆双人自行车。

把两人喊到院子里，她笑眯眯地叮嘱："天色不太好，待会儿可能要下大雨，你们注意安全，早点聊完回来。"

她甚至提前准备好了伞,且只有一把雨伞。

林叁七企图用身体不适当借口,躲开这个惩罚:"我痛经,骑不了车。"

陈妈妈笑容不变:"我刚看见你吃冰。"

林叁七,败。

陈戌懿装得更像模像样,捂着脑袋,表情痛苦地说:"妈,我头疼。"

陈妈妈笑容更加温柔:"男子汉,一点头疼算什么,忍着。"

陈戌懿,也败。

两人无可奈何地被安排上"和平友爱车",一点也不和平友爱地,把车骑出蓝色大门。

林叁七坐在后座,手里拿着伞,和上次一样,一句话也没说,且并不打算开口说什么。

和上次稍微不一样的是,她这次从一开始就没在踩车,光明正大地"摆烂"。

错的人是陈戌懿,应该挨罚的人也是陈戌懿,谁让他狗咬吕洞宾,把她的好心当作驴肝肺。

她恨不得现在马上胖上二十斤,自伤八百也想把他累死。

天阴沉沉的,感觉很快要下雨,却没人讲和,一路无言到便利店门口。

自行车缓缓停下。

他打破夏日暴雨来临前般漫长闷热的沉默:"我再去买一把伞。"

林叁七面无表情地下了车,看着他走进便利店。李梓华在便利店里瞧见了她,朝她招手打招呼,她也不搭理。

李梓华见怪不怪,问另一个当事人:"你们俩又吵架了?"

"嗯。"陈戌懿没否认,拿了一把伞,递给他结账,想了想,又从收银台旁边的货架上,抽出两根棒棒糖,丢过去,"一起结。"

李梓华边扫码边说,恨铁不成钢的语气:"不是我说你,你怎么回事,不是追她呢吗?怎么动不动就惹她生气?"

"不能追了。"

"不能追你也……嗯?"李梓华慢半拍地反应过来,"不能追是什么意思?你是吃药把病治好了还是吃错药了?"

被委婉骂了次有病,陈戌懿也没怼过去,眼皮子都没抬,平静地说:"她已经和陈嘉已在一起了。"

李梓华面露惊讶,却也没特别震惊,能让陈戌懿主动放弃,退出赛道,也就只有这个原因。

不然以陈戍懿的"狗脾气",但凡陈嘉巳不是他哥,不,但凡林叁七稍微没那么喜欢陈嘉巳,他分分钟跑去撬墙脚。

李梓华直摇头,和喜欢的人在网上聊成闺蜜,单恋这么久,最后喜欢的人和亲哥在一起……他表侄女爱看的八点档狗血电视剧里的悲情男二,都没混得这么惨。

思及此,李梓华颇为同情地叹了一口气,安慰道:"需要情感咨询的话可以来找我,一小时三百块,多年兄弟,我给你打个折,一小时二百九十九。"

陈戍懿:"……再说一句,我给你打骨折。"

走出便利店,陈戍懿把一根棒棒糖递到她面前:"我们和好吧。"

他突然求和,林叁七有些意外,张了张嘴,竟一时不知道该说什么,却听见他继续说:"就算讨厌我,也装作和好的样子,至少骗过我妈。

"你也不想总和我骑这破车,不是吗?"他语气平静地反问。

林叁七如坠冰窖,瞬间想起前几天,他也是用这样平静的语气,说了那句:"你很讨厌我,不是吗?"

原本卡在嗓子眼里的半个"好"字,被她彻底咽回肚子。

林叁七气得直发笑:"凭什么?"

她尖锐地反问:"凭什么你说和好就和好,你说演戏就演戏,我是被你操纵的木偶吗?还是你拿钱雇我了?"

陈戍懿抿了抿唇,说:"假装和好,不用再和我骑车,你也有更多时间去和陈嘉巳待在一起。"

听他提到陈嘉巳,林叁七莫名地更生气。虽然不知道,他为什么总是提起陈嘉巳,但能感觉到,他像是刻意在把她推给陈嘉巳。

她气极反笑:"你以为我愿意跟你待在一起吗?要不是你像只丧家之犬一样,害得林拾六整天缠着我,去后院陪他晒太阳,谁愿意去安慰你啊?

"我真是有病才费尽心思去安慰你!"她倔强地抹掉被气出来的眼泪,却没办法抹去哭腔,"明明我自己也在失恋……"

听到她颤抖的后半句,陈戍懿整个人怔住,吃惊、不可置信:"你和陈嘉巳……分手了?"

林叁七带着哭腔骂他:"你是瞎了哪只眼,才看见我跟他在一起过?"她索性破罐子破摔,"生日那晚,我告白失败了,你现在开心了?"

陈戍懿僵在原地,如五雷轰顶。

林叁七丢下这句话,转身就走。他伸手要去抓她,却被她拍开手臂:

"滚开!"

她回头,眼眶通红地流着泪瞪他:"我这辈子都不想再和你说话。"

在路边随便拦了辆出租车,林叁七报上自己家的地址。她现在不想回陈家,不想看见陈戌懿那张讨厌的脸。

司机见她泪流满面地上车,又从后视镜里,瞥见站在路边的年轻男生,心下了然,给她递了包纸巾的同时问:"小姑娘和男朋友吵架了?"

"他才不是!"林叁七没好气地否认,接过纸巾时,又抽噎着说了声"谢谢"。

她擦掉眼泪,只想快点回家,哪怕家里没人。偏偏老天在这时候还要捉弄她,路上堵车,司机又是个爱管闲事的话痨,一直在跟她聊情侣的相处之道。

明明说了不是情侣!

林叁七失去耐心,提前结账,匆匆下车。已经快到她家附近,她不如自己走回去。

但她没往家的方向走,下车后,意外看到熟悉的建筑标志,她拐去另一个方向,最后来到熟悉的地点。

她的秘密基地,被人遗忘很久的,废弃的儿童乐园。

陈旧的设施并没有坏掉,却因为位置偏僻,对小孩失去吸引力。又因为设施还完好,一直没被撤走,就这么被忽视,被遗忘。

一个可怜的儿童乐园。

林叁七爬上滑梯,抱着膝盖,蜷缩在滑梯的红色小房子里。

她也好不到哪去。

先是发现陈嘉已有喜欢的人,又被迫得知,当初喜欢上他的契机是个误会,最后,又被陈戌懿知道,她告白失败得狼狈。

她比儿童乐园更可怜。

天开始下雨,和她一块哭泣。

哭到一半,听着砸在滑梯上的沉闷雨声,林叁七忽然停顿一秒,倏地想起,她把伞落在了出租车里。

又和八年前一样,被雨困在这里。

和着雨声,她再次开始哭泣。

真倒霉。怎么能这么倒霉?怎么能让难过的人这么倒霉?

雨越下越大,她也越哭越伤心。

淅淅沥沥的雨声中,忽然传来一声呼唤,有些模糊的熟悉的声音,在喊她的名字。

林叁七从手臂里抬起头，泪眼模糊地望过去。

深蓝色的伞从远处跑来，白色帆布鞋踩出一片片水花，最后停在滑梯前。

分明撑着伞，他身上的衣服却湿了大半。

他竟然找到了她，又一次。

雨中的少年抬起头，目光炯炯看向她，清朗的声音穿过雨幕，盖过雨声："对不起！

"林叁七，对不起！"他站在雨中朝她喊。

她没回应，再次把脸埋进手臂抽泣，看也不看他。

没听见他继续在喊，却听见身后爬上滑梯的动静。

"我能进来躲雨吗？"陈戌懿问。

林叁七一动不动，并不搭理他。他倒好，直接把伞丢了，钻进小房子，跟她一块坐下。狭小的滑梯房子里，又多了个成年人，瞬间变得拥挤。

他的肩膀手臂都与她挨着，身体散发着滚烫热意，像是刚刚进行过什么剧烈运动，她甚至能感觉到他仍旧猛烈的心跳。

林叁七不想跟他挨着，往旁边挪了一寸，要跟他拉开距离。

他却厚脸皮地认为，她是在给他让位置，竟然跟着她往旁边挪，身体霸占她刚腾出来的距离，还感激地说了声："谢谢。"

林叁七不可思议地扭头瞪他，很想骂他真不要脸，但更不想跟他说话，于是刚张开的嘴又紧紧闭上。

"误解了你的好意，说了那么过分的话，对不起。"陈戌懿又道歉。

林叁七没说话，也没看他，用后脑勺对着他。

陈戌懿又说："把你气哭，我真是个浑蛋，对吗？"

他真的很懂怎么让她开口，陈述句变成疑问句，林叁七差点就条件反射要去肯定，但好歹记得自己说过的话，忍住了附和的冲动，没搭理他。

他开始细数自己的过错，一一道歉。但不管他说什么，林叁七就是不肯说话。

她真打算这辈子都不跟他说话。

红色的小房子里，只有他碎碎念的声音，和雨声交织在一起。

没得到一点回应，他也不在意，一个人也能说很久，林叁七听着都有些困了，他竟然还没闭嘴，也不嫌累。

或许是她始终不开口，他终于厌烦，突然停下说话。

却只安静不到半分钟的时间，林叁七又听见他说了莫名其妙的一句："cxy是个讨厌鬼，祝他一辈子长不高。"

陈戌懿手指轻轻戳了戳她的肩膀，指着头顶的某处，问："这是不是你写的？"

林叁七在心里否认自己已经成年，不会再干这种幼稚事，抬头却见他指着的地方，真写了一行字：

cxy是个讨厌鬼，祝他一辈子长不高。

……还真是她的字，还真是她写的。

久远的记忆被这行字唤起，蒙尘的纱被揭开，朦胧的回忆变清晰。

她想起来了，八年前离家出走，和妈妈吵架的原因。

是因为陈戌懿。

当时，她又和陈戌懿闹了矛盾。

因为陈戌懿突然犯贱，走到她面前，跟她炫耀说："我比你高了！"

生长期的小孩，对身高格外在意，尤其大人们总把个子更高的那个，当成哥哥姐姐。两个人的身高分明不相上下，却还要比个高低，哪怕是0.1厘米，也要分出胜负。

也因为量身高时0.1厘米的误差，他们开始争吵，一个说把头发算进去了，量多了，一个说头发也算身高，还被你压扁了，量少了。

吵得厉害，引来了林妈妈。

和陈妈妈的温柔协调不同，林妈妈对小孩的管教向来严厉，就像她利落的工作作风，哪怕处理小孩吵架，也快刀斩乱麻，简单粗暴。

两人被命令闭嘴，去拥抱对方，互相说出对方的十个优点。

她死活不愿意，和妈妈吵了一架后，跑出了家门。她太过于生气和着急，以至于出门时，手里还攥着量身高用的记号笔。

于是，留下了这一行充满怨念的字。

林叁七总算回忆起，当时并不胆大的她，怎么敢那样反抗妈妈，还闹离家出走。

原来堵在心里的那口气，罪魁祸首又是陈戌懿。

"我现在长这么高，"陈戌懿突然说，"让你失望了，对不起。"

他真是抓住机会就道歉，但林叁七还是不想理他，别着头。

陈戌懿却靠过来，声音很轻地，问："真不和我说话了吗？姐姐。"

-109-

近在咫尺的声音，和淅沥的雨声，一起钻进她的耳朵。

林叁七下意识转过头，微微睁大的眼，对上他的目光。

少年人眼尾朝下的优势在此刻尽显，小狗一样的可怜眼神，光是看着就令人难以拒绝。

他湿润的眼睛看着她，又喊了一声："姐姐。"

3

林叁七别过脸，不再去看他让人动摇的眼睛。

陈戌懿却像是抓住了她的弱点，一声声地在旁边喊她：

"姐姐，要吃糖吗？"

"姐姐，吃了糖可以原谅我吗？"

"姐姐，失恋是不是很难过，要不要抱抱？"

他甚至张开手臂问她，狭小的空间变得更拥挤。

林叁七终于没忍住，扭过头，推着他的肩膀骂："你是不是有病！"

陈戌懿竟然还真点头，伸手过来要让她把脉："我有病，得了很严重的病，林医生给我治治吧。"

林叁七没好气拍开他的手："我学的兽医。"

他却没脸没皮地笑："我不是林医生的'小狗'吗？"

"……没救了，等死吧。"林叁七象征性地摸了下他的手腕，甩下诊断。

他配合地咳嗽几下，倒在她肩上，拖腔带调地"啊"了声："我死了。"

林叁七抿紧要上翘的嘴角，肩膀却止不住地抖。他的脑袋从她肩膀滑脱，他又立刻靠回去，继续装死。

林叁七的肩膀抖得更厉害，按着他的脑袋，嫌弃地从身上推开："死人才不会动。"本是要骂他，笑声却没控制住，在说话时漏出来，瞬间没了杀伤力。

陈戌懿先睁开一只眼，偷偷瞧她，被她看见，又立马闭上。

"别装了。"林叁七真是烦死他这样耍赖，害她一点脾气都没了，"快去把伞捡回来，我饿了，我要回家吃饭。"

陈戌懿立马睁开眼睛，从裤兜里摸出两根棒棒糖，橙色的橘子味，和绿色的苹果味。

林叁七抽走绿色的那根，拆开塞嘴里。

"咦，"陈戌懿惊讶，"你不是喜欢橘子味的？"

林叁七凶他："换个口味不行吗？"

她就是故意抢走他想吃的味道。

陈戍懿愣了下，若有所思地笑："换个口味挺好的。"

雨还在下，自行车比两人先回到家——托热心市民李梓华的福。

谁也不知道这两人在外面发生了什么，但当天晚上，小小年纪的林拾六，承受了这个年纪不该承受的黑暗。

林叁七披着毯子靠在沙发上，踢了下旁边陈戍懿的腿："林医生的肩膀好酸。"

陈戍懿抬头，茫然一秒，立刻会意，放下手机，过去给她捏肩。

客厅只有三人，林拾六目睹一切，林拾六目瞪口呆。

他的好队友、好哥哥，已经弃明投暗，他该何去何从？不行，他是硬汉，他不能向黑暗屈服！

"泳池的水好深，我的腿好酸。"林叁七看着他，语气平平地说。

林拾六茫然两秒，又和她对视三秒，放下平板电脑，过去给她捶腿。

十二岁的硬汉，灵魂可折叠。

接连下了几天雨，放晴时，空气像是被洗过般清新。走进院子里，能闻见雨后独有的，青草和泥土的芬芳，这是林叁七很喜欢的味道。

站在阳光晒不到的阴影里，她深呼吸几次，心满意足地回到屋里。

墨绿色的单人沙发，陈戍懿屈腿窝在那儿，一只手撑着脸，一只手拿着手机在刷，时而甩一下头，像是要甩走睡意，头上扎的小辫跟着他动作晃。

他这几天一直在刷手机，也不知道在看些什么。

林叁七想了想，从冰箱里拿了根草莓味棒冰，掰成两半，走过去，短的那半截递给他，状似无意问："在跟人聊天？"

她有点担心这人还想着撬墙脚那事，虽然这几天，他心情看上去挺不错，像是走出了失恋阴影。

陈戍懿接过棒冰，咬在嘴里，乖乖把手机竖到她眼前。她看清上面的内容，原来是在刷科目一的题目。

林叁七"哦"了声："考驾照啊。"

成年了是可以考驾照，不过她不准备学车，寒假太冷暑假太热，上学没时间。

陈戍懿笑得有些得意："等我带你上路兜风。"

林叁七没放过怼他的机会，故意说："你确定不是送我上路？"

他的笑脸瞬间垮下，郁闷道："你就这么不相信我？"

林叁七:"我不相信任何一个新手司机。"

"好吧,"陈戌懿耸了下肩,"那我先载林拾六上路。"

实在是"上路"这个词太有歧义,他偏偏还说得认真,林叁七实在忍不住,笑出来:"拾六做错了什么?"

"……我们会平安回来!"陈戌懿气得直冲她喊,喊出来的架势,却更像是要带林拾六去上战场。

林叁七止不住地笑,他伸手要来捏她的脸,被她躲开。

她坐上沙发扶手,棒冰咬在嘴里,两只手去按住他的脑袋,扯下他扎着小辫的发绳,把他的头发揉得乱糟糟。

"你的头发还挺好摸的?"林叁七咬着棒冰,笑得含混不清。

陈戌懿竟然也没反抗,低着头应:"是、是吗?."

林叁七没看见他头发下红透的耳根,突然心血来潮,说:"我帮你扎头发吧!"

她还没给男生扎过头发呢。

陈戌懿却立刻从她手里逃脱,退到沙发一角,一个劲摇头。

"来嘛。"林叁七满脸笑意。

陈戌懿还是摇头,不肯再让她上手。

林叁七想强买强卖,听见一声狗吠,转头朝门口看过去,一只哈士奇蹲坐在那儿,吐着舌头,蓝色的眼睛看着这边。

"'老板'!"林叁七立马被大狗吸引注意,朝哈士奇走过去,蹲在它面前,揉狗头捏狗脸,"怎么又离家出走了?你老爹又没理你吗?"

这只叫"老板"的哈士奇是简伯伯家的,不拆家,却很爱离家出走。稍微被主人冷落,它就从屋子里跑走,也不跑远,就固定地在别墅区这几家串门。

久而久之,大家也都习惯,有时间就陪它玩一玩,再送回去,没时间就给点零食给它,等它主人来接。

哈士奇像是听懂人话,扯着嗓子,"嗷呜嗷呜"地嚎了两声,仿佛在诉苦告状。

林叁七摸摸它毛茸茸的脑袋,起身:"走,去院子里陪你玩会儿。"

她带着哈士奇要出门,却被陈戌懿叫住,转身,看向还窝在沙发里的他,问:"怎么了?"

"……头绳。"他憋了半天,冒出一句提醒。

"哦!"林叁七才想起这事,朝这边走过来的时候,习惯性地把头绳戴上手腕。

她走回去,把头绳还给他。

陈戍懿没马上接,而是问:"不给我扎头发了?"

林叁七本就只是一时心血来潮,早就把这事抛在脑后,漫不经心地说了句:"你不是不乐意吗?不乐意算了。"

"哦……"

他低低地嘟囔了声什么,林叁七没听清,问了句,他又说:"没什么。"

她没放心上,跑去院子里和哈士奇玩飞盘。

陈戍懿盯着屋外,俊眉下压,前牙在嘴巴里磨出响。

有了新欢忘了旧爱,连太阳都愿意晒了。

区区一只哈士奇,啧。

林叁七正和"老板"玩得尽兴,头顶突然多了把遮阳伞,转过头,陈戍懿站在她身侧,另一只手里拿着牵引绳,脸色臭臭的:"玩得够久,该送它回家了。"

林叁七还没玩够呢:"再玩会儿。"

"简伯伯要担心。"

"……好吧。"林叁七接过牵引绳,给哈士奇套上。这牵引绳是陈爸爸特意给"老板"买的,陈爸爸一直想养狗,但至今还没能决定要养什么狗。

她牵着狗绳,陈戍懿撑着伞,和她并肩走。

水泥路还没有完全干透,道路两旁的树,被雨水冲刷后,似乎绿得更浓郁。阳光穿过枝叶缝隙,洒下不规则的金色光斑,残留的雨水,偶尔沿着叶脉滴落。

走在路上,陈戍懿突然问了句:"谁的头更好摸?"

林叁七一头雾水:"什么?"

陈戍懿抬了抬下巴:"我,和它。"

林叁七睁大眼睛:"你这也要比?"

连狗都不放过,"男大学生"的胜负欲是有多强?

"啧!"陈戍懿皱着眉,还挺较真,"痛快点,给个答案。"

林叁七忍不住发笑,被他瞪了眼,她笑得更厉害。

她笑了一路,直到回家,也没给他一个答案。

某些东西的改变总是悄无声息,是时间堆砌的潜移默化,但意识到这一点,可能只需要一瞬间。

"女大学生"在房间独自待着时,想起白天的事仍会发笑。撑着下巴抬头,看见软木板角落的高中合照,她又笑出来。

笑完后,却突然发觉,自己把照片换到了正中央。而原本待在那儿的,和陈嘉巳的合照,被她随手搁在桌上。

林叁七的笑容僵住,她在干什么?她在笑什么?

白天的事都过去几个小时了,她怎么还在笑?

一张高中时候的合照而已,还是不情不愿拍下的合照,她为什么要看着他笑?

即使还没谈过恋爱,她也并非情窦初开,所以立刻就明白,她这些"为什么"的答案。

但是,不应该。

他们是从小到大都在吵架的冤家,他是她讨厌了十几年的讨厌鬼。几天之前,他们还大吵了一架。对他产生那样的感情,这不应该。

这怎么可能?

林叁七连忙把那张合照放回原来的角落,把桌上的照片贴在中央,想了想,又揭下,中央的位置,换上那张眼神呆滞的十八岁生日照。

做完这些,她急匆匆走出卧室,急需冷水冲脸,冲去那些不应该产生也不可能成真的念头。

她满脑子都是不可能,以至于没听见那么明显的水声,推开卫生间的门,里面的人和外面的人同时被吓一跳,分不清是她先闭上眼,还是他先拿起毛巾裹住腰间。

林叁七捂着眼睛鬼叫:"你洗澡怎么不锁门!"

陈戌懿被头发上的泡泡迷了眼,也闭着眼鬼叫:"我记得我锁了门!"

林叁七火速关门离开,这辈子为数不多的百米冲刺,用来跑回卧室,脸色像樱桃,但樱桃不会发烫。

庆幸他是背对门口的,庆幸他洗的热水澡,卫生间里雾气缭绕,所以还没到最坏的情况。

"女大学生"如此安慰自己。

但还是……

穿着衣服看着清瘦,脱下衣服的身材,却比想象中精实。腰背、臀部、大腿,看上去都很有力量,肌肉线条恰到好处的紧实。

难怪他沙排打得很好。

睡着之前,她还在迷迷糊糊地想这件事。

亲身经验证明，睡觉之前，不能想太多乱七八糟的事。凌晨三点，林叁七从梦里醒来，失神地望着天花板，嘴里喃喃："我可真是……"

春天都过去那么久，她却还在做春天的梦。

这不应该。

实在不应该。

4

阳光，蝉鸣，她并不安稳的睡眠，被夏天的特色吵醒，睁开眼睛，意识回笼，大脑仍然困倦。

林叁七打着哈欠去洗漱，在卫生间门口，遇见昨晚梦里出现的人，让她失眠的罪魁祸首。

视线有一秒的交汇，又同时错开。

她低下头，目光落在他垂在身侧的手。他有一双很适合弹钢琴的手，手指修长，骨节分明，指甲修剪得圆润干净，手背依稀能看见青色的血管。

他刚洗漱完，身上带着清凉的薄荷气息。

短暂的沉默后，陈戌懿先开口道："卫生间的门锁坏了，今天会找人来修。"

"哦……"

尴尬在蔓延，没再多交流，陈戌懿和薄荷的味道一同离开。

林叁七悄悄转身，盯着他的背影。眼熟的蓝色T恤，套在他身上很宽松，又给人清瘦的错觉。或许，不只是上衣的缘故，还有及膝短裤下，修长匀称的小腿。

但她的目光，没在他腿上停留很久，不自觉上移，停在……

林叁七猛然回神，即刻转过身，低声骂了句自己："晚上做梦还不够，白天还要盯着看。"

她狠狠用冷水冲洗脸颊，冷却上升的温度。洗漱完，她回房间护肤，被镜子里眼周暗沉的女生吓到，连忙拆了片眼膜敷上。

下楼去吃早餐，遇见林拾六。林拾六或许今天又听了太多《勇气》，看见她时直笑："姐你要去拯救世界了吗？"

他在嘲笑她新买的眼膜，像面具一样覆盖上半张脸，银色膜布，过于夸张的闪亮。

林叁七此刻不能做出太狰狞的表情，上半张脸冷静，下半张脸咬牙切齿："你过来，我保证不把你打死。"

林拾六做了个鬼脸，转身就跑，差点撞上朝这边走来的陈戌懿，还好"男大学生"反应机敏，及时伸手将他稳住。

"小心点。"

林拾六急于向好哥哥分享："你快看我姐！笑死了！"

陈戌懿闻言抬头，朝那边看过去。

林叁七飞快地背过身，撕下眼膜，转身怒瞪林拾六："有什么好笑的，没见过美女敷面膜吗？"

陈戌懿也看着林拾六："哪里好笑？"

林拾六大呼可惜："哎，她怎么给撕掉了！"

林叁七松一口气，还好没被他看到。

有那么搞笑吗？她不理解。

吃早餐时，她还在想。吃完早餐，她还没想通，反而更不理解另一件事。

她为什么……会害怕被陈戌懿看到？

不能够，不应该。

这天早上，"女大学生"把这六字默念了一千遍。

庆幸自己没报名学车，光是看着毒辣的太阳，林叁七就完全没有出门的欲望。

最近半个月，陈戌懿几乎每天出门去学车，已经过了科目一，现在在学科目二。

林叁七在网上搜了下考驾照最短需要多久，又掰着手指头数了数，算出这个暑假，应该坐不上他开的车。

今天他一大早出门去考科目二，下午回来时，怀里却多了一个小女孩，扎着两羊角辫，四五岁年纪。

林叁七疑惑："你捡到走失儿童了？"

"李梓华的表侄女。"陈戌懿解释，"他临时有事，让我帮忙照顾半天。"

林叁七"哦"了声，要扯个笑脸跟小姑娘打招呼，小姑娘却先一步缩回陈戌懿怀里，留给她一个后脑勺。

小姑娘抱着陈戌懿的脖子，在他耳边小声说："坏女人。"

林叁七垮着张脸，见怪不怪。

长了张跟她爸一样的恶人脸，真是对不起。

不知是看到她的表情，还是听到小姑娘的话，陈戌懿止不住笑出来。

林叁七不满地瞪他一眼，他稍稍收敛笑意，同小姑娘温声解释："姐姐只是看上去有点凶,其实她人很温柔。"

这句话只有前半句是真的,林叁七内心毫无波动地想。

小姑娘叫小夏,因为在夏天出生。这潦草的取名方式,和林叁七她爸如出一辙。年纪小的缘故,说话带着小奶音,很可爱,让人忍不住想逗她。

林叁七在客厅转了两圈,去林拾六的零食窝藏地点,拿了包海盐薯片,试图跟她拉近关系。

"小夏,要不要吃薯片?"林叁七努力摆出一个看不出坏相的温柔脸。

小夏却没理她,扭头抱着陈戍懿的手臂。

林叁七的笑脸再度垮下。

长了张不讨小孩喜欢的坏人脸,真是对不起。

小夏仰着脑袋对陈戍懿说:"哥哥,我想玩过家家。"

陈戍懿应了好,却又话锋一转:"玩之前,姐姐在跟你说话,你要不要先回答她?"

林叁七意外地看了他一眼,还以为他又会幸灾乐祸,没想到这会儿竟然帮她。

又被他哄了几句,小夏终于转过头,面向林叁七,接过她的薯片,奶声奶气说了声"谢谢"。

林叁七捂住心口,灵魂在融化。

终于挨过最难的开头,接下来的交流,逐渐顺利。

小夏开始主动跟她说话,甚至邀请她一起玩过家家。

林叁七开开心心地应好,听到人数不足,立刻拉来躲在二楼打游戏的林拾六。如果小夏还要,她甚至可以跑去三楼,把二十多岁的陈嘉巳也拽下来,陪五岁的小女孩玩过家家。

然而……

"为什么我是抢婚的坏女人?"

梅开三度,林叁七又一次垮下脸。这个过家家剧本似曾相识,但她这次扮演的角色,和十多年前截然相反。

被小夏女王册封的新郎骑士陈戍懿笑得一脸开心,幸灾乐祸写在脸上:"这叫风水轮流转。"

林叁七瞪了他一眼:"你又好到哪里去,还不是被我包养?"

"骑士"笑容消失,脸色变红,舌头打结:"当、当着小孩面,胡说什么呢!"

林叁七即刻意识到说错话,脸热地捂住嘴:"抱歉。"

她笃定小夏一定跟父母看了不少八点档，睡前听了很多遍《仙德瑞拉》，未来绝对是个脑洞奇葩的创作家。

小夏的剧本，坏女人是骑士的恶毒继母，丈夫去世后，一直虐待骑士。骑士和女王相遇在舞会，女王爱上了骑士，但骑士不得不在午夜十二点前赶回家。

女王对骑士念念不忘，于是拿着信物"薯片"满城寻找，终于找到骑士，把骑士从坏女人的家里解救出来。

结婚时，坏女人来婚礼捣乱，要打倒女王，抢走骑士。骑士为保护女王，和坏女人进行决斗。

如果剧本只是到这里，林叁七还姑且觉得，这只是个性转版本的《仙德瑞拉》。

但鬼知道，这小姑娘到底看了什么狗血电视剧。

骑士和坏女人决斗时，坏女人竟然在最后一刻丢下了剑，心甘情愿被骑士刺死，在死之前，对骑士来了场深情告白。

——如果你当年没有辜负我，我就不会嫁给你爸，就不会虐待你报复你。其实我爱的一直是你。

但还没有结束，林叁七感到震惊，竟然还没结束。

坏女人死后，骑士坦白，当年并没有辜负你，是我爸把我锁在屋里，不让我去见你。其实我也爱你，我只把女王当成你的替身。

女王震惊，女王拔剑杀死了新郎骑士。

两个成年人听完小夏女王的完整剧本，从微笑，到失去笑容，最后双双沉默。

林叁七真心感慨："这孩子可真是个天才。"

十几年前的她，完全比不上，现在都比不上。

陈戌懿心情复杂："听说李梓华的表嫂在做编剧。"

上次打沙排的时候聊过。

原来如此，林叁七点头："问问李华，他表嫂写过什么剧本，让我也学习学习。"

陈戌懿："……好。"

只有林拾六茫然："我呢？我演什么？"

小夏女王说："你演观众。"

她甚至知道需要观众。

林叁七和陈戌懿同时低头，肩膀抖动的幅度快要一样。

剧本很完整，但场地有限，演员有限，小夏女王的精力也有限，只能选择性地演出几个名场面。

又当编剧又当导演又当女王，身兼数职还尽心尽力，林叁七越发肯定，这孩子将来是拍电影的料。

"现在骑士要亲吻女王，哥哥，你该亲我了。"小夏导演发话，朝陈戌懿嘟起嘴巴。

林叁七抱着双臂在场外看戏，坏女人在等待这个亲吻后的打斗戏份。却见陈戌懿在她面前蹲下，与她平视，认真地拒绝："哥哥不能亲你。"

小夏问："为什么？"

陈戌懿："你是女生，我是男生，我们是不一样的，所以不能随便让我亲你。"

小夏不明白："男生不能亲我吗？那什么时候可以让男生亲我？"

陈戌懿："等你再长大些。"

小夏还是不明白："可是爸爸就喜欢亲我。"爸爸妈妈每天都会给她晚安吻，爸爸去上班的时候，也会过来亲她一下。

陈戌懿耐心跟她解释："因为他是你的家人，我只是你叔叔的朋友。"

"哥哥也是我的朋友，那朋友可以亲了吗？"小姑娘的性别意识还没完全建立，以为问题出在"朋友"上。

"好朋友可以握手和拥抱，但亲吻只能是和家人。"

蹲得有点久，他换了条腿支撑重心，又说："不管是谁，如果你不愿意让他们亲你，就跟他们说不行。尤其是不熟悉的人，一定要大声拒绝。"

小夏有点苦恼："如果他们还是要亲我怎么办？"

"那就赶紧跑走，去找你的爸爸妈妈。"

小夏似懂非懂，但还是受教地乖乖点头："那下次叔叔再亲我的脸，我要跟他说不准亲！"

陈戌懿摸了摸她的小脑袋，不吝夸奖："没错，小夏真厉害。"

被表扬的小姑娘露出笑容，表情带点小骄傲，她马上改了台词："现在骑士要拥抱女王，哥哥，拥抱可以吗？"

"当然可以。"陈戌懿笑着张开手臂，小夏朝他怀里扑过去，惯性让他稍稍后仰，但还是将她稳稳接住。

受老天眷顾的少年，才能笑得这么好看。阳光像从门口偷跑进来，让屋子里这么灿烂。

林叁七有些恍惚，忽然有点理解，为什么他这么受小孩欢迎——他并不把小孩只当成小孩，他愿意陪他们胡闹，但并不只是陪他们胡闹。

或许，伍伊可说得对。陈戍懿并没有她想的那么幼稚。

在她看不见的地方，在她看不见的时候，他已经成为一个靠谱的大人。

手臂被人拍了几下，林叁七回过神，转头看向拍她的人。

唯一的观众提醒她："姐，你该去抢婚了。"

一秒回到现实。

林叁七生无可恋地走过去，拎着根捡来的树枝，很敷衍地入场，很敷衍地坏笑，语气平平地念台词："哈、哈、哈，我是来抢婚的坏女人，我要把新郎抢走。"

小夏抑扬顿挫地跟她对戏，又把陈戍懿推上场："我的骑士，快去打败她！"

在场"唯二"的两个成年人，即将上演相爱相杀的戏码。

陈戍懿同样拎着树枝，一脸尴尬地朝她走过去。

林叁七面无表情地看着他，顶着生无可恋的眼神，和他对上目光。

他瞬间笑场，手里的树枝落地，又赶紧捡起来，脸上仍是笑。

林叁七无奈："你笑什么？"

陈戍懿没说话，只忍着笑一个劲摇头，白皙的脸都憋红。

"……你笑什么呀！"林叁七有些恼，却也觉得莫名好笑，跟着一块笑出来，边笑边抱怨，"都怪你，搞得我也要笑场了。"

骑士和坏女人一个接一个笑场，小夏导演资历不够，没办法控住场，还好陈妈妈端着西瓜及时出现，招呼他们过去吃西瓜，同时救了几个人。

林叁七逃过一劫，西瓜也没去吃，赶紧逃回卧室。再可爱的孩子叫她继续去玩过家家，她都要装死。

在房间没待上多久，房门被敲响，她往嘴唇上擦了层粉底，提前做好装病的准备，开门，却只看见清瘦俊朗的少年，手里端着一碗切成块的西瓜。

"你的嘴怎么这么白？身体不舒服吗？"陈戍懿第一眼看见她发白的嘴唇。

"化了妆，装的。"林叁七抹了两下，没抹掉，又叮嘱他，"待会儿别再叫我下楼，打死也不想玩过家家了。"

他了然地笑："你更喜欢当新娘？"

"当然。"虽然她不想再玩，是觉得跟他对戏很尴尬，但也不否认这点，"谁喜欢当坏蛋啊。"

"我喜欢啊。"陈戍懿肩膀靠上门框，嘴角挂着笑，"我不就一直在当你的坏蛋?"

少年含笑的双眸,澄澈如后院泳池中碧色的水。清朗的嗓音,动听似冰块落入樱桃汽水。

气泡涌上她的胸腔,在心口的位置,密密麻麻地炸裂开来。

林叁七即刻从他手里接过西瓜,谢谢,再见,关门。

房门阻隔少年困惑的目光,她无力地倚在门上,努力忽略急促的呼吸。

一定是今天的气温太高,她好像中暑,所以心跳在加速。

这和他无关。

绝对和他无关。

小夏女王在吃完西瓜后消停,被陈戌懿陪着,在客厅看动画片。

傍晚时分,失踪的李梓华总算出现,来接她回去。小姑娘却开始闹,起初是不愿意走,闹着闹着,又吵着要去海边看烟花。

因为李梓华把她塞给陈戌懿时,随便找了个借口哄她,乖乖在这里待上半天,就会带她去海边看烟花。

总有厚脸皮的大人,以为小孩的记忆只有七秒,珍贵的承诺张口就来,却不知道失信这件事,能被小孩惦记一辈子。

乖了一天的小夏,这会儿又哭又闹。罪魁祸首手足无措,向好友求助:"怎么办?"

林叁七鄙夷地怼他:"谁让你随便对小孩夸海口,他们可什么都懂。"

李梓华苦着脸说:"就这一次,我也就骗了这一次。"

林叁七继续攻击:"你也知道是骗,一次也能让你这个叔叔信用爆炸,好好跪下给她道歉吧你。"

在这片区可不能经常见到烟花,只有像跨年这样重要的节假日,才会有烟花秀。

只能让李梓华好好道歉,承诺以后都不再骗她。

她正这样想,忽然听见小夏兴奋的声音:"我们要去看烟花咯!"

林叁七扭头,陈戌懿抱着小夏走过来。小姑娘已经被他哄好,尽管眼角还是红的,脸上却笑容灿烂。

她惊讶:"你要带她去看烟花?现在哪里有烟花?"

"去那儿就有了。"陈戌懿把小夏交给她,"不过我和李梓华先去,你们得晚点出门。"

林叁七从他手里接过小姑娘,眼神询问,到底要干吗?

-121-

他却只是笑着提醒:"海边风大,你们多穿点。"

天空从橘色渐渐变成深蓝,坡道两旁的路灯投下暖黄的光。

林叁七披了件外套,也给小夏套了件外套,收到陈戌懿的消息后,带着她出门。

她们去了最近的海滩,夜里风大,她后悔没绑起头发,头发吹得乱糟糟,还总飞到小夏的脸上,小夏不愿意再让她抱,被她牵着走。

海滩没灯,林叁七远远瞧见那边模糊站着的两个人,听到李梓华大呼小叫的声音,埋怨这风怎么这么大,火都点不着。

她牵着小夏朝那边走,隔着十几步远的距离,那边忽然燃起光亮。

明黄色的,耀眼的火星。

是烟花棒。

小夏发出激动的呼声,松开她的手,开心地奔跑过去。

陈戌懿拿着烟花棒,宽松的白色衬衫在风中飘动,像鼓起的风帆。海风吹乱他的头发,烟火照亮他弯起的眼睛,灿烂的笑脸。

少年身后是一望无际的深蓝色的海,他站在那儿,朝她挥手,大声呼唤她:"林叁七——"

他的声音融入风里,融进海浪声中。

林叁七在原地站了会儿,撩开被吹在脸上的长发,终于朝他走过去。

好吧,她要认输了。

她承认,加速的心跳,与他有关。

不管应不应该,她在十八岁的夏天,喜欢上了一个讨厌鬼。

曾经的讨厌鬼。

第七章
有喜欢的人了

1

屋外蝉鸣喋喋不休，叫了一整个夏天，它们的生命也快到尽头。

新手司机的驾照还没考到手，就回了学校，他先回来，也先走。陈戌懿返校的第三天，林叁七的行李箱也被搬下楼。

下午两点，林叁七从冰箱里拿了根棒冰，橘子味，掰成两截，一半递给林拾六。

她靠在门口，阳光炙热，花园里的无尽夏仍旧热烈绽放，无论迎接，还是送别。

"想吃西瓜。"林叁七咬着冰棒，忽然说。

林拾六难得在她离家前一刻，主动殷勤："厨房还有，我去给你拿。"

他拿了一片西瓜过来，林叁七却摇头："不要，想吃切成块的。"

林拾六没这耐心，自己往西瓜中间啃了一口："你好麻烦，不吃我吃。"

林叁七咬着棒冰叹气，像自言自语，语气幽幽："唉，你不懂。"

陈嘉巳的车开出车库，她把吃完的半截塑料壳塞给林拾六，走过去，钻进车里。

车缓缓开出蓝色大门。她的暑假结束了。

沿途的风景在车窗里后退，院子里的樱桃树，围墙上的凌霄花，望不见尽头的海，无人光顾的沙滩。

天还是一样的蓝，阳光还是一样的刺眼。

林叁七打开车窗，带着热气的风迎面而来，她披散着的长发，胡乱地飞舞，但总算爽快些。

"心情不好？"陈嘉巳问。

林叁七靠在车窗沿，怏怏地开口："没人会开心地回学校。"

陈嘉巳笑了声，没再多说什么。

她闭着眼睛，安静地吹风。

真难过，还没到学校，就开始想家了，西瓜，棒冰，樱桃酒，小黄鸭。

到学校时，已经傍晚。天空变了颜色，旖旎的红和紫，连晚霞都似乎比家里的要黯淡些。

林叁七是宿舍最后一个到学校，但宿舍只有姜莉丝一人，其他人都去吃饭。

把行李箱拉进门，她就看见桌上一束香槟玫瑰，和一个Tiffany的项链盒。打开，里面躺着一条笑脸项链。

但笑脸没能在她的脸上出现。林叁七把东西放回桌上，看向正在卸妆的室友："Who（谁送的）？"

姜莉丝头也没回，对着镜子卸眼线："除了徐耀，还能有谁？"

徐耀是隔壁班的男生，同时也是林叁七的追求者。

林叁七一脸严肃，问："我是否需要向宿管举报，有男生闯进女生宿舍，意图不轨。"

姜莉丝撕下双眼皮贴，说："得了，他跟我一块进来的，顺便让他搬了个行李。"

"哦，你是共犯。"

姜莉丝这次回了头，好让她看见自己的白眼。

林叁七侧身，下巴指了指桌上的东西："帮我还回去，我就不举报你。"

"……你自己去跟他说。"姜莉丝转过身，继续对着镜子卸妆，"我没兴趣参与你和校园男神的暧昧拉扯。"

林叁七叹气，什么拉扯，这顶多是扯皮。

她给徐耀发了条消息，要把东西还给他。他秒回，却是要约她吃饭。

林叁七：如果你订了蛋糕的话，我不去。

她没理由再跟他过一次生日，也并不想。

徐耀：放心，没蛋糕没惊吓，普通晚餐。

林叁七简单收拾好行李，拿上项链盒，去了他发过来的餐馆。

傍晚的气温没低多少，空气里的热浪，让习惯待在空调房的她窒息。即使餐馆就在学校大门外的街道，路不远，走到那边，林叁七也觉得疲惫。

身体和心理同时疲惫。

徐耀比她先到，在门口站着，等她。

远远就看见站在那儿的男生，水蓝色的短袖衬衫，白色的宽松长裤，头发稍有些卷，看得出被很好地打理过。

徐耀是个把形象管理得很好的男生，无论发型、穿搭，还是硬条件身材，姜莉丝在宿舍说他是校园男神，并非夸张。

但归根结底，让他在一众男大学生中脱颖而出，那张脸的功劳最大。

就像现在，他只是随意地站在门口，就吸引了不少视线。

林叁七想起另一个穿蓝色很好看的人，不知道他在学校，是否也这样，张扬地引人注目。

她忽然有点烦躁。

"老板说你在这儿帮他拉客，他给你免单？"林叁七走过去，张口就是阴阳怪气。

徐耀习惯了她的不客气，推门让她先进，顺口接下她的玩笑："我帮他拉到的客人，只够免单吗？"

学校附近的餐馆都平价，店面不大，一到饭点挤满学生。徐耀早有预料，所以选了家能预订餐位的餐馆。

两个人没点很多菜，不然要浪费，林叁七选了一份蛤蜊鸡，但吃了一口就后悔，这和家里做的不能比。

她没什么胃口，戳了戳碗里的白饭，最后选择喝饮料。

一杯西瓜汁见了底，徐耀问她："你光喝水？"

林叁七撑着脸，表情怏怏："没心情，不想吃。"

徐耀给她添了一杯西瓜汁："因为我？"

"因为开学。"

"看来你的暑假过得很愉快。"他得出结论。

林叁七总算笑了下，嘴上却是不甚在意的语气："还行吧。"

吃完饭，她把项链还给他。很直接，连拒绝的理由都没找。

徐耀知道她的脾气，没勉强她，反而乐观地庆幸："至少你没拒绝我的花。"

林叁七没什么波动地扯了扯唇："你怎么知道我没扔掉？"

她只是觉得，大热天抱着一束花走来走去，对身体太不友好，且抱着一束花来见他，也太招摇。她不喜欢做招摇的事，也不喜欢被人误会。

徐耀举起双手做投降状，半开玩笑地说："别太打击我，我也是会难过的。"

-125-

他是个懂分寸感的男生，即使是锲而不舍的追求，也不会给人逼迫的感觉。这是他从丰富情史中，得来的经验。

姜莉丝和他高中同校，从姜莉丝那里，林叁七听过不少关于徐耀的风流经历，几个月换一次女朋友，和每一任女朋友最长的交往时间，不超过三个月。

林叁七不解的是，她到底是哪里吸引了徐耀，还是激起了他的征服欲望，这一年没见他去交几个女朋友，反而只追着她一个跑。

姜莉丝说，这是浪子回头，你好大的福气。

林叁七当时白眼要翻到天上："这福气给你，你要不要？"

被徐耀送到宿舍楼下时，天空变成深蓝色，路灯到时间亮起，飞蚊扑向黄色的灯光，夜色在香樟树的树影中显现。

徐耀跟她告别，她想了想，把他叫住。

对上他询问的目光，林叁七开口："我有喜欢的人了。"

徐耀稍愣了下，随即笑道："是吗？"

被她拒绝的次数很多，理由也不少，不喜欢他，对他没感觉，没恋爱的打算。但这是第一次，她说她有喜欢的人。

而且，是在他没有表白的情况下，主动说起。很难得。

林叁七很少跟别人提自己的情况，无论是对他，还是对她的室友。即使追求了一年时间，他对她的了解也并不够多。

可能她自己都没觉察，她真的有点冷漠，不是对别人冷眼旁观的那种冷漠，而是很难让她敞开心扉，拉近距离。

她只倾听，不倾诉。

林叁七耸肩，没打算说更多，满不在乎地开口："爱信不信。"

徐耀笑了："只是有喜欢的人，他还没成为你的男朋友，所以，我还有机会。"

林叁七叹气，对他耍赖般的执着有些无奈。其实她并不擅长应付这种人，因为她不会为这种执着心软，又觉得这样心硬的自己很罪恶。

"你跟我一个朋友真的很像。"她感慨似的说。

徐耀挑了下眉，问："男生朋友？"

"女生，"林叁七没故意撒谎刺激他，"一个执着的神经病。"

"虽然我不是神经病，但是，"徐耀看着她笑，"你能和跟我很像的人成为朋友，我还挺开心。"

这不是假话，他的笑容也真诚，完全看不出，他是姜莉丝口中那个一堆风流史的浪荡子。至少现在不是。

林叁七没回避他的视线，对上他含着笑的目光，认真道："如果你不喜欢我，我们也可以成为朋友。"

徐耀仍旧笑着，却是摇头："可惜我们只是同学，不是朋友。"

短暂聊完，林叁七并不愉快地回到宿舍。

其他两个室友已经洗完澡上床，姜莉丝正在摆弄那束花——林叁七出门前塞给她的。

瞧见她回来，姜莉丝不掩饰眼神里的八卦："吃饭吃得怎么样？"

林叁七把挎包丢到桌上，瘫在椅子上，仿佛应酬后被榨干精力的"社畜"："幸好不是烛光晚餐。"

姜莉丝笑了下，没再继续聊。

在椅子上瘫了会儿，林叁七也拿着东西去洗澡，早早上了床，却没什么困意。

她习惯性地点进微信。

网友狗狗给她发了消息，问她回学校第一天，过得怎么样。

林叁七回了个"想家"，又退出聊天页面，点开另一个头像。

备注是"讨厌鬼"的聊天页面，最近一次聊天，还是好多天之前，他让她带着小夏去海边。

林叁七点进他的朋友圈，仍旧是一条横线，一片空白。不是屏蔽她，而是从来没发过朋友圈，因为他连朋友圈封面，都是默认的灰色。

不管她这几天刷了多少次，都没变过。

舌尖抵住前牙，狠狠"啧"了声，林叁七转头跟狗狗吐槽：这年头竟然有人一条朋友圈都不发。

狗狗竟然也不理解：为什么一定要发朋友圈？

林叁七才想起，狗狗也在不发朋友圈的这类人中。

她缓和了语气，回：并不是一定要发朋友圈，但或许有人想要从你的朋友圈，得知你最近的状态。

狗狗还是不理解，问：直接问不行吗？聊天不是更快？

这是只"直女狗狗"，林叁七怜爱地摇头，耐心地解释：这当然适用于不好意思找你聊天的情况，比如暗恋你的人。

狗狗秒回：别人暗恋我，关我什么事？

林叁七被这话给噎住，狗狗说得很对，但为什么她这么恼火？

林叁七下意识地就把自己代入了暗恋者的角色，深吸几口气，走出代入的角色，平复情绪。

幸好陈戍懿不是狗狗，不然她会被气死。

不，细想一下，陈戍懿也极有可能是这种想法。

这么一想，林叁七更代入自己，更恼火了！

狗狗又发来消息，问：你很喜欢看别人的朋友圈？

林叁七回：无聊时会刷，看看别人分享的生活。

狗狗回了个"哦"，就没再继续这个话题。

七七八八地聊着，快晚上十一点，狗狗催她放下手机去睡觉，活像她第二个妈。

林叁七说了声"晚安"应付，抱着手机又刷了半个小时，这才终于睡觉。

作息还没从放纵的暑假调整过来，睡得晚，醒得也晚，如果不是姜莉丝把她拍醒，她上课第一天就要迟到。

课间无聊，她拿出手机，习惯性点开朋友圈，往下划拉了两下，手指突然停住。

她看到一张照片。

一张陈戍懿坐在宿舍椅子上照片，显然是"他拍"，"直男"拍摄手法，和"直男"拍照姿势。

他穿着那件熟悉的蓝色T恤，右手比着剪刀手，笑得却僵硬，像拍考前证件照。

配字也正经得像个小老头：八月，再见！九月，你好！

但就算是这样，也得到很多他们共同好友的点赞。

李梓华还在下面评论：你中邪了？

其他共同好友，一一跟上队形，被照片主人挨个回了个"滚"。

林叁七点下保存，趴在桌上，脸埋在手臂里，无声地笑。

2

开学近一个月，林叁七迎来大学第一次实验课。

她学的动物医学，大一只学基础，纸上谈兵，大二才开始做实验。

解剖学实验，学到的第一个技能，是如何处死动物。

在实验室里待了一下午，林叁七也想了一个下午的时光机，能不能穿越回去，打死一年前选专业的自己。

从实验室出来，她没去吃饭，生理和心理双重不适，让她浑身散发低气压。走路低头玩手机，刷到陈戍懿新发的朋友圈，心情总算舒畅些。

他像是突然开了窍,竟开始经营朋友圈,每天在朋友圈分享乱七八糟的有趣小事。除开第一天那条无厘头的他拍,和过于正经的文案,他现在的朋友圈,还真有模有样。

今天的朋友圈是一张狗的照片。

他说,在路上看见一只狗,冲那只狗喊了声"江浪",狗没理他,江浪追着骂他。

伍伊可在评论里说:下次试试喊李华。

李梓华在评论里骂:是李梓华,呸,不许喊!

林叁七笑得不行,没想到乐极生悲,不小心误触两下,给陈戌懿点了个赞。

她手忙脚乱,连忙取消。

正心虚,肩膀被轻拍,她被吓一跳。

"抱歉,吓到你,一直叫你,你没听见。"徐耀打量她的表情,"听说你人不舒服,不习惯上实验课?"

林叁七不动脑筋想,也猜出他是从姜莉丝那里听说,随随便便应了句:"第一次上,没适应。"

她心里在想另一件事,朋友圈点赞后取消,会不会有提示?

徐耀问:"要去买点水果吗?晚上饿肚子,对胃可不好。"

"不用,宿舍里有。"

她从来没给陈戌懿的朋友圈点赞评论,都是偷偷窥屏,陈戌懿看到她点赞,会怎么想?

林叁七显然不是一心二用的好手,满脑子想着朋友圈的点赞,徐耀说了什么,她都没仔细听,等回过神来,不知怎么就稀里糊涂地答应,去看他篮球比赛。

但她没心思多扯,徐耀离开,她第一件事就是点开百度,搜索"点赞后取消,会不会有提示"。

还没来得及点确定,屏幕上突然弹出陈戌懿的微信消息。

开学后他们第一次联系,林叁七又被吓一跳,点开后发现,原来只是问她国庆回不回家,和朋友圈无关。

她松一口气,花了几分钟时间回到宿舍,才回复他:不回去,要陪"神经病"过生日。

她国庆要出一趟国,给伍伊可过生日,尽管伍伊可的生日在十月底。

陈戌懿回复倒很快,但言简意赅也冷漠,只有一个字:哦。

林叁七撇下嘴,手指敲了几个字又删除,最后还是编辑出来,发过去:你回去?

他的回复依旧又快又简洁:不回。

你不回去你问我回不回去干吗?林叁七只觉莫名其妙。

陈戌懿却又发来消息:你怎么把赞给取消了?

话题跳得太快,林叁七一时都有些蒙,反应过来后,突然心虚和慌张,果然还是被他看到。

她假装冷静:手滑。

讨厌鬼:点个赞还能手滑给取消了?

怀疑语气很明显。

讨厌鬼:赶紧重新点回来。

这次是命令。

林叁七莫名觉得好笑,感觉白担心,他压根没想过她是在窥屏,又有点开心,他竟然会在意她的点赞。

国庆假期把林叁七累坏,出了趟国,"人挤人挤人",如果不是为伍伊可庆生,她绝对不会在国庆出门。

回来后也没消停,连上了六天课,周日还被迫去体育馆充当观众,看篮球比赛,又是"人挤人挤人"。

林叁七坐在观众席前排,木着张脸,只觉得吵闹。

"你带了耳机吗?"她问姜莉丝。她的耳机忘记充电,真倒霉。

姜莉丝摊手:"我连包都没带。"

林叁七又扭头问另两个室友,竟然都是否定答案。

她叹气,被姜莉丝撞了下手臂:"你问问徐耀,他没准带了。"

"不,我……"

"徐耀!过来下!"拒绝的话没说完,姜莉丝就出声,把徐耀喊过来。

穿着白色球服的男生,拎着个书包,朝这边走过来。

他身材修长,长相出众,即使和十几个男生穿着同样的球服,也依旧是人群里最注目的那个。

尤其是他笑起来的时候。

引人注目的人走到这边,看台上的很多视线,自然也跟过来。

尽管没有视线恐惧症,林叁七还是皱了下眉。

姜莉丝直接跟他要:"徐耀,耳机带了没?林叁七要用。"

徐耀把书包丢到林叁七怀里:"想要什么,包里都有。"

林叁七拉开拉链,充电宝、耳机、饮料……竟然还有零食,她忍不住吐槽:"这是什么哆啦A梦的口袋吗?"

"专门给你准备的,"徐耀大方承认,"谢谢你能来看我比赛。"

林叁七平静道:"你应该谢谢我的学号。"

尽管很多女生冲着他来看比赛,但说实话,像林叁七这种周日想窝在宿舍的人,也比比皆是。

偏偏学校有个不成文的规定,无论是比赛还是讲座,只要需要人头,就强行塞满学生,整出排面。

于是,每次举办活动,每个班都会按照学号,安排学生去凑人头。

这次就轮到林叁七。顺便一提,她们宿舍的学号是连号,都是被安排来凑人头。

她想找人换,都没机会。

徐耀并不在乎原因,只关注结果:"总之你人来了。"

林叁七一本正经道:"我的心在宿舍,我的魂在家里。"

徐耀对答如流:"那你的人请给我加油。"

"哦。"林叁七敷衍地点头,"加油,为动医争光。"

比赛开始,徐耀作为前锋上场。

林叁七还是没用他的耳机,拉上拉链,把书包放在一边,没什么兴趣地玩手机。

还好手机电量充足。

姜莉丝忍不住说:"你可真是铜墙铁壁。"

林叁七点开微信,头也没抬,说:"我浑身漏洞,只是不喜欢他罢了。"

"为什么?"姜莉丝挺不理解,"他长得帅,性格也好,虽然前女友多点,但为了你浪子回头哎。"

她又旧事重提。

林叁七给狗狗发了一个"小狗昏倒"的表情包,一边说:"他好不好,和我会不会喜欢他,是两码事。"

行踪不定的狗狗竟然秒回:咋啦?

谢天谢地,有人聊天,她至少不会无聊到死。

比赛进行激烈,徐耀投进一个好球,引起场上欢呼。

林叁七没马上回复狗狗,而是看向姜莉丝。女生正目不转睛地盯着比赛场,脸上是她很熟悉的神情。

-131-

她喜欢过人，所以她很熟悉。

"姜莉丝。"林叁七叫了她一声。

姜莉丝扭过头，问："怎么了？"

林叁七看着她的眼睛，用并不很大，但确保她能听清的声音，说："我是真心把你当朋友，无关徐耀，希望你也是。"

姜莉丝的笑容凝固，嘴角缓缓垂下。她转回头，盯着赛场，没再说话。

话已至此，林叁七也没再说什么，低头，回复手机里的朋友：我这一生行善积德，为什么还是逃不过当踏板的命？

继承了父亲的恶人脸，林叁七的长相，给她的交友路增加了不少难度。

她不像陈戌懿那样，整天挂着一副笑脸，仿佛不会累，她倾向于"节能"的性格，不做表情的时候，脸上肌肉放松，更省力也更舒服。

但不做表情的她，对别人来说，就是摆臭脸。

从上幼儿园开始，林叁七的人缘就不怎么样，吓哭同龄小孩的经历倒是不少。

她尝试过学习陈戌懿，多微笑，奈何第一印象太重要，且"坏人笑起来也是坏人样"，所以，这个办法，对她来说，没什么作用。

交朋友对她来说，不是件容易事。

上了初中，林叁七的人缘，奇妙地开始变好。

一开始，以为是初中生比小学生读书多，终于懂得人不可貌相。后来发现，原来和读书多少没关系，她的好人缘，是沾了陈戌懿的光。

来找她的十个女生里，有八个是让她帮忙转交礼物，还有两个掖着不说。

真的挺烦的。

没人会高兴被当成踏板，林叁七也一样。

但她还是把这情绪忍住，尝试去跟那些女生交朋友。她对自己有信心，相信会有人被踏板的灵魂吸引，和她成为真正的朋友。

直到初二，她的同桌，唯一一个从来没跟她提过陈戌懿的女生。她们那会儿关系发展很亲密，无论是下课去厕所，还是体育课去小卖部，都是一起。

她们形影不离。

会考后的暑假，她住进陈家，邀请同桌来玩。

她在楼梯口，听见同桌对陈戌懿献殷勤，和那些为了陈戌懿而接近她的女生一样。

林叁七很愤怒,却又是自己主动邀请人来玩的,怪不了陈戌懿,也怪不了同桌。她很无力,假装不知道这件事,继续和同桌相处。但也过不去这个坎,于是和同桌渐渐疏远。

这件事,让林叁七难过了很久,并非失去这个朋友,而是难过,她的灵魂竟然被陈戌懿的脸给比下去?

如果不承认陈戌懿真有那么帅,就得承认她的灵魂真那么无趣,无论哪个选项,都太伤她的自尊。

林叁七不肯承认自己的灵魂无趣,于是把这事归咎于陈戌懿,所以在上高中后,远离他。

考上大学后,她彻底离开陈戌懿的交际圈,终于逃离当踏板的命运。

可又来了个徐耀。

徐耀是隔壁班的男生,军训时在一个营训练,所以也算认识得早。但再早,也早不过同个宿舍的姜莉丝。

她们可是进学校当晚,就睡在同一个房间。

姜莉丝懂得人不可貌相,也不认识陈戌懿,林叁七一进宿舍,就被她笑脸相迎。

当时的林叁七,因为开学搬行李,累个半死,大汗淋漓,脸色比平时臭八倍。但姜莉丝还是笑着跟她打招呼,把干净的椅子让给她休息,开玩笑问她:"同学,你怎么凶得像是要杀人?我不会有危险吧?"

林叁七瘫在椅子上,宛如咸鱼,喘着气回她:"我不抽烟不喝酒,不谋杀不斗殴,是个会说谢谢的好女孩,能借张纸巾给我擦汗吗,谢谢。"

有趣的灵魂终于被发现,她和姜莉丝一见如故。

两天时间,革命友谊迅速升温。

直到军训,认识了徐耀,林叁七察觉,她们的革命友谊有点变质。

徐耀喜欢她,而姜莉丝喜欢徐耀,还帮着徐耀追她。

林叁七不懂姜莉丝的脑回路,只知道自己好像又变成踏板。

林叁七叹了口气,向网友狗狗倾诉她的"踏板命",惋惜或许又要失去一位好友。

好半天,狗狗终于回复:啊?你说有男生在追你?

3

林叁七猜测,狗狗的高考语文成绩一定不高,不然关注点,怎么从南极偏到北极?

她无语地回复:重点是这个吗?

狗狗理直气壮:重点难道不是这个吗!

林叁七以为狗狗在惊讶,自己有人追,便说:我又不丑,没男生追我才不正常吧?

狗狗的怨念仿佛顺着网线飘过来:呵!你还挺骄傲。

林叁七习惯性反问:你没被男生追过?

发出去又觉得不妥,她把消息撤回,但狗狗已经回复:我只被男人追杀过。

林叁七被逗笑,捧哏般地回了个"小狗点赞"的表情包。

狗狗却又问:追你那个男生怎么样?

似乎很好奇。

林叁七问:什么怎么样?

狗狗秒回,打字速度到达巅峰:身高体重人品性格有无照片给我看看。

林叁七无语:……你查户口吗?

狗狗发来了一串"小狗昏倒"的表情包,催促她赶紧说。

林叁七好笑地回:我对他又不感兴趣,怎么会知道他那么多。

狗狗不昏倒了,狗狗给她点了个赞。

聊了大半天,林叁七不知不觉和狗狗聊完了一场篮球赛。

动医的篮球队赢了比赛,徐耀走过来,要请她和室友们吃饭。

林叁七随便找了个借口,推了这场饭局。

回到宿舍,一个人边看番边吃外卖,稍微有点寂寞,但也还好。她不是没经历过。

外卖吃到一半,聊天中断的狗狗又发来消息。

重点回到南极,没有插科打诨的,很长的一段话。

狗狗说:交朋友是以真心换真心,如果你觉得自己的真心被利用,这个朋友不要也罢。你又不是没有朋友。你不是踏板,也别觉得自己是。还有我把你当成珍贵的朋友,我很珍惜你。

一定是外卖太辣,都快把她的眼泪辣出来。

林叁七放下筷子,回复:如果你是个男生,我都要爱上你。

才发出去,狗狗就秒回:要和我网恋吗!我可以变性!真的!!!

她甚至连用三个感叹号,林叁七刚憋回去的眼泪,又被笑出来。

篮球赛后，一周多的时间，林叁七和姜莉丝没怎么说过话。
不同于和陈戌懿那种一句话都不说的冷战，她们之间还是会有简单的交流，毕竟住在一个宿舍，避免不了。
这种状态，却比冷战更像冷战，不是好朋友的吵架，完全变成了陌生人。
林叁七突然有些想念那辆双人自行车。
周三下午，林叁七来例假，下课后没去食堂，回宿舍洗澡。拎着洗完的衣服回宿舍时，她看见在阳台待着的姜莉丝。
她拿着衣架，推开阳台门，若无其事地晾衣服。
晚霞在天边璀璨得耀眼，空气在沉默中凝滞。
"我失恋了。"姜莉丝突然开口，打破苦闷漫长的沉默。
林叁七把最后一件衣服晾上去，说："节哀。"
姜莉丝笑了，面朝外，手臂搭着栏杆，不掩盖讥讽："你嘴抹了蜜？"
林叁七把水桶踢到一边，面朝里，背倚着栏杆，说："刚吃完一颗糖，草莓味的，要吗？"
姜莉丝沉默了一会儿，还是开了口："我们是高中同学，这你知道。其实我很早就喜欢他。"
林叁七问："考到这里也是因为他？"
"那倒不是，和他在这里遇见是碰巧。"姜莉丝说，"我还不至于为了一个男人，赌上自己的前途。"
林叁七赞同地点头："算你清醒，不愧是我看上的女人。"
这句话让她得到一个白眼。
姜莉丝继续说："我和他高一是同桌，高二分班后就没再一个班了，所以他对我没什么印象。我高一时戴着牙套，很丑，被人嘲笑，他帮我解了围。"
"哦，英雄救美。"林叁七总结。
"不。"姜莉丝却说，"我那时候可没喜欢上他，他名声太差了。"
说到这里，她语气里带上了明显的嫌弃："我对他很有偏见。"
林叁七突然好奇起来："那你怎么喜欢上他的？"
虽然有点不厚道，但这种发展，很符合漫画情节。她猜，一定是徐耀做了什么感人肺腑的事，让姜莉丝消除了这种偏见，喜欢上他。
然而，姜莉丝语气平静地说："有次他打篮球，我路过，他脱了上衣。"
沉默。
还是沉默。

-135-

林叁七终于打破沉默，不可置信，激动得都快破音："就这？就这？"

姜莉丝也很激动，但和她的激动显然不是同一种："你不知道男生的好身材有多大的诱惑力吗？"

林叁七回敬她一个白眼。

几秒之后，两人同时笑出来。

哪有什么见色起意，不过是倔着不肯承认，早就喜欢上本该讨厌的这个人，给嘴硬的自己，找的借口罢了。

笑够了，林叁七问："既然喜欢，你为什么不早追他？"

姜莉丝语气淡淡："瞧你这话问得，就像是问一个没钱买面包的人，为什么不去吃蛋糕。"

"抱歉。"

"该道歉的是我。"姜莉丝坦然道，"我利用了你，为了能和他拉近关系，帮他追你。"

起初是觉得，以徐耀三分钟热度的性子，就算和林叁七交往，也不会超过三个月，所以帮他也无妨。但没想到，他却愣是追了一年，像突然改了性。

徐耀以前从没在感情上受挫，或者说，他从一出生，就顺风顺水到现在，却在林叁七这里碰壁无数次。

姜莉丝以为，徐耀只是征服欲作祟，越得不到越想要，所以只是抱着看好戏的心态帮忙。

直到有次，徐耀又被林叁七拒绝，找她喝酒。她问徐耀，到底为什么这么执着林叁七。

徐耀说了什么，她没能听进去。她只看到徐耀说话时的眼睛，原来他的眼睛会笑。原来他是真心喜欢林叁七。

她看好戏的心态改变，真心去帮他追人，看着他被拒绝，一面为他难过，一面又卑鄙地窃喜。

"你可以骂我，也不必原谅我，"姜莉丝望着天边，沉下去的夕阳倒映在眼中，"我就是这么卑鄙的一个人。"

林叁七点头表示认可："原来你也是个'神经病'。"

她并没有十分惊讶，毕竟高中时被一个"神经病"纠缠了三年，她早已对"神经病"免疫。

林叁七平静地说："请我吃顿饭，我考虑原谅你。"

姜莉丝愣了下，随即笑了："只要不是烛光晚餐。"

林叁七也笑起来。

橙色的余晖落在她们身上。

夏天的尾巴过去,初秋的第一阵凉意,席卷这个城市。

接连下了一周雨,潮湿的空气,骤降的气温,不像是秋天,更像在入冬。

阳台外的衣物,即使晾上几天,也找不回干爽的感觉,穿着身上,本该保暖的衣物反而在汲取体温。

林叁七哆哆嗦嗦地爬出被窝,打了个喷嚏,一面把自己裹严实,一面吐槽这鬼天气:"现在就这么冷,冬天是要我死吗?"

她不喜欢夏天,因为讨厌阳光,也不喜欢冬天,因为太冷。

再冷下去,秋天也要被排进她讨厌的季节之一。

姜莉丝张嘴要说话,却发现声带像是被砂纸磨过。她咳了咳,掐着喉咙朝林叁七求救:"宝鹃,我的嗓子——"

林叁七边笑边后退,扭头朝另一个刚起床的室友喊:"快叫'温太医'!"

宿舍即刻上演一波后宫戏,她走进卫生间去洗漱,都刷完牙,还听见室友过于入戏的号叫。

姜莉丝在降温后还穿着短袖和热裤,声称自己身体强健,没意外地成为换季流感的第一个受害者,

林叁七近日被网友狗狗反复提醒降温多穿衣,勉强保住身体。

但她没能高兴多久,姜莉丝前脚感冒刚有好转,她后脚就一个喷嚏接一个喷嚏,喉咙也开始发痒。

高估自己的身体,林叁七倔强地不愿吃感冒药,喉咙发痒后的第三天,她就开始发烧。

第四天,她终于认输,去校医务室拿药,量体温后,不禁得到一杯感冒药,还得到几瓶几百毫升的吊瓶。

林叁七崩溃,分不清是针扎进血管更痛苦,还是灌一整杯苦药更难受。

她挂着点滴,在朋友圈惆怅:想念我的小狗杯,没有小狗杯,喝药没动力,生活没意义。

发出去没几分钟,她又把这条删掉,但还是被人看到。

陈戍懿发来消息,问:你感冒了?

林叁七:Yep(是的)

陈戍懿又问:发烧了?

林叁七惊讶，回：你是算命的？这么准。

陈戌懿没回她。

但狗狗发来了消息，也看到了她发的朋友圈。

狗狗疯狂谴责：不是让你多穿衣服吗怎么还是感冒了？是外套没好好扣上，还是晚上睡觉没好好盖被子？

林叁七低头看了一眼自己没拉拉链的外套，怀疑狗狗装在她身上装了监控。

她左手挂着吊瓶，右手艰难打字：狗狗，你是我的妈妈吗？

对方表示嫌弃：没你这么不听话的崽！

林叁七忍不住笑，刚好这瓶药水滴完，她暂且放下手机，喊校医老师帮忙换药。重新挂上一瓶量更多的药水，没两个小时都滴不完，她瞬间更惆怅。

她拿着手机发语音，跟狗狗诉苦："难怪说一个人看病是孤独十级，我现在真觉得好孤独，明天还要来，十级孤独乘以二。"

挂点滴很费时间，陪病人也很无聊，林叁七没好意思让室友陪着，也叮嘱姜莉丝别告诉徐耀，她不想在生病的时候，还要应付人。

在校医务室从中午坐到下午，几瓶药水终于打完，退了烧，但仍旧难受。所幸明天是周六，没有课，打完针回宿舍还能继续"躺尸"。

周六早上，宿舍四个人，全都埋头大睡，没人愿意在这么冷的天起早。

姜莉丝从被窝里冒出一个头，号了声："谁没关闹钟！"号完又钻回被窝。

林叁七睡得昏昏沉沉，被她这嗓子喊醒，隐隐听见手机铃声，不是闹钟，是电话铃。

她闭着眼睛，从枕头底下摸到手机，接下电话，声音还带着睡觉后的沙哑："喂？"

手机里传来有些熟悉的男声："你人在宿舍，还是医院？"

林叁七还没清醒，仍然闭着眼，带着清梦被扰的起床气，嘟囔着回："在床上，做梦，打扰我睡觉，揍你哦。"

电话那边的人，好脾气地笑了声："那你继续睡，睡醒给我打电话。"

他的声音很好听，低低的笑声从手机的听筒，钻到林叁七耳朵里，像是有电流窜过，耳根麻麻的。

她后知后觉地清醒过来，认出那声音，猛地睁开眼，看了眼手机屏幕，瞌睡醒了大半。

-138-

"陈戌懿？"她小声惊呼，又立刻捂住嘴巴，埋进被窝里，压着声音问，"你打电话给我干吗？"

陈戌懿理所当然地笑："陪你去看病。"

意识到什么，林叁七睁大眼睛，从被窝里坐起来，心情如同彩票开奖之前："你现在在哪儿？"

"你宿舍楼下。"他说。

她睡意全醒。

4

宿舍的楼层有些高，庆幸她视力很好，不影响她趴在阳台上从高处望见他。

宽阔的马路旁，香樟树的树叶被雨打落一地，穿着黑色夹克的少年，站在其中一棵树下。

他双手插着兜，低着头，似乎在瞧脚下的树叶，头发略长，后脑勺扎着熟悉的小辫。

雨已经停了，空气仍潮湿，阴冷的风吹过，林叁七冷得一个哆嗦，脸上却笑着。

她钻回屋子，动作迅速地往身上套衣服，穿袜子，一脚蹬进帆布鞋，人跑到门口，又立刻停住，跑回来洗漱。

姜莉丝从被窝里露出一个脑袋，睁着迷蒙的睡眼，问："你起这么早干吗？"

"我去打针。"林叁七小声地回，脸上的笑意止不住。

姜莉丝莫名其妙："打针笑这么开心，受虐狂？"

没人回她，受虐狂本人已经跑去卫生间，风风火火地洗漱。冲到楼下，她又立刻停住，平复呼吸，戴上口罩，放慢脚步。

一滴雨，沿着树叶的脉络，落下，砸在他露出的后颈，滑进衣领。陈戌懿一个激灵，抬头，要从树下离开，迈开腿前，先看见朝这边走过来的熟悉身影——牛仔裤，灰色连帽卫衣，拉链敞开。

他走过去，停在她面前，皱起眉。

林叁七眨了下眼，还没说上一句话，他先伸出手，捏住她外套下摆，扣起拉链，往上一拉，直到最顶端。

大概是他脸色太臭，她缩了下脖子，竟然跟他解释："啊，忘记了。"

真不是习惯不拉拉链，是出门太急。

"发烧也不长记性。"陈戌懿接过她拿着的伞,问,"你们食堂在哪儿?"

林叁七问:"你还没吃早餐?"

陈戌懿瞥了她一眼,意思很明显。现在已经快九点,刚从床上爬起来的人,和在宿舍楼下等着的人,谁更需要进食,显而易见。

她想摸鼻子,但碰到口罩,若无其事说:"去便利店吧。"

这个点,食堂已经没有早餐卖了,她原本也没打算吃早饭。当然,后半句不能说,感觉说了,会很不妙。

周六的校园,比平时悠闲,地面还没有干,有大大小小的水洼。香樟树耸立在宽阔的马路两旁,秋风起,红叶生,也有些许熟到金黄的树叶,被昨夜的雨砸落,铺了一地。

路上没多少学生,偶尔遇见手挽手的情侣,姿态亲密地散步。

林叁七走在他身侧,余光去瞧他的脸。

少年的侧颜清朗俊秀,眉眼深邃,鼻梁高挺,嘴唇此刻抿着,竟显出些冷淡,是和他笑起来时截然不同的气质。

两个多月没见,好像有点陌生,真奇怪,以前没这种感觉。

踌躇很久,她还是问了:"你怎么突然来我学校?"

"担心你一个人在医院哭。"

他说话很不客气,林叁七扭头去瞪他,要反驳,他突然伸手,修长手指抓住她手臂,将她拉到他身体另一侧。

她抬眼,视野近处,是他轮廓分明的侧脸,线条利落的颈部和凸起的喉结。

视野远处,骑着蓝色自行车的男生,从他们身边经过,轮胎轧进水洼,溅起一片小水花。

忽然忘记要说什么,林叁七低下眼睛,庆幸戴着口罩遮住了上扬的嘴角。

去便利店买了牛奶和面包,用微波炉加热,简单地解决了早餐。她带着路,和他一块去了校医务室,继续输今日份的药水。

昨天输液,在这儿坐了一个下午,校医老师记得她的脸,扎针时,随口跟她聊:"今天把男朋友带过来陪你了?"

林叁七脸一热,下意识看向另一人,没料陈戌懿也在看她,对上视线,他即刻撇开脸,盯着墙上的视力表,脸上没任何表情。

他没反驳,林叁七也没解释。这时候说不是,太欲盖弥彰,说多了,又会引出更深入的话题——他们是什么关系。她没必要和不相熟的人解释太多。大概他也这么想。

校医扎完针就离开，输液室里只剩他们两人，没人说话，很安静，甚至能听见动作时，衣服布料的摩擦声。

墙上的时钟，秒针一步一步地走，塑料瓶里的药水，一滴一滴输入静脉，时间在水滴里流失。

陈戌懿在她旁边坐下："手冷不冷？"

林叁七稍微动了动手指，因为输液变得有些麻木："有点。"

他握住她的手腕，将她输液中的左手小心抬起，另一只手搭上扶手，掌心朝上。她的左手被放上去。

干燥温暖的手掌，贴在她冰冷的手心，向她传达，他的温度。他修长的手指微微弯曲，钻过她指间，轻轻与她十指相扣。

"这样暖和点。"他这样解释。

"哦，哦……"林叁七连着应了两声，毫无意义的音节，大脑是空白的，听不出他的语气是不是自然。

挂吊瓶需要很久，她试图玩手机杀时间。很奇怪，明明和昨天一样在这儿打针，今天玩手机却变得无聊。她想找狗狗聊天，但狗狗没回。

漫无目的刷了会儿手机，林叁七又感觉有些犯困，明明睡到快九点，怀疑药水里有安眠成分，可昨天也没有这样。

"困了？"陈戌懿忽然问。

林叁七点了点头，想问他是不是在她身上装监控，怎么这也被他发现，但嘴上只说了两个字："有点。"

陈戌懿松开手，从她左手下抽出，起身，示意她往旁边挪个位置。她不明所以，但照做。

他绕过扶手，在她旁边坐下，重新握住她输液的左手，放在他大腿上，另一只手拍了拍自己的右肩。

林叁七愣了下，明白过来，但没动作。

"不是想睡吗？"陈戌懿问，似乎这样理所当然。

林叁七没去看他的眼睛，低着眼，口罩遮住的声音有些闷："太近了，会传染。"

"没事。"他隔空指了指她脸上的口罩，又往她身边挪近了些，手臂与她的挨在一起，更方便她靠过来。

"睡吧，打完针叫你。"他说。

不是命令的语气，林叁七却不自主地向他倚过去，靠在他肩上。

-141-

她闭着眼睛,其实睡意早就跑掉。

太近了。

心跳声会被听到。

挂完点滴,已经是下午两点。几个小时前吃的牛奶面包早已消化,林叁七只觉饥肠辘辘。

以防万一带了把雨伞出门,天气竟开始变好,阴沉了许久的天空,变成有些刺眼的白色,是放晴的征兆。

"你想吃什么,我请客。"林叁七自觉做一次东道主。打完针后,她精神变好,说话都恢复了元气。

陈戌懿也没跟她客气:"敢请我吃饭,钱带够了吗?"

林叁七没用什么力气地拍了下他的手臂:"给你点阳光你就灿烂!"

陈戌懿也没回手,被她打了,还笑:"我这么远跑过来看你,你就这么点诚意?"

"我好伤心啊。"他一点也不伤心地,笑着说。

已经过了饭点,餐饮店没多少人。他们在一家火锅店落座,林叁七点了份清汤锅底。

陈戌懿问:"你不吃辣了?"

"你不是吃不了辣?"林叁七做出大方的语气,"我让你。"

他却笑:"微辣可以吃,感冒了不是嘴里没味道?你可以点辣一点。"

"哦。"林叁七把清汤锅划掉,换成微辣的牛油锅底。

几十分钟后,她看着辣红了眼的男生,一面给他倒水,一面笑:"我们这的微辣,和家里的微辣不一样。"

陈戌懿接过她递来的杯子,一口气灌下:"你不早说!"

"我说了呀,我说了两遍,你不听。"她好无辜。

"你说的是,微辣有点辣,"陈戌懿被辣得眼睛湿润,眼眶泛红,没好气地瞪她,"这是'有、点、辣'吗?"

一杯水没能完全解辣,他有些浅的唇色,此刻透着不正常的红。被水润湿的唇瓣,微微张开,呼吸冷空气缓解疼痛。不经意间,或许只有短暂的一秒,吐出同样红的舌尖。

林叁七飞快地眨了几下眼睛,即刻移开视线,端起旁边的饮料,若无其事地喝了一口。

好甜。

好像更渴了，她也闷下一整杯饮料。

"你什么时候回去？"饮料喝完，她没话找话地问。

陈戌懿拧着眉，明显不满，说："我才来，你就赶我走？用完就丢？渣不渣？"

"……谁渣你了？"林叁七被他这有歧义的话闹了个脸热，"我又没说让你赶紧走。"

她巴不得他多待几天。如果可以的话。

"后天早上的飞机，"陈戌懿给她添了一杯饮料，"我周一上午没课，能多待一晚。"

"哦……"

那还有一天半的时间。

林叁七戳着碗里的白饭，掩盖嘴角的弧度，又状似无意地问："吃完饭打算干吗？"

"送你回去休息，我回酒店睡觉。"

林叁七抬起头，不可置信地睁大眼睛："你千里迢迢跑来这里，就待酒店睡觉？"

还以为会让她陪着玩点什么。

陈戌懿正夹起一块牛肉，眼里露出些茫然："不然？"

林叁七咬牙，瞪了他一眼。

光待在酒店睡觉，还不如今晚就回去！

"你住哪儿？"她没好气问。

陈戌懿报了个她熟悉的酒店名字，因为就在学校附近，出校门就能看到。她皱起眉，说："商区那边的酒店环境更好点。"

"离你学校近，找你方便。"他又被辣到，灌了口水才说。

林叁七气消了一半，剩下一半，用来耍赖："待会儿我去你那儿睡觉。"

陈戌懿被水呛到，止不住咳嗽，脸都咳红："啊、啊？"

林叁七把纸巾扔给他，强行让自己振振有词："今天周六啊，宿舍很吵，我回去也休息不好。"

"哦，哦……"他仿佛失去语言功能，只发出没什么意义的音节作为回应。

从火锅店出来，没走几分钟，就到了他入住的酒店。乘电梯上楼，刷房卡，林叁七跟着他进屋。

房间不算大，一张大床房，一条长沙发，一张茶几。他的行李箱放在门口,还没打开过。

林叁七走到窗边看了眼,窗户关得严实,但仍能听见外面的鸣笛声。她扭头问:"这么吵,你晚上不会吵到睡不着?"

陈戌懿蹲在地上,在开他的行李箱:"我睡眠质量好,打雷都能睡着。"

刚打开行李箱,他想起什么,拿出手机,点了几下,递给她:"填一下收货地址,你的。"

林叁七问:"干吗?"

"买个新的小狗杯,给你放学校。"

"小狗"都过来了,其实要不要小狗杯都无所谓。

林叁七忍住没说,接过手机,输入自己的地址。她把手机还给他,他另一只手又递了个眼镜盒过来。

"又干吗?"她接过眼镜盒,打开,里面是一副银色细框眼镜,和他的一样,但是女款。

陈戌懿:"你不是想要同款吗?"

林叁七有些想笑:"你是圣诞老人吗?还没到圣诞呢!"

又是小狗杯又是眼镜,他想干吗呀!

被她夸了句,他煞有介事点头,眼角眉梢都是得意:"这样的赞美可以多来几句。"

林叁七终于没忍住笑,背过身,不去看他过于灿烂的表情,也藏住自己有点发烫的脸。

又听见,他在身后说:"你睡觉,我出去待着。"

"不用!"她赶紧转过身,不过脑子就脱口而出,"我又不是裸睡,你出去干吗?"

说出口就后悔,平时和姜莉丝聊天太随意,跟他说话一时没收住。没看镜子,她也知道自己肯定脸红了。

陈戌懿比她还激动,白皙的脸浮出明显的红晕,舌头也像打了结:"你、你想什么呢?"

有点奇怪,他一脸红,林叁七不知怎么反而镇定:"我的意思是,我就在床上稍微眯一下,用不着把你赶出去。"

她率先占领道德高地,故意给他一个鄙视的眼神:"想什么呢?'男大学生'。"

"……我这次什么都没想!"陈戌懿被她的称呼刺激到,显然是想起暑假的泳池事件。

-144

他转身，踢开拦路的行李箱，往沙发上一坐，侧身躺下去，背对她："我也要睡觉，你安静点。"

　　很不客气的语气，甚至有点凶。

　　林叁七却只想笑，因为他发红的耳根，再凶巴巴的态度，都没点威慑力。

　　怎么这么不禁逗？她怜爱地摇头，啧啧，"男大学生"。

　　关了灯，林叁七脱下外套，掀开被子，躺上床。聚酯纤维的被套，稍微动作，就窸窸窣窣地响。

　　她平躺着，忍住没翻来覆去转身，闭眼又睁眼，反反复复，就是睡不着。

　　遮光的窗帘拉着，但并不严实，外面光线漏进一束，房间并不十分黑暗。

　　林叁七小心翼翼翻了个身，看向沙发。他仍旧侧躺，背对着这边，睡姿没变过。沙发并不宽敞，也没很长，他两条长腿只能蜷着，看着有些委屈。

　　"陈戌懿？"她轻轻唤了声。

　　他没应。

　　她又轻声唤："'男大学生'？"

　　还是没应。

　　原来已经睡着。

　　林叁七索性掀开被子，从床上爬起来，准备回去。她穿外套时，陈戌懿忽然动了下，她整个人僵住，像稻草人，定在原地。

　　但他并不是醒，只是翻身，换睡姿，从侧躺变成平躺。

　　脑袋后绑着的小辫，让他不舒服地皱起眉，闭着眼睛扯下头绳，扯到头发，吃痛地"嘶"了一声，但仍旧没醒，将头绳丢在一边，他继续睡。

　　林叁七使劲咬着嘴唇，才没让自己笑出声音。

　　这点倒没吹嘘，他的睡眠质量真的很好。

　　在原地站了两分钟，等陈戌懿彻底深睡过去，林叁七悄悄走过去，把他丢在地上的头绳捡起来，放到茶几上。

　　她没急着离开，视线落在他的脸上。

　　他的睫毛很长，干净得根根分明，闭着眼时更明显。挤在沙发上睡，让他并不舒适，所以皱着眉心。

　　本身是很有攻击力的相貌，这样的表情，在昏暗的光线下，瞧着还以为有多凶。

　　但林叁七知道，当他睁开眼睛，一切都不一样。

　　他有一双清澈湿润的眼睛，十分轻易，就能露出让人心软的无辜眼神。

　　林叁七想起暑假看的电影，朱莉的那句话——

"他的双眸有种魔力,让我如痴如醉。"

一直没去承认,在看电影前,她就被他的双眸折服,不然,不会把另外半根橘子味棒冰,塞他嘴里。

当时的他,上一秒还可怜巴巴,被她的动作惊得睁大眼,语无伦次地跟她说谢谢,瞬间忘记之前的委屈。

怎么这么好哄。

林叁七回到宿舍时,天空已经放晴。

姜莉丝正把潮湿的衣服晾出去,让它们晒上久违的太阳。阳光落在她身上,怎么看都很美好,仿佛她很温柔。

林叁七走过去,倚在阳台边,手臂搭上栏杆,看着她。

也不说话,就看着她笑,一脸荡漾。

被盯了几分钟,温柔的姜莉丝开了口:"有屁快放。"

林叁七这才开口:"如果有个人,听说你生病,专门坐飞机跑来陪你看病,你觉得,他对你是什么感觉?"

姜莉丝拖腔带调地"哦"了声,朝她眨了下眼睛:"你猜?"

第八章 是一只黏人小狗

1

林叁七不缺被男生追求的经历,"厌世脸"和有点冷漠的行事风格,反而让她在男生群体中受欢迎,中学时期,就不少男生向她献殷勤。她一心向着陈嘉巳,自然来者全拒。

大多数人在这方面没什么耐心,被她拒绝,就知难而退。偶尔也有人,像徐耀这么锲而不舍,几次三番被拒,还不肯放弃,但后来不知怎的就避着她走,她没去关注,也懒得打听。

过去被人追求的经历,让林叁七隐隐感觉,陈戍懿或许对她有点好感,不然怎么对她这么关照?

如果是几个月之前的林叁七,一定会这么认为,且狠狠嘲笑他一番。但暑假发生的那些事,让她不敢轻易下结论,且开始不安。

她没法去嘲笑陈戍懿,因为她已经先喜欢上。她也没办法下定论,因为她没忘记,陈嘉巳令人误解的温柔。

就像伍伊可所说,陈嘉巳的温柔没有边界,十分轻易地让人误会,以为他对自己有好感,但其实他对任何人都这样。

上一秒,你为他体贴的细节心动,下一秒,你或许就能看见,他对另一人也如此。

那陈戍懿呢?

尽管林叁七之前一直觉得,陈戍懿和陈嘉巳,是硬币的正反面。但他们毕竟是兄弟,体内流着一半相同的血液。她不能确定,在这方面,陈戍懿和陈嘉巳是不一样的。

已经闹过一次乌龙,经历了那么难过的事,林叁七无法像以前那样自信地认为,对她好就是喜欢她。

也许,陈戌懿只是为了和她和平相处,为了弥补上次把她气哭的愧疚?

可……万一呢?

万一是对她有好感呢?

林叁七脑子里仿佛冒出两队小人,一边持正方意见,让她自信点,陈戌懿就是对她有好感,一方持反方意见,提醒她记住曾经自作多情的教训,陈戌懿只把她当朋友相处。

两队小人辩论了一夜,还没能争出输赢。

"主持人"浑浑噩噩地爬出被窝,还要强打精神,往眼下涂抹遮瑕,盖住失眠留下的青黑。

秋日杲杲,是难得的好天气,也很适合睡懒觉。有人已经出门约会,有人还在闷头大睡,也有人在化妆镜前坐了两个小时。

粉红胡椒的味道在空气中弥散,过分香甜。姜莉丝耸了耸鼻子,从睡梦中睁开眼,对床的两个室友已经出门,床铺是空的。她从床边探出头,和刚喷完香水的人对上眼。

"怎么样?"林叁七问,指着自己身上的着装。

黑色的连衣中长裙,桃粉色的粗针织开衫,漆皮黑的切尔西短靴。黑和粉的撞色搭配,既甜美,又随性,很好地隐藏她精心打扮过的心机。

前提是,忽略她挂出来的四五套衣服。

姜莉丝吹了声口哨:"今夜回来否?"

林叁七给了个白眼:"八字没一撇。"

"哦!"姜莉丝煞有介事地点头,"决胜战袍。"

林叁七没承认也没否认,在宿舍里多待了一会儿,待香水的辛辣前调散去,留下清淡的后调,这才挎上小包,拎着遮阳伞出门。

在校门口,看见站在阳光下的陈戌懿。

他仍旧是昨天那件黑色夹克,衬得皮肤更白,稍长的头发绑着小辫,低着头,在看手机。阳光落在他头发上,看上去十分松软。

原来他穿黑色也好看。

且不止林叁七这么觉得。他只是随意地站在那儿,就有几个路过的女生,频频向他投去视线,也已经有人跃跃欲试,拿着手机,在朝他走过去。

"陈戌懿。"林叁七没再过去,站在原地,喊了他一声,声音不大不小,确保他能听见。

他果然抬头,迈开长腿,朝这边走过来,停在她面前,十分自然地从她手里接过遮阳伞。

"原来你今天不用打针。"这是他说的第一句话。

"你吃了话梅糖?好甜。"这是第二句。

前一句让林叁七略有不满,好像不陪她打针,他就没事做,不如待酒店睡觉。

后一句又让她翘起唇角,状似漫不经心地说:"哦,室友去约会,在宿舍喷了香水,我身上沾了点,太香了吗?"

"没有,很好闻,像在吃糖。"他并不知内情,于是回答得坦诚。

他喜欢吃糖,也真的喜欢这个味道。

林叁七很满意这个反馈。

像闻不够,陈戌懿侧过头,俯身朝她凑近了些,感慨似的说:"好甜。"

本就站在同一把伞下,距离因为他的动作更加拉近,林叁七不自觉地绷紧身体,抓着他的肩膀,将他推开些,用玩笑的语气,掩盖紧张:"一直闻来闻去,你是小狗吗?"

"汪!"他竟接下这个玩笑。

林叁七止不住地笑,没用什么力气地,轻拍一下他的手臂:"干吗呀!"

陈戌懿也笑着,还在强调:"真的很甜,忍不住多闻。"

"准许你今天跟我多待会儿,满足你的嗅觉。"林叁七故作大方地说。

他还一本正经地问:"我是不是应该说声谢谢?"

林叁七一副"小事不用计较"的大度模样:"客气,客气。"

商业区的每一天,都是车水马龙。不过在周末,年轻学生的身影更多,一个宿舍约着出来逛街的女生,手挽手约会的情侣,在等红绿灯的几十秒,他们就遇见许多。

林叁七状似不经意,提了一句想看电影,陈戌懿没反对,拿出手机搜电影院,问想看什么。

"《怦然心动》,"林叁七说,"我还想重温一遍。"

陈戌懿从手机里抬头:"这个电影院应该没有。"

这是很多年前的电影,早就下映,暑假时在家就看了这部。

"私人影院应该有。"林叁七给他提供思路,"你搜搜附近有没有私影。"

陈戌懿"哦"了声,输入关键词,搜到最近的店,就在附近两百米。他撑着伞带路:"走吧。"

"小狗"毫不知情地上套。林叁七安静跟着他的脚步,压住想往上翘的唇角。

怎么这么好骗。

陈戌懿只选了距离最近的一家,却没细看环境,订好房间,为时已晚。密闭的空间,像床一样的沙发,橘黄色的氛围灯。

"男大学生"还没来过私人影院,开门进去,就红了脸,低声嘟囔:"这、这怎么跟酒店一样?"

"私人影院不就是这样?"林叁七镇定地瞥他一眼,不动声色地打探,"你没跟人来过?"

"没有。"他只去电影院看新上映影片,老片子在网上看。

想到什么,陈戌懿呆了下,睁大些眼睛:"你经常来?和谁?"

林叁七朝他眨了下眼睛:"你猜?"

陈戌懿不猜,陈戌懿撇下嘴角,有点生气。

他的反应,反而让林叁七翘起唇角。不再逗他,她慢悠悠地给出答案:"当然是和室友啊,不然和谁?"

他立刻又不生气,把遥控器给她,拿出手机扫码,问她想吃什么口味的爆米花。

林叁七隐约感觉,八字或许有了一撇。但她还不敢妄下定论。

电影刚开场,林叁七习惯性拿起杯奶茶,吸管戳开,喝了一口,眉心皱起:"好甜。"

这不是她能吃的甜度,看了眼标签,原来是拿错。她扭头看向陈戌懿:"你喝这么甜的?"

"今天想喝甜一点。"陈戌懿顺手从她手中接过奶茶,喝了一口,也皱起眉,"好甜!"

他对味蕾的承受程度过分自信,总是想当然,然后猝不及防狼狈,模样有点好笑。

但林叁七却没在这会儿笑出来,那吸管是她用过的,上面还有她沾上的口红印,他竟然就这么直接喝了!

她的脸一定很烫,但还要出声提醒:"你不换根吸管?"

"嗯?"陈戌懿眼睫动了动,看了眼吸管,语气如常,"你的口水吃了又不会死。"

明明做着让人误会的暧昧举动,这毫不在意的淡定语气,让林叁七有种,反而是她太扭捏的错觉。

她忽然有点看不透他,同时觉得这句话莫名耳熟,像在哪里听过。

她边看电影,边想了半天。她还没想起来,注意力就被电影里的男主分散过去。

"布莱斯好帅。"林叁七没忍住感慨。她不是安静看电影的类型,想到什么说什么。

陈戍懿刚好也不是,接着她的话聊:"你上次还说讨厌他。"

林叁七理直气壮:"我又没说讨厌他的脸,而且……"

她忽然不说下去,后半句留在心里。而且,她现在变成了朱莉,在追她的布莱斯。

"而且什么?"陈戍懿被她留了一半的话吊起胃口,转过头,看着她追问。

"没什么。"林叁七适时转移话题,提起另一件在意的事,"之前喝酒的时候,你说我是布莱斯,为什么?"

陈戍懿立刻又扭回头,重新盯着电影荧幕:"我忘了,都醉成那样,肯定在胡言乱语,你别信。"

没能得到答案,林叁七不由得有些失望,但还是叮嘱他:"你以后喝酒注意点,别被人骗得只剩下裤衩。"

"怎么会!"他的语气听起来很不服气。

林叁七知道,他一直很有自信,有时候就过分自信,所以总在她面前出糗。

她眼珠子骨碌一转,忽然有了新主意,装出深沉的语气,说:"唉,你不记得了,其实你上次喝醉酒,对我做了很过分的事。"

陈戍懿果然面露惊愕:"什么事?"

林叁七做出沉重的表情,让接下来的话听上去更可信——

"你对我耍流氓。"

没料到他坐直身体,俊眉拧起,竟一脸愤慨道:"就抱你一下也算耍流氓?"

话音落下,他僵住。

她也愣住。

几乎是同时,一个尴尬撇开脸,一个激动地喊出声:"原来你没断片!"

噢!她还想起来了!

"你的口水吃了又不会死",可不就是她上次醉酒的时候,跟他说过的原话。

-151-

原来他记得一清二楚!

电影里,朱莉发现布莱斯扔掉了每天送给他的鸡蛋,难过又生气地指责他:"你怎么能这样?"

电影外,林叁七发现陈戌懿酒后断片的谎言,同样生气地指责他:"你怎么能这样?"

她比朱莉表现得更愤怒,陈戌懿也比布莱斯更慌张,几乎要举双手投降:"我是怕你尴尬……"

"有什么好尴尬的?不就是抱了一下吗?"林叁七一点也不理解他的理由,"我们又不止抱过那一次!"

虽然是事实,但话说出来,气氛真的变得尴尬。

林叁七没再看他,抿起唇,也不再说话。变红的脸色,分不清是因为气愤,还是因为自己的话。

房间里只剩下电影里的声音,布莱斯开始反思:"原来让她生我的气,比她惹我生气,感觉更糟。"

陈戌懿也在反思,长指捏着一根棒棒糖,递过去,敲了敲她的手臂:"对不起,我不该骗你。"

林叁七不肯接,没好气地说:"你在我这里,信用已经爆炸了。"

"别呀!"他着急地说,"我发誓我就只骗了你这一——"

他突然打住,没继续说下去。

林叁七看了他一眼,他眼神飘忽。

林叁七又看了他一眼,他缓缓缩回递糖的手。

林叁七抢走他手里的棒棒糖,直接往他脑袋上砸过去:"老实交代,你是不是还有事情骗了我?"

"我没……"

"你再不说,'双人自行车'也帮不了你!"

陈戌懿垂头丧气,老实交代:"我其实没分过手。"

一句话就是一个平地惊雷,林叁七睁大了眼睛,整个人都卸了力气,瘫在沙发上:"你有女朋友还往我这儿跑?"

愤怒立刻取代前一秒的失落,她愤慨地指责:"你怎么和陈嘉巳一样,这么没有分寸感!"

"陈嘉巳有女朋友了?""男大学生"的关注点出奇,第一反应竟然是关注别人的事,而后赶紧摆手解释,"不是,我没女朋友,我没谈过恋爱!"

他的肢体语言很丰富,生怕她产生误解,但她早就误解:"那你说失恋，还想撬墙脚。"

"这是个误会。"

"什么误会？"

"误会她和别人在一起了。"他说这话的声音很小，也不敢看她的眼睛。

"她？"林叁七抓关键词的能力比他好一百倍，"她是谁？"

"……我喜欢的女生，"陈戌懿看了她一眼，又很快移开视线，声音很低地说，"我在追她。"

林叁七终于了解情况，火气被浇灭，连心都跟着凉透："原来是这样。"

什么八字有了一撇，原来又是她的错觉。

他也有了喜欢的女生，和陈嘉巳之前一样。

她又自作多情了。

林叁七端起奶茶，喝一口压惊暖胃。

偏偏奶茶也是冷的。

她微微侧头，余光去瞥陈戌懿，没料他竟也在偷偷看她。被她发现，他立刻撇开脸，正襟危坐，装没事人，明明心虚得眼睛都不知道看哪儿。

林叁七忽然懂了些什么，木着脸问道："你……不会想让我帮你出主意吧？"

陈戌懿愣了下，转过脸来，满脸兴奋："如果你愿意……"

她飞快打断："我不愿意！"

他瞬间蔫了，耷拉着脑袋："哦……"

电影还在继续，布莱斯终于开窍，坠入爱河。

林叁七叹了口气，就挣扎和纠结中，还是问出口："你很喜欢她？"

他没犹豫地回答："是。"

她不甘地追问："多喜欢？"

他竟然用上类比："就像你喜欢陈嘉巳。"

林叁七扭过头，瞪他："我现在已经不喜欢陈嘉巳了！"

"……真的？"陈戌懿怔了好一会儿，才问出声。

电影的光，映得他的眼睛比平时还明亮。林叁七别开眼，不去看他那该死的让人心软的眼睛，说，"他已经有了在意的人，我没必要执着不放。"

或许，早在江医生的那个电话之前，她的心意就已经发生改变，只是不愿意承认。

"你有想过换个人喜欢吗？"他长腿一跨，突然挪过来坐，凑到她面前问出这个问题。

距离骤然被拉近,林叁七几乎能瞧见他脸上的微小绒毛,闻见他身上淡淡的沐浴露香。

她心跳都快停了,而他浑然不觉,只直勾勾地望着她,清澈的双眸明亮如启明星。

差一秒,她就要控制不住嘴巴,脱口而出告诉他,我喜欢的人现在是你。

但是不行。

她不能再重蹈覆辙,更不想被他嘲笑。

理智遏制了冲动,林叁七偏过脸,手抵住他胸口,将他推开:"现在没心情。"

"哦……"他的声音里带了些失落,仿佛在惋惜。

林叁七反过来问他:"你那么喜欢那个女生,怎么不去告白?"

她才不管这个问题冒不冒犯,只想探究到底,他是买不起面包的人,还是吃得到蛋糕的人。

"她讨厌我。"原来是前者。

林叁七卑鄙地在心里雀跃,并不关心地问了句:"你做了什么,让她讨厌你?"

陈戌懿概括性地交代:"做了很多故意逗她玩的事。"

即使对象是他,即使还在喜欢他,林叁七也忍不住说:"你是小孩子吗?还用恶作剧那套,去吸引女生的注意力?"

"我知道错了。"被她骂,陈戌懿也不反驳,反而虚心向她请教,"我应该怎么弥补?"

他真是抓住机会,就想着让她帮忙出主意。

林叁七看透他的目的,心里不爽,并不认真地回答:"知道'舔狗'吗?去当只'舔狗'。"

"怎么当?"他竟然真的相信。

林叁七没好气道:"我没当过,不知道!你不会自己想?"

见他还真的在冥思苦想,真要用这个办法去追别的女生。她心里更堵,仿佛一瓶摇晃了许多下的汽水,被瓶盖死死堵住唯一的发泄口。

她磨着牙提醒:"你别'舔'得太过分,给陈家留点面子。"

"能追到女朋友,面子算什么。"他还真是爽快。

名为理智的瓶盖松开,冒着泡的汽水涌出来,林叁七快忍不住眼泪,从沙发上站起,拿起包就要走:"我突然想起有事,回学校了!"

陈戌懿立刻跟着起身:"我送你。"

"不用,去当你的'舔狗'吧!"她头也不回地甩门离开。

陈戌懿站在原地,眼里流露出茫然,困惑地摸了摸脑袋,不知所措:"这不是……在当吗?"

2

顶着一张臭脸回学校,一路上遇见的人,看到林叁七都退避三舍。

推开宿舍的门,四张床铺,三张是空的,姜莉丝竟然还在睡,简直是睡神。

林叁七脚底生风走进去,敲了敲她的床沿。

姜莉丝迷迷糊糊地醒过来,睁眼,瞧见一张仿佛要杀人的脸:"光天化日要谋杀?"

见她神色不对,姜莉丝翻了个身,背对她,又像诈尸般坐起,问她:"你战败了?"

"惨败。"

姜莉丝爬下床:"说说?"

林叁七一句话总结:"他心有所属,且向我寻求帮助。"

姜莉丝两个字点评:"真惨。"

她朝林叁七伸出手,要同林叁七握手:"难姐难妹。"

林叁七睨她一眼,将她的手拍开,拒绝握手:"你在幸灾乐祸。"

姜莉丝连笑两声,丝毫不掩饰自己的愉悦。

"去喝酒吗?"她提议。

林叁七皱眉:"我还在吃感冒药。"

姜莉丝不以为然:"又没头孢。"

林叁七脱下粉色外套,更换约会战袍:"走。"

虽然干脆说了走,但其实临近天黑才出门。两个人化妆、做头发、搭衣服,稍不留神就过去几个小时。

她们去了一家音乐酒吧,在浪漫的天台,室外的露天卡座,抬头就能看见星空。刚好是晴天夜晚,深蓝幕布被星光点缀。

年轻的乐队在台上表演,偶尔是舒缓的爵士,偶尔是节奏欢快的轻摇滚。灯光时而变幻,缤纷却昏暗,为年轻的男女营造暧昧。

她纤细的长指,捏住鸡尾酒杯,酸甜的红色酒液,被一口饮尽,杯缘只留下淡淡唇印。

林叁七把酒杯放下,余光瞥见身旁坐来的男生,转过头,面无表情地盯着另一侧的短发女生。

姜莉丝一脸无辜:"我说我没叫他,你信吗?"

"鬼信。"林叁七毫不客气。

姜莉丝摊手,的确不是她特意叫上徐耀,只是他在路上看见她们,发消息问了她一句,她告知了地点。

没多辩解,她端起自己的酒杯,从座位离开,给他们腾出空间。

林叁七又叫了杯酒,三两口喝下。

徐耀好心提醒:"你灌这么猛,很快会醉。"

她语气并不友好地回:"我心里有数。"

"你心情不好?"

"所以别来撞枪口。"林叁七今天心情极为不佳,十句话里九句带着火药味。

徐耀习惯了她的脾气,反而笑得宽容:"可是我觉得你臭着脸也很酷。"

酷。他对她的形容,总缺不了这个词。

林叁七没搭理他,放在桌边的手机屏幕亮起光,拿过来看了眼。

这几个小时里,陈戌懿陆陆续续给她发了好几条消息,问她怎么了,为什么生气,他是否说错什么话。

她一条也没回。

不是因为气他,而是气自己。没能在最后关头,忍住脾气,被他看出情绪。

为什么生气。她要怎么跟他解释?

没办法解释。

"男朋友?"徐耀明知故问。

林叁七没好气地瞪他:"明知道不是,就别挖苦我。"

她低下头,还是回复消息:没生气。

消息发过去,聊天框顶端立刻显示"对方正在输入中",不知道是他刚好看手机,还是一直在等消息。

"输入中"显示了很久,他的回复才姗姗来迟,简单的一句:那你好好休息。

林叁七关了手机,没再回复,自言自语般喃喃:"他一定觉得我是个阴晴不定的人。"

"你喜欢的男生?"徐耀又问,这次不是开玩笑的语气,但林叁七还是没说话。

仿佛与她交易般,徐耀点了一杯酒精度不那么高的莫吉托,移到她面前,问出今晚的第四个问题:"可以说说,他是个什么样的人吗?"他虚心请教,"我想向他学习。"

林叁七总算没拒绝他的请求,接过他递来的酒:"你学不来的,因为你不幼稚,也不让人讨厌。"

她说话的语气很平静,叫人分不清是认真回答,还是反讽。

徐耀没再插嘴,单手支着脸,安静地带着一如既往的笑意,看着她。

她喜欢的人,是个幼稚的讨厌鬼。

他喜欢恶作剧,爱吃棒棒糖,吃棒冰要尝遍每一个口味,游泳的时候,竟然还玩小黄鸭。好胜心强到要和狗狗比赛,比谁的脑袋更好摸。

哦,他还很会装可怜,受了委屈,就眼睛湿润地看着你,好像你怎么使劲地把他欺负了,明明先挑起事的那个人,很多时候都是他。

他脸皮很厚,不原谅他,他就想尽办法烦你,耍赖一样道歉。

他还喜欢逞强,吃不了一点辣,非要陪着她吃。他很会得寸进尺,稍微夸他一句,他尾巴就能翘上天。

他是个笨蛋,一点都不会看眼色,听不出她的暗示,不知道她喜欢他,还厚着脸皮来找她帮忙,去教他哄喜欢的女生。

"真的很讨厌。"林叁七低垂着眼睛,悬在睫毛的眼泪,坠在裙子上,庆幸是黑色,庆幸灯光不明亮,于是几乎没人发现。

几乎。

徐耀不知何时坐直了身体,脸上的笑意也渐渐淡却。

"看来你真的很喜欢他。"他递给她一张纸巾,像在感慨,更像叹息。

"是吗?"林叁七擦掉眼泪,忽然就笑起来,说,"我还以为只是'有点'呢。"

徐耀看着她的笑,没接话。

她一定不知道,她笑起来有多好看。

第一次见到她,是在大一开学的第一天。两人只是在路上擦肩而过,没有交流,他甚至没看到她的正脸,是刚认识的室友,随口说了一句:"刚刚那女生眼神好凶。"

他回头,只看见她的背影,拖着行李箱,走两步,就叉着腰喘气,分明很狼狈。

第二次,是军训第一天,还是他的室友,感兴趣地说了句:"那个眼神很凶的漂亮女生。"

他抬头，这次只是看到她的侧脸，她面无表情，似乎很不开心，但确实很漂亮。

第三次，没有任何人，他在人群中，终于看见她的正脸。

她仍旧没有任何表情，一双漠然的眼睛，直视着前方，却没有焦距，仿佛蔑视一切。

不凶，但很酷。他这样想时，那双眼睛的焦距，毫无预兆地落在他脸上。

他们对上了视线。

她忽然笑了。

或许有一秒，又或许没有，他心跳节奏乱掉的时间。

尽管后来，徐耀知道，林叁七并不是看他，而是在朝他身后的姜莉丝笑。

他想要让这样的笑容，是因为他，想让她眼里有他。

但显然，他输了。

她的眼睛，在为另一个人笑，在为另一个人流泪。她的喜怒哀乐，没机会属于他。

徐耀要了两杯 XYZ 鸡尾酒，一杯给她，一杯给自己。他抬起酒杯，举到她眼前："敬我们成为朋友。"

林叁七尽管跟他碰了下杯，但面露困惑。

"我没信心了。"他笑着说。

从酒吧出来的时候，已经凌晨一点，早已过了宵禁时间。他们只能临时去订酒店，但不算麻烦。

麻烦的是，三个人里，有个喝多耍酒疯的醉鬼。

"我怎么这么倒霉！"这是醉鬼反复重复的第一句。

"我真的很喜欢他！"这是第二句。

姜莉丝和徐耀一人架着她的一边手臂，两个头，四个大。

"你怎么让她喝这么多？"姜莉丝骂他。

"她刚刚还很正常，突然发作的！"徐耀很无辜。

谁知道一个一直安分喝酒，甚至还正常聊天玩游戏的人，会突然举手，说自己想吐。吐完回来后，人软成烂泥，还开始耍酒疯，说胡话。

这一晚上跟他说的话，都快抵上这一年。

稍微欣慰的是，对他笑起来的次数也是。

林叁七还在哭："他好爱她！我好羡慕！"

姜莉丝跟着哭:"你好重!我好痛苦!"

醉鬼的重量仿佛是平时体重的三倍,这和地心引力绝对没关系,也不是多喝了两倍的酒,而是她整个人都在往地上压。

姜莉丝要撑不下去了,偏偏酒吧在小巷子里,还没走到可以拦出租车的地方,凌晨一点,网约车也还在排号。

就算喝醉,体重也是逆鳞。林叁七十分不满,摇摇晃晃地质问:"我哪里重了?我哪里重啦?我要开始闹啦!"

在她闹起来之前,徐耀连忙哄她:"你不重,你一点都不重!"

林叁七总算没闹,却开始哭,又回到最初的起点,哭着重复那两句话。

姜莉丝的腰快累断,耐心耗尽,当着徐耀面,骂了句脏话,又说:"这么不甘心,你给他打电话啊!"

林叁七直摇头:"我不打!我不要面子的吗?"

她不再哭,但开始碎碎念,强调女人的尊严有多重要,比体重还重要。

徐耀听着,止不住地笑:"哎,她好可爱。"

姜莉丝狠狠瞪了他一眼:"能不能考虑考虑我的心情?"

一定是她太凶,他竟然真的立刻止住笑,闭上嘴。

姜莉丝从林叁七包里摸出手机,对上她的脸,解开锁:"不就是喜欢别人吗?又还没在一起,你不知道抢啊。"

她把手机塞徐耀手里,女王式下命令:"你帮她打。"

徐耀脸色一变:"你是不是故意?我打电话给我情敌?"

姜莉丝没好气道:"我现在不就在陪我情敌耍酒疯?"

徐耀还真无法反驳。老实说,自从篮球赛那天,她突然告白,他拒绝后,他们就没怎么说过话。他严重怀疑姜莉丝是在借机报复,但没证据,且必须照做。

他打开手机,点开联系人页面,边问:"那个人叫什么名字?"

姜莉丝拍了拍林叁七的脸:"问你呢,你喜欢的那个叫什么?"

"叫陈……"林叁七说到一半忽然捂嘴,一脸痛苦,"我想吐。"

姜莉丝一脸慌张:"稳住!我扶你去垃圾桶!"

徐耀一脸着急:"陈什么啊?这里一堆姓陈的!"

没人理他。

徐耀看了眼她们,又看了眼手机,陈叔叔、陈阿姨肯定不是,排除两个,还有两个,怎么选?

不管了,他点开排在上面的那个名字,把电话拨过去。

电话被接通，温润的男声传过来，带着些疑惑："七七？"

徐耀一阵牙酸，又笃定，喊这么亲密，应该没打错。

"我是林叁七的朋友，她有话对你说。"他冲电话那边的人说。

手机塞到林叁七手里，林叁七条件反射举到耳边，"喂"了一声，然后开始委屈地哭。

电话那边的男生，不急不缓，温和地问她："怎么了？"

林叁七抽抽噎噎地开口："你太讨厌了，不知道我喜欢你就算了，还、还让我出主意，帮你追别人，你怎么能这么过分……"

电话里的人沉默了一会儿，问："你又喝酒了？"

又。

他把这个字咬得很清晰，如果林叁七没醉，肯定会发觉大事不妙，使尽浑身解数也要否认。

可惜她现在是个醉鬼，所以点着头乖乖地承认："一点点。"

"那你知道我是谁吗？"他问。

"哈！"林叁七仿佛听到什么讽刺的笑话，大声地说，"还能是谁？你化成灰我都认识你！陈戌懿！"

陈嘉巳叹了口气，好脾气地劝："把手机给你同学吧。"

"我不！"林叁七很倔强，"我还没说完呢！"

陈嘉巳冷静地制止："你最好别再说，明天会后悔，以后结婚时会更后悔。"

林叁七被"结婚"这个词给刺激到，激动地说："我结个屁婚啊，我都失恋了，我这辈子都不要恋爱不要结婚。"她几乎是吼出来，中气十足，"我要出家当尼姑！"

徐耀凑到姜莉丝身边，看到她手机里的录像模式，问："你拍这个做什么？"

"今晚这么辛苦，我不得敲诈她十顿饭？"

徐耀震惊："女人，你好狠毒。"

姜莉丝冷笑："男人，你还太嫩。"

另一边，放出出家宣言的人，对着手机开始哭："陈戌懿，你知不知道我喜欢你？你这么讨厌、幼稚、烦人，我还是喜欢你。"

林叁七捂着脸呜咽，她怎么总是倒霉，总是比别人迟一步。

"你可不可以回头看看我？"她彻底认输，放下要强的自尊心，向他表白，向他请求。

-160

但他没回答。

等了很久，都没有回答。

电话挂断了。

林叁七扭过头，泪眼蒙眬地望向姜莉丝，既生气，又委屈地，向她哭诉："他挂我电话……"

姜莉丝关掉录像模式，朝她走过去，拿起她手机看了眼，一脸怜爱："宝贝，是你手机没电了。"

"那我的告白，他听到了吗？"她问。

姜莉丝好心地没打击她："应该听到了。"

徐耀痛心疾首地附和："肯定听到了。"

……听到、个、屁、啊！

次日酒醒，林叁七看着手机里，和陈嘉巳的通话记录，两眼一黑，很想喊出这句话。

但她昨晚哭得太凶，嗓子哑得不像话。

他们昨晚住在酒店，她和姜莉丝睡同一个房间，早上醒来，她刚开口说了两个字，姜莉丝就笑得不行。

"'宝鹃'，你的嗓子怎么了？"她竟然还问她。

"我好想死。""林宝鹃"沙哑着声音说。

姜莉丝毫不同情："今天周一，有'刘师太'的课，死了也得去上课。"

宿醉并不好受，不顾后果地耍酒疯，且没有断片，更难受。

林叁七宁愿自己失忆，也不想回忆起昨晚。

她不知道电话是什么时候挂断，但肯定陈嘉巳把该听的不该听的，都听完了。

陈嘉巳啊陈嘉巳，你就是太温柔，你应该在接到醉鬼电话的第一时间，就挂断关机！

林叁七流下悔恨的泪。

不知道该说是好消息，还是坏消息，陈嘉巳没有给她打电话，也没发任何消息过来，笑她或者责备她。陈戍懿也一样。

所以，陈嘉巳到底有没有把这件事，告诉陈戍懿？

她提心吊胆地回了学校，坐在教室里上课，脑子里想的都是这件事。

她不敢去问陈嘉巳，更不敢去问陈戍懿。

坐立不安时，手机弹出陈戍懿的消息，她吓得快叫出来。

幸亏及时捂住嘴，不然全教室的同学，会听见一声鸭子叫。

讨厌鬼：我到机场了。

原来只是跟她打声招呼。

林叁七暂且松一口气，下一秒却更失落。

他要离开了。

她忽然很想哭，为昨晚的告白，为今日的分别。

没回复他的消息，林叁七点进另一个联系人的聊天框，向最不可能泄密的人倾诉。

林叁七：我完了，我真的喜欢上讨厌鬼。

对方秒回：谁？？

狗狗：你喜欢上了谁？？？

狗狗：哪个讨厌鬼？？？

一连发来三个问句九个问号，看得出来，她平时在狗狗这里骂陈戍懿一定不少，狗狗对他的偏见肯定很大，不然不会这么震惊。

但没办法，爱情不可控。

她回复：cxy

狗狗没再回复，或许是大为震撼且不理解，或许是大受打击。

林叁七放下手机，继续听课。

快下课时，却突然又收到陈戍懿的消息。

讨厌鬼：你人在哪儿？

林叁七疑惑：我在上课。

讨厌鬼：哪栋楼？哪间教室？

林叁七突然觉得这对话有点熟悉，惊讶地问：你要来找我？你不是快上飞机了吗？

陈戍懿比她更着急，但不是赶飞机：快点快点！

她还是把上课教室发过去，几分钟后，熟悉的身影出现在教室外。

他像是一路跑过来的，气喘吁吁，脸上却在笑。

他一眼看见，坐在教室最后排，角落里的她。

林叁七一脸惊愕，对上他的目光，他过分明亮的眼睛。

她脑子短路，搞不清现在的状况，却还有心思去关心他会不会误机。

林叁七低下头，在手机里问他：你怎么回来了？

陈戍懿却没回，他压根没去看手机，就站在走廊上，从教室后门，看着她笑。

他跑得头发都乱了，阳光落在柔软蓬松的头发上，发梢像在发光。

少年的笑容过分灿烂，露出整齐洁白的牙齿，眼睛像月牙弯起，眼底的笑意，如夏日骄阳般热烈。

庆幸，下课铃在两分钟后响起，且老师利落地下课，没有拖堂。

林叁七东西也来不及收，也顾不上姜莉丝在身后问，起身直奔教室外，他面前。

她抬头："你……"

他抢先："我喜欢你！"

教室里的人陆陆续续地走出来，撞见告白现场，有人驻足投来视线，有人带着笑善意起哄。

林叁七睁大了眼睛，张开嘴还没说什么，又被他抢先："我喜欢你！"

陈戌懿低头望着她，清澈明亮的黑眸，倒映着她的身影，也只剩她的身影。

少年的爱意炙热直白。

他不顾周遭的一切，在人声鼎沸中，近乎横冲直撞，热切响亮地向她告白——

"林叁七，我喜欢你！"

3

聚焦在身上的视线，周围起哄的声音，让林叁七的脸渐渐红成发热的樱桃。

偏偏姜莉丝还要来凑热闹，站在教室后门，吹了声口哨："哟，你就是那个专门飞来陪她的人？"

陈戌懿来不及回应，就被林叁七抓着手臂拽走。被她牵住手，他瞬间什么都忘掉，傻笑着跟着她走。

林叁七带着他一路跑出教学楼，停在林荫道旁，一棵香樟树下。

她张嘴要问，忽然想起沙哑的嗓子，会发出难听的声音，于是从口袋里拿出手机，在备忘录打字：你刚刚什么意思？

"你怎么说不了话？"陈戌懿先关注她不能发声，脸上的笑变成担忧，"你嗓子怎么了？"

林叁七摆了摆手，示意没事，又指着手机屏幕，催他快点回答。

"告白啊。"陈戌懿大大方方地承认，又重复一遍，"我喜欢你。"

林叁七打字问他：你不是有喜欢的人了吗？

陈戌懿理直气壮地说："我又没说喜欢的人不是你。"他甚至反将一军,"我都表现那么明显,你还没发现,真笨。"

你才笨!

林叁七瞪他一眼,却也同时回想起,他之前对喜欢的女孩的描述。因为他曾经的恶作剧讨厌他,误会和别人在一起……被忽视的细节,如今一切都能对上号。

她设想过很多次,他喜欢的女生是什么模样、什么性格,唯独遗漏自己。

"我喜欢你,你呢?"陈戍懿问。

林叁七被问得脸红,抬头,对上他真诚热切的目光,不自觉地张嘴,却说不出一句完整的话:"我、我……"

他忽然俯身,凑近她的脸,飞快地在她脸上轻啄一下。

一秒,不,不到一秒,柔软的唇瓣离开她的脸颊,她的心跳开始狂奔。

"我知道你也喜欢我。"他笑得眉开眼弯,耳根却红得明显。

林叁七捂住被亲的地方,脸红得不像样。她又低头,在手机上飞快打字:你再不去机场,就赶不上飞机了!

真奇怪,她竟然还有心思担心他的航班。

陈戍懿却一点不急,朝她张开手臂,没说干什么,但意思很明显:"一分钟。"

她摇头。大庭广众之下,她才不要拥抱。

"真不要?"他问。

"等我走了别后悔啊。"他嘴角挂着坏笑。

林叁七抓着他的手臂,把他往校门口的方向推。一路上,他都在问,真的不要抱一下吗?真的不会后悔吗?

出租车停在他们身边,她看着陈戍懿走向出租车,和他分别的不舍、拒绝拥抱的懊悔,如同坏掉的喷泉,涌上心头,却没办法开口。

不知道在倔强什么,她很难受,却说不出口。

刚打开后座车门的人,却忽然转身,两步跨到她面前,将她抱住。

林叁七怔了一下,听见他靠在自己肩上,带着笑的清澈嗓音:"不抱一下,我今晚要后悔得睡不着。"

他离得很近的笑声,钻进她的耳朵,像小虫子在挠,痒痒的。

林叁七抬手,环上他的腰,回抱。她声音很小地,几乎是气声,悄悄地开口:"我也是。"

他又笑了,抱着她的手臂,更收紧了些。

"再见,女朋友。"

-164

上午还有课，掐着教授面朝课件的时间点，林叁七猫着腰，从教室后门溜进去，坐上姜莉丝帮她占上的最后一排位置。

她翻开书，却趴在桌上，无声地傻笑。

姜莉丝看了直摇头，回宿舍或许要把昨晚的出家宣言给她播放，让她回忆起放狠话的傻样。

姜莉丝抬眼，对上另一人看向这边的视线。

上午两节大课，都和隔壁班一起，在大教室里上课。隔壁班的徐耀，自然也见证了这个告白现场。

不经意和她对上视线，徐耀转回身，脸上没什么表情，眼里却藏不住落寞。

姜莉丝叹了口气，手摸到课桌里的手机，没等回宿舍，就把昨晚的视频发给林叁七。

"十顿饭。"她说。

林叁七的傻笑变成羞耻和震惊，咬牙切齿，小声骂她："卑鄙！"

从陈戌懿离开学校，林叁七的手机没停止收到消息。

讨厌鬼：我到机场了。

讨厌鬼：我过安检了。

讨厌鬼：我上飞机了。

讨厌鬼：我下飞机了。

讨厌鬼：我到学校了。

讨厌鬼：我回宿舍了。

仿佛打卡的机器人，陈戌懿一路上都在跟她汇报行程。

林叁七忍不住想笑，点进他的头像，把备注改掉。

下一秒，他的消息又发过来。

黏人小狗：我好想你啊。

林叁七点头，我也很想你，却故意回：明明才刚见到。

黏人小狗很不赞同：哪里是刚见到？已经过去四个小时二十三分钟！

林叁七捂着脸发笑，哎，她的备注改得真好。

交往快一个月，林叁七和陈戌懿的微信聊天记录，每一天的日期都是黑色——他们每天都在聊。

以前一点没注意到，原来他这么话痨，每天像是有说不完的话——天上有朵爱心云,今晚的星空很漂亮,路上遇见一只小狗,他的头发又长长,要不要去理发店剪掉。

明明暑假抬头不见低头见,他都没有跟她聊这么多。

林叁七不由得想,他那时候是不是一直在忍着不讲,那得忍得多辛苦?

又因为每天都和陈戌懿聊天,她和网友狗狗的聊天频率直线下降。自从和狗狗说了喜欢上陈戌懿的事,她没怎么去找狗狗,狗狗也几乎没找她聊。

或许狗狗对陈戌懿的印象,还停留在讨厌鬼,对她和陈戌懿交往,感到不理解。

担心这件事成为她和狗狗的隔阂,林叁七推掉和陈戌懿的睡前电话聊天,给狗狗发了消息,向对方仔细解释,真诚道歉。

她以为要和狗狗交流很久,才能消除对方对陈戌懿的偏见,原谅自己。

然而,狗狗却比她想象的,更快地接受了这件事,甚至大度地说:你多和你男朋友聊天,不用管我!

并不是在说反话,因为对方又发来下一句祝福:你要好好对你男朋友,一定要跟他99(久久)!

对方的祝福带着点激动,林叁七被她的大度感动到,认真地回复:谢谢,也祝你早日脱单,找到又帅又温柔的男朋友。

狗狗还谦虚上:不用不用,后半句就不用了。

刚和狗狗聊完,陈戌懿就打来电话。明明说好今晚不打电话,他仿佛遗忘,可问的又是:"你忙完了吗?我打扰到你了吗?"

林叁七有些想笑:"忙完啦。"

他立即说:"那和我聊天,我想听你的声音。"

他总是直白地说起想念,坦然地跟她说喜欢,仿佛一点不会害羞。明明是调侃两句,就脸红结巴的人。

"你寒假要来我家住吗?"陈戌懿问。

以前的寒假,林叁七会和林拾六一块去父母那里,父母在哪儿工作,他们就跟去哪儿,权当旅游。毕竟寒假时间短,又有除夕和春节,平时再忙,过年总要团团圆圆。

林叁七:"离寒假还早呢,还有一个多月。"

一月中放假,现在才十二月初。

陈戌懿却说:"很快了,很快了,高考都倒计时了。"

他着急见她。

林叁七有些想笑，但还是说：“能不能去你家，要看情况哦。”

她和陈戌懿谈恋爱的事，还没告诉两家父母。她不着急说，让陈戌懿也先别说。

陈戌懿听到这个提议时，还很不乐意。幸亏她及时跟他打好招呼，他当时的架势，真的是要在所有家庭群里宣布这件事。

但林叁七有顾虑。一来她脸皮薄，以前总追着陈嘉巳跑，现在冷不防跟陈戌懿交往，总觉得会被大人们调侃。二来，她以前没少在她爸面前骂陈戌懿，逼着她爸跟她同仇敌忾，突然倒戈"敌方阵营"，她爸或许会吐老血。

陈戌懿听到她的顾虑，不满地哼哼唧唧：“要面子吃大亏，你就不怕我被人抢走？”

林叁七笑：“你要是这么容易被人抢走，那我也不稀罕。”

“呸！”明明是他自己先提起，这会儿又忙不迭地在电话那边反驳他一开始的话，“谁都抢不走我！你赶紧稀罕起来！”

“行行行，稀罕你，可以了吧？”林叁七故作敷衍地应付他。

陈戌懿嘴里嘟囔着她敷衍，却还是吃她这套，被哄得嘴角上扬，答应暂且不告诉父母，但必须让陈嘉巳知道。他仿佛宣誓主权的小狗："你亲口去跟他说，你和我在交往。"又当场改主意，"不，你别跟他说话，我去跟他说。"

林叁七憋着笑，连连应好，没把真相告诉他。

他还不知道，她喜欢他的这件事，陈嘉巳比他还先知道。

刚交往的那几天，林叁七问过陈戌懿，是不是陈嘉巳给他发了消息，所以他才突然返回来告白。

陈戌懿很蒙，说陈嘉巳没联系过他。

她也很蒙，问他：“那你怎么突然回来告白？”

陈戌懿支支吾吾，说："你前一天很生气，我想了一晚上，想通了，怀疑你可能喜欢我。"

他有这么聪明？一个人想一晚就开窍？

林叁七半信半疑，还想追问，陈戌懿却反过来问她：“怎么突然提陈嘉巳，关他什么事？”

支支吾吾的人变成林叁七，既然陈嘉巳没把耍酒疯那件事告诉他，她也没必要告诉他。那么丢脸的事，当然瞒住才好。

庆幸陈戌懿是个很好糊弄的人，三言两语，就被她转移话题糊弄过去。

日子过得很快，不知不觉入了冬，冷风呼啸，刮在脸上似刀割。

快到圣诞节，学校周边的店都开始在店面装扮有节日氛围的饰物，准备圣诞活动。

天寒地冻，不必要，林叁七是不会踏出宿舍门，上上下下裹得严实，窝在书桌前背书。

姜莉丝带着一身寒气，走进宿舍，不客气地抢走她的暖手宝，一边说："南街新开了家火锅店，圣诞节情侣半价，去不去？"

林叁七手指灵活地转着笔，头也没抬看着书："我可没办法装男人。"

"一般这种情侣活动，装情侣，一定会让你亲个嘴。"

姜莉丝爽快说："我不介意。"

林叁七抬头一笑："我男朋友会介意。"

"噢！"姜莉丝夸张地做出反应，把冷掉的暖手宝丢给她，"真要命，知道你有男朋友，别嘚瑟了好吗？"

将暖手宝重新插上电，林叁七问："你和徐耀怎么样了？"

姜莉丝坐上她的书桌，抽走她面前的课本，乱七八糟地翻着，说："还能怎么样，就像你对他没感觉，他对我也没感觉，我就跟他当朋友处呗。"

她把课本放一边，说："难不成还去当他的备胎？"

林叁七夸赞："你像个洒脱的女侠。"

姜莉丝不屑她的夸奖："我更想当个有人爱的女侠。"

林叁七拍了拍姜莉丝的大腿，安慰："女侠不愁人爱，你正在被自己爱着。"

姜莉丝没被她安慰到，真情实感地惆怅："但我不能和自己接吻。"

林叁七重新摊开书，冷漠道："滚吧。"

姜莉丝没滚，姜莉丝一脸八卦："你和你家'小狗'……"

"打住。"林叁七打断她的虎狼之词，"我们刚确定关系就异地，你在想什么？"

姜莉丝讳莫如深地说："圣诞节是好节日。"

林叁七送给她一个白眼："我们没打算在圣诞节见面，就算见面也不会做什么。"

离放寒假没有多久，很快就能见面，没必要在这么冷的天奔波。而且陈戌懿最近忙着做课题，她也要准备期末考试，都很忙。

动医没有考试周,而是考试月。期末考试分散到最后一个月,几乎每周都有一两科结课考试。

光是背书刷题就一个头两个大,林叁七没想过圣诞节的事。

然而——

平安夜的下午,林叁七还是站在了陌生的学校门口,呼着白气,给她的"黏人小狗"打了个电话。

"过来校门口,圣诞老人送女朋友。"

4

一辆自行车从她身边驶过,留下一阵冷风。她跺跺脚,手虚捂在嘴边,呼出的白气,带来短暂暖意。

遥远地听见有人喊自己的名字,林叁七抬头,望见远处朝这边跑来的少年。

他的黑色羽绒服,被风吹开,露出里面的连帽卫衣,是亮眼的橙色,但比不上他脸上的笑。

还没能多打量几秒,陈戌懿已经冲到她眼前,带来一阵冷风,和一个温暖紧实的拥抱。

"谢谢圣诞老人。"他说。

"我女朋友好甜。"他又说。

林叁七止不住笑,知道他又在闻,她特意喷上的香水。话梅和奶糖的甜味,她知道他很喜欢。

她拍了拍他的背,羽绒服的布料摩擦出窸窣的声响:"好啦,松手,还在外面呢。"

在大庭广众之下拥抱,她感觉太高调。

陈戌懿却不肯动,反而把她往怀里搂得更紧,像跟她争辩:"我女朋友,我多抱一会儿怎么了?"

林叁七有些好笑,开玩笑地说他:"光天化日,你也不害臊。"

陈戌懿一点不动摇,还是抱着她,毛茸茸的脑袋在她肩上蹭:"我抱我女朋友,我害臊什么?"

他振振有词,一句话强调一次"我女朋友"。

林叁七拿他没办法,只好说:"回酒店再抱个够,好吧?"

缓兵之计有所成效,陈戌懿总算肯松开手,但还是靠着很近,双手搭在她肩上,嘴里没有消停:"饿了吗?想吃什么?冷不冷?是不是穿得有点少啊？"

他边说,边把她的外套衣领扯严实,拉链拉到最高,甚至还想给她戴上帽子。

林叁七忍不住笑,也把他敞开的羽绒服外套拉好:"又开始念,你是我妈妈吗?"

"瞎说。"陈戌懿严肃地纠正,"我是你男朋友。"

她到底笑出声音来。

已经过了两点,林叁七先去酒店办理入住。来他学校的主意定得有些晚,在圣诞节这样的高峰期,她没能订到他学校附近的酒店。

入住的酒店离得有些远,但环境很不错,能看到江景。

办理入住,林叁七把身份证递过去,前台的姐姐提醒:"要两个人的身份证哦。"

陈戌懿即刻红了脸,解释时的肢体语言丰富:"我、我不住,她一个人住。"

林叁七却吩咐:"一块住,把身份证给她。"

陈戌懿瞬间僵住,不自觉睁大一些眼睛,耳根红得像要滴血。

林叁七故意逗他:"想什么呢,'男大学生',双床房。"

酒店离他学校太远,为了让待在一起的时间更长,她订的是双人套房。

陈戌懿愣了愣,鸦羽似的眼睫扇动两下,后知后觉地恍然大悟道:"哦……哦!"

尽管顿悟地点头,脸却还是红的。

前台的姐姐都被他逗笑。

拿着房卡打开门,房间里光线明亮,客厅还有投影仪,倒也算方便。

林叁七先去卧室看了眼,和网上的图片一样,敞亮的落地窗,能看到外面的江景。

她先把空调打开,要去开行李箱,刚转身就被陈戌懿抱个满怀。

"说好了的,让我抱会儿。"他埋在她肩上,低喃的嗓音磁性悦耳。

林叁七没好意思说,她进屋就把这件事给抛在脑后,还故意问:"一会儿是多久?"

陈戌懿闭着眼睛,难以满足地攫取她身上的香甜气息:"多抱会儿,很久。"

她又故意带着不耐烦问:"很久是多久?"

听出她玩笑的语气,他压着笑埋怨:"你怎么这么烦人?"

"哦！"林叁七装出夸张的、受伤的语气，用他曾经说过的话，回敬他，"我才刚来，就嫌我烦了？见完就嫌弃？渣不渣？"

陈戌懿也记得，趴在她肩膀上笑，身体跟着抖："我烦人我烦人，你让我多抱会儿。"顿了下，补充一句，"求你了。"

林叁七这才满意："这还差不多。"

她总算安分，安静地和他拥抱，温暖的体温，无声地传达，这几个月的思念。

但，总有人不识好歹，手机铃声打破片刻宁静。

陈戌懿边从兜里拿出手机，边嘟囔着骂："谁这么烦人？"

掐着点来烦人的，是他的室友。

林叁七离开他的另一条手臂，掀开被子，坐上床，看他不耐烦地跟室友打电话。

"我人在哪儿？在我女朋友这儿……都说了我有女朋友，活的，真人……谁网恋？你才网恋……你爱信不信！"

他嘴上说着爱信不信，却臭着脸走过来，把手机递她眼前，说："快说句话，他们竟然说你是假的！"

对方显然是在逗他，他却十分较真。林叁七无奈又好笑，但谁让这幼稚鬼是她男朋友。

她接过手机，打开免提，冲电话那边的人打招呼："你好，我是陈戌懿的……爸爸。"

她故意停顿，在他露出得意表情时，把没说完的话改口。

电话那边的人发出爆笑，电话这边的人气得爆炸。

"林叁七！"陈戌懿挂断电话，朝她扑过来，没意外地，她被扑倒在床上。

林叁七被他挠痒痒，抵住他压下来的身体，笑得肩膀直抖。他停下了，她还在笑，不经意间，对上他的目光。

房间里的光线明亮，少年的脸越发轮廓分明，他没在笑，也没在生气，根根分明的睫毛垂下，视线掠过她的眼睛，停在她玫瑰色的嘴唇上。

太安静，于是听见他有些粗重的呼吸声。

她眼睫扇了几下，却没等到他的吻。

他的视线，落回她的眼睛。让人无法拒绝的湿润眼睛，望着她，热切却紧张的眼神，在无声询问，在可怜请求。

"你想亲我？"最后是她问出来。

-171-

陈戌懿点头。

她又问："为什么不直接亲？"

"想亲很久了，怕你不喜欢……"他的声音没有底气，明明平时是那么坦然直白的人，在这时候，却过分谨慎。

他真的在怕，怕又做错什么，被她讨厌。

林叁七突然觉得心疼，抬手，轻轻抚摸他微凉的脸颊，温柔地说："你是我男朋友，我不会不喜欢……"

最后一个字，被他吞进口中，卷入舌底。

得到允许的"小狗"，没再有顾虑。热切的亲吻扑面而来，不是单纯的嘴唇轻碰。

唇瓣被他含住，他的舌头伸进来，有些青涩，笨拙地碰到她的牙齿，却不容拒绝，撬开牙关，缠住她的舌尖，夺取她口中的空气。

她的心跳控制不住地加快，身体瘫软，陷进柔软的床。她无意识地伸手，想要抓住什么，反而被他攥住，修长的手指，钻入她的指缝，与她十指相扣。

安静的房间，剩下交缠的呼吸声，和搅动的水声。

晶莹的水泽从嘴角溢出，又立刻被舌尖舔去，细密的吻印在唇角。

她的呼吸有些许不太顺畅，出于本能发出像小兽一样的轻哼。

她并不知道，这样的声音，会激发他更大的侵占欲望——唇舌的交缠，更加紧密；十指相扣的手，更加收紧。

不知道是谁的手机，响起消息提示音。但没人去看，没人去听。

一个小时后，发消息的人，才终于收到回信。

林叁七坐在床头，黑着脸回复了姜莉丝的消息。她打开前置摄像头，毫不意外地看到，被吃得所剩无几的口红，和红得不正常的嘴唇。

麻了。

她的嘴唇都被亲麻了！

这真的是初吻吗？谁家初吻亲一个小时！

林叁七瞪着床尾的罪魁祸首。

他被勒令坐在那边，离她远点。分明做了过分的事，他这会儿却抱着枕头，委屈巴巴地看着她："你说你不会不喜欢的……"

他竟然还拿出她的话当挡箭牌，林叁七一听更来气："你亲我亲了快一个小时！"

陈戌懿很无辜："我说了想亲很久了。"

其实还没亲够，如果不是被她强行推开结束，他还能继续。

林叁七恨自己，低估他得寸进尺的程度，想着亲再久，也就多个几分钟，谁能想到，他的"久一点"，是以小时为单位。

她的嘴都快肿了！

也怪她，一时松懈，被他那双无害的眼睛给迷惑，几次想结束，几次被他看得心软。这样的错误，绝不会再犯。

林叁七暗暗记下教训，又没好气对他道："把我的包拿过来，我要补妆。"

陈戍懿却没动。

她催促："去呀！"

他没敢看她的眼睛，红着脸小声说："再等等……"

林叁七疑惑："等什么？"

他没说话，她却注意到他弓着腰，不自然的坐姿，从刚才开始，怀里就一直抱着个枕头，原来……是为了挡住某个地方。

"陈戍懿！"林叁七又气又羞。

陈戍懿红着脸辩解："我——我这是自然反应！控制不了！"

林叁七面红耳赤地下床，拿着包闯进卫生间，关门，反锁，一气呵成。

她背靠门上，捂着发烫的脸，后悔答应他的亲吻，后悔来到这个城市，后悔今晚引狼入室。

窗外的天，显出暮色，夜晚的影子在地面收缩。

市中心的商业区，霓虹灯五彩缤纷，空气里飘着耳熟能详的圣诞歌，大厦的 LED 屏幕，在祝所有人平安夜快乐。

晚餐吃的是当地的特色美食，和平安夜圣诞节并不相干。饭后在街边小逛，权当消食。

林叁七感觉到身旁人的视线，时不时落在自己身上，又很快离开。

他们并肩走，身体却留着一拳距离，她从温暖的衣兜抽出手，垂在身侧，手心被风吹得冰凉，还没等来动作。

被臭骂一顿的人，这会儿又变得畏缩。

林叁七叹了口气，说："我没生气了。"

显然她的信用也不怎么好，陈戍懿小心翼翼地开口："你上次也是这么说的。"

指的是她在酒吧回复他的那次。

他又说："上上次也是这么说的。"

指的是暑假的时候，她把自己关在房间里的那次。

林叁七几乎要扶额，瞥见路边的招牌，说："那你去给我买冰激凌，我就消气,好吧?"

陈戍懿却犹豫着说:"现在是冬天,吃冰激凌太冷。"

给他台阶,他竟然还不知道下。她恨铁不成钢:"冬天不就是吃冰激凌的季节吗?不然为什么叫冰激凌?"

她的歪理,让他十分纠结,有所动摇:"那我买一支,你只吃两口。"

她体质差,在这么冷的天吃冰,怕是会感冒。

"两支,"林叁七执着于招牌上的那行字,"第二份半价哎。"

可惜,她的脑回路没能得到理解,陈戍懿坚持:"一支,又不差这点钱。"

林叁七没忍住轻打了他一下:"你这'傻狗',第二份半价,你跟别人一起吃过第二份半价的冰激凌吗?"

他竟然点头:"吃过啊,和江浪。"

"女生!"

陈戍懿要摇头说没有,却想起之前小组聚餐,好像跟学姐凑了个单,于是改成点头,如实说:"和学姐吃过。"

"学姐?哪个学姐?"

原来女生的声音能一瞬间变得这么低沉。陈戍懿即刻感觉大事不妙,连忙解释:"是小组聚餐的时候吃的!"

"哦。"林叁七语气平平地说,"跟学姐吃过,就不用跟我吃了,是吧?"

"我这就去买!"他立刻去排队。

看在冰激凌的份上,林叁七勉强原谅他,又故作凶狠地命令:"下次不许和别的女生吃第二份半价的冰激凌!"

陈戍懿十分配合地立正回应:"好的长官!"

她总算笑出来,消了气。

吃完冰激凌,陈戍懿又拉着她去奶茶店,买了杯烫手的热奶茶,亡羊补牢也要做足功夫。

排队时,林叁七瞧见前排的情侣,女生头上的圣诞头饰,又起了心思。

街边很多临时小摊,她拉着陈戍懿,停在其中一个摊子前,挑了个鹿角头饰,朝他招手,示意他弯腰。

陈戍懿摇头,不肯戴。她一个眼神警告,他瞬间折腰,乖乖低下头。

她把鹿角头饰戴在他脑袋上,付款,拍照,一气呵成。

见他抬手要去摸,她出声警告:"不准摘,长官送你的。"

陈戍懿立刻收回手,问她:"你不戴吗?"

林叁七煞有介事,说:"我不戴,我是圣诞老人。"

"哦。"他点点头，牵住她冰冷的手，被她目光询问，他也煞有介事，"圣诞老人不是牵着麋鹿的吗？"

牵个手还要找借口，林叁七笑："你破理由怎么这么多？"

他一本正经："管它破不破，有用就是好理由。"

还是太冷，林叁七没跟陈戌懿逛很久，坐车一块去了他学校，拿他的换洗衣物。

在他宿舍楼下，林叁七目送他风风火火跑进楼。

以为要等上一会儿，没几分钟，就看见他出现在视野中，拎着个包朝这边跑过来，身后还跟了个陌生的男生，头发有点湿，脚上蹬着双棉拖，连袜子都没穿，看上去像刚洗完澡。

"江浪，我室友。"陈戌懿跟她介绍，剧烈跑步后，说话还带着明显的滞涩感，"他非要跟过来认识你。"

叫江浪的男生喘得更凶，听到这话，一脸无语。

究竟是谁突然冲到宿舍，踹他的屁股也要把他踹下楼，说要带他去见自己女朋友，是"狗"吗？是"狗"吧！

所幸他有善心，给好兄弟留了点面子，没说出真相。

江浪看向面前的漂亮女生，不愧是把陈戌懿治住的人，光看面相，就是大姐大。跟她打招呼，他都不自觉地恭敬。

林叁七听说他就是江浪，露出些惊喜："噢，你就是江浪！"

江浪面露惊讶，又听她说："你在陈戌懿的朋友圈出现得很频繁，你们俩的互动很好玩。"

江浪瞬间懂了。

难怪陈戌懿从某天开始，突然频繁发朋友圈，还逼着他一块想段子，原来是为了哄女朋友开心。

他呵呵一笑。陈戌懿拍两下他的肩，在他耳边压低声音："下次请你吃饭。"

"几顿？"

"……吃到你满意。"

江浪满意了，朝林叁七露出懂事的笑容："嫂子，我就不打扰你们的甜蜜约会，我滚了，你们玩得开心。"

他满意地滚走。

林叁七被他的称呼喊得脸热，但还是佯装无事地问："他比你还小？"

她和陈戌懿跳过级，又是下半年生日，同级生里年龄算小的，她在宿舍就是最小。
　　陈戍懿有点骄傲地扬起下巴:"我们宿舍谁厉害谁当哥。"
　　林叁七问:"哪方面厉害?"
　　他答:"游戏。"
　　林叁七无语:"这你也能嘚瑟。"
　　陈戍懿又说:"我还有一点,比他们都厉害。"
　　她没什么期待,但还是捧场地问:"哪点?"
　　他神秘兮兮地凑近,在她耳边,悄悄说:"女朋友。"
　　林叁七好笑地说:"那你是不是要好好谢谢我?"
　　陈戍懿抱拳,十分侠气地说:"大恩不言谢,在下只能以身相许。"
　　林叁七笑:"不怕我把你卖了?"
　　他对答如流:"那我的心还是你的。"
　　她笑得不行,顺手挽上他的手臂:"油不油啊你,你跟谁学的嘴贫?"
　　陈戍懿握住她的手,揣自己兜里,耳朵有点红,没好意思说,在网上看了很多怎么哄女朋友开心的东西,于是把"锅"推给别人:"江浪,他天天挂嘴边呢。"
　　再多请江浪吃顿饭好了。
　　即使奔波千里来找男朋友,林叁七也没忘记期末考的现实。她是带着书来的,晚上洗完澡,把书拿出来看。
　　她坐在卧室的窗边背书,侧头就能望见外面的夜景,江面风平浪静,对岸万家灯火。
　　医学有太多东西要记,拗口的医学术语、冗长的名词解释,她背书背得认真,没注意浴室里和房间里的动静。
　　背完最后一个名词解释,她想稍作休息,不经意间,在玻璃窗的倒影中,看见坐在床上的陈戍懿。
　　他不知什么时候洗完了澡,盘腿坐在床上,手肘撑着腿,托着脸,眼巴巴望着这边,一脸渴望,却不过来。
　　林叁七想起那只喜欢让人陪着玩的小狗,也总是这么看着人。
　　她转过头,看向他,好笑地问:"你怎么不过来?"
　　陈戍懿十分乖巧地说:"怕打扰你。"
　　林叁七放下书本,朝他走过去,坐在他身边,抬手摸着他带着些许湿意的头发:"你怎么这么乖啊。"
　　他眼神茫然,却不知这样的眼神,更让人起坏心。

林叁七又戳了戳他的脸,语气柔软:"乖得让我很想欺负你。"

"怎么欺负?"他懵懂地问。

林叁七爬起来跪在他身前,一只手搭在他的肩上,另一只手捏住他的下巴,迫使他抬头,同时低头凑过去,轻轻咬了下他的嘴唇。

她很快地退开,嘴角挂着坏笑:"这样欺负。"

她松开了手,陈戌懿却还保持着被她强迫着抬头的姿势,脸和脖子都蒙上一层粉红,微微张着嘴,发出无意义的音节:"啊……"

像是懂了,又像是蒙了。

林叁七好笑地问:"你大脑CPU(中央处理器)坏了?"

他总算回神过来,低下脑袋,眼睫垂着,像只温驯乖巧的小狗。

"还想要。"他低声呢喃。

"要什么?"林叁七刚问出口,他修长的手臂,有力地揽住她的腰,把她带入他的怀里。另一只手,擒住她的手腕,教她搭上他的肩。

她被迫跪在他身前,双腿之间,身体倚在他怀里,属于他的气息,霸道侵入她鼻间。

陈戌懿抬眼,眼底的温顺褪去,露出攻击性的"獠牙"。

"咬我。"他如是命令。

第九章 想一直在一起

1

少年坐在低处，仰头，漆黑的眼睛凝视她，不加修饰的欲望在眼底显现。居高临下的人分明是她，却感受到如汹涌海浪般的压迫。

他以猎物的姿态出现，却用不容拒绝的霸道口吻，支配她动手。

"要……怎么咬？"大脑CPU烧坏的人在这刻变成了林叁七，她呆住，不受控制地，竟然这么问。

陈戌懿松开她的手腕，修长的手指抚上她微张的唇，像是不经意，指尖划过她下唇内侧的软肉。

他的视线从她的唇瓣，落在她的眼睛上。他勾起嘴角，是诱导、挑衅的口吻："不是要欺负我吗？还要我教你？"

挑衅。这是激怒林叁七的最有效最直接的方式。

"谁要你教！"她果然上当，扯开他的衣领，露出精致的锁骨。她俯身低头，咬上他的脖子。

她才不咬他的嘴唇，肯定会被他以一个漫长的吻回击。她此刻是吸血鬼，是猎手，在他最脆弱最好咬的动脉处下嘴。

生着气，林叁七并不知道自己用了多大力气，听到他吃痛闷哼的声音，理智回笼，她连忙松口，已然留下一个牙印。

她想退开，腰却被紧紧箍住，身体仍与他相贴，无法离开。

"继续。"他低着声音命令。

林叁七不理解地骂他："你有病啊，不疼吗？"

"继续。"他仍旧坚持，不容置喙。

林叁七只好扶着他的肩膀,再次去咬他。但这次,她不敢再用很大力气,只轻轻地咬住。

他搂住她腰的手臂收紧,喉结难耐地滚动,耳畔,他的呼吸声,变得急促且粗重。

林叁七忽然懂了什么,脸上浮出红晕,不知所措地,小声开口:"我不咬了……"

再咬下去要出事,她出事。

陈戌懿仍没松手,像在与她协商:"一分钟。"

林叁七又羞又恼,打了下他的肩膀,红着脸骂他:"你有毛病!"

他却一本正经说:"我在让你欺负我。"

"别以为我不知道你在想什么。"林叁七用愤怒掩盖羞涩,"刺激你,最后被欺负的不还是我?"

箍住她腰的手臂终于松开,她总算能和他拉开距离。

陈戌懿又变回小心翼翼的模样,跟她解释:"我只想让你咬我,没想过和你做那种事。"

他举手发誓保证:"你不愿意,我绝对不会做!"

林叁七才不信他:"男人的嘴,骗人的鬼。"

"真的!"他语气有些着急,"我不想让你讨厌我。"

林叁七跟他算旧账:"你现在就在逼我咬你。"

陈戌懿有些可怜地望着她,像被冤枉:"是你自己说要咬我的。"他湿润的眼睛,又变回无害的模样。眼尾下垂的天然优势,尽显无辜。

林叁七撇开脸,不去看他的眼睛。

"别这样看着我,我这次不会心软了!"

这话反而给了他启发,他眼睛一亮,凑过去向她请教:"怎么样看着你,你会心软?教教我。"

你哪里还需要教!林叁七在心里腹诽,躲过他的"攻击",灵活地钻进被窝,在被子里闷头赶客:"我要睡觉了!"

"可这是我的床。"

"你不知道换一张?"她理直气壮地霸占他的床铺。

"哦……"陈戌懿可怜巴巴地应下,下了床,走去对面床铺,又回头问,"睡觉前不给我一个晚安吻吗?"

林叁七闷在被子里拒绝:"吻你个头啦!"

他却煞有介事地接话:"亲一下脑袋也行。"

林叁七当然没满足他这个要求,见识到他有多得寸进尺,她才不会再上当。

　　白天奔波一天,分明很累,本应该疲倦得沾枕头就睡,现实却是,她的脑子无比清醒。

　　她闭上眼睛,就不由自主想起睡前的事。

　　从强迫自己一动不动,赶紧睡着,到翻来覆去,怎么换姿势躺,还是睡不着。

　　夜已经深了,没拉窗帘,月光从落地窗里投进,昏暗地照亮这个房间。

　　林叁七转过身,面向另一边的床铺,试探性地,小声喊了一句:"陈戌懿?"

　　他面朝着她睡,侧躺着,闭着眼睛,没有应,像是睡着。

　　林叁七又喊了一声,这次声音稍大:"'男大学生'?"

　　他还是没应,眼皮都没动一下。这么安静,到底真睡着假睡着?

　　林叁七想了想,又喊了一声:"哥哥?"

　　依旧毫无反应。好吧,他演技没这么好,原来是真的睡着。

　　林叁七爬下床,悄悄走过去,趴在他床边,借着月光,看着他安静的睡脸。

　　这次的眉心是舒展的,闭着眼睛,睫毛真的很长,像小扇子盖在眼睑处。也不知道梦见了什么,嘴角竟然是翘着的,睡着了都还在笑。

　　林叁七伸出食指,描摹他的眉眼,高挺的鼻梁,最后停在柔软的唇上,手指轻点他的唇瓣。

　　这张嘴啊,就是这张嘴,总是说出一些惹她生气的话。她必须好好惩罚。

　　林叁七撑着床沿,凑过去,轻轻地吻了一下。

　　她本想很快退开,看见他安稳的睡颜,又起了坏心思。她在他的唇瓣,轻轻咬了一下。

　　只一下,她飞快退开,缩回床边,既忐忑,又紧张。

　　但她没有等到他的声音,房间里依旧安静,他的呼吸声依旧平稳。

　　竟然还没醒。

　　他竟然还没醒?

　　松一口气的同时,林叁七莫名又有点生气。

　　睡前让她做那种事,害她到现在都睡不着,他倒好,竟然睡得这么香。

　　这可是他们第一次睡在同一间房,他不应该紧张吗?不应该兴奋吗?

　　他不应该才是睡不着的那个吗?

睡眠质量有必要这、么、好、吗？

林叁七磨了磨后槽牙，眼珠子骨碌一转，又有了新主意——我睡不着，你也别想睡。

她掀开被子，带着一身凉意，钻进被他体温烘暖的被窝。

这下总该醒了吧？

林叁七抬头去瞧，却还是没看见他睁开眼睛。

他竟然还、在、睡！

林叁七无语得几乎要翻白眼。被他的睡眠质量打败，她认了输，要下床，陈戌懿却忽然伸手，抱住她的腰。

她抬头，对上他微微睁开的眼睛，还带着蒙眬睡意。

他的手臂太有力量，被他箍住的身体没法动作，林叁七脑子里瞬间想了不下百种半夜作死的后果，以及她主动爬床，是算愿意还是不愿意？

她不由得僵住："你醒了？"

"嗯？"陈戌懿低低地应了声，嗓音是夜晚睡眠后独有的沙哑，勾人的性感。

他应得迷迷糊糊，可能连自己都不知道在应什么，低头亲了下她的额头，把她更近地搂进怀里，下巴搭在她头顶，痴痴地笑："圣诞老人又给我送女朋友了，真好。"

原来是睡蒙了。

林叁七彻底没了脾气，无奈又想笑。

她抬手回抱住他的腰，靠在他胸前，闭上眼睛，安静地听他沉稳有力的心跳。

怎么这么能睡啊。

次日早上，天边是亮眼的晨光，阳光穿过玻璃窗，跑进房间里，落下淡淡的黄。

林叁七迷迷糊糊地醒来，意识渐渐回笼，睁开眼，有一瞬的懵懂，又很快记起昨晚，掌握当下的情况。

被她抱着的人，却身体梆梆硬，浑身肌肉紧绷，仿佛一动都不敢动。

她抬头，看见他紧闭的眼睛和绷紧的嘴角。

一看就在装睡。

林叁七憋着笑，故意惊奇地问："咦，你是不是梦游啊？怎么到我床上了？"

陈戍懿立刻睁开眼,为自己的清白辩解:"这是我的床!"

"睁眼说瞎话。"林叁七一本正经地诓他,"这明明是我的床,我的充电器都还在这边插着呢。"

他可能睡傻,竟然真的开始自我怀疑,困惑地嘟囔:"我记得我昨晚好像和你换了床啊……"

好像。

他动摇得比她想的还快。

"你睡蒙了吧?"林叁七还想继续诓他,却没忍住笑出声,瞬间露馅。

"……原来是你捉弄我!"陈戍懿反应过来,报复性地去挠她痒痒。

她连忙躲开,整个人钻进被窝,但这次,他也早就在被窝里,被子的防御已然无效。

忙着躲开他伸过来的手时,她的手在不经意间,触碰到他身体某处,两个人同时停下动作,僵住。

先开口的人,语无伦次地解释:"这、这是早上,早上你知道吧?高中、高中生物,哦不对,初中生物应该讲过,早上这样很正常,不这样才不正常。"

林叁七红着脸发笑,从被子里钻出来:"我知道!'男大学生'!"

陈戍懿总算松一口气,往另一侧挪了挪,身体离她远一点。他问:"你昨晚怎么……"

林叁七抢答般地打断:"我睡不着,看你睡这么香,很不爽,本来想叫醒你,没想到你睡着了也耍流氓。"

陈戍懿着实无辜:"我哪里耍流氓了?"

林叁七理直气壮:"你抱着我不让我走。"

他磕磕绊绊解释:"我我——我以为是……"

她好笑地接话:"以为是做梦,圣诞老人又给你送女朋友?"

"嗯……你怎么知道?"他竟然还很惊讶。

林叁七笑得不行,伸手去捏他的脸:"'臭小狗',你是不是要可爱死我?"

"可爱?"陈戍懿很蒙,一脸不可置信,"你觉得我可爱?"

"怎么,不喜欢我说你可爱?"她知道有些男生不愿意被夸可爱,更想被夸帅气。

陈戍懿连忙摇头:"不是,我很喜欢。我还以为……"他说到一半停下。

林叁七问:"以为什么?"

他很没底气地,小声回答:"以为你很讨厌我。"

"……你个'傻狗',"林叁七没想到他竟然会这么想,恨铁不成钢道,"我讨厌你还会和你交往吗?傻不傻?"

陈戍懿垂着眼,低声说:"我也不知道,不知道你为什么会喜欢我,为什么会答应跟我交往。"

就像是做梦,不真实,不愿醒。

林叁七忽地沉默。

其实有感觉到,虽然他总是很坦然大方地说喜欢她,但面对她时,又总是过分谨慎。

明明是男女朋友,牵手都要先想好理由,亲吻也要先询问她的意见。

不是不想,而是不敢,于是把主动权都交给她。

林叁七柔下声音,问:"为什么觉得我现在还很讨厌你?"

"是你自己说一直很讨厌我。"

"……都说了不讨厌了!"她的温柔一秒破功。

林叁七朝他挪过去,捧着他的脸,叫他直视自己,不容拒绝地问:"你心里是不是还藏着事?觉得让我很讨厌你的事?"

陈戍懿没否认,低下眼:"我以前把你推进泳池。"

他在意的点,她瞬间明白。

年纪很小的时候,他们俩在泳池旁边争吵,不记得具体原因,好像是在抢什么东西。

陈戍懿并没有要把她推下水的念头,但泳池边很滑,她还是摔下去。

其实知道,他不是故意,但那时对他的埋怨,化作恶意,让她在潜意识里篡改记忆,一直嚷嚷着他是故意。

连陈戍懿自己也这么觉得。

即使当时哭着把陈嘉巳喊来救她的人,是他,他也还是一直愧疚。

林叁七叹了口气:"我知道你有在愧疚。"

这件事没成为她的心理阴影,却变成了他的。不然他不会一直强调,让林拾六去游泳前,必须告诉他,让他陪同。

"是我的错,我差点害死你。"他把罪责都怪在自己身上,就算对他说,那只是无心之失,他也不会改变认知。

林叁七不强迫他改变认知,抓着他的手,叫他抱住自己:"我现在好好地在这里呀,就睡在你身边,在你怀里。"

她又说:"而且,我也挺愧疚的,我不是还害你摔断了腿吗?"

"哦,那次,我知道……"陈戌懿被她的话转移注意力,回忆起另一件往事,笑起来说,"你还来医院给我送了棒棒糖。"

是在林叁七摔下泳池后不久,为了报复他,把西瓜皮放在楼梯上。陈戌懿踩上去,摔断了腿。

林叁七也没想过会闹得这么严重,吓得直哭,把陈嘉巳喊过来救命,一把鼻涕一把泪地,跟他一块上了救护车。后来去医院看他,偷偷给他留了棒棒糖,还以为他不知道。

他没告诉她,他那时候很疼,但是很开心。她在哭,在为了他哭。

"原来你知道。"林叁七轻哼了一声,捏了捏他的脸,"那你后来还总是对我恶作剧。"

陈戌懿笑:"因为你一直看着陈嘉巳,只有这样,你才会看着我,只有出糗,才能让你对我笑。"

很幼稚的办法,却也是唯一有用的办法。

他感慨似的说:"你真的很喜欢陈嘉巳。"

林叁七抱紧他的身体,闷声说:"我现在喜欢的是你。"

他像是没听清:"嗯?"

她清楚地重复:"我喜欢你。"

他故技重施:"嗯?"

林叁七瞬间懂了,这人又在得寸进尺。她轻捶他的胸口,笑骂他:"有完没完?"

陈戌懿搂住她,下巴搭在她头顶,笑着请求:"再说一百遍,再说一百遍吧。"

"你这时候又不怕我生气了?"林叁七故意问。

"这点小事,你才不会生气。"他的语气还有些小得意,仿佛十分笃定。

林叁七拖腔带调地"哦"了声:"看来你对我的脾气很了解嘛。"

他还一点不谦虚,煞有介事道:"十几年的血泪经验。"

林叁七好笑地说:"血泪经验怎么只让你了解个皮毛?你行不行?"

"皮毛?"他有点蒙。

林叁七从他怀里坐起来,也让他跟着坐起来,轻咳两下,做出老师的架势,教他:"虽然我的脾气稍微有一点点差,但是和我在一起,你不用顾虑那么多。"

"想牵手就牵手,想拥抱就拥抱,想亲就……也可以亲,但是不能亲太久!"

看到他逐渐兴奋起来的表情，她在最后半句时改口，飞快加上限制条件，又说："这是你作为我的男朋友的特权，不用找理由，也不用怕我生气，知道吗？"

陈戌懿眼睛很亮地看着她，小鸡啄米似的点头，仿佛回答老师的小学生，乖巧又响亮地回："知道了！"

"好，现在起床！"林叁七的教学欲望得到满足，要下床去洗漱，手臂却被他抓住。

"干吗？"她问。

陈戌懿问："想让你咬呢？"

她以为自己听错："什么？"

他兴奋地请求："我还想让你咬我！"

……他还真是得寸进尺的典范。

林叁七把枕头丢他脑袋上："咬你个头！神经！"

洗漱完，林叁七对着镜子例行化妆，陈戌懿坐在她身旁，目不转睛地盯着看。

"好奇宝宝"又开始提问，拿着口红和唇釉，问她："这两个有什么区别？"

林叁七概括性地跟他解释："质地不一样。"

他似懂非懂点头，又问："你昨天涂的哪个？"

林叁七指了指他右边手拿着的口红："这个。"

陈戌懿把左手拿着的唇釉递给她："那今天涂这个。"

她觉得好笑："你是小孩吗，连这也要换着来？"

他请求："你涂涂看，我想看。"

林叁七无奈，从他手里接过唇釉，拧开，樱桃红的镜面唇釉，涂在唇上是水润清透的玻璃质感，好看归好看，但冬天风大，总会沾上一两根头发，并不方便。

既然是男朋友的请求，她勉强满足一下好了。

然而，她刚涂好唇釉，在镜子里，发现旁边男生的眼神渐渐不对。

林叁七回过头，张开嘴，还没来得及，要问的话被他堵在口中。

……他哪里是想看，分明是想吃！

十分钟后，陈戌懿被勒令远离，在三米开外。

顶着她的臭脸，他竟然还摸着嘴唇傻笑："第一次看你涂这个的时候，我就想这么做。"

他仿佛实现一个愿望般满足。

林叁七着实见到他得寸进尺的程度,不打招呼就亲上来,还亲这么久,刚涂的唇釉全被吃了!

又被他的话唤起回忆,这不是他第一次看她化妆。暑假,生日那天,才是第一次。

她脸上一热,又羞又臊:"原来你那么早就有了这种心思啊,'男大学生'?"

"男大学生"红着脸颊,低头不语。

林叁七是傍晚的回校航班,起床起得晚,化好妆出门就已经中午,去商圈那边吃完中饭,还有几个小时的时间。

不,不是还有,离他们分别,只剩几个小时。

陈戌懿问她想去哪里玩。一想到要分别,她做什么都提不起兴趣,怏怏地说:"想回酒店睡觉。"

不想把时间花在路上,只想和他待在一起,想一直和他待在一起。

但她说不出口。

"男大学生"心思粗糙,没能体会这种心情,甚至惊讶:"你大老远跑来这里,就待在酒店睡觉?"

似曾相识的话语,立场却换了一方,两人同时沉默,同时笑出来。

"去看电影吗?"陈戌懿笑着问她。

"想看只有两个人的电影。"

有过一次经验,陈戌懿这回轻车熟路:"我找找有没有私人影院。"

林叁七抓住他的手臂,阻止他拿手机的动作,暗示明显:"酒店就有投影仪。"

他会意地笑起来,揽着她的肩,带着她往回走:"那回酒店看,懒鬼。"

她立刻不满:"谁是懒鬼?"

他一秒投降:"我是我是!"

出门不过两个小时,他们又回到了酒店。

陈戌懿一边给她点奶茶外卖,一边开玩笑似的感慨:"谈恋爱果然能改变一个人,我都要跟着你变成宅男。"

林叁七瞪他一眼,低头继续在手机上找影片。

她一时没想到有什么想看的,想了想,发了条消息问姜莉丝。

姜莉丝刚准备要睡觉,得知情况,立刻发来一个电影名字,附言:看完你会谢谢我。

光看片名,是黑帮题材的电影,应该是刺激动作片,林叁七没多怀疑,找到这部影片,投影放映。

窗帘严实拉上,灯也关着,她坐在沙发上,窝在陈戌懿怀里看电影。

十分钟后,陈戌懿抱着她的手臂逐渐僵硬,林叁七在心里感谢姜莉丝八辈祖宗。

动作戏确实很刺激。

门铃响起,是点的奶茶到了,陈戌懿二话不说,飞快地起身去取外卖,却没马上回来。

等电影里的那个情节终于放完,他拎着奶茶,慢吞吞地回来,若无其事地坐回她身边。

林叁七忍着没笑,也若无其事地拿起一杯奶茶,喝了一口,又递到他唇边:"'大郎',来,降降火。"

陈戌懿红着脸,瞪了她一眼,但还是含住吸管灌了一口。

热的!降个屁的火!

好在接下来的情节都还算正常,没之前那么刺激。

但是,这可是姜莉丝推荐的影片,哪里会有这么简单。

又一次看到男女主角的对手戏时,林叁七用余光偷瞥旁边的人。变幻的荧幕光下,他侧脸的轮廓更分明,嘴角抿着,似乎看得很专注。

前提是忽略他僵硬的、一动也不敢动的身体,和红透了的耳根。

怎么这么纯情。

她很想笑,但为了这个纯情的孩子,好心地忍住。

忽然,陈戌懿有所动作。

他像是十分自然地,拉了拉衣服下摆,跷起二郎腿。

林叁七低下头,憋笑憋得身体发抖。

头顶传来他心虚又故作有底气的声音:"你笑什么?"

她一个劲摇头,不说话,怕说出一个字,笑声就漏出来。

"……不准笑!"

"男大学生"恼羞成怒:"不看了不看了,我去趟洗手间!"

他必须得去冲个快澡冷静冷静,起身要走,林叁七抓住他的手臂,忍着笑问:"要我帮你吗?"

陈戌懿愣住,一秒,两秒,三秒,还呆呆地望着她。

"你知道你在说什么?"他终于能发出声音,问。

林叁七没再笑了,脸也有些红,避开他的眼睛,小声说:"所以要不要嘛……"

2
坐上前往机场的出租车,陈戌懿的脸都还是红的。

林叁七也有些不自在,不是因为做了这件事,而是发觉,她竟然还挺喜欢这种感觉。

原本是想补偿他,毕竟是她挑的电影,害得他有了反应。也带着一点坏心思,看看他的睡眠质量,是不是真有那么好,今晚还能不能睡着觉。

没想到一动手,就停不下来。

欺负他的感觉,好像会上瘾。

这可不太妙啊。林叁七暗暗地想。

过安检前,她最后一次叮嘱:"记住我跟你说过的话了吗?"

陈戌懿乖乖点头:"只和你吃第二份半价。"

林叁七满意地笑了,稍稍踮起脚,摸了摸他的头,说:"我家'小狗'真乖。"

他俯身将她抱住,无声无息地露出"犬牙",咬上她白皙软嫩的脖子,在她吃痛轻呼出声时,他命令般叮嘱:"你也要记住。

"只有我,是你的'小狗'。"

林叁七寒假没能去陈家住,也不用去另一个陌生城市过年。刚好父母工作空窗期,腾出了年底的行程,休息一个月,反而比她还早到家。

她考试结束晚,最后一科的结课考,几乎拖到小年前。

陈戌懿比她早放假,还在月初的时候,就跟她说好,要去机场接她。

但林叁七故意把回家的日期提前一天,没想让他去机场接,想给他留一个出其不意的惊喜。

然而,她回到自己家,反而看见出现在她家的陈戌懿。

看见对方,两个人同时愣住。

"你怎么在我家?"先反应过来的是林叁七。

"我我……你你……"陈戌懿指了指自己,又指了指她,大脑显然还没运转过来,但人已经冲到她面前。

他伸手想抱她,林叁七眼疾手快,将他推开,朝正朝这边走过来的人打招呼:"妈咪!我回来啦!"

在林妈妈看不见的角度，她扭头瞪了陈戌懿一眼，提醒他，他们现在是在"地下恋"。

他肉眼可见地委屈，垂头。

林妈妈走过来，问出陈戌懿想问的那个问题："不是说明天的飞机吗？怎么今天回来了？"

"给你们一个惊喜呀。"林叁七换上拖鞋，拖着行李箱进屋。陈戌懿伸手要帮她拿，被她不动声色地避开。

"他怎么来了？"她假装仍和他关系不好，带着嫌弃的语气，向林妈妈寻求答案。

"戌懿来给拾六辅导功课，"林妈妈显然被她的演技瞒过，还叮嘱她，"对戌懿好点儿，少跟人家吵架。"

林拾六这次考试没考好，林妈妈本来想给他请个家教，林拾六却非得麻烦陈戌懿。

知道教小孩有多麻烦，她本来没想让陈戌懿做这事，没想到陈戌懿从林拾六那儿听说，竟然很乐意来当家教，还坚决不要报酬，来打白工。

林妈妈心里有点过意不去，架不住陈戌懿和林拾六感情好。

"这样啊。"林叁七了解了情况，不着痕迹地瞥了某个大学生家教一眼，他就差把得意写在脸上。

她忍住要翘起来的唇角，努力绷着脸，又去跟爸爸打了声招呼，这才要回二楼房间。

站在楼梯前，她扭头冲傻站在那儿、眼巴巴看着这边的人，喊："过来帮我搬下箱子，太重，帮我搬到房间。"

"你怎么这么弱，这点东西都搬不动。"他竟然还知道配合接戏。

林叁七像以前一样，跟他拌了几句嘴，直到上了二楼，进到自己房间。

刚进屋，就被跟着进来的男生摁在门上，他低头，惩罚性地咬了下她的嘴唇，笑："你不去拍电影，真可惜。"

林叁七还保持着警惕："嘘，小声点。"

"我不。"陈戌懿小孩脾气地唱反调，"我就要大声，我要大声告诉叔叔阿姨，你现在是我——"

他的话断成半截，林叁七扯住他衣领，强迫他低下头，用亲吻堵住他的喋喋不休。

他识相地停下捣乱，搂紧她的腰。

舌尖在交缠，年轻的情侣交换着炙热的呼吸，用来言语的器官此刻抛

-189-

弃言语，用最本能的方式，诉说再聚的思念。

她一只手抓住他的衣领，另一只手被他擒住，十指相扣，摁在门上。

不知道亲吻了多久，残存的理智让她强行终止这个漫长的吻。

林叁七瘫软地靠在他怀里，不忘提醒事实："不能待太久，会被妈妈怀疑。"

陈戌懿却还意犹未尽，埋在她的肩窝，闻着她身上的气息，贪婪地吸食香甜的气味："可是我好想你，再抱会儿。"

"一分钟。"她做出让步。

"十分钟。"他得寸进尺。

"五分钟。"她做出最大让步。

"七分钟。"他还在讨价还价。

林叁七没忍住掐了下他的腰："又开始了，你这'臭小狗'。"

给他点颜色，他就开染坊。

陈戌懿抱住她不松手，在她肩上蹭，耍赖似的帮她做了决定："就七分钟，现在开始计时。"

林叁七到底没拗过，又和他抱了七分钟。

陈戌懿一周来三次，林妈妈本来就很不好意思麻烦他，也不可能天天让林拾六窝在书房学习，"男初中生"还没这么大的定力。

但，即使一周只补课三次，"男初中生"的压力也还是很大。

——被两个大学生一左一右地守着写作业，就问问谁压力不大？

林拾六很是头疼，原本打着小算盘，让陈戌懿给他补课，他还能开开小差，偷偷小懒，打打小游戏。

谁知道林叁七突然吃错药，竟然也开始关注他的学习，每次补课，都要来围观。

于是发展成了现在这种情况，姐姐坐在他左边，哥哥坐在他右边，他夹在中间，弱小无助又可怜。

两个人四只眼睛盯着，写错一个字，他都感觉要被骂死。

趁着林叁七去厨房切水果，林拾六摸了摸头上不存在的冷汗，向他的好哥哥求助："戌懿哥，你能不能跟我姐说一声，让她别来了。"

"怎么了？"陈戌懿问。

林拾六有些激动地说："她的眼神看上去要吃人！"

陈戌懿被他的比喻逗笑："你姐天生就这眼神，你还不知道？"

"我知道啊,"林拾六更加激动,"知道也瘆得慌!"

陈戌懿笑得不行,还要说什么,林叁七从外面推门进来,手里端着一碗樱桃。

刚进屋,她就察觉书房里的气氛不一样,一瞬间变得安静,一大一小两个男生同步率极高地迅速低头,假装认真在看书。

林叁七把樱桃放到林拾六的右手边,状似不经意问:"你们俩刚刚在聊什么呢?讲我坏话?"

"没有!"二人异口同声。

毫无说服力的异口同声。

林叁七丝毫不信,但也没多问什么,坐回椅子上,拿出手机,点开微信,给置顶联系人,发了条消息。

她问:聊什么了?

消息发过去,陈戌懿放在桌上的手机就响了,在林拾六的视线看过去前,他拿起手机,看了眼,嘴角勾起。

黏人小狗:拾六说姐姐的爱太沉重,他写作业压力很大。

林叁七翘起嘴角,回:我这都是为了谁?

陈戌懿没再回复,但林叁七的右手手臂,被人轻轻拍了一下。

她扭头,发现他竟然绕过林拾六的椅子,伸手过来。他的手指勾了勾,要跟她牵手。

林叁七摇头,下巴指了指中间正在低头做题的林拾六,示意会被发现。

他也摇头,无声地做出口型:不会。

林叁七无奈,稍稍侧过身体,妥协地把手伸过去,手指被他钩住,然后是手掌,他的手指灵活地钻入她的指缝中,与她十指相扣。

和她刚洗过水果,被水冲得冰凉的手不同,他的手掌很温暖,指腹的皮肤要比她的手背略粗糙,很适合弹钢琴的修长手指,此刻牢牢地握住她。

每次与他牵手,都不禁觉得温暖安全。

但林叁七忘了,这是只最喜欢也最擅长得寸进尺的"小狗"。

他不满足于简单的十指相扣,竟然还用指腹摩挲她的手背,故意用指尖挠她痒痒。

她没忍住笑出声。

突然的笑声,让什么都不知道的林拾六一个激灵。

林拾六蒙且惶恐地问:"姐,你笑什么?"

林叁七赶紧忍住笑,咳了咳,摆出严肃的表情,指着他刚做的那道题:

"你这答案离谱得我发笑。"

林拾六闻言,立刻低头去看,嘴里嘟囔:"哪里做错了?"

趁他低头看题的空当,林叁七瞪了眼另一边的陈戌懿,示意他赶紧松手。他却没点反应,假装没看见,空闲着的右手,拿着笔指导林拾六做题:"你这个公式代错了,压强是p,压力是F,你记反了。"

"噢!"林拾六恍然大悟,继续专心做题,没发觉椅子背后,两人牵着的手。

总算有惊无险,林叁七松一口气,无声地用眼神去骂罪魁祸首,罪魁祸首却反而得意地笑,牵着她的手,更加收紧。

林拾六做题做到一半,忽然觉得腹痛难忍,起身要去解决十万火急,然而刚要起来,却被两个大学生,一左一右同时摁住肩膀。

"你干吗?"两人异口同声。

莫名带着些慌张的异口同声。

林拾六一脸无辜,且十分痛苦:"我要去拉屎!"

林叁七面露无语。

陈戌懿松开她的手:"去吧去吧。"

"我一定快去快回!"有姐姐在,林拾六连拉屎都不敢放松。

他飞快地往门口跑,陈戌懿在他身后喊:"你拉慢点儿,有我在,你姐不会骂你。"

感谢哥哥!林拾六带着感激之情跑去卫生间。

那位初中生一走,林叁七拿着他的作业本,去拍陈戌懿:"都怪你,差点吓死我!"

差点被发现,她心有余悸。

陈戌懿却一直笑,挪到中间的椅子上,要凑过来亲她,却被她捂住嘴挡住。

"锁门。"林叁七时刻不忘警惕。

陈戌懿老老实实去把门反锁,走回来,俯身却不是亲她,而是抓着她的腰,直接把她抱上书桌。

林叁七来不及低呼,嘴巴就被他堵住。她闭上眼,手臂搭上他的肩。

他的唇退开,带走炙热的呼吸,一个冰凉的物体,被他的手指,塞进她口中。

她反射性地咬了下,果肉的酸甜充盈口腔。是樱桃。

冰凉的,酸甜的,樱桃。

但她来不及去细品，嚼烂的果肉被他卷走，嘴角兜不住的红色汁水，也被细密的吻夺走。

"还想吃吗？"他贴着她的唇瓣，低声问。

比平时低沉许多的嗓音，落在她耳中，说不上来的性感。

莫名地，林叁七感觉到些许害羞，但还是点头："嗯……"

又一颗樱桃被送过来，这次不是被手指，而是他的嘴唇。

颜色稍浅的唇瓣，含着红得浓郁的樱桃，强烈的对比反差，勾起她掠夺的欲望。

她凑过去抢，却没料樱桃被他稳稳叼住，一次，两次，都没能成功。

陈戌懿低笑出声，恶作剧后得逞的笑，熟悉的得意，熟悉的欠揍。

林叁七知道自己被耍，轻拍了下他的手臂，冲他埋怨："你干吗呀！"

陈戌懿总算没再逗她，将樱桃送过来，渡入她口中。

她吃樱桃，他把下巴搭在她肩上，闻她身上的香甜气息。

"拾六该回来了。"林叁七提醒他松手。

陈戌懿不肯动："再抱一会儿。"

反正门是反锁，林叁七准许他的任性，想到什么，笑着说："我们这样好像偷情哦。"

一提到此事，陈戌懿就有些埋怨："谁让你还不肯告诉家里。"

"不知道该怎么说呀，先瞒着。"她和陈戌懿关系糟糕不是一天两天，家里人都看在眼里，突然说在一起交往，她担心给他们的反差太大。

尤其她爸爸，她以前可没少在爸爸面前，说陈戌懿的坏话。

陈戌懿从来都是兵来将挡，水来土掩的性子，不懂她的忧虑："要瞒多久？总不可能瞒一辈子。"

"那不一定。"林叁七没过脑子地随口一说，"说不定还没说，我们俩就分手了呢。"

她说完就后悔，但是为时已晚，陈戌懿松开她，已然黑了脸："你说什么？"

知道自己说错了话，林叁七赶紧解释："我不是这个意思，只是举个例子。"

解释并不起作用，陈戌懿脸色阴沉："是这样举例的吗？"

"对不起嘛，以后不这样举例了。"林叁七撒娇似的道歉，凑过去要亲他，却被他侧过脸躲开。

"你肯定想过这事，所以才会拿这种事举例。"他笃定地说。

林叁七还想说什么,却被敲门声打断。
听见林拾六在门外奇怪地问:"这门怎么打不开啊?"
她立刻跳下书桌,陈戍懿也转身去开了门,这场对话被迫中止。
解决完三急问题的林拾六,做题时却更加感觉压力山大。
书房里的空气好像变得不太一样,两个大学生都绷着脸,他姐姐就算了,本来就是张死鱼脸,竟然连戍懿哥都这样。
是他拉的屎太臭了吗?
林拾六闻了闻自己的衣服,呕,还真有点。

3
林叁七真切地感觉到,陈戍懿真的生气了。
一直到离开她家,他都没再和她说过话。她给他发消息道歉,他回倒是回了,只回了一句:先让我静静。
这哪里是要静静,这分明是要冷战。
偏偏第二天,还不是林拾六的补课日,陈戍懿不会来她家。
早上醒来,明亮的光线落入房间,洒在床上,刺激着她睁开眼。
林妈妈在门外敲门提醒,熟悉的严厉语气:"几点了,怎么还不起床?"
林叁七回了一声,没什么留恋地爬出温暖的被窝,带着失眠的烦躁,去卫生间洗漱。
将牙膏泡沫吐进洗漱台,用冰凉的水漱净口腔,但这清爽的感觉,却并没有带给大脑。
她抬头,镜子里,一张有些憔悴的脸,表情冷漠,有点讨厌。
失眠到半夜,怪得了谁?只能怪她这张毫无遮拦的嘴。
林叁七叹了口气,洗漱完,回房看了眼手机,仍旧没有新消息。
一个上午都坐立不安后,她到底没忍住,吃完午饭后,随便找了个借口出门。
天冷得要命,偏偏还在刮风下雨,穿着再厚的鞋袜,脚趾也很快冻麻。真是不知道,陈戍懿是有多大的毅力,愿意冒着这样的天气来见她。
林叁七拦了辆出租车,报上陈家的地址。
车停在蓝色大门外,林叁七撑开伞,下了车,快步穿过前院,摁响门铃。
她似乎很少在冬天来陈家,看到紧闭的门,竟觉有些许陌生。
在夏天,这扇门是整天都开着的。

来开门的是陈妈妈，瞧见她，露出些惊讶："叁七，你怎么来啦？"

看她冻得苍白的脸，陈妈妈赶紧接过她湿漉漉的雨伞，招呼她进屋，给她倒了一杯热茶。

林叁七找了个勉强的借口："我有几本漫画落在这边，过来拿。"

"怎么不叫戌懿下次给你送过去，天这么冷，还下雨，你别感冒了。"陈妈妈知道她身体弱。

林叁七喝了口热茶，总算稍微暖和，面不改色地扯谎："他对漫画不熟悉，不知道我要哪几本。"又状似无意地问，"他人呢？"

"房间里呢。"陈妈妈说，"说有点感冒，吃完中饭就上楼了。"

"感冒了？严重吗？"林叁七立刻担心，又担心自己反应太过，露出马脚。

好在陈妈妈没发觉，只说："没发烧，他自己说只是有点头疼，睡一觉就好。"

和林叁七的差体质不一样，陈戌懿身体强健，一点小感冒，不用吃感冒药也能自愈。

林叁七"哦"了声，心里却仍担忧，心不在焉地陪陈妈妈聊了会儿天，假装急着要走，上楼去拿漫画。

她上到二楼，却没进自己房间，而是停在陈戌懿房门口，轻轻敲门，压着声音喊了声："陈戌懿？"

连喊几声，都没被回应，是睡了吗？

林叁七试着拧开门把，庆幸门没锁，悄悄打开门，在开门瞬间，看见床上的人火速扯被子蒙住头。

她忍住没笑，把门反锁，脱掉外套，爬上床，隔着被子，拍了拍他："你感冒了？"

被子里的人不说话。

她故意叹口气，说："听说你头疼，我很担心你。"

被子里的人这次有了反应，闷闷的声音传出来："人没事，心情感冒。"

林叁七松口气，又有些想笑："哦，原来我是那个病原体啊。"

陈戌懿没说话，又不理她了。

他把被子捂得严严实实，仿佛和被子融为一体，林叁七想钻进去，都没地下手。

索性，她不再动作，躺在床上，幽幽地说："我好冷啊。"

话音落下，被子终于动了，她整个人被被子妖怪吞进去，被温暖包裹。

林叁七趁机，抱住"被子妖怪"的腰，脸贴上他胸口："对不起嘛，我真的不会再想分手的事了。"

她抓住机会道歉。

陈戌懿没回抱她，只说："你想过。"

林叁七叹了口气，没否认："是，我想过，毕竟是异地恋，一千多公里，我觉得这是件很难的事，所以有点没信心。"

她第一次谈恋爱，对恋爱中的相处之道都还在懵懂地探索，又偏偏是异地恋。

夜深人静时，难免会想到这些，吵架了怎么办，发生摩擦了怎么办，相距这么远，难道次次要他跑过来，她跑过去吗？

这不现实，她也知道不现实。

陈戌懿沉默了一会儿，说："是我没能给你信心。"

听他把责任归咎在自己身上，林叁七连忙否认："这和你没关系，是我自己闲得没事，总想些乱七八糟的。"

"谈恋爱是两个人的事，你会这么想，我有责任。"

他的语气显而易见地低落，眼瞧着他快钻牛角尖，林叁七赶紧捧住他的脸，在他唇上亲了一下："我也有责任，我们一人一半的责任，各自反思，你别生我气了好不好？"

陈戌懿总算回拥她，闷闷地开口："我只在昨天生了你的气。"

"那你一直不理我，还让我在这么冷的天来找你。"林叁七哪里会信。

"我说了我想静静。"

"这还不算生气吗？你都要跟我冷战！"

"不是冷战，"他着急地解释，"我是真的需要静一静，我在想事情。"

她问："想什么事情？"

"为什么我会让你没信心，为什么会让你想到分手，我哪里做得不够好。"他一条一条地列出。

林叁七听得眼睛有些发热。她只是随口说的一句话，竟然让他想了这么多。她以后一定谨言慎行，再也不乱说话。

林叁七凑过去，亲了亲他的唇角："不是你做得不够好。"又亲了亲他柔软的唇瓣，"我的'小狗'世界第一好。"

"可是……"

她用嘴唇堵住他接下来的"可是"，呢喃着请求："哥哥，别想这件事了好不好？"

陈戍懿愣住，飞快地眨了两下眼睛："你叫我……"

林叁七笑着又喊了句："哥哥，不喜欢吗？"

"男大学生"猝不及防如了愿，在昏暗的被子里红了脸，紧紧抱住她："喜欢，再叫一遍，不，再叫一百遍。"

林叁七笑出来，轻轻捏了捏他的耳垂："'臭小狗'，你又得寸进尺。"

陈戍懿抱着她，不说话。

没过一分钟，林叁七就察觉出些许异样。

在他耳边，她呼出热气，轻声地喊："哥哥？"

他果不其然把她抱得更紧，甚至能听到他吞咽口水的声音。

林叁七顿时没好气，去拧他的耳朵："还说自己不是'猴子'，叫你几声哥哥就这反应！"

陈戍懿松开手，痛呼："轻点，轻点。"

"啧。"林叁七万分嫌弃地推开他，掀开被子要下床回家，却被他抓住手臂。

她回头，对上他可怜兮兮的眼神。

他弱弱请求："可不可以……"

她飞快地打断："不可以！"

林叁七没好气甩开他的手，拿着外套要走。走到门口，可能脑子抽筋，她竟然停住。

她转过身，果然看见那张表情惨兮兮的脸，和写满渴求的湿润眼睛，无法让人拒绝的眼神。

4

对"小狗"心软的后果就是，林叁七当天晚上没能回家。

她家还有门禁，于是闺蜜的好处体现出来——她给伍伊可打了电话，让伍伊可帮忙打掩护。

伍伊可秒懂，问她："你住在哪个男人家呢？"

林叁七装傻："什么男人？哪有男人？"

伍伊可不屑，看破也说破："你就装吧，我赌那个陈姓男子今年十八岁，和你同年同月同日出生，要不是不知道后四位，我都能报出他的身份证号。"

"……那你还明知故问。"林叁七无语，又叮嘱她，"这事我还没和家里说，你装不知道，尤其别告诉'李华'。"

李梓华是个大嘴巴。

伍伊可在电话那边翻了个白眼，吹了吹指甲上不存在的灰，说："我没事找我前男友聊什么天？"

林叁七把方才的话回敬给她："你就装吧，我赌那位李姓男子的脸又一次被你看中，你想跟他旧情复燃。"

伍伊可没犹豫地挂断了电话。

刚打完电话，房间门就被人从外面打开，陈戌懿偷偷摸摸地端着碗面条进来。

下午的时候，他也是这么鬼鬼祟祟地，去玄关口把她的鞋和雨伞带回房间。

明明是在自己家。

林叁七摇摇头，感觉堕落，感觉没救："想不到我还有偷偷摸摸住在你家的一天。"

陈戌懿会意错，以为她担心暴露，安慰道："放心，我爸妈平时都在一楼活动，陈嘉已晚几天才到家。"

林叁七没再说什么，去他的书桌前吃面。

还能说什么？这是她坚持"地下恋"的福报。

没吃几口，被身边人的目光盯着浑身不自在，她从面碗里抬头。陈戌懿坐在她旁边，撑着脸，傻笑地看着她，就差在脸上写下"慈爱"两字。

"……干吗？"她不自在地问。

"不干吗，看你吃面。"

林叁七又吃了两口，到底被看得吃不下去，放下筷子："你想说什么就说！"

他总算开口，亮晶晶的眼睛弯起："就是觉得我女朋友真好，专门跑来哄我，还愿意偷偷留下来陪我。"

林叁七顿时没了脾气，心里柔软地塌下来，嘴角止不住往上翘，低头继续吃面，小声地嘟囔："以前怎么没发现你这么会撩。"

陈戌懿没听清，凑近些问："嗯？"

"……没什么。"她才不会把这话说给他听，不然"小狗"的尾巴又要翘上天。

两人原本计划，今年一起过年，连除夕和春节一起做什么，都打算好。

但计划赶不上变化。除夕的前两天，林叁七的外公去世，心肌梗塞，意外发生得突然，老人家没能熬过这个冬天。

林叁七跟着父母回了妈妈的老家。

她对外公的印象并不深刻，只知道妈妈老家那边重男轻女很严重，妈妈和家里的关系，也不太好。就算过年，也很少回去。

或许有些冷漠，赶往老家的路上，她的心情，一直很平静。她以为妈妈也如此，因为妈妈比她表现得更为平静。

然而，在葬礼上，妈妈却还是哭了。

当天晚上，林叁七和妈妈睡一个屋，林拾六和爸爸睡一个屋。

躺在床上，妈妈又流了眼泪，林叁七安静地听她讲起以前。

"他生前，我记得他对我的一百个不好，一直不愿意回来见他。今天看见他的遗照，我忽然想起小时候的一件事。

"有一次从学校回家，我说我想吃桃子，第二天，他买回来两颗很大的水蜜桃，分给我和你舅舅。至少那个时候，他是爱着我的。

"叁七啊，怎么办，妈妈没有爸爸了……"

一直以严厉著称的妈妈，做事雷厉风行的妈妈，比爸爸还能顶天立地的妈妈，突然露出脆弱的一面，也是第一次在她面前哭得这么伤心。

林叁七不知所措，只能抽噎着，抱着妈妈，跟妈妈一起哭泣。

一直以为十八岁的自己，已经长大，足够成熟，在这时候，才发现原来只是她以为。

在伤心难过的母亲面前，她竟然什么也做不了。

夜深，林妈妈终于睡着，林叁七却毫无睡意。

她悄悄从床上起身，尽管动作很轻，还是吵醒了轻眠的妈妈，于是用了个上厕所的借口，披着外套走出房间。

哪怕睡得迷糊，妈妈也不忘提醒她，快去快回，别着凉感冒。

平时总挂在嘴边的一句话，不知道为什么，却听得她眼睛发热。

林叁七应了声"好"，躲进卫生间，拿出手机，给陈戌懿发消息，问他是不是已经睡下。

本来约好晚上睡前，跟他文字消息聊一会儿，但她光顾着安慰妈妈，忘记了这件事。

现在已经凌晨两点，她没什么期待地发了条消息过去，没想到，竟然还是马上得到回复：没睡，在打游戏！

骗人，他压根没有熬夜打游戏的习惯。

林叁七跟他道歉：对不起哦，让你等这么久。

陈戌懿发来一个"小狗疑惑"的表情包，问她：你是我女朋友本人吗？我女朋友怎么会对我这么客气？

她瞬间被逗笑。

没跟他说老家这边的事，也没和他提起葬礼，心里的难过却消了一半。

或许他有什么魔力吧。

陈戌懿又发来消息，说：给你看个好东西。

她还没来得及问，他一个视频电话就打过来。

林叁七没用耳机，手忙脚乱地把手机音量调到最低，这才接下电话。

手机屏幕里，镜头晃动得厉害，一晃而过的书桌，深蓝色的床，他米色的棉质长裤，黑色的棉拖，因没穿袜子而露出来的纤细的脚踝。

陈戌懿像是走出了房间，火急火燎地跑下楼梯，手机里还能传来他棉拖踩在楼梯上的动静。

不只是跑到一楼，他直接推开大门，跑到了前院的花园里。

冷风呼啸着，她听见他被风吹得惊呼和哆嗦的声音。

"你干吗呀！"林叁七小声喊他，"小心别感冒！"

屏幕里的视野突然变亮，是他打开了庭院里的灯。

镜头不再晃动，她看见草地里一个雪人，倒三角的眼睛，眼神很凶，却被画着大大的笑脸，看上去有些不伦不类，却又让她瞬间认出，那是谁。

镜头又晃了一下，陈戌懿反手拿着手机，半张笑脸出现在屏幕里。

"认出来了吗？"他兴奋地问她。

少年穿着米色的圆领卫衣，看上去有些单薄。暖黄的灯光，照亮在他俊朗的脸庞，面部的轮廓更清晰。毛茸茸的脑袋，头发有些凌乱，沾了些刚落下的白色雪片。

而他浑不在意，只管眼睛亮晶晶地看着镜头，笑容明朗，等着她的回答。

林叁七低头闭了下眼睛，隐去眼角的湿意，看着他笑："认出来了，是你那个超级喜欢你的女朋友。"

第十章 今天就是约会的好天气

1

寒假太过于短暂,转眼就到开学。

今年的情人节,在开学之后。她没能和陈戌懿一起过第一个情人节。

但情人节当天,林叁七收到他寄过来的东西,一盒不同口味的巧克力,还有一张手写的食用说明书。

龙飞凤舞的字,告诉她哪些巧克力是甜的,哪些有点苦,哪些千万别吃。

知道她不喜欢苦味,在寄过来之前,陈戌懿先给自己买了一盒,挨个试吃,总结出这份食用说明。

林叁七觉得好笑,打电话的时候,问他:"为什么不干脆买整盒都是甜口的?"

他一本正经道:"总吃一个味道多没意思,不同的口味才有惊喜。"

"那这些苦的怎么办?我可不喜欢吃苦。"

"你可以分给喜欢吃苦的人。"

"哦。"林叁七故意逗他,"你还想让我把情人节巧克力送给别人?"

"对哦!"陈戌懿在电话那边大惊小怪,被她提醒这点,恍然大悟,想了想,又说,"那你留着,等见面我帮你吃掉。"

他真是太一本正经,随便逗他两下,就当了真。

林叁七没忍住笑骂了他一句:"'傻狗'。"

电话结束,她脸上还带着笑。

林叁七不是很爱笑的性格,通常都是木着张脸。

和他在一起后,她笑得面部肌肉都发酸的次数越来越多。

正在宿舍看剧的姜莉丝，啧啧摇头："恋爱的酸臭味，要把我埋没。"

宿舍现在就她一个"单身狗"，在这种到处散发着酸臭的节日，另外两个室友早就跑出去约会。

深知今天的室外有多"酸臭"，她明智地选择，窝在宿舍看剧，却还是没能逃过秀恩爱的凌迟。

林叁七怼她："你天天睡觉，在梦里找男朋友？"

姜莉丝当场篡改俗语，理直气壮："人是铁，觉是钢，一会儿不睡困得慌。"

她得到一个美女的白眼，和一次挑选巧克力的机会。

姜莉丝拿了颗黑巧，整颗塞进嘴里，又伸了个懒腰，含混不清地说："我最近有点想追星。"

林叁七对着食用说明书，挑了颗甜的，没什么兴趣地随口一问："哪个'小鲜肉'？"

"'老鲜肉'，男人越老越有韵味。"姜莉丝把看剧的平板电脑递到她眼前，给她卖"安利"，"帅吧？"

林叁七抬眼，屏幕上是最近热播的一部正剧，熟悉的中年男人，熟悉的恶人脸。

"哦，他啊。"

姜莉丝惊讶："你知道？"

也不怪她惊讶，宿舍四个人，每个人的喜好都不一样。像她自己，只看国产剧，另一个室友只看日韩剧，还有位泰剧专业户。

林叁七不看剧，只看动漫，她光听声音，就能辨别出是哪个声优，但真人明星，不管近来多火，她可能都没法把脸和名字对上号。

林叁七语气淡淡地点评："反派专业户，演技还可以。"

"怎么叫'还可以'？"姜莉丝为新男神极力辩护，当即把视频进度条，划拉到刚看过的某个情节，按下播放，给她卖"安利"，"这是相当可以。"

在林叁七看来，是一个挺平常的情节，主角被反派打倒在地，反派穿着皮鞋踩在主角的胸口，放狠话威胁。

镜头从下往上，特写给到了反派的皮鞋和那张凶神恶煞的脸。

不平常的是，姜莉丝看剧时默认开着弹幕。

满屏的弹幕里，全都是"叔叔踩我"，还有些更虎狼之词的。

林叁七在别的剧里见过很多类似的弹幕，但看到这些，还是有些心情复杂。

-202

谁让演反派的那个人,是她亲爸。

姜莉丝看过一遍还在花痴,看完了这位反派演员的所有电视剧,嘴中啧啧称赞。

——男神真敬业,就算拍难度很高的危险打戏,也从来不用武术替身。

——男神十分低调,踏实演戏,从籍籍无名,到不温不火,终于因为这部热播剧出圈。

她决定下一步要去当他的"站姐",下下步……

林叁七适时打断:"死心吧,他孩子都跟你差不多大了。"

姜莉丝疑惑:"你怎么知道?"

她男神从来没在媒体面前提过孩子的事,虽然都知道他和经纪人结婚生子,但一家都很低调。

林叁七一本正经地说:"我还见过他老婆呢,很凶的,不过他女儿很漂亮。"

姜莉丝一脸不信。

林叁七想了想,又说:"我跟他儿子很熟,叫我声'爸爸',我可以帮你要张签名照。"

姜莉丝立刻抱拳:"大恩不言谢,这声'爸爸'我先喊为敬!"

一千多公里的限制,异地恋能做的事,比普通情侣要少得多,但也不是完全没有。

尤其,她的男朋友,是只"黏人小狗"。

她这边下雨,他会提醒她带上伞。她这边是晴天,他也要叮嘱,早春还凉,别因为太阳就不扣外套。

他给她拍偶遇的小狗、学校里挂起的妇女节横幅、路灯下用手比出的爱心投影、松开的鞋带、三角形的乌云。

偶尔,在深更半夜,会发来一张咬着衣服下摆,露出腹肌的自拍照。然后问她"喜不喜欢,想不想摸",嘚瑟得不行。

他总是有些稀奇古怪的想法,比如这周六的电子约会。

四月的第一个周六,阳光正好,林叁七没睡懒觉,早早下了床,化妆换衣服。

去到阳台,她在全身镜前整理着装,一边跟他说起自己穿了什么样的裙子,什么颜色的外套、鞋子,待会儿背什么样的包。

她听见陈戌懿在电话那边问:"喷上奶糖味的香水了吗?"

"哦，差点忘了。"林叁七被提醒，轻手轻脚回到宿舍，拿上香水，返回阳台，轻轻拉上阳台的门，这才打开瓶盖，按两下喷头。

粉红胡椒的辛辣气味弥散在空气中，前调是有些冲的香甜。

等着前调被冲淡的时间，她忽然意识到什么，问："你怎么知道？"

她之前撒谎说是室友的香水，她身上是不小心沾上的气味。

陈戌懿有些得意地说："去年圣诞节，你也喷了这个香水，我就猜到。"

曾经的谎话被拆穿，林叁七顿觉羞耻："好了，打住，让这件事随风而散！"

耳机里传来他的笑声，耳朵有些痒，脸上十分热。

又听见他室友的声音，江浪在骂他："你笑那么荡漾要恶心死谁啊！"

"我又没对你笑，滚滚滚！"

"有女朋友了不起？"

"就是了不起，羡慕死你。"

林叁七听着他在电话那边，跟室友拌嘴，像个争强好胜的小孩。她也没打断，只安静地听，嘴角不自觉地翘起。

等他吵完了，她才开口："我要出门啦。"

陈戌懿回应："好，我也出门，我们学校门口见。"

林叁七将手机和耳机盒放进包里，挎上小包，把长发从肩带下扯出，带上遮阳伞，轻手轻脚地走出宿舍，为还在熟睡的室友，轻轻合上门。

陈戌懿把东西都揣进外套兜，走两步又返回，取下挂在柜子上的长柄雨伞，无视室友深情的带饭呼唤，揣着兜离开宿舍。

林叁七停在宿舍楼下，抬头，被阳光刺激着，微微眯起眼睛，打开米色的遮阳伞。

陈戌懿走到宿舍楼下，细雨飘上脸，缩了缩脖子，低头，撑起深蓝色的长柄雨伞。

林叁七路过绿得浓郁的香樟树，洒落着阳光的草地，伸着懒腰的流浪橘猫。她驻足，盯着瞧了两秒。

陈戌懿路过被风吹落的粉樱花，倒映着天空的水洼，冒雨跑过的白色小狗。他回头，朝着吹声口哨。

骑着电动车的外卖小哥，从他身旁经过，压出一片水花。他及时跳上台阶，白色球鞋得以避开水花的威胁。

林叁七问："你那里还在下雨？"

陈戌懿回："小雨，不碍事。"

"应该挑个好天气的。"林叁七有些懊恼。

"今天就是约会的好天气。"陈戌懿笑着安慰。

林叁七笑:"我快到校门口了哦。"

陈戌懿说:"我也马上就到。"

"那我们电影院见。"

"嗯,电影院见。"

林叁七拦了辆出租车,报上市中心商业街的地址,在耳机里,也听到他上车关门的动静。

一定是笑得太开心,她听见司机问他,是不是去见女朋友。

陈戌懿说:"现在就在跟女朋友约会呢。"

他跟谁都能聊两句似的,兴致勃勃和司机说起今天的电子约会,得到一句"你们小年轻真是会玩"。

"我下车了。"陈戌懿先到达电影院。

林叁七从车窗里看了眼指示灯的红色数字,说:"我在等红灯,还要一小会儿。"

"那我在门口等你。"

雨还在下,风吹得有些冷,但他并不着急进屋,等她下车,再和她一起进去。

即使他们各自抵达的电影院,相距一千多公里。

林叁七去的是上次那家私人影院,但没能订到上次的那个房间。往另一个房间走时,刚好瞧见一对年轻的情侣,亲昵地挽着手臂,走进那个房间。

电影是她选的,很经典的一部老片子,《史密斯夫妇》。

她坐上沙发,把一边的耳机摘下来,从旁边拿起一个抱枕,抱在怀里,时而被电影的情节逗得笑起来,时而跟他吐槽。

从电影院出来时,外面艳阳高照,他那边似乎也没在下雨。

林叁七还在对电影结局感到困惑,虽然男女主角都很强,但最后那场枪战,她更感觉,他们其实应该没能打败那些人,结尾像一个虚幻的梦。

陈戌懿和她是不一样的观点:"我更愿意相信他们最后活下来了,只要相爱的两人齐心协力,没有什么是不可能克服的。"

他的乐观太想当然。

只是一部电影,林叁七没多跟他争辩,妥协似的开口:"好吧,你相信,那我也相信。"

他笑了声,问:"现在想去干什么?吃午饭?"

林叁七边拿出手机,搜索附近的美食,边说:"先让我想想吃什么。"
还没能找到想吃的餐厅,她突然听见,耳机里,传来一个女生的声音。
声音有些遥远,但她依旧听清,对方喊他:"戌懿。"

2
林叁七没有去姓喊人的习惯,除非特别亲近的人,比如弟弟林拾六,比如亲哥一样的陈嘉巳。
哪怕对伍伊可和姜莉丝,她也从来都是连名带姓地喊。
蓝牙耳机的传声到底没有外放这么好,她只隐隐听到那个女生问他在那做什么,而陈戌懿回答了一句:"看电影。"
要跟那边的人说话,他似乎把一边的耳机给摘下,于是声音更模糊。
林叁七站在红灯对面的斑马线边,汽车从身前驶过,身后是播放着广告的奶茶店,各种吵闹的声音,盖过耳机里的对话。
只在他重新戴上另一只耳机时,听到最后一句:"我回宿舍发你。"
林叁七并非不清不楚就乱吃飞醋的人,但也绝无可能,用十分在意的语气去质问他,为什么只说看电影,不说跟谁一起看电影,为什么不像在出租车上那样,多说几句。
她是个把面子看得比体重还重要的人,再介意,也只会状似不经意地问:"遇见谁了?"
陈戌懿回答得倒是爽快:"之前一起做课题的学姐,刚跟她聊了下课题的事。"
"哦。"她稍微放心,又假装不怎么感兴趣地问,"你那个课题这么久还没做完?"
陈戌懿没能马上反应过来,她说的是哪个课题,回想了下,原来是去年暑假那个。半年前的事了,意外她竟然还记得,而且那时还没交往。
他笑着解释:"之前那个做完了,现在这个是跟论文有关的,学姐今年要申请推免,我跟着他们把数据,顺便为明年做准备。"
林叁七总是能抓住一些关键信息,她问:"你是想保研?"
陈戌懿没否认:"有这个打算。"
她又问:"本校?"
他回答:"大概率。"
林叁七突然沉默。他们学校的天文系专业,是国内顶尖,保研本校,这无可厚非。她在意的点,是他从来没和她说过这件事。

-206

仔细一想，他们平时聊天，都是生活相关，毫无营养的对话。

对未来有什么打算，怎么结束异地恋，都没有聊过。

他保研本校，意味着，大学毕业后，要么继续异地恋，要么，她过去他那边读研或工作。

凭什么。

林叁七忽然有些生气，不是不愿意让步，但凭什么？凭什么一声不响地，要让她做出让步呢？

她承认自己不是高瞻远瞩的人，大学选的专业是一时兴起，进了学校读书，考虑最远的事也只有期末时的结课考试。

不像陈戌懿，选择天文学，是因为从小喜欢天文，还只是读大二，就已经在想读研的事。或许，他从大一就开始着手准备，只是她不知道。

差距，在这一瞬间，显露出来。

电话那边，陈戌懿尚不知道她的心路历程，还在问："想好中午吃什么了吗？"

林叁七已然没了胃口，扯了个借口："我突然有点事，得先回学校。"

陈戌懿："什么事这么着急回去？"

当心态发生改变，平常的询问也会变得刺耳，林叁七突然朝他发脾气："我也有正事要做，很忙的！"

她挂断了电话。

宿舍唯一的"单身贵族"，刚从楼下把外卖拎回来。

前脚打开外卖盒，后脚，宿舍门就被人推开，化着精致妆容的长发女生顶着一张凶神恶煞的脸，脚底生风地走进来。

看上去，比她平板电脑里的反派大叔，更像反派。

姜莉丝有点可惜，早知道晚点去拿外卖，让她顺路带回来。

林叁七把挎包取下，丢桌上，将椅子一拉，坐上去，双臂环胸，绷着张脸，仿佛谁欠她五百万。屋外的太阳，都赶不开她头顶笼罩的乌云。

包里的手机发出消息提示音，她拿出来看了眼，丢回桌上，无视陈戌懿发来的询问消息。

姜莉丝吃着外卖，问她："不是约会吗？这么早回来，和你家'小狗'吵架了？"

宿舍都知道她对男朋友的爱称是"小狗"。

林叁七沉思了会儿，才出声问："如果你跟你男朋友异地恋……"

"打住。"还没说完,就被姜莉丝打断,"这个假设不成立,我还没男朋友呢,别咒我异地恋行吗?"

林叁七些许无语,却难得无法反驳,异地恋是某种诅咒。

历年的毕业季,学校里会上演无数次情侣分手,浪漫的校园恋爱败给前途分歧,与其进行一段未来没有定数的异地恋,长痛不如短痛,很多人会在这时狠心分手。

林叁七伸手,把丢到一边的手机拿回来,回复了消息:我已经到学校,在处理事情。

想了想,她又发了一条:刚刚跟你发脾气,对不起。

陈戌懿很快就回复,说没关系,让她安心去忙,又发来一个"小狗爱你"的表情包。

他没介意她的情绪失控。

林叁七松一口气,却也并没多欢喜,放下手机,叹气。

姜莉丝把平板电脑里的电视剧按下暂停,外卖还是继续吃着:"说吧,怎么了?"

林叁七有些迷茫地说:"我忽然发现我可能没那么了解他,他以后想做什么、毕业后有什么打算、对未来的规划,我都不知道。"

她只知道陈戌懿的过去,太少参与他的现在,对他的未来,一无所知。甚至不知道,他早已规划好的那个未来里,有没有她。

姜莉丝言简意赅:"默哀。"

林叁七:"怎么?"

姜莉丝:"当你开始考虑这些的时候,说明你彻底陷进去了。如果你比他先考虑这些,恭喜你,你彻底输给了他。"

林叁七虽然是个好胜心很强的人,但并不认同她的观点:"恋爱又不是博弈,为什么要这么想?"

"不。"姜莉丝一本正经道,"恋爱就是博弈,谁爱得更深,谁让步更多。就好比你们现在异地恋,毕业之后,是你去他那边呢,还是他来你这边?"

林叁七摇头:"我还没想过。"

今天之前,她都没想过这个问题,总觉得离毕业还有很久,以后再想也不迟。但今天,无意中得知陈戌懿想要留校读研的打算,才发现他早已考虑得那么远。

只管活在当下的她,第一次为此感到焦虑。

三年异地恋已经够漫长,再加两年,她真的没信心。

姜莉丝笑了，笃定地说："你肯定想过，还想过如果他要留在那边，你要不要为了他，去他的城市。"

林叁七张嘴想反驳，却只能沉默。

她没办法否认，因为就在刚刚，回学校的路上，她确实这么想过。

"所以啊，"姜莉丝悠悠地说，"恋爱就是一场长久的拉锯战，你再喜欢他，脑子也要保持清醒。"

林叁七没再说话，一直觉得，自己是冷静的性格，理智大于情感，甚至被人说过冷漠。

她不知道自己有多喜欢陈戌懿，但也明白，自己对陈戌懿的感情，已经不可控。

就像刚才，情绪失控，感情用事地冲陈戌懿发脾气。

不能再这样下去了，不能因为区区一段恋爱，就迷失自己。

林叁七开始有意识地减少和陈戌懿联系，试图用这种方式，让自己避免更深地陷进去。

但她的男朋友，是只"黏人小狗"，哪怕她不主动联系，他也照常每天给她发消息，要跟她打电话。

林叁七借口最近课业很忙，几次三番推掉他的电子约会。

"这周末也不能约会吗？"被拒绝了好几次，陈戌懿在电话那边，有些委屈地问。

"嗯。"林叁七努力让自己语气平常，"我要去图书馆看书。"

她最近也确实在让自己忙起来，不再只着眼于期末的结业考，不再满足于大学的及格万岁，一有时间就泡在图书馆。

不甘心落后，想要变优秀，想要追上他，超过他。

仿佛又回到小时候，林叁七怄着气，一定要赢。

无论学业，还是恋爱，赢家必须是她。

陈戌懿没怀疑她的繁忙说辞，也没强迫她放下手中的事来陪自己，只是有些失落："那你好好看书，我不打扰你。"

他的语气实在失落得不行，隔着电话，林叁七都能想象到他那双可怜的眼睛。

争强好胜的人忍不住心软，她柔下语气，说："周六下午给你打电话，好吗？"

失落的"小狗"立刻回满精神，兴奋地应了声好。

这个周五,陈戌懿提前把要做的事都做完,空出周六的时间,等她的电话,哪怕室友约他打游戏,他也没答应。

然而,林叁七在许诺时却忘了,这周六的下午,有一节实验课。

午觉睡得迷迷糊糊,被室友叫醒,匆匆忙忙赶去上课,长达四小时的解剖实验课,她手机静了音,在实验室一待就是一下午,完全忘记打电话这回事。

直到下课,看到陈戌懿发来的询问消息,她才想起。

林叁七脱下白大褂,一面往实验室外走,一面给他回消息,解释和道歉。以为他会因为被爽约而生气,再不济也会埋怨几句,他却说没关系,等她有空再给他打电话。

他原谅得太坦然,释怀得太爽快,林叁七的愧疚,却变成困惑。

为什么不生气?他的脾气,什么时候变得这么好?

林叁七莫名想起另一个脾气好的人。

陈嘉巳。

没办法忘记,陈嘉巳对她的宽容,是因为不在乎。

曾经经历过一次的,那种令人恐慌的动摇,又在心里萌芽。

她在陈戌懿心里是什么地位?

是否和陈嘉巳一样,陈戌懿其实也没那么在乎她?

林叁七不是个喜欢打破砂锅问到底的人,也问不出口这么肉麻的话。

不喜欢去想一些费脑筋的麻烦事。潜意识里,也不愿意往深了想。

但猜疑的种子已经种下,没人浇水,也一样在黑暗中生长,等待某个时机,破土而出。

某个周末晚上,林叁七看见陈戌懿发在朋友圈的聚餐照片。

一张七八个人的合照,都是年轻学生,围着桌子坐着拍的。

照片里,他笑着看镜头,身旁坐着一个鬈发女生。

3

周末早上,宿舍外阴雨绵绵,窗户没关严实,风从缝隙间灌进来。

林叁七掀开沉重的眼皮,喉咙被刀片划过般尖锐的疼痛。她头昏脑涨地爬下床,翻出体温计,夹在腋下,到时间一看,果然发烧。

室友们还在睡觉,她轻手轻脚地洗漱完,戴上口罩,撑着伞,独自前往校医务室。

又是挂点滴,漫长的等待。

林叁七给陈戍懿发消息，问他在做什么，试图跟他聊天消磨时间。

等了几分钟，对方却没回。

她也没再发消息过去，干坐着医务室，盯着无色液体一滴滴地坠进液壶。

烦躁。

在医务室待了一整个上午，连雨都停了。

林叁七提着感冒药回宿舍，路上路过开在学校里的奶茶店，瞥见第二杯半价的招牌和正在点单的一对情侣。他们挽着手臂，女生的脑袋靠在男生的肩上。

她收回目光，打消了去买奶茶的念头，抿着唇继续往宿舍走。

很烦躁。

走在路上，林叁七拿出手机，再一次点进陈戍懿的头像，去看他昨晚发出来的那条朋友圈。

鬈发女生坐在他身旁，靠得很近，笑容灿烂。

太烦了！

忍了一晚上，到底没忍住，林叁七一个电话拨过去，在陈戍懿接通时，劈头盖脸就说："我看到你朋友圈了。"

她不想主动问，只想让他自己解释。

陈戍懿昨晚喝了些酒，人还在床上躺着，被她的电话吵醒，脑袋昏昏沉沉，只含混不清地低应了声。

听出他仍带着睡意的声音，林叁七问："你喝酒了？"

"喝了一点。"隔着电话，且脑子还没完全清醒，陈戍懿没能发觉她的情绪，像往常一样跟她聊天，嘟囔着向她抱怨，"叁七，我头好疼。"

林叁七却更觉烦躁，语气很冲地说："谁让你喝酒，活该头疼。"

她把电话挂断。

电话这边，陈戍懿一脸蒙，眨了眨眼，后知后觉地反应过来，她好像生气。但再拨电话过去，就被立即挂断。

林叁七带着一肚子火回了宿舍，连感冒药也没吃，躺回床上，没再去看手机。

时值中午，室友们出门的出门，约会的约会，连姜莉丝都出去觅食。

她蜷缩在被子里，想催眠自己赶紧睡着，闭着眼睛，脑子里却不受控制地晃过各种各样的画面。

他聚餐的照片，鬓发女生的笑容，奶茶店前的情侣，和孤独躺在这里的自己。

她并非一个经常依赖别人的人，恰恰相反，能自己解决的事，绝对不会麻烦别人。

可是，为什么这一次，会感觉这么孤独？

林叁七闭着眼睛，眼泪仍旧从眼角溢出，浸湿枕头。

没能睡着，也不知道过了多久，她摸到被塞到枕头底下的手机，打开，看到陈戌懿打来的十几个未接电话，和微信里的消息，问她怎么了，发生什么事，是不是不喜欢他喝酒，他保证以后不在外面喝酒。

她不是在怨喝酒的事，和喝酒没有很大关系。

但他并不能知道。

林叁七把电话回拨回去，立刻被接通，陈戌懿在电话那边先道歉："对不起，我以后再也不在外面喝酒了，你别生气了好不好？"

她明明乱发脾气凶了他，他却不生气，反而道歉。

林叁七瞬间愧疚，语气缓和下来："跟你喝酒没关系，是我心情不好，乱发脾气，对不起。"

"发生什么事了吗？"

"只是有点感冒，不用担心。"

"感冒了？发烧了吗？吃了药吗？是不是昨晚又没盖好被子？还是衣服穿太薄？"陈戌懿接连问了好几个问题。

可是不知道为什么，林叁七并不因为他的关心而觉得欣慰。

"别说了，"她语气很淡，"没有用。仅限于电话里的关心，对我的身体和心情都没有作用。"

她用平静的语气，粗暴地撕开了，他们之间的某些东西。

陈戌懿沉默了几秒，说："我现在买机票，过去你那边，好吗？"

"不用。"林叁七拒绝了他的提议，冷静地给出理由，"我们不能每次有事情，就要求一方千里迢迢跑过来，这样太累了，坚持不了多久。"

这不现实，她早就知道不现实。

她的忧虑，或许没能被陈戌懿理解，他在电话那边，有些难过地问："叁七，你是不是在生我的气？"

"没有。"她冷漠地否认。

"你的'没有'就是有。"他倔强地坚持。

林叁七耐心耗尽，暴躁地开口："要我说几次，都说了没有！"

她再次挂断电话。

可挂断电话没多久,她就开始后悔。

不知道自己究竟是在干什么,明明他在关心她,明明他一直在包容她,她却……控制不住地向他发脾气。

明知道过分,却没办法控制自己。

她心里有困惑,那个鬈发女生究竟是谁?是不是上次喊他戎懿的那个学姐?为什么这么亲昵?他高中明明不是这样。

也有愤怒,气他明明酒量差还跟人喝酒,气他没有及时回消息,气他们……为什么要相隔这么远。

陈戎懿又打来电话,林叁七不敢再接,怕又情绪失控,跟他说过分的话。她需要时间冷静。

被无视了几通电话后,他总算没再打电话过来。

网友狗狗在微信里发来了消息,问她现在在干什么。

林叁七急需一个可以放肆交流的对象,在虚拟网络的狗狗,正是完美人选。

她问狗狗:我现在很烦恼,可以和我谈谈心吗?

狗狗热情地回复:好呀好呀!

狗狗是个很好的倾诉对象,因为"她"永远也不可能向陈戎懿泄密。

在聊天对话框,林叁七编辑了许久,打了很多字,提起自己乱发脾气又后悔,变得不像自己,又说了异地恋的孤独心境,以及对他的质疑和愧疚,害怕把爱意消磨殆尽的恐慌情绪。

却在发过去之前,又全部删除。

千言万语,最后不知怎的,变成简短的一句:我有点想分手了。

屏幕上方,马上显示"对方正在输入中"。

但等了很久,狗狗才回复,同样是简短的疑问:为什么?

林叁七回:异地恋好难过。

又过了一会儿,狗狗问:是他哪里没做好吗?

林叁七:不,不是他,是我……我不知道,我不知道该怎么说。

狗狗:你……要不要先跟他聊聊?

林叁七并不知道该怎么和陈戎懿沟通,只觉现实变成一团乱麻。

她回:不想。

不是不想,是说不出口。但都一样。

狗狗没再提问了,只说了一句:你好好休息。

看出狗狗没有继续聊下去的念头，林叄七也放下手机。

午饭也顾不上吃，她躺在床上，脑子发胀，不知道什么时候睡过去。

醒来时已是傍晚，窗外乌云密布。

听见床下类似塑料摩擦的窸窣声，林叄七探头一看，原来是姜莉丝回来，正坐在桌前看剧，啃鸭脖。

"你也成睡神了？"姜莉丝边调侃，边抬头看向她，视线落在她脸上时，顿了一秒。

没吃感冒药，林叄七仍难受着，没精力跟姜莉丝拌嘴，有些虚弱地说："感冒，发烧。"

"吃药了吗？"

"……没吃。"

姜莉丝"啧"了声："你对自己的身体未免太自信，就你这体质，能硬抗过去？"

她边抱怨，边放下手里的鸭脖，摘下一次性手套，从椅子上起身，给林叄七倒水拿药。

林叄七难得没跟她斗嘴，接过她递上的温水和感冒药，说了声"谢谢"，乖乖服下。

姜莉丝忽然问："感冒有这么难受？让你哭成这样？"

没照镜子，林叄七并不知道，她眼睛肿成什么样。她没接话，暂且不想提起流泪的原因。

姜莉丝也没接着问，坐回椅子上，继续啃鸭脖看剧，安静了一会儿，又摘下耳机，自言自语一般说："我又跟徐耀告白了。"

林叄七仍躺在床上，也没问为什么，盯着头顶的天花板，像在发呆。

姜莉丝不需要她问，自己就招了："我发现我好像比想象中更喜欢他，所以又给了自己一次机会。"

原来女侠也有舍不得放弃，被感情控制的时候。

林叄七总算开口，问："他怎么说？"

姜莉丝说："他问我喜欢他什么。"

林叄七等着她接下来的话，以为她会列举徐耀的优点，却听见她说："我说：'我喜欢你的腹肌。'"

饶是没什么心情的林叄七，也无语得笑出来："你告白的时候能不能正经点？这谁敢答应你？"

姜莉丝总是出乎她的意料："徐耀就答应了啊。"

她惊讶，又听姜莉丝补充："哦，别误会，他没答应跟我交往，只是答应让我摸摸他的腹肌。"

……没想到徐耀也是个出乎意料的奇葩。

林叁七问："你摸了？"

姜莉丝仿佛提及伤心事，语气沉重："没有，我拒绝了。所以我现在很后悔，为什么我当时突然脑子抽筋，死要面子，不肯去摸。我现在后悔死了！"

从语气里听得出她有多后悔，林叁七躺在床上，笑出了眼泪。

手机适时响起铃声，她拿起来一看，是陈戌懿。

嘴角的弧度在此刻消失，林叁七叹了口气。

睡了一觉，她现在应该算情绪稳定，也想通了些，想和他好好谈谈，把问题解决。坦白，道歉，放下所谓的博弈，所谓的面子，好好聊聊。

林叁七接下电话，却还没来得及说话，他先开了口。

"你身体还难受吗？"

"好多了。"她没说实话，不想让他担心。

陈戌懿沉默了会儿，像是下定决心般，说："可以跟我谈谈吗？"

林叁七有些惊讶，应了好，却听见他问："你是……想和我分手吗？"

她表情僵住。

为什么他会突然提起这件事？是因为他想分手吗？

她本应该这么问，张开嘴，嗓子里却发不出任何声音，眼泪反而先涌上来。

不知道过了多久，她听见陈戌懿声音很低地叹气："我知道了。"

"你知道什么？"林叁七总算能从嗓子里挤出声音，开口却是愤怒的质问。

但他已经挂掉电话。

他真是，迫不及待地结束了通话。

哪怕电话已经被挂断，林叁七还是对着手机问："你知道什么呀！"

姜莉丝还在边啃鸭脖边惋惜，突然听见她这一声带着哭腔的问话，连忙放下鸭脖，起身，抬头就看见她泪流满面。

"他跟我分手了。"她说。

4

夜深，平稳的呼吸声起此彼伏。

-215-

姜莉丝掀开被子,轻手轻脚地从床上爬起,去卫生间解决三急,回来时,瞥了眼阳台,再晚一秒捂嘴就要叫出声音。

长发女生穿着白色的睡裙,倚在栏杆边,身后是清冷的月亮。一双毫无神采的漆黑眼睛,直勾勾望着这里,仿佛女鬼半夜来索命。

白裙、长发、死鱼眼,恐怖元素叠满,大半夜也不知道要吓死谁。

"女鬼"朝她勾了勾手,让她自己去送命。

姜莉丝走过去,轻轻推开阳台门的一条缝,钻过去,悄声问:"干吗?"

以为她是要倾诉分手的难过,却听见她说:"我好饿,有东西吃吗?"

林叁七一天没进食,唯一进到肚子里的,只有水和感冒药。

姜莉丝翻了个白眼,着实是无语,但还是说:"等着,我去给你拿鸭脖。"

下午的鸭脖还没吃完,另外两个室友回来时已经把肚子给填满,也都吃不下。

林叁七接过她拿来的鸭脖,蹲下,盒子放在地上,戴上一次性手套,拿起一截就啃,吃得毫无形象,像是十年没吃饭的饿死鬼。

姜莉丝蹲在她旁边,小声说:"真想把你这模样录下来,发给徐耀看。"

"你敢发我就敢跟他谈恋爱。"林叁七毫不客气地怼她。

姜莉丝暂且落败,第二轮攻击:"你男朋友要是知道,你跟他分手后的当天晚上,躲在阳台上啃鸭脖,肯定会被笑死。"

林叁七咀嚼的动作顿了一下,纠正:"是前男友。"

姜莉丝问:"真要跟他分手?不挽留一下?"

"既然要分手,挽留有什么用?也没见他挽留我。分就分,我难道很缺他这一个男人?"

姜莉丝咋舌:"如果你眼睛里没泪花,会更像个冷酷的女侠。"

林叁七吸气:"是你这鸭脖太辣。"

分手后的第一天,林叁七把陈戍懿的微信删除,照常上课。

分手后的第二天,林叁七把陈戍懿的电话拉黑,还是照常上课。

分手后的第三天,林叁七把手机桌面的暑假倒计时卸载,依旧照常上课。

分手后的第四天,林叁七下课后,走在她身后的姜莉丝被徐耀拦住,打听情况。

虽然她原本就不爱笑,还是天生的臭脸,但这几天,她浑身上下笼罩低气压,仿佛随时会碰瓷找茬的不良大姐大,谁见了都要退避三舍。

这种情况，徐耀是第一次见，也不敢去问本人，于是来问跟她走得近的姜莉丝："林叁七怎么了？"

姜莉丝摇头，拒绝回答："我是个自私的女人，我是绝对不会告诉你的。"

徐耀一头雾水，莫名其妙。

姜莉丝又说："除非你那句话还算数。"

他问："什么话？"

姜莉丝："给我摸摸你的腹肌。"

徐耀默默护住肚子。

分手后的第一个周末，林叁七化了个精致的妆——眼线加深上挑的眼尾，哑光正红厚涂嘴唇。她换上黑色紧身吊带，将烫成卷的头发一撩，下巴朝姜莉丝一扬："走。"

还是上次的音乐酒吧，露天的卡座，迷离的灯光，有些吵闹的摇滚音乐，时尚帅气的乐队男孩。

还是上次的三个人。姜莉丝在左，徐耀在右，左右护法坐她对面，陪她喝酒。

这是徐耀牺牲了腹肌才得到的情报。

林叁七没再想上次一样猛灌，但也照旧是闷声不吭地慢慢喝。

徐耀同她语重心长："都来喝酒了，就别那么不开心，一起聊聊天。"

林叁七难得搭理他："聊什么？"

他却把天聊死："聊聊你前男友？"

毫不意外地，没有得到答复。林叁七没再说话，继续喝酒。

姜莉丝听得想笑，对他说："你就别做梦了，她没那么容易被撬开嘴。"

即使是对她，林叁七也很少主动说起自己的事，聊得深入就更不可能。哪怕是分手当天，林叁七接完那个分手电话，也只哭着跟她说了一句"他跟我分手了"。

"这可是个不一般的女人。"姜莉丝感慨。

徐耀不解地问："为什么这么说？"

姜莉丝说："她竟然正常上完了一周的课，早睡早起吃好喝好，坚持到周末才来买醉。"

徐耀贼心不死，感觉自己有了希望："这是不是说明她没那么喜欢她前男友？"

姜莉丝盯着他看了几秒，再次拒绝回答，只道："我是个自私的女人，

-217-

我是……"

徐耀自暴自弃地撩起衣服,轻车熟路:"……来吧来吧。"

姜莉丝得到满足,满意地收回手,说:"等过了今晚,你就知道她究竟有多喜欢她男朋友。"

徐耀严谨地纠正:"是前男友。"

姜莉丝提议:"打赌吗?"

徐耀感兴趣:"赌什么?"

姜莉丝认真说:"接吻,你赢我跟你,我赢你跟我。"

徐耀闭了嘴,绿色的灯光照在他红色的脸上,他低声嘟囔:"我以前怎么没发现你是个女流氓。"

姜莉丝笑他太天真:"女生都想在自己喜欢的人面前表现得人畜无害。"

徐耀:"那你现在怎么不装了?"

姜莉丝:"反正不会成功,破罐子破摔了。"

徐耀沉默。

他们俩聊天的工夫,林叁七已经喝下四杯鸡尾酒。

酒精刺激着大脑,低落的情绪被调动,她终于肯开金口:"所以,他究竟知道什么?"

她疑惑、不解,没人知道她在问什么,在问谁。

"我是想过分手,但只偷偷地想了不到一个小时,生病了有情绪不是很正常的事吗?又不是真的想跟他分手,他知道什么啊知道。"

林叁七一会儿生气,一会儿委屈:"他自己一个人把未来规划好,也不告诉我。他根本没想过我,什么都不跟我说,我那么凶他,还放他鸽子,他都不愿意跟我生气,他其实根本没那么在意我。"

姜莉丝拆台说:"可能只是他脾气好。"

"他脾气哪有么好,又不是他哥!"林叁七灌了口酒,语气不由得激动,"从小到大我们吵架的次数还少吗?他的脾气,我还不清楚?他就是不在乎!跟他哥一个德行!"

徐耀琢磨着说:"这话是不是有点前后矛盾?"

林叁七不搭理他,撑着额头继续说:"我真的不想认输,从小到大都不想输给他,不能让他知道,我比他喜欢我,还要喜欢他。

"他呢?那个女生坐得离他那么近,他还笑得那么开心,什么意思?他现在要变成他哥的'2.0'了?"

酒劲上头,她愤慨地提起往事,但在别人看来,依旧云里雾里。

徐耀拍了拍姜莉丝的手臂，好奇地问："'他哥'是谁？"

姜莉丝面无表情："……我是她室友，不是万事通。"

姜莉丝从林叁七包里翻出手机，丢给她："你这么想跟他吵架，打电话过去，把这些话原模原样告诉他，跟他好好吵一架。"

林叁七拒绝："我才不要！"

姜莉丝"啧"了声："你就是死要面子活受罪，跟我一样。"

徐耀插嘴，惊讶的语气："你还要面子？"

姜莉丝瞥他一眼："我第一次拒绝摸你腹肌的时候，还是要了的。"

徐耀立刻闭嘴，他真是哪壶不开提哪壶。

林叁七又灌了半杯酒，醉到舌头开始打结，但仍旧很有脾气，且十分理直气壮："我要点面子怎么了，我、我……我就是口是心非怎么了！"

她抓着手机，摇摇晃晃地站起来，随便往某个方向一扔，在对面二人的惊呼声中，放下狠话："我死都不打电话！"

"……你要杀了我就直说！"亲眼看着她把手机扔进一个男人的怀里，姜莉丝没好气骂了句，离开卡座，去给她捡手机。

索性只是扔到了人家怀里，没砸到人家的脑袋上，不然今晚别回学校，也别住酒店，直接去派出所喝茶。

姜莉丝朝那边走过去，带着一脸歉意去找受害人，讨要手机："我朋友失恋耍酒疯，真是对不起，没砸到你……哪里吧？"

她短暂地停顿了半秒，借着暗淡的灯光，看清了对方的出色长相，轮廓分明的侧脸，微微皱起的俊眉，高挺的鼻梁上架着一副半框眼镜，斯文清冷的气质，与酒吧环境格格不入。

男人把手机递到她眼前，于是，她又在心里暗叹，怎么连手都这么漂亮。

姜莉丝接过手机，道了声谢，飘飘然地回到卡座，感慨："山外有山，人外有人啊。"

"你怎么了？"徐耀以为她去那边灌了两斤酒，脸这么红。

姜莉丝看了他一眼，笑着说："没事，就是看到一个比你还帅的男神，感叹一下。"

徐耀眼角抽搐，感觉有被针对到。

姜莉丝把手机还给林叁七，问她："还扔吗？再往那边扔一次。"

徐耀把手机抢走，很凶地说："扔什么扔。"

林叁七又从他手里抢走手机，比他更凶："抢什么抢？这是我的！"

她给手机解了锁，一边找陈戍懿的电话，一边碎碎念："我要给那'臭狗'打电话，谁也别拦我。"

姜莉丝乐得她打这个电话，然而她在手机通讯录里翻了半天，也没翻到陈戍懿的电话号码，泪眼汪汪地抬头："怎么没有啊？"

醉鬼的眼泪一上来，就像关不住的水龙头。

林叁七捂着眼睛痛哭："我找不到他的电话。"

徐耀看不下去，抢走她的手机，心力交瘁地翻通讯录："我帮你找，别哭了，我帮你找。"

通讯录被她拉到了底，徐耀还记得对方姓陈，一路往上划拉，看到熟悉的名字，点进页面，给她看："这不就是吗？"

林叁七凑过来看了一眼，摇头："不是这个。"

"怎么不是？上次不就是打的这个？"徐耀只当她喝多不清醒，他上次亲手打过去的，怎么会记错？

无视她的话，他把电话拨出去，电话接通，又是上次那个温润的男声："七七？"

有过一次经验，徐耀熟门熟路地说："那什么你好，我是上次那个，林叁七的朋友，还记得吧？林叁七有话对你说。"

他把手机举到林叁七耳边。

林叁七抓住手机就开骂："'臭狗'，你为什么要跟我分手？"

电话那边的人沉默，叹气，一次两次，还没完没了。

他也无奈，但还是好脾气地解释："我是陈嘉巳，需要我帮你给戍懿打电话吗？"

听到陈嘉巳的声音，林叁七瞬间没了盛气凌人的模样，委屈地跟他告状："嘉巳哥哥，呜呜呜……我跟陈戍懿分手了……"

仿佛被抛弃的小孩，她无助地向哥哥哭诉："怎么办？陈戍懿他、他不要我了……"

她在这边哭，徐耀在对面蒙："怎么回事？她男朋友不叫陈嘉巳？那陈嘉巳是谁？"

姜莉丝听着一头雾水："什么情况？"

徐耀咽了下口水，只觉不妙："我好像犯了个重大错误。"还是两次。

姜莉丝虽然没懂，但还是拍了拍他的肩，微笑着安慰："别担心，有人会解决你的。"

林叁七还在向陈嘉巳告状哭诉，徐耀连忙抢过她的手机，对陈嘉巳说："不好意思，打错电话了。"

他要赶紧挂断电话，却听陈嘉巳问："你们在酒吧？"语气温和却不容无视。

徐耀下意识点头说是。

陈嘉巳又说："麻烦你拍一张她的照片给我。"

徐耀立刻警惕："做什么？你是她的谁？"

陈嘉巳耐心解释："我是她哥哥，我会帮她联系她男朋友。"

口说无凭，但林叁七刚刚确实是喊了哥。徐耀开始纠结，于是向姜莉丝讨主意。

"是她熟人，怕什么？"姜莉丝十分干脆地接过手机，对着林叁七拍了张照片，发过去。

过了一会儿，一个陌生号码打来电话，不动脑筋想，也知道是谁。

姜莉丝接下电话，听见男生着急地问："林叁七，你还好吗？"

她不慌不忙地说："我是她室友，我帮你把电话给她——"

她边说边扭头，看到靠在沙发角落里，已经闭上眼睛的女生，默默补充了后半句："——她睡着了。"

两厢沉默，相对无言。

姜莉丝只觉得拳头发痒，但还要保持冷静："我帮你把她叫醒。"

"别叫，"陈戌懿劝阻她，"让她睡吧，我明天再给她打电话，你们回去的路上注意安全。"

'顿了顿，他又改了主意，说："麻烦别把我打电话这件事告诉她，我明天来找她。"

第十一章
未来务必请你继续陪着我

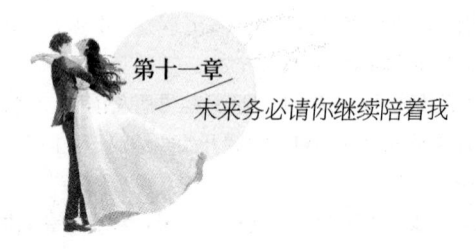

1

宿醉酒醒,林叁七的意识还没完全回笼,就感觉大脑仿佛被人用手用力撕扯,头痛欲裂。庆幸嗓子没沙哑,只是干涩得厉害。

记不起昨晚喝到几点、什么时候睡着,只依稀记得好像给谁打了个电话。她挣扎着摸来手机,想看一眼通话记录,却发现锁屏上显示了十几通妈妈打来的未接电话。

难道她昨晚耍酒疯耍到了她妈的面前?

林叁七整个人瞬间清醒,又注意到妈妈还发来了一条短信,凌晨四点的消息,有点奇怪。

她点进去,心脏漏跳一拍,立刻电话回拨回去。

在响第四声时,终于被接通,她开口就问:"妈,我爸没事吧?"

"还在做手术。"林妈妈的声音听上去很疲倦,"你请个假,过来一趟。"

"我马上过来!"

林叁七挂掉电话,手忙脚乱地掀开被子下床。和她睡在同一个房间的姜莉丝,人还没睡清醒,迷迷糊糊地问:"今天不是没课吗?"

昨晚喝到半夜,过了宿舍门禁,她们在学校附近的酒店住下。

但没人回答她,林叁七已经跑出了门,拦下出租车,赶去高铁站。

爸爸昨晚拍夜戏,安全措施出了问题,不慎坠楼,现在正在医院抢救。林叁七看到妈妈发来的消息时,大脑一片空白。

慌乱、无措,没有任何词能描述出她此刻的心情。

她身上还穿着昨晚去酒吧时的衣服,一身的酒气,醉酒后睡着,连妆都没卸,眼妆早就哭花,晕成黑色,上车时都吓了司机一跳。

但林叁七此刻已经顾不上形象,匆匆赶去高铁站,买了最近的去溪川市的高铁票。

尽管她努力镇定,却还是忍不住流泪,手也抖得厉害。从小到大,鲜经历过死别,爸爸出事会怎么样,她想都不敢想,这是天塌下来的绝望。

她这副狼狈模样,实在引人注目,邻座的一个阿姨,拍了拍她的手臂,轻声询问:"小姑娘,发生什么事了?需要帮忙吗?"

林叁七摇头想说不用,可眼泪却控制不住地掉,哽咽着开口:"我、我爸爸在医院……"

她很少主动跟人提起家事,更遑论陌生人,但此刻,她实在是手足无措,不知该怎么办才好。

女人从包里拿出纸巾,给她擦眼泪,安抚她的情绪:"别着急,你现在是过去医院见他吧?还有其他人在那里吗?"

林叁七擦着眼泪,沙哑着声音回:"我妈妈在。"

女人温和地说:"阿姨给你一个建议好不好?趁这会儿在路上,去洗把脸,稍微冷静一下,这个时候慌也没有用,镇定一点,也能安慰到你的妈妈,是不是?"

林叁七抽噎着点头,从女人手里接过卸妆水,走去洗手间。

她卸掉哭花的妆,往脸上泼了些冷水。

她抬头,镜子里的人脸色苍白、眼睛哭得通红。的确,这副模样,被妈妈看见,肯定会让妈妈更担心。

她已经十八岁了,不能再把自己当成小孩,越是这种时候,她越应该成为父母的后盾。

林叁七深呼吸着,冷静下来,回到座位,对邻座的阿姨道了声"谢谢"。

溪川市离她学校的城市不算太远,坐高铁一个多小时就到。她赶去医院时,林妈妈还在急救室外等着,佝偻着身体坐在那儿,仿佛一夜老了十岁。

看到她,妈妈却仍强打起精神,自责地说:"是我太紧张了,给你打这么多电话,害你担心了。"

林妈妈想扯出一个笑容,给女儿以安慰,却如何都笑不出来。

素来坚强的中年女人,此刻眼眶一红,无助地捂住嘴哽咽:"我真是不知道该怎么办了……"

林叁七眼睛一热,也想哭,但忍住了眼泪,伸手将妈妈抱住,轻声安慰:"没事的,吉人自有天相,爸爸会没事的。"

没人能代替爸爸在她心里的位置，同样，也没人能代替爸爸在妈妈心里的位置。

父母的爱情故事，她小时候被迫听过无数遍，那时候觉得不胜其烦。

从不幸的原生家庭逃离的母亲，和无父无母吃百家饭长大的父亲，在最困难的时期相遇，一起住地下室，一起分吃一包泡面，从群演开始摸打滚爬。

他们如何相互扶持着走到今天，给她这样一个幸福的家庭，她永远也不能知道。

在今天之前，还觉得一切都是理所当然。

是她太天真、太幼稚，躲在父母撑起的这片天下，总以为他们无坚不摧。

林叁七拥住妈妈，低声安抚她的情绪。

抢救室的灯熄灭，穿着绿色手术服的医生从门那边走出来，仿佛来自另一个世界。母女俩同时起身，紧张得仿佛把心脏托付在他手中。

听到医生告知手术顺利的结果，两人同时松了口气。

林叁七及时扶住腿软的妈妈，让她先回酒店休息，妈妈却不愿意。

林叁七半开着玩笑劝说："这里有我守着，爸爸醒过来，要是看到你为他哭成这样，肯定要笑话你。"

林妈妈也是个好面子的人，被她的这个理由说服，笑着擦掉眼泪："你说得对，我可不愿意看他嘚瑟。"

情绪稳定下来，林妈妈有心思关心起其他事，问她："你昨晚喝酒了？身上这么大的酒气。"

不想让妈妈担心，林叁七含糊其辞地找了个理由："同学生日，喝了点酒。"

没让妈妈多问什么，林叁七连忙让助理叔叔送妈妈回酒店休息。

林妈妈离开后，她守在加护病房外，隔着玻璃，望着躺在里面的爸爸。

中年男人安静地、脆弱地睡在那里，脸上戴着氧气罩，身旁是各种记录身体指标的仪器。在她没留意的时候，岁月给他刻下了苍老的痕迹。

从未如此清晰地感知，她的父亲，并非不老不死，并非钢铁之躯。

林叁七眼睛发酸，但还是把眼泪憋回去。她拿出手机，给姜莉丝发了条消息，让对方帮自己请一周假，等回校，她再去找辅导员说明情况。

姜莉丝应了好，没多问什么。

就这几句话的期间，她手机里弹出几条关于某男演员拍戏坠楼的娱乐新闻。

林叄七犹豫了下，还是点进去，媒体的各种猜测和报道，还有不少她爸爸受伤后，被送医时的照片和视频。

浑身是血的父亲，血肉模糊的伤口。

她胃里一阵翻涌，手又开始发抖。

林叄七捂着嘴跑去洗手间，控制不住地干呕。

又用冷水冲了很久的脸，终于冷静了情绪，她从洗手间里出来，望见出现在加护病房外的人。

林叄七怔了怔，才忍住的眼泪，瞬间又上涌。

"七七。"陈嘉已轻声唤她，是温和的、安定的干净嗓音。

在眼泪涌出来前，林叄七飞快地抹掉眼泪，忍住哭腔说："不行，我现在还不能哭。"

她一哭就会控制不住，至少不能在现在把眼睛哭肿，不然妈妈看到会更伤心。

知道她要强的脾气，陈嘉已叹了口气，走过去，轻轻抱住她："闭上眼睛，眼泪就没那么容易流出来。"

林叄七点头，抓住他胸前的衣服，低着头，紧紧闭上眼睛，努力地把眼泪憋回去。

她试图用对话转移注意力，问他："你怎么来了？"

"我刚好在溪川附近，听到消息就来了。"陈嘉已问，"叔叔情况怎么样？"

"手术算顺利，但还要在ICU（重症监护室）观察……"她说到一半，哽咽得说不下去。

陈嘉已轻拍着她的背，让她不必再说，给她以安慰。

好一会儿，林叄七勉强止住眼泪，情绪刚稳定些，又听见他忽然问："你跟戌懿和好了吗？"

林叄七记起昨晚那个电话好像是打给了他，又出了一次糗，却偏偏在这个时候提起，她不知是要生气还是要哭。

"你是故意想让我哭得更凶吗？"

陈嘉已笑了下，意有所指地说："如果没和好，那现在这个情况可能有点糟糕。"

她不解，问："怎么了？"

从他怀里抬头，见他把目光投向某处，她意识到什么，回头，身体陡然僵住。

-225-

十几步远的地方,穿着白色卫衣的少年,漆黑的眼睛望着她,面无表情地朝这边大步走过来。

林叁七前所未有地慌乱起来,连忙松开手,从陈嘉已的怀里退开。

她张嘴要解释:"我们不是……"

没等她说完,陈戌懿停在她眼前,伸手将她抱住:"对不起,我来晚了。"

林叁七在他怀里愣住,眼泪不受控制涌出来,可是还不能哭。

她紧紧揪住他的衣服,努力地忍住眼泪,像要催眠自己,颤着声音不停地重复:"我还不能哭,我还不能哭……"

陈戌懿将她抱得更紧,少年人宽大的手掌覆在她脑袋上:"没关系,我会和阿姨说,是我把你气哭,不会让她担心。"

他太懂她的顾虑,懂她的要强,于是给出这样一个牵强的理由。

可就是这样牵强的理由,让她绷紧的弦瞬间断裂。

"你干吗呀!我好不容易忍住不哭的!"林叁七埋在他胸前,闷声埋怨他,却也终于放肆地哭出来。

不安的,委屈的,忍耐过头的,所有的情绪,在他怀里释放。

哪里有人能在一瞬之间长大,哪里有人能够突然变得成熟坚强,她只是在伪装,在逞强。

这一切太突然,无论是不是十八岁,她都还没能做好成为靠谱的大人的准备。

爱人的怀抱,轻易就让她卸下伪装。

只有在他面前,在他怀里,她才肯承认,她就是一个脆弱的人。

林叁七不清楚自己究竟哭了多久,连陈嘉已什么时候离开,她都没去注意。

终于哭够,她眼眶通红地跟陈戌懿坐在加护病房外,拿着他买来的冰镇汽水敷眼睛。

林叁七吸了吸鼻子,还带着刚哭过的鼻音,问他:"看到我和陈嘉已抱在一起,你不生气吗?"

陈戌懿帮她打开另一罐汽水,递到她面前:"哥哥安慰妹妹,有什么好生气的?"

她低头,含着吸管喝了一口,说:"你不是一直介意我喜欢过他?"

陈戌懿扬着眉笑:"我知道你现在喜欢的是我。"

他侧身,凑到她耳边,带着呼出的热气、得意的语气,压低声音补充:

"超级超级喜欢我。"

林叁七低着眼睛,浓密的眼睫垂下:"嗯,我超级超级喜欢你。"

没料到她竟然这么爽快地承认,陈戍懿反而愣了下,竟忘记得意。

还以为她又会说他太自恋,或者帮他去掉那两个"超级",口是心非地告诉他,还没到这种程度。

加护病房外的走廊,冷色的白炽灯光,映在她有些苍白的脸上,没什么神采的眼睛,眼尾仍留着不正常的红。

林叁七把头靠在他肩上:"我一点也不想跟你分手,可是我也很害怕。"

陈戍懿放下手中饮料,问:"害怕什么?"

林叁七终于不再做无谓的逞强,把这段时间所有的想法,全部摊开跟他讲。

"我知道你想保研,感觉出我们俩的差距,我只想过好当下,从来没考虑过未来。但你不是,你早就开始为以后做准备,我害怕,你的未来里没有我。

"我的脾气很怪,我们俩以前就总是吵架,我害怕吵架的次数太多,把你对我的喜欢全部消耗完。

"我又很矛盾,对你发脾气、爽约,故意避着你,你都不生我的气,我怕你是因为不在乎我,所以才对我这么宽容。

"看到你和别人聚餐喝酒,看到你和别的女生坐得很近,看到你和她笑得那么开心,我很生气。异地恋那么远、那么久,见一面那么难,我害怕你被别人动摇。"

林叁七闭上眼睛,眼泪却还是流出来,又被她飞快抹掉:"我承认,我真的很喜欢你,我也认输,我先喜欢上你,我在害怕你没那么喜欢我。"

"肯定不是我演技太好,所以是你太迟钝。"他出声说。

林叁七睁眼,头离开他的肩膀,不解地问:"什么意思?"

陈戍懿伸出手,掌心贴上她的,长指钻过她的指间,与她相扣。

"在你喜欢我之前,我就喜欢你。

"在去年暑假之前,在你故意踹我进泳池之前,在你高中突然要跟我做陌生人之前,在你离家出走,写下那句'陈戍懿是讨厌鬼'之前。"

林叁七抬眼,与他对视,惊愕,难以置信。

明亮的灯光,落入少年清澈的眼眸,她望见自己的倒影,也只在他眼里,看见自己。

而她耳边,也只剩下他的声音:"林叁七,你没有输,永远也不会。"

因为我早就向你投降。

林爸爸在当天晚上醒了,但还很虚弱。

林叁七本还想继续陪在医院,却被妈妈勒令回酒店休息。听说她昨晚陪同学过生日,还喝了酒,林妈妈默认她疯玩到半夜,让她去睡觉。

看到陈家两兄弟也出现在医院,林妈妈还有些惊讶。

陈嘉巳倒是理由充分,刚好在溪川市附近,听到消息,过来看望。

陈戌懿远在一千多公里外的江都市,也这么快赶来这里,说是顺路,着实说不过去。

他本人也支支吾吾半天,面对长辈,还是女朋友的妈妈,紧张到撒不出谎。

"男大学生"就要不打自招,林叁七急中生智,面不改色心不跳地编了个借口,帮他圆过去:"他跟嘉巳哥一起过来的。"

陈戌懿连忙附和:"啊对,我刚好找我哥玩呢,跟他一起来的。"他顺势搭上陈嘉巳的肩,一副哥俩好的模样。

陈嘉巳笑而不语,没承认也没否认。

好在林妈妈没多在意这些细节,只有些莫名地看了这三人一眼,让他们回酒店歇着,晚上她来守夜。

知道拗不过妈妈,林叁七没多坚持,回了酒店。

即使处在当前这种情况,林妈妈也还是行事周到,给她订好了房间,买了一套新的换洗衣物。网上的那些照片,也全都被公关处理好。

林叁七洗完澡,吹着头发的时间,看到手机里,陈戌懿发来的微信好友申请,说:姐姐,开个门。

每次有求于她时,他才肯喊她"姐姐"。

林叁七忍不住弯起嘴角,通过申请,去给他开门。

穿白色卫衣的男生站在门口,一边手里拎着外卖的打包盒,一边拎着不知道装着什么的纸袋。

待她吃完他提过来的馄饨,看到他从那纸袋里拿出一盒感冒冲剂,撕开一包,倒进杯子,给她满上一整杯的热水,搅拌匀,递她面前:"喝了。"

林叁七抗拒地皱眉,撇开脸,不乐意:"我感冒已经好了。"

陈戌懿把杯子搁在她面前的茶几上:"你昨晚不是喝酒了吗?还穿这么少,没感冒也喝一杯。"

林叁七有些蒙:"你怎么知道我喝酒?"

他勾起嘴角，屈起修长的手指，轻敲两下桌面，一副尽在掌握之中的模样："我不仅知道你昨晚喝酒，还知道你打电话给陈嘉巳，哭着跟他告状，说我欺负你。"

林叁七睁圆了眼睛。

他的笑容越发加深："我还知道去年的某天，某人喝醉酒找我告白，结果把电话打给呜呜呜——"

林叁七伸手捂住他的嘴，热着脸警告："不准说了不准说了！"

他的嘴巴被捂住了，眼睛却仿佛还能说话，明亮的眼睛弯起，眉梢挑两下，得意从眼睛里跑出来。

她别开视线，不去看他的眼睛，却也忍不住笑，最后还是松开手，抱住他的脖子，侧脸趴在他肩上，分不清是撒娇还是央求："你别说了……"

陈戌懿侧头，亲了下她稍有些湿润的头发："我太开心，你能这么喜欢我。"

林叁七脸蛋离开他的肩膀，但没松手，仍抱着他，瞧着他的脸，说："那你知道我吃醋，是不是更开心？"

他却摇头："不开心。"

"为什么？"她惊讶问。

陈戌懿敛去玩笑的心情，愧疚地说："你觉得我会被其他人动摇，说明我没能给你足够的安全感。

"我很抱歉，没能及时察觉你的情绪，看电影那天就该发现的，那个学姐是江浪的表姐，所以也跟我关系熟，如果你不喜欢她那样喊我，我下次会跟她说。"

林叁七连忙阻止："不用！"

"嗯？"

她有些不好意思地低下头，嘟囔："那样显得我多小气似的。"

陈戌懿倏地笑了："我喜欢你这样的小气，我喜欢占有欲很强的女朋友，我喜欢——"

林叁七脸热地去捂住他的嘴："好了好了，不准说情话了！"

他鸦羽似的眼睫扇动了下，拿开她的手，问："这算情话吗？"

"……总之就是不准再说。"她真是拿这个撩人不自知的"男大学生"一点办法都没有。

他一道歉，林叁七也觉得愧疚："是我自己胡思乱想，还要面子，不愿意跟你敞开说。

"那天看电影，你都说了相爱的两人齐心协力才能克服困难，我都没能做到跟你齐心，"她惭愧地反思自己，"对不起，我以后再也不一个人胡思乱想了，面子没有男朋友重要。"

陈戌懿轻抬眉梢，嘴角挂着坏笑："面子重要，面子重要，别太卑微了，给老林家留点面子。"

听出他故意用她以前说过的话，开玩笑反讽，林叁七的愧疚瞬间烟消云散，瞪着他："干吗呀！都说不准翻旧账。"

陈戌懿敷衍地点头："好好好，不提了。"又端起那杯感冒冲剂，"'大郎'，来把药喝了。"

林叁七立刻软下神情，凑过去往他唇上亲了一口。

他铁面无私地说："别想用美人计蒙混过关。"

林叁七撇了撇嘴，认命地接过杯子，紧皱着脸，一口气灌下满满一杯的感冒药。

"你是不是故意，倒这么多水？"她痛苦地埋怨。

陈戌懿爽直地承认，且理由充分："陈嘉巳说你跟男人出去喝酒，两次，再有下次，给你灌中药。"

……陈嘉巳怎么什么都说！

林叁七趴在他怀里磨牙："嘉巳哥，我看错你了！"

陈戌懿笑出声音，低沉磁性的笑声和胸腔的震颤，一齐传入她耳朵，说不上来的好听。

她翻了个身，把腿抬上沙发，调整姿势，脑袋枕在他腿上。

这个角度，少年脖颈的线条流畅地延伸至卫衣的衣领，凸起的喉结也更明显，随他说话或吞咽而上下滑动。

真奇怪，这人怎么连这种角度都这么好看？

陈戌懿长指穿过她柔顺的黑发，轻轻地抚摸："叁七。"

"嗯？"

"这一次，是我考虑太少，太理所当然，以为只要和你心意相通，异地多久都没关系，却没想过异地恋会让你这么不安。但是，叁七，你一定要知道——"

他突然停下。

林叁七从他怀里坐起身，好奇地看着他："要知道什么？"

陈戌懿舔着唇笑了，灯光照着他毛茸茸的头发，让他看起来像只温驯无害的良犬。

"我们在同年同月同日出生，这辈子，我只想错过你先出生的那七分钟。我的过去、现在都有你陪着，你一定要知道，我才是离不开你的那个人。"

他双手捧住她的脸颊，敛去笑容，漆黑的眼睛，无比认真地注视着她，充满占有欲的眼神，锐利得像野兽露出的獠牙。

"所以未来，也务必请你继续陪着我。"

在她怔愣的目光中，少年收敛一切锋芒，俯身过来，亲吻她的眼睛，如同向神祈祷的虔诚信徒。

"姐姐，我恳求你。"

2

林叁七在医院陪护了四天，就被林妈妈赶回学校，嘴上说着她待在这里也干不了什么，别打扰他们俩好不容易清闲的二人世界。

她很无奈，但看到爸爸恢复得很好，也总算放心，坐上回学校的高铁。

陈戍懿没请她这么久的假，也没正当理由在这儿守着，第二天就被她赶回学校。

到学校时刚好是中午，她顺道去食堂打包了一份盒饭，拎回宿舍。开门就见正在桌前边看剧边吃饭的姜莉丝，一副萎靡不振的模样。

林叁七问："怎么了？"

"还不是我男神受伤那事……"姜莉丝下意识地回答，然后慢半拍地转过头，看见是她，露出些惊讶，"你回来啦？"又犹豫地问，"你家里……情况还好吗？"

她并不清楚发生了什么，那天在酒店，也就迷迷糊糊地听见林叁七打电话的声音。林叁七让她帮忙请假，也没透露具体情况。

林叁七应了声："嗯，没什么事了。"

她习惯性不愿意透露太多，又想到什么，改变心意，更详细地把情况告诉姜莉丝："我爸爸在拍戏时受了伤，前几天送去抢救，不过现在情况稳定下来了。"

肉眼可见地，姜莉丝的表情，从呆愣，到惊愕，再到……

林叁七被她抱住，没能看见她变化出的下一个表情，但感受到她温暖的体温，和在后背轻拍着安慰的手。

回校后，林叁七每天都打电话问爸爸的情况，半个月下来，妈妈都有些烦她。

不过林爸爸乐得其所，感动女儿终于又开始黏自己，还开玩笑说这是因祸得福,愿意再受伤一次。

当然,说完就被林叁七和林妈妈两个人合伙骂了顿,让他少讲晦气话。

林爸爸恢复得很好,在医院住了半个月的院,就回家休养。听说林叁七的室友是自己的粉丝,想要签名照,他兴冲冲地寄来一沓签了名的照片,以为搞批发。

他是个闲不住的人,在家休养了一个月,就闹着要去工作,说什么当下正热播着一部他主演反派的一部剧,要趁热打铁参与宣传。

他还套用年轻人的网络用语,说自己好不容易火出圈了,才不想在家"抠脚",连林妈妈都拿他没办法。

当西瓜再一次成为应季水果,林叁七也终于要结束大二的课程。

熬过地狱背书难度的期末考试月,等到手机桌面,暑假倒计时的数字,变成"0"。

回青安市当天,艳阳高照,太阳不辜负夏天的盛誉,慷慨地向地球散发热量。

林叁七一走下飞机,就撑开遮阳伞,哪怕只有两分钟的路,也要躲开阳光。

不浪费自己化了两个小时的妆,一走进室内,她补了个妆,就给自己来了张自拍,发到朋友圈,没配文字,但给出了青安机场的定位。

陈戌懿最先点赞,且不满足于点赞,给她发来消息:我女朋友真漂亮。

林叁七弯起唇角,但还要装作漫不经心,回复:随便化的妆,一般般吧。

她转头,又点开另一个微信联系人,编辑文字,发送消息:花了两个小时化的妆,还特地换上新衣服,看我把"男大学生"迷死。

狗狗已读秒回:哈哈,你真可爱。

林叁七回了个"好姐妹"的芭比表情包,没再跟"她"多聊,从托运传送带取出行李箱,走到出机口,在接机口看见熟悉的白T恤男生。

"嘉巳哥。"她招了下手,朝笑着的男生走过去,一只手把行李箱推给他,另一只手接过他递来的冰镇西瓜汁,边喝边走。

和陈戌懿还是"地下恋"阶段,她没让陈戌懿来接。

坐上车,陈嘉巳把墨镜递给她,难得问起:"你们还没打算告诉家里?"

林叁七接过墨镜戴上,边系安全带,边说:"我想有点仪式感,等过生日那天,人到齐当面说。"

越是珍视的事物,越想郑重地对待。

-232

8月7日,是她和陈戌懿出生、相遇的日子,有着不一样的意义。

想起陈嘉巳泄密的前科,林叁七又特意叮嘱,提醒他还有把柄在她的手里。

陈嘉巳游刃有余地笑:"只要你别再打电话骂我。"

和老狐狸比威胁,林叁七道行远远不够,老实巴交地闭了嘴,装模作样去看风景。

车驶过海滨公路,金色的沙滩,碧色的海。

天空一如既往的蓝,但今日没有云彩,因此也更澄澈。

她出门前把头发打理得很好,披散在身后,涂的是玻璃镜面的唇釉,即使很想吹风,也没有打开窗户。

当他们从分岔路口,拐进蜿蜒的坡道,林叁七莫名地直起腰,把脸颊一侧的头发,撩至耳后。

又见熟悉的高过围墙的樱桃树,石砖上的橙红色凌霄花,最后,是被岁月赋以斑驳锈迹的蓝色大门。

车一停稳,她立刻解开安全带,下车,绕到车后,把行李箱从后车厢搬出来。

拖着行李箱走到前院时,听见林拾六稚气又洪亮的大嗓门:"戌懿哥你别想跑!"

被大喊着名字的男生,从屋里跑出来。

亮蓝色的短袖、白色的休闲短裤,踩着蓝色的人字拖,两只手抓着明黄色的水枪。

他的头发剪短了些,刚好能绑个小辫,额前的发梢被水打湿,阳光落在俊朗的脸上,眼角眉梢是张扬的笑。

有一瞬间,林叁七以为自己误入时空隧道,回到去年今日。

和他四目相对,那双清澈的眼睛,在这一刻更为明亮。

是本能反应,抑或是吃过一次亏的习惯使然,林叁七立刻抬起手臂,挡在面前,要护住脸上的妆。

却听见他站在面前,愉悦地低笑。

她缓缓放下手,抬头,望见他带笑的眼睛,嘴角也忍不住跟着弯起。

林拾六冲出门口,见逃跑的人忽然停在那儿活靶子,抓住机会,举着水枪往陈戌懿背上喷水。

被滋了一身的水,陈戌懿也没有动作,仍挡在她身前,微低着头,用轻得只有两人能听见的声音："你好漂亮。"

林叁七嘴角的弧度翘得更高，又在看见林拾六走过来的瞬间，立刻压下弧度。

"你们能不能看着点，又差点误伤我。"她故意绷着脸教训。

陈戍懿配合地转身，板着脸教训林拾六："干吗呢你小子，姐姐也是你能滋的？"

一定是故意的，他把"姐姐"两个字咬得格外清晰。

林叁七抿了抿嘴角，遏止它上扬。

陈戍懿又使唤林拾六："快把你姐的箱子提进去。"

林拾六不情不愿地撇嘴，去拖行李箱，提上正门的台阶，就立马喊累："我提不动，她箱子里肯定装了个房子！"

"真没用，我来。"陈戍懿早料到，还装作不情愿的模样走过去，单手拎起行李箱，往里走。

林叁七跟在他身后进屋，又听他边上楼梯，边虚张声势地说："哎呀！我衣服都湿了，得回房间换件衣服，拾六你先自己去玩。"

林拾六"哦"了声，没多在意地抛弃了水枪战斗，跑去厨房切西瓜。

林叁七忍着笑意，故意不上楼，坐在客厅沙发，心安理得地享用林拾六端来的西瓜。

一块西瓜还没吃完，她的手机响了一声，拿出来，看了一眼。

在林拾六莫名其妙的目光中，她笑得倒在沙发上，手里捏着的西瓜，都差点被笑掉。

"黏人小狗"在着急问她，你人呢你人呢你人呢？

3

洗净的生姜切成片，放在备菜用的小碟子里，林叁七端起瓷碟，递给掌勺的陈妈妈。

陈妈妈不常下厨，但林叁七从学校回来的当晚，她会亲自下厨，做林叁七最喜欢的蛤蜊鸡。

这会儿，林叁七在厨房给她打下手。

被陈妈妈投喂一块鸡肉，询问味道如何，她一脸满足地点赞："还是熟悉的配方，好吃。"

陈妈妈被林叁七夸张的模样逗笑，又问："还要再辣一点吗？"

她记得林叁七的口味偏重，又去舀了一勺辣椒面。

林叁七连忙摆手,着急得仿佛她是在投毒:"千万不用,这样刚刚好。"

陈妈妈放下再加辣椒面的手,笑着说:"你口味变清淡了呀。"

其实是为了某个一点辣都吃不了的"男大学生",林叁七自然不会说实话,面不改色地顺势承认:"吃清淡点,对身体好。"

又听陈妈妈无意地提起:"戌懿昨天还让阿姨多放辣椒,说在学校吃得口味变重了。"

"……是吗。"林叁七含含糊糊地应了声,偏过头,在陈妈妈看不见的角度,强压下翘起的嘴角。

傍晚的气温降下,晚风吹得舒爽,于是在前院的花园吃晚餐,在铺起鹅黄餐布的长餐桌旁落座。

还是以前的位置,十几年如一日地固定,林叁七坐在陈嘉巳旁边,陈戌懿和林拾六坐在他们对面。

吃饭时,林叁七又被陈爸爸问了关于宠物的问题,似乎终于下定决心,要养一只小狗。

跟陈爸爸聊天时,林叁七忽然感觉到,有什么东西轻轻划过右边的小腿,从脚踝一路往上。

她第一时间看向对面的男生,悄悄用眼神警告。罪魁祸首轻抬眉梢,一副"你奈我何"的模样。

林叁七绷起唇角,轻轻去踢他,却没料正中下怀,伸出去的右脚,被他用小腿夹住。

他竟然扣住,不让她收回。她使力,他也使力。

和她较量的期间,他还有心思端起杯子,抿了一口水。借着喝水,和她四目相对,好让她看见,他挑衅的目光。

他就是故意,在报复她一个下午都没上楼,不给他单独相处的机会。

林叁七敢怒不敢言,怕闹出动静被发现,也不敢使出太大的力气,偏偏陈爸爸还在问她:"你觉得是养金毛好,还是养哈士奇好?"

林叁七咬牙切齿地微笑:"金毛吧,哈士奇太闹了,我不喜欢太闹腾的小狗。"

她刻意把"闹腾"两字咬得格外清晰,且在说这话时,瞪了眼对面那只在恶作剧的"小狗"。

"我投哈士奇一票,"陈戌懿故意跟她唱反调,若无其事地舀了一勺汤,"闹腾一点好,养着热闹。"

林拾六总要在这时追随他的脚步,一起唱反调:"我也选哈士奇!"

-235-

陈爸爸又把目光投向另一个小孩———一直安静吃饭的陈嘉巳，淡淡地笑："我都可以。"

"不行，"林叁七反对他的中立，逼他站边，"你得选一个。"

她迫切地看着他，用眼神恳求，让他站自己这边。

陈嘉巳看了她一眼，不急不缓地笑："那我选……"

还没说完，坐在对面的林拾六，突然筷子落地，弯腰要去捡。

林叁七余光瞥见，一直被陈戌懿夹住的右脚，情急之下使出更大的力气，从他双腿间抽出，狠踢了他一脚。

陈戌懿吃痛地闷哼一声，腰都弯下，眉心皱起，一脸痛苦。

陈妈妈担心地问："戌懿，你怎么了？"

"……咬到舌头。"他摆摆手，示意自己没事，忍着痛帮真凶掩盖真相。

陈嘉巳面不改色，微笑着把剩下的话说完："我选金毛。"

家里已经够热闹，再来只闹腾的，会受不了。

林拾六无意目击餐桌下的惨案，不敢招惹拳打脚踢的"大魔王"，墙头草弱弱地改口："我也选金毛……"

"三比一，我赢了！"林叁七兴奋举手，庆祝扳回一局。

吃完晚餐，林叁七陪着陈妈妈在客厅聊了会儿天，这才不慌不忙上楼去洗漱睡觉。

洗完澡，正要回房，还没来得及打开自己的房间门，隔壁房间的门突然被人从里面打开。

换了件黑色T恤的男生，伸手抓住她的手臂，在她反应过来之前，将她拽进蓝色的房间。

房门被关上反锁，她被迫贴在门上，被他捏着下巴，迫使着抬头，迎接炙热的吻。

忍耐了一整个下午的"男大学生"，在她唇上，落下热切而激烈的深吻。

直到她快要喘不上气，用手去捶他，陈戌懿才肯松口，却还要在她唇上，报复性地咬一下，在她低喘时埋怨："你怎么这么恶趣味，故意让我等这么久。"

一整个下午不上楼，吃完晚餐还在楼下待那么久，这绝对是故意。

林叁七靠在门上笑，反手把责任推给他："明明是你猴急。"

他也不否认，还一副理所当然的模样："我想抱我女朋友，急一点怎么了？"说完，又俯身将她抱住，毛茸茸的脑袋埋在她颈窝，像闻到什么好吃的,深吸一口她身上的气息,"柚子的味道,真好闻。"

"我们用的是同款沐浴露好不好。"林叁七有些好笑,他却还像小狗一样闻来闻去。

陈戌懿却振振有词:"不,这是女朋友身上的柚子味,跟我自己的不一样。"

林叁七无奈,被他的歪理打败,也知道他今天等了很久,妥协地说:"那给你多抱几分钟。"

他又得寸进尺,提出要求:"去床上抱好不好?"

"……'色狗'!"林叁七拧了下他的耳朵,以示警告。

陈戌懿吃痛地吸气,还有理有据地找借口:"我是怕你站着太累。"

林叁七威胁:"你再得寸进尺,我要回房了。"

陈戌懿立刻投降,更紧地抱住她:"站着好站着好。"

才老实抱上没两分钟,他的房门被人敲响,屋外传来林拾六的声音:"哥,你睡了吗?"

两人同时一愣,林叁七先推开他,转身看见反锁好的房门,松一口气,又示意他回应。

陈戌懿又把她拽进怀里,这才不慌不忙地回应:"正要睡,有什么事?"

林拾六拧了下门把手,发现拧不开:"哥你怎么把门反锁了,让我先进来。"

"……你就在门外说。"怎么可能让他进来。

"不行,"林拾六压低了声音,小声说,"我怕被我姐听见。"

屋内的两人对视一眼,相顾无言。

林叁七拽着他衣领,往房间里走了几步,离门口远些,瞪着他,用气声开口质问:"你们经常凑一起说我坏话?"

陈戌懿举双手投降,直摇头:"绝对没有!"

"哥你在跟谁说话?"他一时紧张,声音太大,被门外的林拾六听见。

"……我、我打电话呢。"陈戌懿冒着冷汗回他,顶着女友快要吃人的目光,战战兢兢要把他打发走,"有什么事明天说!"

林叁七又揪着陈戌懿的衣领,把他往自己身前一拽,逼他弯腰凑过来,在他耳边压低声音命令:"开条门缝,让他现在说。"

陈戌懿立刻改口,朝门口喊:"拾六你现在说!我来开门!"

要死也得和猪队友一起死!

他认命地走过去,打开一条门缝,堵在门边,挡住小男孩有限的视野,几乎是咬牙切齿地问:"什么事?你姐姐不是今天才回家吗?哪里又招惹你了?"

他恨不得把"暗示"两字写在脸上。

"不是招惹我,"林拾六先是看了眼隔壁紧闭的房门,这才悄悄地透露情报,"我怀疑我姐谈恋爱了。"

堵在门口的陈戌懿僵住,躲在门后的林叁七也僵住。

这不是才回来第一天,他们有这么明显?

陈戌懿咳了声,眼底几分不自然,但还要故作镇定,问:"怎么说?"

"她今天下午跟人发消息,笑得超级灿烂!而且我瞥到了给她发消息的人名字,竟然叫'黏人小狗'!"

林拾六小声和队友分享宝贵的情报,并未发觉门口的人脸色越发不善,一边推测一边发表意见:"起这么恶心的备注,肯定是男朋友。"

陈戌懿额角一抽,还要继续假装淡定:"你姐都是大学生了,谈恋爱不是很正常?"

"黏人小狗"怎么就恶心了,你个初中生,懂不懂什么叫爱称?什么叫情趣?

"男初中生"没法听见心声,仍信赖着眼前的"好哥哥",一脸凝重地说:"我不放心,我姐那眼光,万一她找到个人渣呢?"

"……你说谁是人渣?""好哥哥"突然拔高声音,激动到快破音。

林叁七躲在门后笑得肩膀直抖,被他抽空狠狠瞪一眼,也停不下来。

原来不是说她坏话,是说她男朋友的坏话。

林拾六被斥得一脸蒙,还没意识到问题的严重性,还傻愣愣地问:"我说我姐的男朋友,哥你激动什么?"

……我就是你姐的男朋友!

陈戌懿敢怒不敢言,为了某人的仪式感,被骂人渣,也还得陪她继续进行地下恋。

他深吸一口气,稍稍平复情绪,扯出一个慈爱的微笑,语重心长:"拾六,你都没见过她男朋友,贸然说别人是人渣,这样不好。"

"我……"

"你要相信你姐的眼光,她一定找到了一个又帅又靠谱的男朋友。"

"可……"

"没有可是,快去睡觉,不然现在让我检查你暑假作业做了多少!"

陈戌懿温和的语气逐渐暴躁，最后甩出对付"男初中生"的撒手锏。

一听要检查暑假作业，林拾六立刻闭嘴，火速开溜。

陈戌懿把门一关，林叁七终于能笑出声，捂着憋笑憋疼的肚子，眼泪都要笑出来。

她笑得越开，陈戌懿脸色就越黑："你可真是有个好、弟、弟。"

林叁七倚在门边，擦掉眼角笑出的泪，有些意外也有些感动："没想到拾六还挺关心我。"

发现她谈恋爱，第一时间竟然是怕她被人欺负。

"他现在默认你男朋友是个人渣，怎么办？"陈戌懿咬牙切齿地说出"人渣"这两字。

林叁七又忍不住笑出来，伸手搭上他的肩，踮起脚，亲了下气得不行的"人渣"男朋友："作为补偿，让你多抱一会儿？"

他撇开脸，绷着嘴角，丝毫不为所动。

她无奈补充："去床……"话都还没说完，就被陈戌懿打横抱起。

她小声惊呼着抬头，他哪里还有半分不开心的模样，眉眼里都是得逞的笑，分明早就在等她说这句话。

……诡计多端的"男大学生"。

被算计的后果，就是在他房间里待了一整夜。

庆幸陈家没有早上催人起床的习惯，他们睡在一起也没被发现。

被阳光叫醒，林叁七迷迷糊糊地睁开眼，入眼的蓝色让她蒙了十几秒，才回想起睡在这里的缘由。

意识回笼，发现"男大学生"的手握在自己腰上，林叁七推开他的手，拍打他的脸，把他叫醒："起床，去看看外面有没有人，我要出去洗漱。"

陈戌懿趴在床上，只轻薄的眼皮动了动，但没能睁开眼，似乎还在梦里。

林叁七把他弄醒，使唤他先开门观察情况，鬼鬼祟祟地确认屋外是安全状态后，她立刻从他房间里钻出去，又挺起腰板，若无其事地去洗手间刷牙洗脸。

才刚进洗手间，还没来得及关门，跟在她身后的男生，以迅雷不及掩耳之势，从她身后窜进去，替她关上门，反锁。

"……你干吗？"林叁七小声地问。

陈戌懿拿起牙刷和牙膏，一副正经人模样："刷牙啊，还干吗？"

林叁七一脸无语地做出让步："那你先。"

她转身要走，却被他拉住，把挤上牙膏的牙刷塞她手里："你帮我刷。"

林叁七想拿个钢丝球来帮他刷。

最后各退一步，陈戍懿自己动手，她留下来，跟他一起刷牙洗脸。

本应该是几分钟就能做完的事，偏偏有人各种捣乱，故意伸手去抢她的牙刷，害她把牙膏泡泡都蹭到脸上。

刚用水冲掉脸上的洁面乳，他又坏笑着伸手过来，带着一手洁面乳的泡沫，一掌盖住她的脸，害她又要去冲第二次。

林叁七好气又好笑地去打他："你有完没完？"

他竟然还很嘚瑟："我就没完没了。"

林叁七真是对这厚脸皮毫无办法，终于洗完了脸，擦干脸上的水，要离开，却又被他抓住手臂。

没给她开口说话的机会，陈戍懿揽住她的脸，吻住她的唇。

扑面而来的薄荷味，浓郁清凉。

他将她抵在洗手台边，骨节分明的手扶在她腰间，上衣掀开一角，往上，带着凉意的指尖，取缔清新的薄荷，唤醒她的神经。

夏天的味道和温度，将她包裹。

太安静，她几乎能听见自己急促的心跳。

突如其来的敲门声，打破一室宁静。

林叁七离开他的唇，将他的手从衣服里拿开，靠在他胸口，不敢发出任何一点动静。

"……谁？"好事被打断，陈戍懿难免烦躁。

二楼只住着两个大学生和一个初中生，两个大学生都在门这边，门那边自然就是林拾六这个初中生。

初中生现在十万火急，敲着门催："哥你还没好吗？我要拉屎！"

林叁七躲在他怀里憋笑。

陈戍懿黑着脸，把门外的人赶走："你去楼下！"

"男初中生"对两位大学生的地下恋情一无所知，还忧心忡忡地挂念着姐姐的"人渣男朋友"。

这几天时间，林叁七时刻感觉到自己被他盯梢，一拿出手机，他就十级戒备地盯着她，还时不时想过来偷看屏幕。

林叁七起初还为他关心自己而感动，忍了几天后，终于耐心耗尽："你这么闲去把暑假作业写了。"

"我不闲,我忙着呢!"暑假作业是这位初中生的命门,一被提起,林拾六跑得比兔子还快。

他跑到后院,去找正在泳池里泡着的陈戍懿,向好哥哥寻求帮助。

陈戍懿从水里钻出来,水波荡走漂浮的小黄鸭。他捋开湿发,跟他姐姐是同样的语气,同样的说辞:"你闲着没事,就去写暑假作业。"

林拾六愤慨:"你们怎么就知道让我写暑假作业!"

"因为大学生没有暑假作业,羡慕吗?"

"……可恶的大学生!"这位初中生受不了这委屈,气愤地跑回二楼。

他前脚跑走,林叁七后脚走来,手里拿着根棒冰,在游泳池畔坐下,棒冰掰成两半,笑他:"你怎么还跟小孩怄气?"

陈戍懿游过来,撑上泳池,坐她旁边,水珠顺着脸颊汇聚在下颌,往下滴落,淌过线条紧绷的腹肌,沾湿池畔。

湿漉漉的头发被他随手捋到额头后,露出清俊的眉眼。

接过她递来的半截棒冰,他俊眉下压,语气不无埋怨:"谁让他把我当人渣。"

他较真得有些好笑,林叁七叼着棒冰,咬文嚼字地给些安慰:"不是把你当人渣,是把姐姐的男朋友当人渣。"

"这不都一样?"陈戍懿看不惯她的得意,沾着水手指捏了下她的脸,"为了你的仪式感,我还得当一个月的人渣。"

他们的生日在八月初,还有一个月。

林叁七的仪式感奇奇怪怪,非要在生日当天,把他们恋爱的事情告诉家里。

泳池的水在阳光下碧蓝澄澈,水波在他们垂在岸边的腿上荡漾。天空像池水一样的蓝,白云在水中"飘",小黄鸭在天上"游"。

他们并肩坐在游泳池畔,任由阳光洒落在身上。

林叁七咬着棒冰,细白的脚尖轻轻拨水,在蝉鸣声中开口:"你教我游泳吧。"

陈戍懿微怔:"怎么突然想学?"

她转过头,卷曲挺翘的眼睫轻眨:"想试一试,和你携手克服困难。"

她因为溺水的经历,对漫过胸口的水有种莫名的恐惧,一直不愿意学游泳。家里只有她还在用泳圈,也极少下水。

林叁七行动力极强,说做就做,从地上爬起来,丢下一句"等着",就跑回二楼房间,翻出压箱底的泳衣换上,回到后院,冲陈戍懿问:"你先下水？"

她穿的是修身的连体泳衣，舒适的弹性布料将少女美好的身体曲线完全凸显。

不常晒太阳的皮肤，被黑色的泳衣衬得更加白皙，如同上好的羊脂玉。

陈戍懿默默从她修长的腿上移开目光，进到游泳池，朝她伸出手。

少年的手臂修长，肌肉线条流畅，健康又饱含力量。

林叁七搭上他的手，缓缓进到水中，冰凉的水驱散夏天的燥意。

但眼瞧着水漫过胸口，熟悉的不安席卷而来。

她皱起眉，陈戍懿即刻搂住她的腰，修长有力的手，稳住她的身体，低声安抚："没事，我在这里，不会有事。"

他的声音离得很近，不知为什么有些低哑，钻到耳朵里，带来安全感和莫名的痒意。

林叁七点点头，保持着这样的姿势，在水中待了一会儿，稳定心态后，问他："现在该做……"

她的话戛然而止。

因为稳定心态后，她也能分出多余的心思，发现某些不得了的事，比如"男大学生"红透的耳朵，比如他身体的变化。

林叁七面无表情地开口："送我上岸，我不想学了。"

陈戍懿连忙挽留："别呀，跟我携手克服困难！"

林叁七瞪着他骂："是和爱人，不是和'猴子'！"

4

在"男大学生"反复保证且发誓绝不对她动手动脚后，林叁七终于肯再下水，跟着他继续学游泳。

尽管看上去很不靠谱，但无可否认，他教得确实不赖，收敛起玩笑，认真起来的模样，也让她有点心旌摇曳。

挂在水珠的浓密睫毛，淌着水的俊俏侧脸，和看上去很好咬的修长脖子，她的视线，总是不自觉多停驻几秒。

好在她装正经的演技不赖，每次持续几秒钟的心猿意马，没被他发觉。

扶在腰间的修长有力的手臂，以及男朋友的美色加持，林叁七不知不觉间，克服了对水的恐惧，凫水的技巧也掌握得比想象中要快。

几天的时间，她就已经能够自己下水，从泳池一边游到另一边。

但也只是学会，没让她彻底爱上，因为泳池在室外，白天有太阳，晚上水太凉。

回到房间,林叁七裹着干燥的浴巾,坐在梳妆台前,在"嗡嗡"的吹风机声中,嘟囔着抱怨:"感觉我被晒黑好多。"

陈戌懿站在她身后,长指穿过她湿漉漉的头发,另一只手举着吹风机,笑眯眯地接话:"你怎么样都好看。"

"就你嘴贫。"林叁七习惯了他张口就来的吹捧,感觉头发吹得差不多干燥,让他关掉吹风机,自己拿起梳子,侧着脑袋,把头发垂到一侧,梳理柔顺。

她梳着头发的期间,陈戌懿从她身后,绕到梳妆台旁边,趁她没往这边看,不动声色地将手伸向桌上的软木板。

林叁七放下梳子,就瞥见他偷偷摸摸的小动作:"你在干吗?"

他飞快收手,背在身后,老实巴交地摇头:"我什么都没干。"

他的信用早就透支,林叁七当然不信,起身,把他从梳妆台旁扒拉开,视线落在被他挡住的软木板上。

软木板中央,原本钉着的她十八岁生日的单人照,变成了高中时和他的双人合照。

照片里,她和陈戌懿都穿着黑白拼色的校服外套,面无表情地看着镜头。

被她扒拉开的"男大学生",站在一旁,若无其事地背着手,眼神却各种闪躲,就差把"心虚"写在脸上。

林叁七忍住笑意,故意用怀疑的语气说:"我记得这张照片不是放在这的吧?"

"……你记错了。"明明心虚,还非要装成很有底气的模样。

林叁七弯了下唇,到底没揭穿他,纵容地说:"好吧,可能是我记错了。"

陈戌懿抿了抿唇,也还是没忍住翘起嘴角,凑过来要亲她,却被她用手捂住嘴巴。

林叁七把他推开,示意他出去:"我要换衣服了。"

她还穿着泳衣,要换下来。

陈戌懿却煞有介事地压低声音,说:"不行,我听见拾六的声音,他在二楼。"

外面分明没有一丁点动静。

林叁七睁着死鱼眼,面无表情地看着他:"拾六的声音我没听到,你打算盘的声音倒是在我耳朵里震天响。"

-243-

他又在谋划干坏事,别以为她不知道。

林叁七才抱怨完学游泳被晒黑,没几天,又从陈妈妈那儿接到去摘樱桃的任务。

一年一度的摘樱桃日,付出劳动的孩子才能喝到樱桃汽水樱桃酒。

化学防晒和物理防晒齐上阵,林叁七照惯例把自己捂得严严实实,连脚脖子都不肯放过,如果不是太热,她甚至想戴上手套。

陈戍懿看不过去,想帮她摘下口罩,却被她躲过。他好心提醒:"你这样会中暑。"

林叁七不听劝:"中暑也不想晒黑。"

他笑了下,不急不忙提醒第二件事:"中暑要喝藿香正气水。"

林叁七果真被噎住,但仍旧坚持防晒,还要把他拉下水:"我喝你也得喝。"

陈戍懿眉梢一抬,没再说话,似乎被她唬住,嘴角却勾着笑。

路过的林拾六目睹一切,在心里感慨,"大魔王"果然够狠,竟然已经到逼人喝藿香正气水的程度。

还记得去年被两个大学生骑着自行车抛弃,今天林拾六一声不吭地跑去车库,率先把自行车骑出来,冲他们做鬼脸:"这车我先骑走咯!"

他摇摇晃晃地骑车离开。

林叁七咬牙切齿:"这小子胆子越来越肥了!"

陈嘉已已经先走一步,不参与他们之间的争斗。

林叁七根本没想过走路过去,想了想,说:"我们骑双人自行车去。"

虽然对这车没什么好回忆,但好歹是辆车,而且也用不着她骑。

她要去车库把双人自行车推出来,却被陈戍懿拦住。

"骑这破车干吗。"

她拧着眉:"不骑那破车,你背我过去?"

陈戍懿嘴角勾着神秘的笑,一直背在身后的左手伸出来,亮出车钥匙:"我们开车去。"

林叁七睁大眼睛:"你考到驾照啦?"

他下巴一抬,得意地挑起眉:"嗯哼。"

暑假一回来就直奔驾校,科三的上路科四的题目,也就三两天的事。

陈戍懿把车从车库里开出来,林叁七把口罩、帽子都摘了,钻进车,坐上副驾驶。

她边系安全带，边感慨："我一定很爱你，才敢坐新手司机的车。"

陈戌懿："……后半句可以不说。"

车缓缓驶出蓝色大门，林叁七坐在旁边，目光毫不遮掩地观察他。

少年的侧脸轮廓利落分明，睫毛浓密且长，鼻梁挺拔，嘴唇抿着，表情尤为认真，瞧不出一点平时的不正经模样。

搭在方向盘上的手指修长，细直匀称，骨节清晰，依稀能看见青色的血管。

陈戌懿双手掌着方向盘，从左右后视镜里，观察两边的路况，方向盘打半圈，几秒后回四分之一，最后缓缓回正，车尾驶离大门，汽车进入宽敞的坡道，平稳缓慢地行驶。

见他开得有模有样，林叁七眨了眨眼，紧张的心松缓不少："不错嘛，小伙子。"

陈戌懿轻哼一声，尾音得意上扬。

耀眼的日光穿过树叶缝隙，在路上投下斑驳的形状。风吹过，路旁的草木摇曳，树叶簌簌作响，又被忽远忽近的蝉鸣淹没。

林叁七打开车窗，风带上太阳的温度，扑面而来，长发被吹得些许凌乱，却觉得舒适。

瞧见前面骑着车的林拾六，她靠在车窗边，在经过他时，食指放在眼睑下一拉，朝他吐舌头扮鬼脸，把刚才的嘲讽还回去："我们先走一步咯！"

"……这点路都开车！你们太卑鄙了！"林拾六气得在车后大叫。

林叁七哈哈大笑，他越生气，她就越开心。

直到车经过顾家门口，没有停下，继续向前行驶。她连忙出声提醒："你开过了！"

"没开过，"陈戌懿早有预谋，"我们去兜个风再回来。"

林叁七身体一僵，再出声时已是激动不已："你还想上大马路？开什么玩笑！"

她语气里的恐慌和不信任到达顶点，陈戌懿也激动起来："又不是上高速！你对我的爱还不够支撑我去大马路吗？"

"……你别和我说话，专心开车！"林叁七紧张地大喊，生怕他一激动，忘记看路，撞上哪棵树。

预料中的浪漫兜风完全没有，他们吵吵嚷嚷地在马路上转了一圈回来，停在顾家院子里。

下车时，林叁七踩在地上，从来没觉得脚踏实地是这么踏实安心，扶着车门松一口气："我腿都软了。"

陈戌懿一脸幽怨："我耳朵都聋了。"被她看见其他车路过就大呼小叫给吵的。

林叁七不甘示弱："我命都快没了。"一辆大卡车从身边飞快开过的时候，她的心都快到嗓子眼了。

陈戌懿不满地瞪她："你就这么不信我？"

所有科目他都满分过的考试，一次过！

林叁七咬文嚼字地解释："不是不信你，是不信新手司机。"

等他变成老司机了，她保证敢在车上睡觉。

"……不都一样！"这解释毫无安慰力度，陈戌懿怄着气去摘樱桃。

他绝无可能一个人生闷气，时不时给她投去幽怨的视线，恨不得把"哄我"这两字贴在脸上。

林叁七无奈又好笑，也有点小愧疚，知道他带自己去兜风是想给她一个惊喜，而她过于紧张，破坏了这珍贵的第一次。

她从装樱桃的小桶里，挑挑拣拣，选出一颗最饱满最好看的，趁其他人不注意，装作不经意走到他身边，悄悄给他："吃吗？"

陈戌懿撇开脸，眼睫垂着，下颌的线条向内收，表情不豫。

"不吃。"他冷漠拒绝。

林叁七故作可惜地说："这可是我今天摘的最好的一颗，你真不要？"

他仍绷着脸，但没能多坚持几秒，语气还是冷漠，开口却是别扭要求："你喂我。"

"……你疯啦，"林叁七小声说，"会被他们看到。"

陈戌懿又不乐意了，只管轻松出主意，把摊子丢给她："就两人，你想办法别被他们看见。"

除了陈嘉巳和林拾六，还有一个顾阿姨。

他没把知情的陈嘉巳算人。

林叁七无奈，但谁让她是哄人方。她想了想，突然指着树上某处大叫："那是什么东西！"

所有人都被她的声音吸引看过去，包括她旁边的"男大学生"。

……这"傻狗"！

林叁七拿出开学抢选修课的手速，扯住他领口，逼他弯腰，另一只手把樱桃塞他嘴里，收手立正站好，装作无事发生。

林拾六站在树上看了半天，除了树叶和樱桃，没发现什么新奇东西，扭过头问:"姐,你看到什么了?什么都没有啊。"

林叁七面不改色地圆谎:"树上有只黑猴子。"

林拾六立刻龇牙咧嘴。

陈戍懿低下头,嘴里含着樱桃,笑得肩膀都在抖。

这次没像去年那样跑着胡闹,幸而没中暑,她总算逃开藿香正气水的威胁。

晚上洗完澡,做完晒后护理,林叁七正打算上床睡觉,房门却被人敲响。这个时间,不动脑筋猜,也知道是谁。

林叁七走过去开了门,瞧见屋外的陈戍懿。

他刚洗完澡,头发还有些湿润,穿着件宽松的白色T恤,胸口一个微笑脸小刺绣。而他脸上也挂着微笑,不言不语,只笑着看着她,有些诡异。

"怎么了?"林叁七有些疑惑,鼻子嗅了嗅,除开他身上柚子味的沐浴露香味,还闻到一股熟悉的藿香正气水的气味。

她问:"你中暑了?"

陈戍懿不说话,只微笑着摇头。

"那你喝——"林叁七瞬间明白,转身就跑,却被他扣住肩膀抓回来,摁在门边。

他低头凑过去亲她。她使劲侧脸躲开,却被他单手掐住脸,强行扳回来。少年的手指消瘦修长,却有力量,她竟一点都抵抗不了。

带着呛鼻的味道,他吻上来,舌尖撬开她的嘴唇,温热的刺激液体渡入她口中。

被迫进行一个藿香正气水味道的深吻。

林叁七的眼泪都被呛出来,兜不住的药水从嘴角溢出,又被他吻去。

打架一般激烈的亲吻后,她无力地靠在门上,喘着气,舌头还残留着呛鼻的辛辣。

她眼角泛着不正常的红,湿润的眼睛狠狠瞪着他。

陈戍懿对她的愤怒视若无睹,带着恶作剧得逞的笑意,拍了拍她的脑袋:"晚安。"

第十二章
小狗给你一个拥抱

1

纠结了几年之久，陈爸爸终于下定决心养狗，在周六的早上，带回一只金毛幼犬。

同时，给家里几个小孩，出了个难题——给小金毛取名。

取名并不算是难事，但问题就出在，陈爸爸把名字决定权分给在场的三个人，无论谁起什么名字，另外两人都要挑毛病。

林拾六以为能以快制胜，最先提议："简伯伯家的哈士奇叫'老板'，咱们家的就叫'老师'吧！"

林叁七给他以打击："你敢叫吗？"

林拾六还没意识到问题的严重性，又勇又莽："有什么不敢叫？"

林叁七当即拿出手机要给他录像，林拾六连忙改口，说："换一个！叫'姐夫'！"

刚说完，就被旁边的陈戌懿狠敲了下脑袋："我还在这儿呢！"

林拾六捂着脑袋，疼得龇牙咧嘴，又困惑："啊？"

被林叁七警告了一眼，陈戌懿咳了咳，做出严肃的模样，教训林拾六："我的意思是，叫这名字太不尊重你姐姐。换一个，我来想。"

他想了会儿，说："叫'大黄'。"

林叁七和林拾六同时嫌弃："没新意。"

陈戌懿："……那你们来！"

林叁七："叫'伊丽莎白'。"

林拾六持反对意见："太拗口！叫'哈哈'！"

林叁七回怼他:"我不想每次喊它都变成傻笑的神经病。"

两姐弟争执不下,战况愈演愈烈。

陈戌懿适时给出提议:"这样,一人喊一个,它对谁喊的名字有反应,就叫哪个。"

这不失为一个好办法。

于是,三个人一人一方,围着小金毛,边喊名字,边绞尽脑汁地要把小狗招来自己这边。

陈嘉已打着电话从楼上下来,正准备去厨房泡杯咖啡时,看见三人围着小狗,仿佛在进行什么神秘仪式。

"男大学生"蹲在地上,张开双手,一会儿吹口哨一会儿喊"大黄"。

"女大学生"是同样的姿势,没吹口哨,但在念经,边喊边招手:"'伊丽莎白'快过来'伊丽莎白'快过来!"

"男初中生"更离谱,叉着腰,张大嘴巴在那儿喊:"'哈哈''哈哈''哈哈'咳咳……'哈哈''哈哈''哈哈'……"

"……你终于住进了精神病院?"电话里的女人听到这边的吵闹声,开玩笑似的调侃。

陈嘉已捏下眉心,有些头疼:"家里开了个幼儿园。"

女人在电话那边笑,又问他什么时候回去。

他边往厨房走,边回:"要到八月。"

也不知是打开了什么开关,这句话一说完,身后的"猴子叫"全都停了,他转身,三个小孩、一只小狗,全望着他。

"……怎么?"他难得露出不明所以的神色。

林叁七最先反应过来,但是没回他,而是立刻复述他刚刚的话:"要到……八月?"

小金毛回头朝她看过来。

她顿悟,喊了声:"'八月'!"

小金毛朝她摇起尾巴走过去。

林叁七抱起小狗,胜利者喜悦地大笑:"我赢了!"

两个失败者捶胸顿足、痛心疾首:"可恶!"

一个局外人淡定转身,离开现场。

自从"八月"住进来,林叁七几乎时时刻刻都黏着它,买来一堆小狗玩具,挨个陪它玩。

她很喜欢小猫小狗，尤其是小狗。

大学去读动物医学，也是因为高考后的暑假看了一个宠物医院的综艺，被其中一集的忠诚小狗感动。

又因为父母经常不在家，她和林拾六也在学校寄宿，家里没办法养狗，只能在暑假时，和离家出走的哈士奇玩一玩，望梅止渴。

现在有了"八月"，她自然是欣喜，恨不得睡觉也带着它。

"男大学生"对此极为不满，女朋友有了新欢忘了旧爱，厚此薄彼。

不仅每天都只去摸"八月"的狗头，十句话里有八句是"八月"在干吗，连他们在房间里单独相处，都要带上"八月"。

傍晚时分，天边的夕阳通红，晚霞融进云彩，变幻出旖旎的紫色。

林叁七穿着宽松的棉质T恤和短裤，踩着人字拖，牵着"八月"，准备出门散步，在大门口，看见早在那儿等候的陈戍懿。

他难得穿着衬衫，白色竖纹，宽松地套在身上，领口扣子故意松开两颗，露出精致锁骨。

夕阳将少年身形显得清瘦单薄，但她知道，他并非看上去那样瘦弱，手臂肌肉的线条呈现出健康又饱含力量的美感。

陈戍懿倚在门口，环胸瞧着这边，下巴线条微微绷着，似乎很不开心。

林叁七牵着"八月"走过去，疑惑地问："今天不是轮到我遛吗？"

"八月"每天需要运动量，他们几人约好，轮流遛狗。

"一起去。"陈戍懿甩出三个字，就转身踏出蓝色大门。

蜿蜒的坡道延伸到前方的拐角，道路两旁屹立不倒的老树，染上黄昏的暮色，黢黑的树影在地面收缩。

林叁七走在马路内侧，与陈戍懿肩并肩，余晖落在他们身上，夕阳将他们的背影拉长。

"八月"对外面的一切都觉新奇，低着脑袋一路闻闻嗅嗅，瞧见路旁草间飞出的小虫，又凑过去扑。

林叁七把牵住的狗绳换到右侧，方便"八月"往路边凑，空出的左手才垂在身旁，就被走在身边的少年牵住，宽大的手掌将她的手包裹。

"还在外面呢。"她顾虑在路上遇见熟人，要挣脱开，却被他牵得更紧。

陈戍懿闷闷不乐开口："旧爱现在很伤心。"

林叁七没懂，茫然地问："什么旧爱？"

陈戍懿指着"八月"，说："你有了新欢。"又指着自己，"忘了旧爱。"

林叁七愣了下，明白后笑出来："你怎么连狗狗的醋都吃？"

陈戌懿叹气，眉心忧郁蹙起，忧愁哀怨的语气："如此说来倒是我的不是了，显得我斤斤计较，越发不如别的小狗。"

林叁七被他幽怨的"黛玉文学"逗笑："你在说什么呀！"

陈戌懿入戏地抬头，四十五度角仰望天空，留给她一个忧郁的侧脸："姐姐要是这般态度，倒不如直接不理我的好，显得我无理取闹了些。横竖你有其他小狗，比我会撒娇，比我还会哄姐姐开心。"

林叁七笑得花枝乱颤，肚子都要疼，被他伸手过来抱住。

他低头，在她脖子上不轻不重咬一口，留下一个标记似的牙印："谁是你的'小狗'？"

她吃痛叫出声，要推开他，却被他抱得更紧。

她着急地说："还在外面呢！"

陈戌懿不为所动："你先说，谁才是你的'小狗'？"

林叁七无奈，却也坚持说："你先松手，松手我就说。"

知道她脾气，到底拗不过，陈戌懿松开手，故意有些凶地催促："快说。"

林叁七十分无辜地望着他，与他对视，浓密的眼睫轻眨，脸上流露出些许委屈："这么凶干吗？"

平日争强好胜的人一旦示弱，杀伤力翻倍。陈戌懿怔了下，瞬间软下来："我不是真的凶你……"

"当然是'八月'！"他话没说完，林叁七飞快丢下这句话，手里的狗绳也丢给他，转身就跑。

……原来是苦肉计和美人计。

陈戌懿捡起狗绳，在原地气笑："林叁七，你可真是好样的！"

这场"战争"远没有结束，延续到晚饭的餐桌上。

林叁七伸手要去夹一片生菜，坐在她对面的陈戌懿立刻也伸手，把她刚要碰到的生菜夹走。她瞪一眼他，他反而回瞪，把"报复"写在脸上。

她无奈，改而去吃麻辣鸡翅。梅开二度，又被他先一步把鸡翅抢走。

哪怕自损八百，也要跟她作对。

"陈戌懿你干吗呢？"陈爸爸发现后，替林叁七打抱不平。

被点名的人把鸡翅夹到仅有的一位初中生的碗里，理直气壮："拾六长身体，得多吃点。"

林拾六一脸感动，咬一口鸡翅，眼泪直流："哥，太辣了。"

陈爸爸满是无语，把整盘鸡翅都端到林叁七面前："叁七，你别搭理他，多大人了还耍小孩脾气。"

林叁七绷起嘴角，在"男大学生"幽怨的目光中，忍着笑附和："就是，多大人了，还耍小孩脾气。"

"男大学生"的目光更加幽怨，战场从餐桌上，转移到餐桌下。

陈戌懿踢了她一脚。林叁七面不改色地踢回去。

他咬牙，又踢回来。

她也咬牙，更用力地踢回去，却未料到另一个人同时也伸了下腿。

被误伤的陈爸爸"哎哟"一声。

陈妈妈忙问："怎么了？"

陈爸爸往桌底下瞧："谁踢我？"

两个大学生瞬间收腿，乖乖坐好，一个低头心虚不语，一个低头努力憋笑。

陈妈妈扫了眼最沉默的两人，有些无奈地摇头。

"戌懿，叁七，你们俩今晚一起把碗洗了。"她给出指示。

被点名的两人同时抬头。

一个不解："为什么？"

一个"甩锅"："是陈戌懿踢的！"

"甩锅"的人被"背锅"的人瞪了一眼。

陈妈妈不急不缓地，微笑着说："或者明天去骑双人自行车。"

两个大学生同时闭嘴。

晚上吃完饭，除了两个被留下洗碗的大学生，其他人都回了屋，给他们沟通和解的空间。

厨房里，两人并排着站在洗碗槽前，陈戌懿负责洗去油污，林叁七负责冲干净泡沫。

"黏人小狗"绝无可能一个人安静生闷气，有意无意地用手臂去撞罪魁祸首。

林叁七几次被撞得手里打滑，习惯性地"啧"了一声。

于是被立刻抓住把柄。

"你是不是啧了？你就是啧了，你就是喜新厌旧，对我不耐烦了！"陈戌懿语速飞快地控诉她的行径。

"……我没有。"

"你就有。"他磨着牙，哼哼唧唧地咕哝抱怨，"还害怕我会被别人动摇,你自己倒好,一只小狗就把你给动摇了……"

他喋喋不休地细数这几天被冷落的经历,语速飞快又怨气十足,听得人脑子都犯浑。但"小狗"较真吃醋的样子实在太好笑,林叁七生气都气不起来。

学着他傍晚的模样,她蹙起秀眉,幽怨地开口:"哥哥说这话可是冷了妹妹的心啊。"

陈戍懿的碎碎念被终止,紧抿着唇,不愿意搭理她。

林叁七抬头,四十五度角仰望天花板,拿捏宝玉的腔调:"哥哥觉得自己无趣,那可真是小觑自己了,我乃真心实意,绝无半点虚假,若哥哥不信我,我……"

瞥见旁边的人绷紧了也还要偷偷往上翘的嘴角,她突然打住,不再说下去。

陈戍懿皱起眉,忍住不问,一秒,两秒,眉心越皱越紧,第三秒,他扭过头,催她继续:"你什么?"

林叁七不慌不忙,冲干净手,举起右手,一脸严肃地说:"我慕容叁七对着洗碗槽,对着洗洁精,对着厨房,对着冰箱发誓,我这辈子只爱陈戍懿一只'小狗'。"

陈戍懿绷着的生气表情瞬间破功,低着头直笑,肩膀一抖一抖。

"不生气啦?"林叁七问他。

他笑着点头,也不管手上都是洗洁精的泡泡,张开手臂过来抱她。

林叁七用手抵住他的胸口,小声提醒:"还在厨房呢。"

"都回房了,没人看见。"他才不管那么多,这么可爱的女朋友,现在就要抱一下。

林叁七有些无奈,但也纵容:"好吧,那就抱一分钟。"

绝对没抱到一分钟,因为才说完这句话,她就听见某个初中生,惊疑的呼声——

"你们在干什么?"

"男初中生"原本只是偷摸下楼,来厨房偷一盒冰激凌,却没想到在厨房门口撞见这幕。

对哥哥拳打脚踢、恨之入骨的亲姐林叁七,和对姐姐怨气十足、势不两立的好哥哥陈戍懿,竟然甜甜蜜蜜抱在一起。

林拾六指着他们,手和声音一块颤抖:"你们,你们……"

陈戍懿在发现他的第一时间,就松开了手,与林叁七拉开距离,眼瞧瞒不下去,索性先坦白,事后再贿赂:"我们——"

-253-

林叁七急中生智,把他重新拽到怀里,冷静打断:"我们吵架了。"
"男初中生"和"男大学生"同时冒出问号。
林拾六一脸愤愤:"骗鬼呢!吵架了还抱在一起?"
林叁七比他更凶:"我和你吵完架,不就被妈妈命令要抱在一起!"
她实在太有气势,太有底气,林拾六当场被凶蒙了:"哦,对哦……"
他想起老林家的规矩,吵架后要互相拥抱,道歉,忏悔,还要互相说出对方的十个优点。

他是这个规矩的最大受害者——说出林叁七的十个优点,简直比怪兽打败奥特曼还难。

陈戌懿也想起来这茬,拥住林叁七,清了清嗓子,做出不太情愿的模样,夸她:"林叁七,你长得很漂亮。"
林叁七配合着演戏,语气平平地回:"谢谢,你也很帅。"
"你脾气很好。"
"你做事靠谱。"
…………

两人你一句我一句地互相夸赞对方,林拾六看向陈戌懿的目光,渐渐变成同情——竟然要说这么违心的话,可怜的哥哥,真是难为你了。

犹如行刑现场的场景,让林拾六不忍再看下去,他打开冰箱拿了盒冰激凌,摇摇头离开,丢下一句怜悯意味十足的:"你们继续。"

在他转身后,陈戌懿低头凑到林叁七耳边,悄悄地继续夸她:"你嘴唇很软。"

他说话时,呼吸的热气喷洒在她耳畔的皮肤,让她忍不住瑟缩了下。
这点微小的反应,也被他敏锐地捕捉到,他竟然变本加厉,牙轻咬她柔软的耳垂,压着声,故意撩拨她:"耳垂也很软。"

林叁七咬住下唇,忍住不发出异样的声音,却也不甘愿就这么认输。手搭上他肩膀,抬起膝盖一顶。

他在一瞬间浑身僵硬,一动也不敢动:"你……"
林叁七搂住他的脖子,贴在他早已红透的耳根旁,低声挑衅道:"我什么?"
"男大学生"面红耳赤,举手投降。"女大学生"满意退场。

2
为了弥补"黏人小狗"被冷落的这几天,林叁七把"八月"的陪伴权暂时给了林拾六,陪陈戍懿去三楼看电影。

避免林拾六要缠着跟过来,他们看电影也是偷偷摸摸,虚张声势地在林拾六面前状似无意提起自己要睡午觉,让他陪狗勿扰,再鬼鬼祟祟抱着零食上了三楼。

直到反锁影音室的门,才算解除戒备警报。

陈戍懿把零食饮料放上茶几,问:"想好看什么电影了吗?"

最好看个时间长的。

不过林叁七最后选出来的电影,又是《怦然心动》。

"不是看过两遍了吗?"陈戍懿问。

"好看的电影看十遍都不嫌多。"况且这部电影,对她有特殊意义。

去年也差不多是这个时候,他们一起看了这部电影。那一天,她对他的眼睛心动。

林叁七靠在他怀里,握着他修长的手指,在手里把玩:"我想和你穿越时空,回到去年夏天。"

陈戍懿不懂她的浪漫,且对此抗拒:"我可不想回去,又要伤心两次。"

"两次?"

"一次以为你和陈嘉巳在一起,一次是你要和我分手。"

林叁七的关注点在第二次的主谓语:"明明是你要和跟我分手。"

陈戍懿侧过头看她,睁大些眼睛:"难道不是你想分?"

林叁七没否认,但也要讲清楚:"我只是想过,而且只想了不到一个小时,跟我的好朋友聊过之后,我就想通了。本来想和你好好谈谈,结果你一个电话打过来,开口就问我是不是要分手。"

陈戍懿沉默。

林叁七继续说起当时的委屈:"我只跟我的网友聊过,因为'她'只在网络世界,绝对不会让你知道,才跟'她'发泄一下情绪,其实我一开始就没真的想跟你分手。"

陈戍懿继续沉默,表情逐渐僵硬。

林叁七继续说:"谁知道这么巧,你跟她好像脑电波共享——"

陈戍懿一把将她揽进怀里,流着冷汗适时打断:"好了好了,不聊伤心事,我们继续看电影。"

暑假过得太愉快,他都快忘记这个大隐患。再聊下去,他怕是要当场"掉马"。

-255-

女朋友追到手了,那两千块钱的话费也还完了,他或许要找个机会,让"狗狗"这个角色退出历史舞台。

但是,怎么开口,是个问题。

林叁七也不想多提起春天的伤心事,又架不住好奇:"你那时候是怎么伤心的?哭了吗?"

"……没哭!"听出她期待的语气,陈戍懿黑着脸否认。

那时候他刚忙完,每天都很闲,一闲下来就忍不住想她,于是给自己找事做。但并不知道该做什么,在路上看见有人发传单,就也跑去穿着玩偶服发传单。

可躲进玩偶服里,反而更想她,看到长头发的女孩,第二杯半价的广告牌,牵手的情侣,总想起他们一起做过的事。每天晚上做梦,都是她对他说分手。

他并不会将这些告诉她,已经过去的事,没必要再说给她听,让她难过。

但也愿意满足她的好奇心,他讲笑话似的说:"有天早上,我被江浪喊醒,他给了我一卷胶布,让我晚上睡觉把嘴封上,说不想再听我大半夜讲梦话,喊你名字。

"他还说要出资给我买机票,让我赶紧来找你,还让我带上键盘,跪键盘也要把你求回来。

"要是跪键盘就有用,我早来了,可是我不敢。怕你觉得是死缠烂打,我连消息都不敢给你发。

"要是被你讨厌,你暑假都不愿意来我家了怎么办?岂不是一辈子都见不到你?"

荧幕的灯光映在少年莹白的脸庞上,他在电影的对白声中,带着笑提起当时的情境,仿佛悲惨的主人公并非自己。

沉重的往事,被他用轻松的语气叙述出来,好似这样就显得,一点都不悲伤。

林叁七并非善于捕捉情绪的人,此刻却抽丝剥茧般,从他伪装出的轻松下,感知到他刻意掩埋的伤感难过,当时的不知所措,小心翼翼。

她把脸靠在他肩上,握住他宽大的手掌,与他十指相扣:"我的'小狗'这么好,才不会被我讨厌。"

她指着电影此时放映的情节,说:"你看,布莱斯对朱莉做了这么过分的事,真诚地道歉后,最后不也被原谅了吗?我喜欢你还来不及,哪里会讨厌你?"

她话里的重点在后一句,"男大学生"的关注点却在前一句。

陈戌懿眨了下眼,觉得这或许是个主动揭开"马甲"的好时机。

他酝酿好情绪,又斟酌好措辞,试探性地开口:"其实你经常聊天的那个……"

"这个情节果然还是看几次气几次!"林叁七突然出声,强烈谴责布莱斯扔掉朱莉送的鸡蛋的行为,"你怕她的鸡蛋有细菌,直接拒收就好了,为什么要一直骗她呢?还骗了这么久!"

谴责完,她转头看向被打断话的陈戌懿,问:"你刚刚要说什么?"

"……我忘了。"陈戌懿当即改变主意。

林叁七一脸莫名:"那你回想一下?"

他决绝地摇头:"想不起来。"

"那你想起来再告诉我。"

"……好。"

夏日午后,阳光使人困倦,蝉鸣喋喋不休。

同样喋喋不休的,还有正在争吵的两姐弟。起因是家里的棒冰被吃完,林叁七让正吃着最后一根的林拾六,骑自行车去补货。

林拾六不愿意,将掰成两截的棒冰同时塞在嘴里,嚣张又欠揍:"凭什么我去?"

"你吃得多。"

"你又没数过!"

"你年纪最小,孔融让梨听过没?"

毒辣的太阳让林拾六有勇气反抗亲姐"大魔王",瞄到刚好下楼的陈戌懿,又立刻去找"好哥哥"撑腰。

陈戌懿刚午睡起来,意识还没完全清醒,耷拉着眼皮,挠了挠有些乱的头发,打着哈欠给出提议:"你们俩猜拳,谁输谁去。"

林叁七暗暗瞪了他一眼,埋怨他竟然不站在自己这边。

他瞬间清醒过来,趁着林拾六把头转过去,背对他时,指了指自己,用口型说着:我陪你。

林叁七勉强答应,林拾六却不乐意猜拳:"猜拳她老耍赖出慢!我要抛硬币!"

"你怎么这么麻烦?"林叁七骂他。

林拾六不理会她,屁颠屁颠跑上楼,从房间里拿了枚硬币过来:"正

-257-

面我去，反面你去。"

　　林叁七伸手："硬币给我，我来抛。"

　　林拾六警惕："你不能耍赖。"

　　林叁七没耐心跟他耗，直接抢过硬币，抛向空中，在落到手心里时，用另一只手盖住，先自己看了一眼，又瞥了眼站在对面的陈戌懿。

　　陈戌懿莫名紧张，希望是正面，不然要遭殃。

　　林拾六催她："你快打开，别想耍赖！"

　　"……我输了。"林叁七把硬币往兜里一揣，语气不耐，"我去，行了吧？"

　　惊喜来得太突然，林拾六愣了下，大喊着"Yes"，高兴地跑走。

　　林叁七嫌弃地嘟囔了声："有这么高兴吗？"

　　陈戌懿拍着她的肩安慰："没事，我骑车载你去。"

　　"我才不要晒太阳。"林叁七埋怨似的拒绝，又话锋一转，命令似的语气，"你开车载我去。"

　　陈戌懿一愣，低头对上她的眼睛，捕捉到她眼里的不自然，了然地笑起来，问她："正面反面？"

　　"……当然是反面。"林叁七别开视线，做出很有底气的模样，"我怎么可能为了坐你的车撒谎。"

　　"是是是，"陈戌懿揽住她肩膀，笑着应和，"林叁七你最诚实。"

　　林叁七热着脸拍开他的手，小声警告："还在家呢，少动手动脚！"

　　烈日把空气烘烤得黏稠，水泥路面被晒得滚烫，连吹来的风，都有温度。

　　林叁七打开车窗，炙热的风迎面而来，蝉鸣在夏日的风声中起伏。

　　阳光落在脸上，长发被吹乱，她也不在乎，趴在车窗边，闭着眼享受风的吹拂。

　　夏天，真好啊。

　　阳光，热风，蝉鸣，尽管夏天有着她不喜欢的一切，但，就是很好。

　　车缓缓停在路边，林叁七解开安全带要下车，却听陈戌懿说："我去趟加油站，你买完东西在这儿等我。"

　　她比了个"OK"的手势，开门下车，手举着额前躲避阳光，小跑着去了便利店。

　　穿着蓝色马甲的男生，正撑着脸在收银台打瞌睡，脑袋一点一点，听见推门的动静，一瞬间惊醒，瞧见来人，笑脸一扬："哟，贵客。"

　　"你今年又在这儿兼职？"林叁七跟他打了声招呼，顿了下，故意补一句名字,"李华。"

"……李梓华!"李梓华果然条件反射地纠正,"反正在家待着也没事,来这里打发时间。"

在家里要陪小屁孩玩一个暑假的家家酒,还不如躲来这里图清净。

见她是一个人,李梓华又问:"陈戌懿呢?没跟你一块来?"

"……我和他又不是连体婴,为什么要跟他一块来?"还没把谈恋爱的事告诉他,林叁七做出以前与陈戌懿不和睦时的态度。

李梓华却问:"你们俩又吵架了?又分手了?"

"又"这个字透露得太多,尤其后半句。

林叁七惊愕:"你怎么知……"

想起对方去年也是这么信口胡诌,她中途急忙改口,继续伪装:"我又没跟他谈恋爱,分什么手。"

李梓华一副"你骗鬼"的模样,眼神里也带了些鄙夷:"这就有点不厚道了,知道你们要瞒着家里,没必要连我也瞒着吧。"

他早就知道一切,也被某人强塞过许多狗粮。陈戌懿的朋友圈,都是他手把手教着发的,要不然会有第二次的"九月,再见!十月,你好"。

"……这你也知道?陈戌懿说的?"

知道李梓华是个嘴上没把门的,林叁七还特意叮嘱伍伊可,先别把这事告诉他,没想到防火防盗,没防住自家男朋友。

李梓华一副理所当然的模样,带着些小骄傲,挺了挺胸膛:"我们俩什么关系,我可是他的狗头军师,他能追到你,一半功劳在我。要不是我,他现在还在跟你当网络闺蜜呢。"

林叁七一向能抓住关键信息点,皱起眉,问:"闺蜜?什么网络闺蜜?"

"……你不知道?"李梓华惊讶。

林叁七一头雾水:"我该知道什么?"

完了,捅娄子了。

李梓华闭了嘴,大脑飞速运转,急中生智说:"我的意思是,陈戌懿很羡慕你跟伍伊可的感情,也想跟你像闺蜜那样相处。"

林叁七一脸莫名:"什么玩意儿?""男大学生"的脑回路,竟然是这样的吗?

她搞不懂,也不太想去搞懂,没再和李梓华多聊,去后排的货架挑选零食,拿着挑好的零食和棒冰,回到收银台这边时,却没见"蓝马甲"的人影。

她朝门口看过去,陈戌懿不知道在什么时候回来了,正和李梓华站在

-259-

玻璃门外说些什么。

他皱着眉，表情似是苦闷，又像是无奈，不经意间朝她这边瞥过来，瞬间僵住。尽管飞快收回视线，但还是暴露了一瞬间的心虚。

林叁七越发疑惑，这两人，是不是有什么事瞒着她？

两个男大学生没再聊下去，一前一后推门进来，一个抬着头，一个低着头，没一个敢看她的眼睛。

越是这副做了亏心事不敢说的模样，林叁七越想问："你们俩刚刚在聊什么呢？"

两人异口同声："什么也没聊！"

……鬼信。

林叁七懒得逼问，把视线落在陈戌懿的脸上，扬了扬下巴，示意他说。

陈戌懿火速看向李梓华，李梓华火速走回收银台："我来给您结账！"

兄弟同林鸟，大难各自飞。

陈戌懿眼角一抽，顶着压迫感十足的视线，流着冷汗，在说与不说之间挣扎："我们刚刚在聊你的……"

"生日礼物！"李梓华突然良心发现，帮好兄弟解决眼前危机，"陈戌懿说不知道该送你什么，找我出主意呢。"

他得到好兄弟一个感激的眼神。

"哦，这样啊。"林叁七没多怀疑。

陈戌懿趁机问："你有什么想要的？都可以！"

他这么一说，林叁七忽然想起购物软件，给她推送到首页的某个东西，来了兴致："真的什么都可以？"

陈戌懿信誓旦旦点头："只要我能办到。"

她立刻笑了："好，等生日那天，我再告诉你。"

他疑惑："不会太晚吗？"

"不会的，"林叁七笑眯眯地说，"你只需要听我的话就好。"

……陈戌懿突然有种不好的预感。

她这种语气，和圣诞节看电影那时候，很像。

3

太阳下了山，星星冒出来，唯独蝉没有换班，仍在树上嘶鸣。

林叁七霸占了蓝色的房间，在书桌前，把冰凉凉的面膜敷上脸。

而书桌的主人靠在床头，一条长腿屈着，一条长腿伸直，平板电脑架在屈起的腿上，在看她推荐的动漫。

她将粘在面膜下的碎发撩开，纸巾擦干净手指，拿出手机，给好久没联系的网友狗狗发消息：在干吗呢？

消息发过去，另一个人的手机响起。

林叁七一侧过脑袋，就看见"男大学生"表情僵硬的脸。

"怎么了？"她问。

陈戌懿手忙脚乱把手机关成静音，若无其事地摇头："没事，没事。"

林叁七狐疑地瞧他一眼，但没多问，低头继续给狗狗发消息：要打电话吗？

她和狗狗认识快两年，交流仅限文字和表情包，还没打过电话。她有时候觉得打字太累，就会发语音，但狗狗一次都没发过。

之前也跟狗狗提议过煲电话粥，但对方都是以在忙不方便为由婉拒。

狗狗很快回复，这次也是同样的理由拒绝：我在忙，不方便，不好意思哦。

对方还发来一个"小狗磕头"的表情包，卑微又诚恳地祈求她的谅解。

这在林叁七的意料之内，她笑了笑，倒也没强求，善解人意地回：那你继续忙，我不打扰你。

又刷了会儿手机，在微信里待了几分钟，她放下手机，拿起桌上的头绳和另一片面膜，爬上床。

不用她说什么，陈戌懿配合地低头，放下平板电脑，长腿伸直，给她腾出空间。

林叁七跨坐在他腿上，撩起他前额的头发，给他绑了个"苹果头"。

他抬起头，闭上眼睛，为她下一步做准备。

林叁七撕开面膜，手指捏住边角，往他脸上贴。

"好冰。"陈戌懿条件反射地往后躲。

"别动。"林叁七勒令他不准动，把面膜敷到他脸上，仔细地捋得服帖，又把手上多余的精华，抹在他脖子上。

陈戌懿配合地仰起头，冒着尖的喉结随他的动作，更加突出。

林叁七顿了顿，手指在顶端处轻点，它便滑动一下。她笑出声，仿佛得到好玩的玩具。

陈戌懿睁开眼，有些迷茫，面膜限制住他的脸部肌肉，只能含糊地问："怎么了？"

林叁七只是笑，并不说，从他腿上离开，在他身旁躺下，脑袋枕上去，

-261-

这个角度,更方便看他说话时上下滚动的喉结。

"把手机给我。"她忽然吩咐。

"……干吗?"他瞬间警惕。

"找首歌来听啦。"林叁七觉得他今晚时不时受惊的反应实在好笑,故意开玩笑逗他,"这么紧张干吗?怕我查你手机?你手机里还藏了第二个女朋友?"

"说、说什么呢!"陈戌懿假装有底气地反驳,磨磨蹭蹭地去拿手机,点开音乐软件,提心吊胆地递给她。

第二个女朋友没有,但还瞒着第二个身份。

今晚怕是要难逃一劫,他已经在想该怎么谢罪。

但林叁七并没有去查他的手机,只是在音乐软件里搜了一首歌,点开播放,调整好音量,就把手机还给他。

他瞬间又松一口气。

再过几天是生日,生日再说,寿星的身份或许可以抵一些罪过。

林叁七瞧着他不停变换的表情,不着痕迹地弯了下唇。

一惊一乍的"臭小狗"。

她抬起手,手指点了点他没有防备的喉结。

陈戌懿配合地微微俯下身,方便她玩弄。

"我们好像姐妹哦。"林叁七感慨似的说。

"……兄妹。"陈戌懿纠正。

"姐弟。"她也改口。

"父女。"他甚至提高辈分。

林叁七笑出声:"你不怕我爸打你?"

陈戌懿低头瞧她,胸有成竹地反问:"你舍得让叔叔打我?"

这时候,他又嘚瑟得不行。林叁七好笑地拍了下他,从他腿上起身:"你去给我拿盒冰激凌,我考虑考虑帮你拦着。"

陈戌懿下了床,边走边问:"什么口味?"

"草莓,牛奶。"恋爱的好处,一次能吃两种口味。

陈戌懿转身,向她立正行礼:"收到!"

她顺便又被逗笑。

这会儿夜深,所有人都已经回了房间睡觉,楼下漆黑又安静。

陈戌懿偷偷摸摸下了楼,没开灯,轻车熟路摸到厨房,打开冰箱,借着冰箱的昏暗光线,挑出草莓味和牛奶味的哈根达斯。

才关上门,要离开,客厅的灯忽然亮起,他整个人一惊,条件反射地把手藏在身后。

陈妈妈被他敷着面膜的脸吓一跳,看清后,捂着胸口,又气又好笑:"怎么突然敷起面膜了?"

她可不记得自家儿子有这种精致的习惯。

陈戍懿绷着神经,不自然地信口胡诌:"一时兴起试一试。"

陈妈妈瞧了他一眼,看到他背在身后的手:"晚上少吃点冰,别以为我不知道你手上藏着什么。"

"……就这一次!"陈戍懿丢下这句话,头也不回地往楼上跑,比兔子溜得还快。

陈妈妈看着他风风火火的背影,有些无奈:"这孩子……"又顿住,不对,他手里是不是拿了两盒?

陈妈妈朝楼上的方向看了一眼,眉梢轻扬,无声笑出来。

卧室里,林叁七刚揭下脸上的面膜,就看见陈戍懿火急火燎地从外面钻进来,反锁房门。

"你这么急干吗?"

"遇见我妈。"他说话的声音还带着滞涩感。

林叁七立刻戒备:"被发现了?"

"混过去了。"陈戍懿摆摆手,也把面膜撕下,拿着冰激凌朝她走过去,嘴里还庆幸,"还好我跑得快。"

"……是阿姨懒得管你。"林叁七松一口气,从他手里接过草莓味的那盒,和他并肩半靠在床头,一起吃冰激凌。

两人动作同步,用勺子在冰激凌上画一个象限,分成四格,吃完一格,交换一次口味。

看见墙上挂着的行星照片,林叁七想起往事,说:"去年也差不多是这个时候,我在你房间吃冰激凌,还记得吗?"

"怎么不记得?"陈戍懿提起这事还有些怨念,"我以为你那时是在生我的气,担心一天。"

林叁七忍不住笑:"我哪有那么容易生你的气?"

他惊讶地反问:"你没有吗?"

"……只是偶尔好吧。"林叁七不肯承认,抢走他手里的冰激凌,跟他交换,继续吃第三个"象限"。

吃了几口冰激凌,她突然感伤:"你会不会觉得我浪费了很多时间,明明从出生就认识,却花了十八年才在一起。"

"不会。"陈戍懿没有犹豫地否认。

他用肩膀撞了下她,指着床对面的墙壁,挂着的那张照片:"还记得那个吗?"

林叁七顺着他指的方向看过去,看到那颗漂亮的爱心,点头:"触角星系。"

陈戍懿捏了下她的脸,笑着纠正:"是触须星系。"

他看着那张照片,徐徐地说:"它们从吸引到碰撞,用了近九亿年,和它们相比,我们的等待,算不上漫长。"

林叁七却没看照片,而是望着他认真的侧脸。

看上去就很柔软的嘴唇,高挺的鼻梁,长长密密的眼睫毛,漆黑似鸦羽,随他眨眼而扇动。

鬼使神差地,她伸出手指,他的睫毛扫过她的指腹,指腹有些痒,心里竟也一样。

"你的睫毛好长。"她无厘头地提起和触须星系毫不相关的事。

陈戍懿转过头,无奈又好笑地看着她:"你怎么又不听讲?"

对上他的视线,她眨了下眼:"那个时候,就想这么说。"

她难得如此乖巧地望着他,黑白分明的眼干净清澈,像只毫无防备的天真小兽。

陈戍懿微怔片刻,舌尖舔了下牙,低声问:"冰激凌,你要吃完吗?"

林叁七低头看了眼:"还有一块,你要吃吗?"

他没回答,端走她手里的冰激凌,搁上桌,手掌捧住她的脸,吻下来。

草莓的味道,牛奶的味道,冰凉的唇瓣,炙热的呼吸。

比以往任何时候都要急躁的亲吻,仿佛要弥补这十八年来的漫长等待。

直到她呼吸急促,直到他胸腔里涌出难以抑制的冲动,相贴的嘴唇才终于分开。

陈戍懿额头与她相抵,眼睫垂下,遮住眼底翻涌的欲望。

长指轻轻抚过她微红的脸颊,他哑着声音说:"该睡觉了。"

在他松开手时,林叁七却抱住他的腰,埋在他胸前,小声地说:"我房间左边床头柜抽屉最里面。"

"嗯?"

她把热起来的脸埋得更深:"有一盒可以让你继续下去的东西。"

窗外繁星闪耀，夏蝉嘶鸣。

蓝色的房间，正如乌鸦星系那两个行星，两颗星星，正在融合、碰撞。

尽兴后是无法抵挡的疲惫，和精疲力竭的倦意。

桌上未吃完的冰激凌早已化作糖水，但无人在意。

林叁七枕在陈戌懿的手臂上，抵住疲倦的困意嘟嘟囔囔地抱怨："你这个骗子。"

陈戌懿抚摸着她的头发，嗓音仍是低沉喑哑："还很疼吗？"

林叁七瞄他一眼，想起他方才的行径，气没打一处来。

她撇下嘴角，从他怀里离开，伸手拿起书桌上的手机，点开微信，发了一条消息：骗子，我要和你绝交。

在他困惑的目光里，林叁七推了下他的手臂："去看手机。"

陈戌懿虽然疑惑，但照做，拿起旁边的手机，看了一眼，表情瞬间僵硬。仿佛被魔女施了石化的魔法，他整个人都定在那儿，一动不动。

施魔法的魔女催促他："回消息。"

"叁七，我……"

"回消息，问为什么。"没给他解释的机会，林叁七给他下指示。

陈戌懿冷汗直流，大难临头，躲是躲不过了。冒着被她冷战或跪搓衣板的风险，他咬牙照做，手指僵硬地打字，把消息发过去。

狗狗：为什么……

林叁七在微信里回复：因为你只要当我男朋友就够了。

陈戌懿怔住，惊愕抬眼。

预料中的愤怒完全没有，她满眼笑意地看着他。

林叁七放下手机，回到他怀里，笑着去捏他的脸："干吗？怕我生气跟你分手？"

像做错了事的小孩，陈戌懿仍旧有些不知所措，竟然说了实话："我以为……我以为你至少要跟我大吵一架……"

刚说完，脸蛋就被她用力掐了下："我脾气哪有这么不好？"

"我错了我错了！"陈戌懿连声投降，又问，"你什么时候知道的？"

林叁七轻哼一声："你觉得呢？"

她又不是傻子，李梓华都把"网络闺蜜"这关键信息泄露了，稍微一联想，她就隐约猜到。

于是她去翻了和狗狗的聊天记录，对比和他交往后的聊天记录，发现两人的讲话方式很像，不只是语气，连用的表情包都一样。

和他交往后,狗狗就渐渐没再提醒她下雨带伞冷天加衣,因为他已经用男朋友的身份提醒过。

告白和分手的契机,也巧合得令人怀疑。

还有去年生日时,狗狗掐着晚上八点三十七分,在她出生的时间,祝她生日快乐。

以前觉得只是巧合,当有了猜疑,这些巧合就变相成为线索。

回想她今晚的各种举动,原来是故意为之。陈戌懿难掩心虚:"我骗了你这么久,你不生气吗?"

"我为什么要生气?"林叁七反而笑,"那个讨厌鬼,原来这么喜欢我,费尽心思来讨好我,我得好好嘲笑他一顿才行,生气干吗呀?"

他微怔片刻,也跟着笑起来:"我这个讨厌鬼是不是很搞笑?"

林叁七靠在他怀里,食指轻点他的喉结,在突起的位置轻抚,跟他争辩似的说:"明明是可爱,怎么这么可爱,让我这么喜欢。"

陈戌懿抓住她的手指,缓缓低下头,轻轻吻上她扬起的唇角。

亲昵的、温情的吻,逐渐改变基调。

夜还长,蝉鸣不休。

时值上午,窗外蝉鸣不知疲倦地喋喋不休,阳光没被窗帘遮挡,毫无阻拦地穿过玻璃窗,洒在地板上、床上。

但再耀眼的阳光,也叫不醒她,全身力气被抽干般的疲倦,连大脑都绵软无力,无法思考,唯一的念头是躺在这里,一动不动,睡到天荒地老。

陈家的生活自由,没有喊人早起的习惯,但偏偏有人不着调,精力旺盛的"男初中生"在门外放肆敲门,大吵大闹:"戌懿哥!大懒虫快起床,陪我去游泳!"

在他喊出声音的第一时间,林叁七的意识骤然清醒,条件反射地缩进被窝。

躺在身旁的男生,跟着她动作,翻身将她压住,毛茸茸的脑袋埋在她颈窝,压低的嗓音充满磁性:"门锁着,他进不来。"

林叁七拍着他的手臂,小声埋怨:"好重。"

他低笑起来,闭着眼睛,脸在她耳畔轻蹭。

门外的林拾六,迟迟没得到回应,气呼呼地离开。

房间里,林叁七还被陈戌懿压着,尽管他没将体重施加给她,但身躯还覆在她上方。

-266

于是,她睁眼便清晰地瞧见,他肩上的牙印,伸手便触及他后背的指甲划痕。

这是昨夜留下的痕迹,也是他揭下温顺外皮露出獠牙,强势让她屈服的证明。

"我、我要去洗澡了。"事后突如其来的脸热,林叄七推开他,从床上坐起,才套上T恤,被他从身后抱住,长臂揽在她腰间,下巴搭在她肩上。

他仍旧喑哑的声音,带着未完全苏醒的睡意,分不清是提议还是请求:"要不要一起?"

林叄七热着脸扒开他的手,飞快地穿上裤子。

"你、你记得把床单换了!"

磕磕绊绊丢下这句话,她头也不敢回地跑出房间,离开得太急,连房间门都没合上。

陈戌懿看着半敞的房间门,眉眼一挑,失笑:"怕我做什么。"

像做贼一样,林叄七跑去洗手间洗澡,脱掉衣服,看见镜子里的自己,却又是一阵脸热。

洗完澡,她又回房间待了许久,换了身干爽的衣服下楼。

陈戌懿也洗完了澡,正在厨房切西瓜。他头发没完全吹干,于是没绑着平时的小辫,额前头发被他随意地撩开,分明有些凌乱,却透出慵懒随性的帅气。

他又穿了那件衬衫,白底竖纹,宽松地套在衣架子般的身上,领口的扣子,也难得规矩地全部扣好。

大概知道,他穿衬衫的原因。林叄七若无其事别开视线,手指摸了下鼻子。

今天是工作日,陈叔叔在上班,陈妈妈最近准备新书,出门去和编辑洽谈。陈嘉巳在三楼画室,林拾六窝在卧室生闷气打游戏。

一楼就只剩下两个大学生和一只金毛,比往常都安静许多。

阳光从窗户投进,金色落在地上。

林叄七接过他端来的切成块的西瓜,坐上沙发,边吃西瓜边用平板电脑看动漫。

陈戌懿坐在沙发另一边,电脑架在腿上,手指在键盘上敲击。

"八月"趴在他们脚边睡觉。

看了一集动漫,林叄七往他那边瞥了眼。他戴着眼镜,镜片下的眼睫微垂,在盯着电脑屏幕,神情专注。

-267-

平日总觉得他嘻嘻哈哈不正经,一认真起来,却又忍不住想去破坏,想让这样正经的他,像昨夜那样,眉心皱紧,露出迷失又隐忍的表情。

林叁七放下平板电脑,朝他靠过去,用叉子叉了一块西瓜,递过去。

陈戌懿微微偏头,配合地张嘴,以为她要来喂自己西瓜,却被喂西瓜的人咬了下嘴唇。

林叁七飞快退开,把西瓜塞自己嘴巴里,看着他笑,是恶作剧后得逞的笑。

陈戌懿好笑地看着她:"干吗呢?"

她装傻充愣:"没干吗呀。"

他放下电脑,要凑过来回击,却被她用脚抵住小腹:"家里还有人呢,别闹。"

"只许州官放火,不许百姓点灯。"他表示抗议。

"你有意见?"

"……小的不敢。"

林叁七忍不住笑,又听他想起什么似的,问:"要不要去便利店?"

"找李华做什么?"她以为他是要去找李梓华玩。

"不找他,买东西。"

林叁七奇怪:"不是昨天才买的零食?还没吃完呢。"

"不买零食。"

"那买什么?"

陈戌懿没说话,手搭上沙发扶手,似笑非笑地看着她。

林叁七逐渐反应过来,红着脸踢了他一脚:"你干吗呀!"

她声音都激动变高,脚边睡觉的"八月"被吵醒,迷茫地抬头,瞧见男主人的笑脸。

陈戌懿理所当然地说:"暑假还长,那本来也不够用。"

"……不准说了!"林叁七真是烦死他的不要脸,适时听见屋外传来的快递小哥的声音,她立即起身,去签收快递。

她拿着快递回来,陈戌懿随口问了一句:"又给'八月'买玩具了?"

回答却是否认:"是给我家'小狗'买的生日礼物。"

他惊讶:"我的?"

林叁七笑眯眯地把快递盒递给他:"要拆开看看吗?"

"不用等生日那天?"问归问,他还是伸手来接,从茶几的抽屉里拿出剪刀,拆开快递,取出里面的黑色盒子,打开,然后沉默。

项圈、链子、眼罩、狗耳朵头饰……

陈戍懿的脸又红又绿,僵硬地、不确定地问:"这是……给我用的?"

林叁七微笑着点头,又说:"我想让你送的生日礼物,就是用上这些的你。"

陈戍懿沉默几秒,利落关上盒子,抓住她的手,拽着她往屋外走。

林叁七一惊:"干吗?"

"去便利店。"

4

生日前一晚,在蓝色的房间里胡闹得过分,当天早上,两个人都起晚,定了三个闹铃,竟然都没把他们叫醒。

听见楼下的汽车声,林叁七在半梦半醒间恍惚想起今天是生日,爸妈要驾到,才立刻醒了瞌睡,也把"男大学生"踹起来,偷摸着跑出他房间,去洗漱。

从洗手间出来时,不出意外地听见妈妈在楼下抱怨她的声音。

她假装没听见,跑回房间化妆。

在镜面唇釉和雾面口红中纠结几秒,她选了前者。反正在家,时刻能补妆,喝水吃花也不必担心。

化完妆,换上连衣裙,亮眼的红色,尤其显白,与她今天涂上的樱桃红唇釉十分搭配。

在全身镜前满意地转了圈,她开门要下楼,隔壁房间的人,同时也开门出来。

陈戍懿今天穿着她昨天钦点的衬衫,克莱因蓝,同样的醒目。他太适合穿蓝色,和他的笑容一样,清爽的少年气,让人难以拒绝。

"我女朋友真漂亮。"他一向不吝夸奖。

"我男朋友也不赖。"她难得心口如一。

陈戍懿唇角一弯,问她:"你打算今天什么时候说?怎么说?"

林叁七早就做好计划,严谨地说:"吃完晚饭,在八点三十七分和八点四十四分之间,跟他们说这件事。"

相识十九年的默契,无须多解释,他即刻了然,挑起俊眉:"给他们七分钟的缓冲时间,我们就走?"

"去哪儿?"

"海边,我让李梓华买了烟花棒,晚上一起去玩。"

林叁七惊讶:"你也买了?"

"嗯?"

"我让伍伊可也买了。"

林叁七同他对视一眼,两人同时失笑。

"这算什么?"陈戌懿笑着问。

林叁七眨了下眼:"七分钟的默契?"

她眨眼时扇动的睫毛,总是过分勾引人,于是他俯身,一只手撑在墙边,一只手抬起她下巴,吻在她眼睛上。

像羽毛一样的轻吻,太容易让人卸下防备,林叁七不自觉沉迷其中,当吻动眼睛移到嘴唇,又后知后觉反应过来,将他的脸推开,小声抱怨:"我刚涂的唇釉!"

和她话音同时落下的,还有"男初中生"手里啃了一半的西瓜。

两人同时朝声源处看过去。

被大人吩咐来喊两个寿星的林拾六,正撞见人生中最具冲击力的一幕,西瓜落地,嘴巴张开。

"……啊!我的眼睛!"林拾六疯喊着跑下楼。

林叁七手忙脚乱去推陈戌懿:"快去抓住他!"

林拾六喊了一路,边喊边跑到楼下客厅,又跑去前院的花园,跑到正在聊天的长辈们面前:"爸!爸!爸!"

被儿子大声呼唤的林爸爸,停下和好友的聊天,疑惑地问:"怎么了?"

"我姐亲了我呜呜呜——"林拾六话没说完,被追赶着跑来的陈戌懿捂住了嘴。

哪怕牵强,陈戌懿也势必要糊弄过去:"林叁七刚刚亲了他一下,他闹脾气呢。"

林爸爸闻言,一半羡慕一半埋怨地嗔怪:"这孩子,你姐亲你一下怎么了?"

他想被亲都没机会呢,上一次被女儿亲,都十多年前的事了。真是身在福中不知福。

林拾六一个劲摇头,想说话但嘴巴被死死捂住,只能"呜呜呜"。

陈爸爸看出他痛苦的模样,责怪自家儿子:"戌懿,你快松手,别闷着他。"

林叁七后一步地赶过来,见事态被控制,松一口气,刚好听见这句话,连忙说:"他闷不坏!"

陈妈妈和林妈妈看到她的模样，相互对视一眼，同时看见对方眼里的无奈。

林爸爸当然也瞧见她此时的模样，立刻关心地问："叁七你的嘴巴怎么了？"

陈爸爸也慢半拍看见陈戌懿的嘴，几乎是同时出声："戌懿你的嘴怎么这么红？"

话一出口，两个爸爸同时沉默。

两个大学生同时默然。

林拾六趁机挣脱捂住嘴巴的手，大喊："我姐亲了我哥！"

幼稚的童声，在一瞬间转变为少年变声期的沙哑嗓音，他又掐着喉咙大喊："啊！我的嗓子！"

今年的生日聚会，要比往年任何一次都热闹、严肃。

林拾六号的这一嗓子，瞬间让生日聚会变成两个寿星的坦白大会。

两人原本只打算给七分钟时间，让长辈们接受这件事，现实却是，花了七个小时，他们都还没能完全接受。

最崩溃的是两个爸爸，不是因为两个孩子瞒着自己谈恋爱而崩溃，而是，在场所有人里，他们俩竟然是最后才知道。

林爸爸问林妈妈："你怎么一点都不惊讶？"

林妈妈淡定道："你住院的时候，我就看出来他们俩有苗头。"

林爸爸震惊："那你不早和我说！"

林妈妈倒打一耙："谁让你眼神不好使。"

另一边，陈爸爸也问陈妈妈："你也早知道了？"

陈妈妈笑着说："只比你早几天。"

陈爸爸崩溃："你怎么不早告诉我呀！"

陈妈妈笑容不变："怕孩子们不好意思呢。"

陈爸爸又看向陈嘉巳，后者只是笑，看来也早就知道。

晚饭都已经吃完，两个爸爸还在复盘。

陈戌懿默默举手："我们……可以走了吗？"

刚说完，就被林爸爸瞪了眼："走什么走？"

林叁七即刻帮他回嘴："你凶他干什么呀！"

林爸爸心痛捂胸："这就开始胳膊肘往外拐了。"

林妈妈淡定补刀："本来也没多向着你。"

-271-

林爸爸抱住小儿子伤心难过，林拾六还在"玩"自己刚变声的嗓子，一会儿刻意低笑一会儿气泡音讲话，仿佛是个傻的。

林爸爸松开傻儿子，心情更难过。

天边显现出暮色时，林叁七和陈戌懿总算从家里溜出来，骑着自行车去海边。

自行车刚骑出蓝色大门，就听见不远处传来的争吵声。

"李华你是不是有病！"

"是李梓华，你才有病！"

熟悉的男声和女声，熟悉的对话。

陈戌懿把车骑过去，停在本该在海边等着的两人面前，问："你们俩吵什么呢？"

伍伊可先告状："李华把烟花棒给他表侄女放了！"

李梓华不落后："是李梓华！你不也把烟花给放了！"

伍伊可理直气壮："你说你也买了，我就以为我这份用不上啊。"

李梓华也说："嘿，你说巧不巧，我也是这么想的。"

林叁七和陈戌懿双双沉默。

今年的生日，绝对是乌龙最多的一个生日。

林叁七扶额，道："所以现在是，只有人，没有烟花棒？那我们还去海边吗？"

"没事。"陈戌懿稳住局面，"再去买吧，上次那家店打烊晚，骑车过去用不了多久。"

李梓华也是骑着自行车来的，吵架归吵架，身后还载着伍伊可："那走呗。"

伍伊可突然提议："来比赛吧，看我们谁先到那儿！"

李梓华满脸无语："大姐，骑车的是我。"

伍伊可当即掐了下他的腰："你叫谁大姐呢？"

"你本来就比我大！"

"你再说一遍试试！"

眼瞧两人又要吵起来，林叁七和陈戌懿对视一眼，一个耸肩，一个摇头。

林叁七先开口："我们先走一步。"

陈戌懿后接话："你们继续相爱相杀。"

吵架的两人同时怼他："谁跟他（她）相爱！"

把他们甩在身后，林叁七坐在车后座直笑。

她仰头望着头顶的繁星,感慨似的说:"我计划完美的一天,被笨蛋们全破坏掉了。"

晚风拂过她的长发,陈戌懿的笑声融进风里。

他在风声里问:"要给你补过一次完美的生日吗?"

林叁七笑着摇头:"不用,我喜欢这个生日。"

不完美也没关系,这就是我们的十九岁。这是属于我们的,独一无二的,十九岁的夏天。

暖黄的路灯,照亮这条蜿蜒的坡道,晚风吹得树叶簌簌作响,蝉鸣声时远时近,身后依稀能听见李梓华和伍伊可的吵闹。

她拿在手里的手机,亮起暗光,映在莹白的脸庞。

关掉静音的闹铃,收起手机,林叁七轻轻拽了下少年的衣角:"停一下车。"

自行车平稳停下,她从车上跳下来。

陈戌懿掌着车头,一条长腿屈着,踩着脚踏,一条长腿伸直,支在地面。

他转过头,看着她,带着笑意问:"怎么了?"

李梓华载着伍伊可趁此时超车,伍伊可大笑着放出嘲讽,但没人去搭理她。

林叁七将沾在脸上的发丝撩至耳朵后,朝他笑着说:"现在是八点四十四分,陈戌懿同学,这是你陪我过的第十九个生日,祝你生日快乐。"

陈戌懿稍愣一下,即刻了然。

他从自行车上下来,好整以暇,站在她面前,清了清嗓子,做出一副严肃模样。

"林叁七同学,很高兴在十九年前的八点四十四分遇见你。"

如夏日般绚烂的少年,朝她张开手臂,笑容清澈明朗:"可以给你一个拥抱吗?"

晚风拂过少年的发丝,她在风里看着他笑。

繁星在闪耀,夏蝉在嘶鸣,他们的影子被路灯拉长。

暖黄的灯光,落在他们的头发上,灿烂的脸上,弯起的眼睛里。

这条路她很熟悉,蓝色大门,樱桃树,凌霄花。

和她同时同地出生的少年,此刻站在这里。

这是属于她的,十九岁的夏天。

她张开双手,拥抱她的夏天。

番外一 小狗日记

1

陈戌懿的所有朋友,都知道陈戌懿讨厌林叁七。

而陈戌懿本人,每逢夜深人静辗转难眠时,都有种拿着喇叭去大街上喊的冲动,告诉他那些瞎了眼的朋友,告诉包括林叁七在内的所有人,这真的是谣言!

以陈戌懿的性格,当然也很想把乱传谣言的人大卸八块。

但可惜,他不能。

因为谣言制造者,正是"被他讨厌"的当事人,林叁七。

这大概是变相的"用一生去治愈不幸的童年"。

他小时候调皮捣蛋做的那些混账事,让林叁七极其讨厌他,也认定她同样被他讨厌着,以至于他至今有苦难言。

2

高一开学这一天,陈戌懿起了个大早,赶到学校第一件事,就是去看分班结果。

其实前一晚他有收到学校的通知短信,告知他分在哪个班哪个楼层,但他只知道他自己的。现在他在名册上找的,是另一个人的名字。

然而,他把贴在教室门口的分班结果从头到尾扫了三次,都没看到"林叁七"这三个字。

他们没分在一个班。

抱着期待、忐忑了一晚上的少年,垂头丧气地踏进了七班的教室,在教室后排靠窗的空座位落座，湿纸巾擦干课桌，就趴在了桌上。

开学日，教室里的吵闹程度，是往常的几倍，熙熙攘攘，热闹一片。

但都与他无关。

"兄弟，能借包擦桌子的纸吗？"

头顶传来一个陌生的男声，陈戍懿仍旧趴在桌上，头也没抬，只伸手从桌肚里摸出湿纸巾，丢在旁边桌上。

"谢了！"男生爽朗地道谢，却没有就此闭上嘴，反而边擦桌子边热情地跟他搭话，"我叫李华，初中是二十三中的。你叫啥，以前哪个学校？"

陈戍懿兴致不高，只报了个名字，没有跟李华聊天的欲望。

李华见他这副萎靡不振的模样，问："这咋了？开学综合征？咱也不用交暑假作业了吧？"

陈戍懿闭上眼睛，没再搭理他。

我这是"见不到林叁七综合征"。他默默在心里回。

3

开学一天了，陈戍懿还不知道林叁七被分在了哪个班。

智明中学只一栋"回"字形的主教学楼，年级从低到高往上排，每个年级占两层楼。除了国际班，高一其他班级都随机分班。

清楚林叁七的懒人性子，课间肯定待在座位上，能不动就不动。陈戍懿课间从一楼晃到二楼，又从二楼找到一楼，挨个教室去扫人，就是没看见她。

"这人是失踪了吗？"他忍不住嘀咕。

李华坐在他旁边，听见他终于说话，但没听清他说什么，问道："你说啥？"

"没什么。"陈戍懿敷衍回了句，想了想，又问他，"你知不知道怎么看分班情况？"

"看分班情况做什么？"

"找人。"

李华眼神立刻八卦起来："找谁啊？"

这人不回答问题，反而问了他一堆问题，陈戍懿本就烦躁，又不想搭理这人了。

李华连忙说："教室门上不是还贴着分班花名册吗？你可以找找看。"

陈戍懿早就挨个班去看过了，但是——

-275-

"有些班早撕了。"

李华惊愕,又想到什么,恍然大悟说:"我就说你今天一下课就往外跑,原来是去干这事儿。"

陈戌懿问:"还有没有别的办法?"

李华想了想,说:"要不你告诉我你找谁,我帮你打听打听。"

陈戌懿正要开口,却在视线落在某处时停住。

他骤然站起身:"让开。"这是靠窗坐的劣势,他的路被同桌的李华给拦住。

好在李华也算反应快,虽然不明所以,但也立刻就起身给他让路。

陈戌懿肉眼可见地着急着,两手撑前后桌,直接从同桌的椅子上方跳过去,跑到教室外。

他站在七班外的走廊里,目光落在那个再熟悉不过的背影上。

目送着长发女生独自穿过走廊,最终拐进某个教室,郁闷了一天的少年,终于露出笑容。

"找到了。"

4

陈戌懿和林叁七其实还在偷偷冷战中。

为什么冷战?因为暑假的时候,林叁七突然对他说,升上高中后,要在学校当陌生人,看见对方翻白眼可以,打招呼不行,说话更不行。陈戌懿不乐意,两人大吵了一架。

为什么是偷偷冷战?因为这架吵得动静太大,惊扰了陈戌懿的妈妈。陈妈妈搬出他们家的"和平友爱车",两个准高中生累得半死,勉强握手言和,又各自心有不服,于是背着陈妈妈,继续偷偷冷战。

当然,这场冷战的主导方还是林叁七,陈戌懿是脑子进水才会愿意让她不搭理自己。

林叁七在学校寄宿,周末选择性住校,或者去陈家借住两天,陈戌懿则是走读。

开学三天了,陈戌懿还没能和林叁七说上一句话,"狗"都会憋坏。

他不是坐以待毙的人,没有机会,也要创造机会。

这天晚上,陈戌懿下楼喝水时,看到妈妈在客厅拆快递包裹,眼尖地看见是做烘焙的材料。

他记得林叁七跟他妈妈提起过烘焙的事,状似无意地走过去,问:"这是什么？"

陈妈妈果然说："前段时间叁七不是想学做手工曲奇吗？买回来打算等周末，和她一起做做看。"

"今晚就做吧。"陈戌懿等不到周末。

陈妈妈惊讶："今晚？"

这会儿已经快十点。

陈戌懿面不改色心不跳地扯谎："我今晚就想吃，晚饭没吃饱。"

陈妈妈有些好笑地说："做曲奇可不是一小会儿就能做好，你要是饿，我去给你煮碗面。"

"我不想吃面，就想吃您做的曲奇饼，我跟您一起做。"陈戌懿不给她拒绝的机会，马上就跑去厨房。

陈妈妈略有些无奈，还是应允了他。

第二天一大早，陈戌懿把昨晚做的曲奇带去学校，趁着早读，偷偷给林叁七发消息：我妈昨天做了曲奇饼，让我带点给你，想吃就过来拿，过时不候。

想了想，他又补了一条：我在七班。

早读发过去的消息，第二节课后的大课间，林叁七才看到。

林叁七馋手工曲奇很久了，还是陈妈妈做的，自然是很想吃，但过去拿，就避免不了要跟陈戌懿说话。

两者之间，她只能忍痛割爱。

她回复：不吃。

陈戌懿等了两小时，就等来她这回复，看到消息时，气不打一处来。

很生气，但更想见她。

陈戌懿：不行！我妈说必须带给你，不然要说我偷吃，你快过来拿走！

林叁七：我这次不会告你状，你吃呗。

她这次倒是大方，偏偏挑在这种时候大方，谁要她这种大方，他要见面！

陈戌懿气得磨牙，继续坚持：我牙疼，吃不了，你来不来？不来我给你送过去。

林叁七连忙阻止：不准过来！我们现在是陌生人！

陈戌懿在心里冷哼，陌个屁，鬼才跟你当陌生人，他拿起曲奇就要往教室外走，对方的消息又发过来。

林叁七到底还是妥协：下午一点，来校史馆门口。

陈戌懿挑起唇角，得意笑了：行。

5
中午是十二点下课吃饭，陈戌懿在食堂吃完中午饭就去了校史馆，在那等了半小时，林叁七踩着约定的时间，撑着遮阳伞来了。

他们俩都是从初中部直升，对学校的环境并不陌生。校史馆位置偏僻，非参观日也不会开门，很少有人过来这边，林叁七就是看中这点，才约在这里跟他见面。

烈日高照，林叁七远远就瞧见在树下庇荫的少年。

他蹲在路边，一只手托着脸颊，另一只手拎着个跟他气质一点都不搭的粉色纸袋，手指勾着绳子，百无聊赖地在那儿晃着。

林叁七朝他走过去。

还没走到他跟前，陈戌懿听见脚步声就抬起了头，朝她看过来。

他眼睛一亮，立刻从地上站起来，蹲得太久，腿都麻了，他倒抽凉气，朝她伸手："脚麻了，扶我下。"

林叁七"啧"了声，嫌弃地借给他一只手："谁让你来这么早。"

"谁说我来很早，"陈戌懿才不会让她知道他盼着见面，倔强地说，"我刚来。"

"蹲这么会儿就脚麻，真菜。"林叁七总是能找到怼他的点。

陈戌懿轻哼了声，把曲奇饼给她。

见她立刻转身就走，他几乎是跳到她面前，把她拦住："等等。"

林叁七一点也不想在这热死人的室外多待，顶着一双死鱼眼问："又干吗？"

还能干吗，陈戌懿好不容易创造的见面机会，当然是想跟她多待一会儿。当然，绝对不能说真话。

他眼珠子骨碌一转，灵光一闪，说："我妈要我问你好不好吃，你得吃了再走。"

林叁七只觉莫名其妙："我吃完跟她打电话说不就行了。"

她说完就要绕开他走，却又被陈戌懿张开双臂拦住。

陈戌懿说："万一你忘了呢。你的烂记性你又不是不知道，到时候我妈怪我头上怎么办？"

林叁七只选择性听了中间那半句，不客气地骂他："你才烂记性！"

陈戌懿也不怼回去，就只是坚持："反正你得吃完发表意见再走。"

林叁七无语得想翻白眼,拗不过他的死乞白赖,说:"行,我吃一块再走行了吧。"

陈戌懿立刻笑了,还不忘提醒:"好几个口味呢,每个口味吃一块。"

林叁七低头去打开袋子,她另一只手还撑着遮阳伞,并不方便。

伞柄摇摇晃晃时,面前的少年忽然钻进她伞下。

林叁七吓一跳,抬头便撞进他清澈的眼睛。

陈戌懿抓住她的伞柄,说:"我帮你撑着,你吃。"

林叁七也没客气,把伞给了他,腾出手拿出一块曲奇,咬了一口。

陈戌懿目不转睛地看着她,亮晶晶的眼睛里,写满了期待:"怎么样?"

他故意没说,他也参与了这份曲奇的制作。

"味道挺好的,帮我谢谢陈阿姨。"林叁七说。

得到夸奖的少年,笑弯了眼睛:"好,我一定传达!"

林叁七奇怪他今天心情似乎很好,但也不感兴趣问,把其他味道的曲奇也挨个吃了一遍,就从他手里拿回伞,要回教室。

陈戌懿这次总算没再拦她,也没有了任何理由拦她。

他要跟着她一起走。

然而才刚跟着走了两步,林叁七就扭头对他说:"别跟我走太近,我们现在在学校是陌生人。"

陈戌懿不满地开口:"谁让你跟我装陌生人,这个游戏还要玩多久?"

他可从来没答应过她这个无理取闹的条件,也死活不愿意答应。

林叁七看着他,脸上没有笑:"这不是游戏,我是认真的。"

陈戌懿知道她在意什么,说:"就因为那些女生?你不理她们不就行了。"

林叁七也不理解他,带着些嘲讽的语气:"你说得倒轻松。"

陈戌懿只觉得理所应当:"这本来就是一件很轻松的事,是你把它想得太复杂。"

林叁七撑着伞柄的手不自觉捏紧,但还是忍着和他争吵的冲动,尽量平静地说:"你人缘好,招之即来挥之即去的朋友大有人在,想搭理谁不想搭理谁,对你来说却是很轻松,但我不是。"

陈戌懿却不理解:"你怎么不是?不就是朋友吗?你尽管去交不就好了,你林叁七难道还交不到朋友?"

林叁七沉默地看着他。

-279-

她脸上没有什么表情,眼神也是一贯的漠然,似乎很平静。

相比起气急败坏的愤怒,陈戌懿更能感知到,她此刻一定是不愉快的,但在这不愉快之外,似乎又有着某种他看不懂的情绪。

"如果你能稍微明白我的处境,就不会这么想了。"她说这话时,叹了口气。

这样的叹气,将陈戌懿要说的话完完全全堵在嗓子眼。

他忽然说不出任何,只愣愣地站在原地,看着她消薄的背影消失在林荫道尽头。

6

陈戌懿想了很久,还是没能理解林叁七最后那句话的意思。

她什么处境?她难道不知道她在男生堆里有多受欢迎吗?

她这么优秀、这么好的人,怎么可能交不到朋友?

跟他装陌生人,一定是嫌他烦人,不想跟他说话罢了。

陈戌懿不理解,陈戌懿很郁闷。

林叁七真是个说到做到的人,不仅说到做到,还做得很超过!

学校里在路上遇见,林叁七根本不是假装不认识他,而是直接无视了他,她连白眼都不对他翻了!

陈戌懿郁闷得咬牙切齿,可心里又痒痒,想和她说话,想听她的声音,哪怕被她骂一句。

于是他假装闲逛,假装不经意地往林叁七的教室那边走。她不跟他说话,他就去偷偷看她,反正她也管不着他的眼睛。

路过某个班的走廊时,陈戌懿听到自己的名字被人提起。

是几个在走廊里聊天的女生,他并不认识,但其中一个有点眼熟。

那是林叁七初中时的好朋友,去年暑假,林叁七还把她带去过他家里玩,那时两人关系挺好,后来不知道怎么就没在一起玩了。

"想跟陈戌懿一块玩,找林叁七就行,他们是发小。"林叁七的那个好朋友说,"去年暑假,托林叁七的福,我还去过他家呢,可惜我现在跟林叁七玩崩了,她脾气很怪。"

轻飘飘的话语钻进少年的耳朵里,终于解开他这些天的疑惑。

原来是这样。

竟然是这样。

陈戌懿怔在原地,眼前闪过林叁七那天看向他的眼神。

原来……是难过啊。

她交付出去的真心,被人践踏了。因为他,才被人践踏。

他却什么都不知道,还无视给她造成的那些困扰,一直闹着去见她……

他才是无理取闹的那个人。

7

陈戌懿没再去林叁七的教室外,警告了那些女生后,就落寞地回了教室。他趴在桌上,手臂遮住了脸上的神情,却没能挡住周身的低气压。

大概是他太低沉,李华都忍不住问他:"发生啥事了?"

如果不是没有抽泣声,他都觉得这小子是不是在偷偷地哭。

陈戌懿头也没抬,闷声回:"没事。"

没事才怪。李华在心里腹诽了一句,想到什么,又凑过去,跟他打听情报:"你知不知道十二班的林叁七,跟你一样是初中部直升上来的,你们初中时认识不?"

趴在桌上的陈戌懿沉默了半晌,才闷闷地开口:"不认识。"

李华可惜地叹气:"唉,还想从你这打听点有用的情报来着。"

"……你打听这个做什么?"陈戌懿问。

李华说:"当然是觉得她好看,想和她交个朋友呗。"

这几天混在男生堆里,他可没少听这个名字。

埋头趴在桌上的人终于舍得露脸,陈戌懿直起身,语气没什么起伏地说:"劝你不要。"

李华问:"为什么?"

陈戌懿转过头,看着他。

眼眶还泛着红的少年,此刻的眼神却是威慑人的冷漠。

"因为上一个这么做的人,被我揍了一顿。"

8

家里有个太优秀的哥哥,对年幼那方来说,会有一种无形的压力。

即使陈家父母从来不拿兄弟俩比较,陈戌懿本人也心大,但还是不可避免地在某些时候自卑。

因为在林叁七的眼里,他怎么也比不上陈嘉巳。

可同样也是林叁七,在别人拿他和陈嘉巳作比较,把他批得一无是处时,帮他说话。

那是在他们刚上小学的时候，不熟的亲戚因为某些事来陈家做客。

陈戍懿和陈嘉巳其实是同父异母，陈爸爸年轻时白手起家奋斗，忙于事业而忽略了家庭，而嘉巳妈妈是个浪漫主义者，被婚姻和生活磨耗了恋爱时的激情，就同陈爸爸提出了离婚。

两人离婚时，陈嘉巳才刚出生没多久。嘉巳妈妈不愿意被小孩拖累，不顾她父母的反对，执意把陈嘉巳留给了陈爸爸，而嘉巳妈妈的父母，舍不得外孙，每年都会来探视几次。

来陈家做客的不熟的亲戚，就是陈嘉巳的外祖父母。

恰逢暑假，林叁七也借住在陈家。

陈妈妈原是要把林叁七和陈戍懿带出去玩，让陈爸爸自己去招待这不好伺候的两位老人。陈嘉巳的外祖父母不好说话，她不乐意瞧这两人的脸色，也没必要去看他们的脸色。

奈何天气太热，林叁七视太阳为死敌，赖在房间里不乐意动，游乐场也吸引不了她。

林叁七不乐意去，陈戍懿就也不乐意去，没有林叁七的游乐场也吸引不了他。

两个小孩尚且不通人情世故，陈妈妈无奈，只好遂他们的愿，让他们待在家里，嘱咐他俩在家里乖些、别惹事，她自己则是找闺蜜去逛街了。

偏偏陈戍懿不是安分待着的性格，陈妈妈前脚离家，他后脚就把邻居家的玩伴喊过来，在游泳池里打水仗，水装进气球里，往人身上砸开花。

两人从后院打到前院，差点把水球砸到上门的两位客人身上。他那不讲义气的玩伴倒是溜得快，陈戍懿就免不了被陈爸爸一顿教育。

嘉巳的外祖父母本就对他生疏，往年来这里，也是眼里只有陈嘉巳。

陈戍懿闯的这祸，更让二老对他有意见，光是看陈爸爸教育他还不够，还要一人一句地批评他，批评的同时，还不忘夸奖陈嘉巳的稳重，让他好好跟哥哥学习。

如果单是批评他太闹腾，陈戍懿被批上一百句都不会眨眼，但他们偏偏就扯上陈嘉巳。

陈戍懿平时从林叁七那儿听得最多的，就是陈嘉巳怎么怎么好，他怎么怎么不好，他能不能跟陈嘉巳学习，每次听着都觉得刺耳，这次自然也一样。

他当即就要顶嘴顶回去，可这时候又想起妈妈的嘱咐，眼前这两位还是爸爸很敬重的长辈，他心里不服，却也只能咬咬牙，委屈受着。

正委屈的时候,一个脆生生的声音,打断两位长辈的对话:"你们是谁啊?"

陈戌懿抬头看过去,泪眼蒙眬的视野里,从楼梯上走下来的小女孩,就跟来拯救他的小仙女似的。

这是林叁七第一次见陈嘉巳的外祖父母,得知他们的身份后,她却并没有因为他们是她最喜欢的陈嘉巳的外祖父母,而露出什么友好的笑容。她从小就是一副不高兴的脸。

"你们是嘉巳哥哥的外公外婆,又不是陈戌懿的外公外婆,凭什么这么说他?"

不是问为什么,而是质问凭什么。

她不光表情不友善,语气更加不友善。

两位老人都被她的言论惊到,也被气到,不满地指责她:"你这孩子,怎么跟大人说话的?"

陈爸爸倒是因为她的到来松了一口气。他自觉对前妻有亏欠,对这两位老人也是能让就让,但听着他们这么批评陈戌懿,他心里也不是滋味,却因为立场问题,不好跟他们闹得太难看。

"童言无忌,爸、妈,你们别跟小孩计较。"陈爸爸顺势对林叁七使眼色,"叁七,把你弟弟带回去。"

他漏算一点,林叁七这孩子,相貌随她爸,脾气和口才却随她妈。

小孩子没成年人那么多顾忌,林叁七有什么就说什么,对方怎么说,她也怎么说。

"嘉巳哥哥很厉害,你们让陈戌懿跟他学习,那陈戌懿的外公外婆也很厉害,你们也会跟他们学习吗?"

她在楼梯上把两位老人批评陈戌懿的话听得七七八八,几乎原封不动地还回去,甚至多了几分阴阳怪气。

两位老人被气得不行,陈爸爸又是无奈又是想笑,心里暗戳戳地也觉得有点解气。

在事情闹大之前,陈爸爸连忙把陈戌懿往楼上推:"戌懿,你快跟姐姐回二楼玩。"

这次他学聪明了,不是让林叁七带陈戌懿离开,而是让陈戌懿赶紧把点火的"小炮仗"带走。

事情却又出乎他的意料。

陈戌懿突然哭出来了,一动不动站在原地,低着头用手臂抹眼泪,

-283-

一个劲地抽噎。

他的眼泪像是浇灭了"小炮仗"的火星子,林叁七走到他面前,嫌弃地说:"真是的,你现在哭干吗,要等陈阿姨回来再哭。"

陈爸爸额角狠狠地抽动,这小姑娘真是语不惊人死不休。

林叁七脸上嫌弃,但还是牵住了陈戍懿的手,拉着他往楼上走,嘴里还不饶人地在碎碎念:"受这点委屈就哭,真是个没出息的哭包。"

平时她说一句不客气的话,陈戍懿就要回她一句,这会儿却没再跟她斗嘴。

他安安静静地跟在她身后,乖乖地被她牵着上楼,脸上还布满泪痕,红红的眼睛,一眨不眨地望着两人牵着的手。

七岁的暑假,林叁七威风地把他从坏亲戚那儿带走,守护他这个哭包弟弟。

七岁的暑假,陈戍懿不想再当个没出息的哭包,他要成为走在前面的那一个,守护的那一方。

9

"你盯着自己的手发什么呆?"

思绪被熟悉的男声打断,陈戍懿回过神,随口敷衍道:"我的手长得好看。"

李华,不,现在应该改口叫李梓华——他在高一的第二个学期,把身份证上的名字给改了。

李梓华颇为无语,说:"你这五颜六色的脸更好看。"

陈戍懿抬手轻捶了他一拳,压着笑意骂:"滚。"

扯唇笑时不可避免地牵扯到嘴角的伤口,疼得他直皱眉。

他刚跟人打了一架,打赢了,也挂了彩。

李梓华摇摇头,说:"虽然你这架是在校外打的,但你还是好好想想,到时候老班问起来该怎么交代。"

他没想到陈戍懿竟然这么想不开,一个人去单挑十二班一支篮球队。

陈戍懿和十二班篮球队的恩怨,还得从昨天的篮球赛说起。

高一举办篮球友谊赛,他们七班对上十二班,十二班的人打球手脚不干净,故意犯规,撞伤七班的一个主力球员。

虽然陈戍懿最后带着七班赢了,大快人心,但陈戍懿本人,却没觉得多解气。

原因并非在于篮球赛,而在篮球赛前的某件事。

十二班的篮球队队长章泽,最近在纠缠林叁七。

就林叁七那张天生的臭脸和冷冰冰的态度,大多数人被她拒绝一两次,就识趣放弃。

这个章泽,却不一样,他比别人多了一种特质——自恋,而且是格外自恋。

林叁七的一个嫌弃眼神,都能被他解读成是不好意思。这一点,厚脸皮如李梓华,都自愧不如。

篮球赛开场前,章泽还在场外可劲缠着林叁七,自以为十分帅气地把外套丢她头上,还让她给他加油。

林叁七把他的汗臭味外套从头上扯下来时,脸都是黑的,恨不得马上飞来一颗球,把这人砸了。

同样黑了脸的,还有陈戌懿。

陈戌懿一个球砸过去:"你是来打球的还是来开屏的?"

众人只当他是不耐烦等,也就只有知内情的李梓华知道,他这么暴躁的真正原因。

比起被班主任问,陈戌懿更担心的是今晚回家被他爸妈问,今天又是周五,林叁七也会去他家住。

他不想被他们知道他打架,更不想被他们知道他为什么打架。

陈戌懿想了想,说:"我这两天去你家睡。"

"不行!"李梓华关键时刻不讲义气,没任何犹豫地拒绝,"我爸今天在家,他看到你这副模样,我也会跟着遭殃。"

李梓华给他另出主意:"你要不然去我表哥家凑合两天?"

陈戌懿不想麻烦不熟悉的人,摆手拒绝。

他拿出手机,联系另一个朋友简阳光。

简阳光是邻居简伯伯的儿子,小时候两人常在一块玩。

陈戌懿和他是小学同学,还同过班,只不过后来一个因为跟林叁七置气,跳了一级,一个因为成绩吊车尾,留了一级,各自有了新的朋友圈,交集不再像以前那么多。

交集不多,情谊还在。简阳光答应得十分痛快:"真是巧了,我跟我朋友也刚打完架,快来我家,帮我俩分散简老板的火力!"

陈戌懿无语,还不如不找他。

简老板脾气火暴,骂起人来不带重复,陈女士看似好讲话,却笑里藏

-285-

刀。两边都不会有什么好下场。

陈戌懿纠结两秒,选了前者,至少还有人帮他分散火力。至于后者,林叁七一定会幸灾乐祸,还会趁机倒油,让他死得更惨。

说曹操,曹操就到。陈戌懿怎么也想不到,他磨蹭到快天黑才回去,竟然还会在简家大门口和林叁七迎面撞上,平时怎么就没见他俩这么有缘。

林叁七正奇怪陈戌懿这么晚都还没回家,碰巧简伯伯家的哈士奇又离家出走,跑到陈家。

她和狗狗玩了一会儿,牵着狗去简家时,在路上看到迟迟没回来的陈戌懿,也看见他脸上的伤。

两人一狗,大眼瞪小眼,先反应过来的人,转身就跑。

但林叁七脚边的哈士奇,比他跑得更快。

林叁七一松开牵引绳,哈士奇就狂奔到他面前,热情地咧嘴吐舌头,扒拉着他的腿求抱抱,拦着他走不动道。

林叁七也得以不费吹灰之力就追上他,不紧不慢走到他跟前,目光不加掩饰地打量他颧骨的青紫、鼻梁上的创可贴,和嘴角的伤口。

"噢,打架了。"她故意拖腔带调,也明白了他为什么拖到这么晚才回家。

陈戌懿视线飘忽,底气不足地说:"不关你的事。"

"我才懒得管。"林叁七弯腰捡起刚刚故意甩下的牵引绳,幽幽地说,"我就等着看你被陈阿姨教训。"

陈戌懿果然僵住。

他还挺怕他妈妈的,陈女士是笑面虎,看着温柔和善,动起真格是十分不一样。

"打个商量,"陈戌懿试图跟她交涉,"你别告诉我妈。"

林叁七盯着他看了几秒,又扭头看了眼就在旁边的简家大门,立刻明白过来,他打了什么算盘。

"噢,"她又是阴阳怪气地拖腔带调,"打架还不够,你还打算离家出走啊。"

陈戌懿没有理也要假装有理,一张嘴比鸭子的喙还硬:"什么离家出走,我是想等我脸上的伤好了再回家。"

林叁七嗤了一声,朝他伸出手,掌心朝上摊开,是要东西的动作。

陈戌懿却没明白过来,跟看见指令的小狗似的,傻愣愣地把自己的手放上去。

-286

林叁七嫌弃地拍开他,说:"你当你是小狗呢。我意思是,要我帮你瞒着,你给我什么好处?"

会错意的陈戌懿,脸上一阵热:"你这是乘人之危!"

林叁七丝毫不以为耻,坦然承认:"是啊,我就是乘人之危。"

陈戌懿气得磨牙,他真是自作自受去打这场架。把柄落在她手里,他只能妥协:"你想要什么好处?"

林叁七说:"给我当两天小仆人。"

"什么?"陈戌懿没懂她的意思,他这两天都不能回家,怎么给她当仆人?

哈士奇也"嗷呜嗷呜"叫,像是也在问她什么意思。

"我先把'老板'送回去。"

林叁七要把哈士奇先送回简家,陈戌懿也是要去简家的,索性跟着。她却转身吩咐他:"在这儿等着。"

陈戌懿不明白,但还是照做,看着她走进简家院子,又从简家院子里走出来,又头也不回地往自己家走。

他在路边等了十几分钟,无聊得开始蹲着数蚂蚁,直到头顶传来她的声音。

"小男仆。"

陈戌懿闻声抬头,就瞧见她站在他跟前,一边肩膀上挂着她的书包。

林叁七把书包丢给他,在他接住后,下巴一扬:"走吧。"

陈戌懿一边跟上一边问:"去哪儿?"

林叁七背着手往前走,言简意赅:"我家。"

陈戌懿疑惑:"你家不是没人?"

她父母因为工作,常年不在家,回青安市都很少。

林叁七瞥他一眼,说:"就你这副模样,我家要是有人,你还能去?"

陈戌懿愣了愣,后知后觉地明白她这话里的另一层意思,可又有一点不明白,或是说不可置信。

他面露惊喜:"你跟我一起去住你家?"

惊喜来得太突然,砸得他措辞都毫无逻辑。

林叁七别过脸不看他,语气生硬地反问:"我自己的家,我不能回去?"

"我的意思是……"他的意思是,她大可以让他去简家借住,或者让他一个人去她家住,没必要陪他一起。

陈戌懿话说一半,忽然停住。

-287-

尽管天色已晚，借着路灯的光亮，他还是清楚地看到，她微微发红的耳根。

怕是自己看错，陈戌懿眨了两下眼睛，那抹红色并没有消失。

认识十几年，他最是知道，林叁七口是心非的时候，是什么样的反应。

——耳朵会变红，会找一堆理由，会特别凶。

"我可不是在担心你，我只是刚好想吃我家那边的外卖了。

"要不是陈阿姨不准我点外卖，我才不愿意跟你一起回去。"

林叁七扭过头，恶狠狠瞪着他，语气很凶地威胁："你这两天必须乖乖听我的，不然我马上把你打架的事告诉陈阿姨！"

陈戌懿强压住嘴角的弧度，若无其事地点头："哦。"

你就是在担心我。

10

高二选科后，重新分班。一班二班是国际班，三班四班是参加竞赛侧重保送的竞赛班，其他班则是高考班，根据分班考的成绩，排头的五班六班划分为重点班，再往下排则是平行班。

陈戌懿高一参加过物理竞赛，也拿过奖，但并没有去竞赛班的打算，因为林叁七不会去。

她各科成绩平均，没有短板也没有格外突出的，而她本人也并不喜欢参加竞赛培训，嫌麻烦嫌太累。

以陈戌懿对林叁七的了解，她的水平参加分班考，只要不出意外，她不是被分在五班就是被分到六班。

跟她同班有二分之一的概率，比高一时强多了。

陈戌懿很期待，早在开学前一个月，就开始搞玄学。

具体表现在，有事没事从前院的花园里折下一朵无尽夏，摘下一片花瓣，嘀咕"会分在一个班"，再摘下一片花瓣，嘀咕"不会分在一个班"，直到这朵花被薅秃。

又或者，和李梓华约在公共篮球场打球，能投进这个三分球，就意味着他们会分在一个班。

类似这样的玄学，他试验过几十上百次，他们分在一个班的概率，高达90%。

还没有开学，陈戌懿就已经开始练习，到时候在班上遇见，怎么自然地假装不熟地跟她打招呼。

然而,开学当天,五班六班的分班名册上,都没有林叁七的名字。

陈戌懿在两个班的教室门口驻足数分钟,翻来覆去地找,也只在五班的分班名次看到他自己的名字。

没有林叁七。

怎么会没有林叁七?

陈戌懿怀疑学校系统出了错,把林叁七给遗漏了,正琢磨要不要帮她向学校反应时,却看见林叁七不慌不忙走进了七班的教室。

陈戌懿一愣,林叁七前脚进教室,他后脚就冲到七班教室门口,飞快往分班名册上一扫,她的名字赫然在上。

林叁七并没有看见他,她挑了个紧邻教室走廊的靠窗中排空位,拿着纸巾在擦桌上的积灰时,还打了个呵欠。

陈戌懿下意识就要冲进教室问,刚把腿迈出去,想起两人的陌生人约定,又硬生生收回来。

他从门口退到走廊,趁着还没上课,拿出手机,在手机里问她:你怎么被分到了七班?

林叁七这会儿手机还没开静音,陈戌懿消息一发出去,她手机就响了,拿出来看了一眼,暂时停下擦桌子,给他回消息:上次考试没考好呗。

陈戌懿的打字速度仿佛比他讲话还要快,立刻就问道:你怎么退步这么多?

她高一一年的成绩,分明稳定在年级前五十。

林叁七看到他发来的消息,这质问的语气,让她不满地皱起眉,这人什么意思?来兴师问罪的?还是来幸灾乐祸的?

本来就因为关键的一次分班考没考好而郁闷,陈戌懿的"关心",更让她烦躁了。

她并非是退步,而是考试时出了点小意外。

考试那两天,她有点小感冒。

平日她绝对不会主动吃感冒药,对任何药都十分排斥,但念在有个重要的分班考,怕因为感冒加重影响她考试发挥,她破天荒主动去吃感冒药。

没承想,就是吃感冒药,吃出了意外。

她太过于纠结吃不吃,考试那天,脑子大概也抽了风,吃完又记不清自己吃没吃,一个早上,重复吃了两三次。

那感冒药偏偏又有嗜睡的副作用,于是她上午的考试是打着瞌睡考完的,考出来的成绩可想而知。

这么丢脸的事，林叁七当然不会告诉陈戍懿，不然肯定会被嘲笑。

她也没打算再回复他，把手机收起来，继续擦桌子。她把桌椅擦干净，刚坐下来，旁边的窗户就被人叩响。

林叁七疑惑地推开窗户，被她晾在一边的少年，此刻站在窗外，一脸怨念地盯着她，嘴唇抿着，气鼓鼓的模样。

林叁七沉默了一秒，没犹豫地关上窗户。

她在手机里飞快打字：你怎么回事？

陈戍懿仍站在窗边，给她回消息：你还没回答我的问题。

林叁七着实无语，敷衍地应付他：吃错药了，行了吧？

陈戍懿不理解地问：什么意思？

林叁七才不想跟他解释这么多：字面意思。

顿了顿，她又补充一句：你别太得意，下次考试，我一定考赢你。

……谁在得意啊！

陈戍懿看着她发来的消息，气得肺疼。

更让他肺疼的是，李梓华竟然也被分到了七班。

就只有他，和林叁七完美错过。

11

分班结果给了陈戍懿沉重打击，唯一能给他一点安慰的是，李梓华还算靠谱，可以给他提供林叁七的消息。

食堂是他们的接头点，中午吃饭是他们分享消息的时间。

比如现在，吃着中饭时，李梓华神秘兮兮地问："你猜今年校运会，我们班谁举牌？"

陈戍懿并不感兴趣地挑走碗里的蒜："你们班谁举牌，关我屁事。"

校运会即将来临，开幕式上的举牌女生确实成为很多人的讨论焦点。

因为漂亮，才会被人推选出来，也因为漂亮，才会成为被关注议论的焦点。

但陈戍懿只对林叁七的事感兴趣。

以林叁七的脾气，对任何会接触到阳光的室外活动都敬而远之，她绝对不会参加校运会。

然而，李梓华这时却说出了林叁七的名字。

陈戍懿的筷子一顿，他迟疑了半秒，有些意外："是吗？"

她那个懒脾气，竟然会答应当举牌代表？

李梓华见他仍旧淡定，惊讶地问："举牌女生那天都会穿礼服裙，你就不期待？"

"我又不是没见过。"

林叁七每年都在他家过生日，每次都穿得跟个小公主似的，就算不过生日，她穿漂亮衣服的样子，他也见得多了去了。

"……等等。"陈戍懿忽然意识到这件事的严重性，"礼服裙是什么样的？"

李梓华："我还没有神通广大到这种地步。"

校运会当天，学生们都会穿各班的校服，举牌女生的礼服裙则是学校安排或者自己准备。

很多班级会为了保持神秘感，直到开幕式当天才会连人和裙子一同亮出来。

这着实是李梓华的盲区了。

陈戍懿捏紧了手里的筷子，说："她的礼服裙，不会是那种穿起来很漂亮，让人挪不开眼，所有人都盯着她看的吧？"

李梓华无语。

陈戍懿越想越觉得不妥："不行，她不能去举牌。"

本来就漂亮，穿着那样的裙子亮相，肯定又会吸引来一批人。

陈戍懿下定决心，说："我得想办法阻止她。"

李梓华问："怎么阻止？"

陈戍懿已经有了主意，胸有成竹地笑："对症下药。"

12

当天晚上，林叁七下完晚修回宿舍，看到手机里，某人发来的消息，十分欠揍的嘲讽语气：听说你要举牌？太阳从西边出来了，你竟然变这么勤快。

林叁七当即就翻了个白眼，这人又来找骂了。

不过，她也确实不愿意举牌，她都做好打算，开幕式一结束就溜，不待在运动场晒太阳。没想到今天班上投票选举牌代表，竟然把她给投出来。

林叁七郁闷得紧，偏偏陈戍懿这会儿还往她枪口上撞。

她不客气地骂他：关你屁事。

陈戍懿没心思跟她斗嘴，直切正题：你真想举牌？

林叁七这次倒对他说了实话：傻子才乐意白干活。

太阳那么大，傻子才乐意天天往外跑，还得去练习走方阵，给她钱她都不乐意干。

一想到从明天开始，她就要举着个牌子在太阳底下走来走去，林叁七就头疼。

她真的怀疑那些投票选她的人是不是跟她有仇，可惜是匿名，不然，她非得一个个问过去，她究竟哪得罪他们，把这份苦差事推给她做。

看到她发来的怨气十足的消息，陈戌懿一点也不意外，他就猜这懒鬼不是主动要去举牌。

意料之中的事，一切就好办了。陈戌懿假装不经意地给她提醒：这几天太阳挺大，友情提醒你准备点藿香正气水。

他没明说，但知道林叁七肯定能从这句话里悟出点什么来，赌上他们每个暑假都在一起过的默契。

也不出他所料，林叁七看到消息后一愣，盯着藿香正气水那几个字看了许久。

她反应过来，眼睛一亮："对啊，中暑！"

这讨厌鬼还真是误打误撞地提醒了她，只要装中暑，她就可以不用举牌了。

真是谢天谢地谢谢这刻进她骨子里的藿香正气水！

13

第二天中午，陈戌懿吃完午饭，没马上回教室，而是去了运动场。

举牌女生们，从今天开始要在运动场上练习走方阵。

陈戌懿站在运动场边的看台上，隔着十几米的距离，远远去找那边练习方阵的人，第一眼，就找到了林叁七。

天气还热着，大家都穿着夏季校服，只有她，把校服外套给套上了。用不着想，也知道她是为了防晒。

"穿这么多，也不怕真中暑。"陈戌懿小声嘟囔。

才说完没多久，就看见穿外套的人倒下了，手里的牌子摔在地上，她被身旁的女生扶住。

陈戌懿差一点就要跑去那边，迈出腿又忍住。

他瞎担心什么，又不是不知道她是在装中暑。

看着林叁七被两个女生搀着离开运动场，陈戌懿又嘀咕道："装得还挺像。"

他也要跟着回教室，却发现她们并不是去教学楼，而是真的往医务室的方向走。

陈戌懿愣了下，真去医务室？她就不怕露馅？

他跟上去，目送她们进了医务室。

他躲在校医务室外的一棵树后面等，送林叁七进去的两个女生都走出来离开了，林叁七却还待在里面。

陈戌懿想了想，去到门口，偷偷往里面瞧了一眼，医务室里现在就林叁一个人，还以为她是趁机在里面偷懒睡午觉，却见她真的挂上了点滴。

他想也没想就冲进去："林叁七！"

林叁七正闭着眼休息，就要酝酿出睡意，被突然出现的声音吓了一跳。

她睁开眼，就瞧见毫无缘由出现在这里的少年，傻不愣登地站在那儿，一脸着急地看着自己。

"你怎么在这儿？"她问。

陈戌懿没回答她，视线落在她苍白的脸上——眉眼间透着病气，嘴唇都毫无血色。他着急得说话都结巴："你你——你怎么回事？"

不是装中暑吗？怎么真病了！

"你没看见？"林叁七朝他抬了抬扎着针的那只手，淡定地说，"感冒发烧了呗。"

陈戌懿又气又急："这么热的天，狗都不会感冒！"

林叁七一顿无语："你才是狗。"

她当然不是不小心着凉，而是昨晚故意洗了个冷水澡。

中暑的借口只能用一次，她想一劳永逸，最好是病到运动会结束，不仅可以躲过举牌，还能光明正大把运动会给翘掉，回家潇洒"躺平"。

反正她本来就从小体弱，昨晚洗了冷水澡，今天早上果然就发起了低烧，不会惹人怀疑。

但陈戌懿是谁，跟她认识这么多年，他立刻就猜出她的小聪明。

本想让她装装病得了，她也一向会浑水摸鱼，谁知道她非在这种时候变得实诚，就为了不举牌，真的把自己折腾病。

陈戌懿气得骂她："你是不是脑子有病？"

林叁七被他骂得莫名其妙："你什么毛病？"

莫名其妙出现在医务室，莫名其妙骂她，这人有毛病吧？

陈戌懿还没说什么，就被她打断。林叁七挥手赶客："没事就赶紧滚，我要睡觉了，本来就头疼，懒得跟你吵。"

陈戌懿气又气不过，听她说头疼，又见她病态的脸色，骂又舍不得。

他使劲咬了下腮帮子，丢下一句"等你好了再跟你算账"，转头就跑了。

林叁七看着他愤怒离去的背影，简直莫名其妙。

14
七班果然换了一个举牌女生，不再有林叁七的事。

李梓华大为震惊，好奇地问这件事的背后主谋："牛啊兄弟，你怎么做到的？"

陈戌懿还在被林叁七气得头疼，有些烦躁地说："不知道。"

李梓华自然不信，笑嘻嘻道："你就装吧，昨天不还说对症下药，听说林叁七是因为生病，所以才被换。你给她下毒了？"

他丝毫不知道自己又在雷区蹦跶，直到陈戌懿面无表情地盯着他。

李梓华自觉地将嘴"拉"上"拉链"，乖乖闭嘴。

陈戌懿的气愤主要还是在他自己，早知道就让林叁七老老实实去举那个破牌子，她漂漂亮亮的，招人怎么了？顶多他麻烦点，去帮她挡掉不就行了。

现在好了，她竟然真的把自己折腾生病。

都怪自己出的这馊主意！陈戌懿愧疚得要死。

运动会当天，他自责愧疚的心情，到达了顶峰。

林叁七住院了。

她原本请了病假，在家里休息，本意是翘掉运动会，但也是真的一直觉得肚子隐隐作痛。

林叁七以为是感冒引起的肚子疼，没怎么放心上，结果腹痛愈来愈烈，她差点疼晕，幸亏被陈妈妈及时发现，送去医院，查出来是急性阑尾炎。

医生说是感冒导致免疫力下降，加上细菌感染，这才引起急性阑尾炎。

这是陈戌懿听他妈妈在电话里说的。

接到电话后，陈戌懿运动会也不参加了，也顾不上李梓华在身后问发生了什么事，拔腿就往医院跑。

他赶到医院时，林叁七已经做完手术，被推回病房休息。

陈戌懿一进病房，就看见躺在床上的少女，纸一样苍白的脸色，虚弱得像是易碎的水晶。

他知道，林叁七从小就怕疼，翻书时不小心被纸片划破手指，都能念叨个半天的好疼，现在却在身上割了一刀。

划破手指是她自己不小心,在身上割的这一刀,却是因为他。

陈戌懿心里发堵,眼睛发热。他站在她病床边,低着头道歉:"对不起。"

如果不是因为他怕麻烦,给她出装病的馊主意,她也不会真的把自己折腾生病。这次是他的错,他亏欠了她,必须好好补偿。

陈戌懿暗暗决定,在她住院期间,无论她提什么离谱的要求,他都答应。

林叁七已经醒了麻药,麻药一醒过来,就被嘱咐不能马上睡觉。

却又因为麻药的作用,早就困得不行,她已经在病房里干等了一个多小时,现在眼皮在疯狂地上下打架,整个人迷迷糊糊的,意识也不清醒。

陈戌懿说了什么,她根本没听清,也没心思去听,她现在脑子里就只有一个想法——我要困死了!我要睡觉!

她张了张嘴,很想抱怨,却因为麻药的药效,实在没有什么力气。

陈戌懿立马俯身凑过来,问:"你要说什么?"

"我要……死了……"终于熬过危险时间,昏睡过去的最后一秒,林叁七丢下一句不完整的话,就两眼一闭。

她是美美睡过去了,陈戌懿却被她给结实地吓住。

"林林——林叁七!你你——你别死,说、说说话啊!"他被吓得话都说不完全,伸手去拍她的脸,她却毫无反应。

他的眼泪砸在她脸上,她的梦里下了雨。

"男高中生"大脑一片空白,什么都思考不及。

刚巧陈妈妈和林叁七妈妈通完电话,把手术的情况告诉她,回了病房,走进屋,看了眼躺在床上闭着眼睛的女生:"叁七睡着了?"

又看到眼睛通红、一脸泪痕的男高中生,她疑惑地问道:"戌懿,你这是……"

陈戌懿智商回笼,整个人如同雷劈。

旁边的心电监护仪器正常运作,床上的人呼吸还在,且平稳绵长。

难怪怎么喊都喊不醒,她睡得可真是太、香、了。

陈戌懿咬牙切齿地抹掉眼泪:"林叁七!你醒过来死定了!"

15

陈戌懿很喜欢星空。

在还需要妈妈讲睡前故事的年纪,他经常做的一件事,就是装睡。等妈妈离开,他再偷偷从床上爬起来,搬把椅子到窗边,推开窗户,趴在窗沿看星星。

小陈戌懿尚且还认不出哪颗是牛郎星,哪颗是织女星,也不知道什么是天鹰座,什么是天蝎座。他对星空的喜爱,只有一个理由——漂亮。

夏夜的星空,仅次于他妈妈允许他吃冰激凌时候的笑。

在每个有星星的夜晚,他睡觉之前,都至少要看上半个小时的星星。

他也喜欢在日落之后,躺在前院花园的草地里,守着天空,看星星一簇一簇从云后冒头。

美好的事物要一起分享,他拉着林叁七来看大自然在夜晚描绘出的画卷,但林叁七并不感兴趣。

林叁七只陪他在院子里待过一次,草地里的蚊子把她从脸蛋叮到脚趾,她一边拍蚊子一边抱怨:"星星有什么好看的,又不是可以许愿的流星。"

她爬起来,拍拍屁股上的草屑,跑进屋去找陈嘉巳玩。

她嫌星星无聊,陈戌懿嫌她不懂欣赏,在她喊嘉巳哥哥的时候,偷偷在她身后朝她做鬼脸吐舌头,再也不喊她一起看星星了。

陈戌懿独自在房间欣赏了很多个夜晚的星空,意料之外地,在某一次,遇见流星。

在很多睡前故事里,流星意味着好运将至,看见流星要做的第一件事就是许愿。

陈戌懿做的第一件事,是爬下椅子,跑出房间,打开隔壁房间的门,跑进去,抓着床上人的手臂,把她从床上拽起来,从美梦中拽出来。

"七七,快醒醒,快起来看流星!"

林叁七正做着啃鸡腿的美梦,刚送到嘴边,梦里的世界就开始大地震,所有事物摇摇晃晃,她的鸡腿长了一对翅膀,从她手里飞走。

林叁七急得在梦里大喊,把自己给喊醒。

她迷迷糊糊睁开眼睛,入眼就是某个破坏她美梦的罪魁祸首。意识都还没完全回笼,没吃到鸡腿的怒气就已经初步凝聚。

而罪魁祸首这会儿还在抓着她的手臂,急促地催她:"快点快点!"

"我的鸡腿飞走了!"比起流星,林叁七更在意梦里的大鸡腿。

"你再不快点流星也要飞走了!"

"你赔我鸡腿!"

两个小孩各说各的,最后毫不意外地吵起来,也毫不意外地从动嘴吵,到动嘴咬。

林叁七给了陈戌懿一口,陈戌懿捂着被咬的手臂号叫,他气得扑过去,也要咬她，力气却不及她，反而被扑倒，她张嘴又是一口。

陈爸爸陈妈妈听到楼上吵闹的动静，赶过来时，就看见两个小孩在床上打成一团。

他们赶忙把两人分开，陈爸爸去拉力气更大的林叁七，陈妈妈去救被压在身下的陈戌懿。

林叁七的头发被抓成鸟窝，两条腿还在空中乱蹬。她气得面红耳赤，愤愤地告状："他半夜吵我睡觉！"

陈戌懿手臂上一个牙印，脸蛋上还有一个牙印。他擦掉脸上的口水，又生气又委屈："我来找你看流星！"

两人谁也不服谁，都觉得对方有错，最后被分开教育。

这场争执的第二天，林叁七得到一碗美味的鸡腿。

这一年的生日，陈戌懿收到一台天文望远镜。

陈戌懿开始学习天文类的知识，逐渐认识各个星座，能指出那些念得出名字的星星。

他懂得越来越多，却再也没见过流星。

16

"在看什么呢，这么入神？"

喊了几次也没被回应，李梓华走过来，凑过去看让陈戌懿着迷的东西，却只瞧见他手机里的日历备注：流星雨。

陈戌懿让他帮着出主意："再过不久有场英仙座的流星雨，我在想怎么约到林叁七。"

"这好办啊。"李梓华竟然还真有主意。

陈戌懿立刻问："怎么做？"

李梓华搭上他的肩膀，站姿没个正形，说的话也没个正形，嬉皮笑脸道："你托个梦给她。"

陈戌懿面无表情地抬手，手肘往李梓华胸口一顶："滚。"

李梓华龇牙咧嘴地捂着胸，嘴上骂骂咧咧："谁让你这种事也想半天，直接跟她说不就行了。"

陈戌懿舌尖抵着前牙"啧"了声："你以为我不想直说？"

他不是不想，也不是不敢，而是不能。

陈戌懿对自己在林叁七心中的地位有明确认知："以我对她的了解，我跟她说有流星雨，她马上跑去找陈嘉已陪她看，还轮得到我？"

李梓华目光怜爱地看着他,缓缓开口:"一。"

陈戌懿没懂:"什么一?"

李梓华幸灾乐祸地咧嘴一笑:"扣1佛祖原谅我。"

陈戌懿抬脚就往他屁股上踹:"……佛祖让我给你一脚!"

放学后的校园,两个男高中生在林荫道推搡打闹,像风一样跑过。

伍伊可将被风吹乱的短发拢到耳后,看着少年消薄的背影在道路那头越来越远,摇摇头:"啧啧,'男高中生'。"

听出她嫌弃的语气,林叁七从道路尽头收回视线,调侃道:"你之前不还觉得他们帅?"

17

和伍伊可聊了一路,林叁七到陈家时,太阳都下山。

下周就是期末考试,宿舍太吵,她这周末准备待在房间好好复习。

背着书包还没走进大门,林叁七就听见客厅里传来的钢琴声,是《流星花园》的主题曲,这倒让她有点意外。

陈戌懿的钢琴是陈妈妈教的,小时候的兴趣爱好,长大后用来炫耀的技能,林叁七不止一次看见他在客厅弹钢琴耍帅,弹些慷慨激昂的曲子,把自己幻想成国际钢琴大师,头甩得跟中风大鹅似的。

今天的曲子却意外的安静。

不知道他又犯什么病,最近开始看起古早偶像剧。

林叁七对他的犯病不感兴趣,也没闲情逸致听他弹琴,走进屋,径直往楼梯的方向走。

坐在钢琴前的少年,忽然抬头,目光直直地看向她:"你知道这首歌叫什么吗?"

林叁七上楼的脚步一顿,不清楚他又在打什么算盘,故意说道:"不知道。"

陈戌懿清了清嗓子,把正在弹的这一节副歌唱出来:"陪你去看流星雨,落在这地球上,让你的泪落在我肩膀……"他刻意把"流星雨"那几个字的调子拉长,给完提示后,一脸期待看着她。

林叁七回以一言难尽的眼神:"采访一下,你是怎么做到每个音都不在调上的?"

唱歌跑调的"男高中生"骤然红了脸:"……我弹在调上就行了!"

18

写完最后一道题，林叁七放下笔，身体后仰，靠在椅背上，伸了个彻彻底底的懒腰。

窗外的天边已是黄昏色，虫鸣阵阵，为盛夏鸣奏。

她揉着长时间低头而酸痛的脖子，从椅子上起身，踩着人字拖，慢悠悠地下楼，踱步到厨房，打开冰箱，冷冻室竟然只剩下一根棒冰。

最后一根，躲过陈戌懿和林拾六的"魔掌"，被她遇见，就是幸运，这次考试能考好的征兆。

临近期末考，"女高中生"也会在某些事上变得迷信。

林叁七拿出最后一根棒冰，刚掰成两段正要吃，身后冷不丁传来幽幽一声："我也要吃。"

她被突然出现的声音吓了一跳，转身看见不知道什么时候出现在她背后的少年，没好气地骂他："你是鬼吗？走路都没声音！"

陈戌懿抬了抬什么都没穿的脚，一脸无辜："我拖鞋坏了。"

林叁七想到什么，问："怎么坏的？"

陈戌懿老实地回答："带子断了。"

"突然断的？"

"嗯。"

"哈！"林叁七笑了，为他的倒霉而幸灾乐祸地笑，"你这次肯定考不过我。"

"迷信。"陈戌懿知道她在指什么，嘀咕了一句，朝她伸出手。

林叁七问："干什么？"

陈戌懿指了指她手里的棒冰，说："最后一根，分我一半。"

林叁七立刻做警惕状，毫不犹豫地拒绝："不要！"

她拿到最后一根棒冰是她的好运，倒霉鬼别妄想分走她的好运。

"热死了，给我半根。"她不给，陈戌懿偏要。考试前期的"男高中生"就爱叛逆。

他作势要去抢，林叁七见状立刻把棒冰都放嘴巴里，口齿不清地拒绝："唔唔唔（你休想）！"

"……林叁七！"陈戌懿顿时无语，"多大人了，你幼不幼稚？"

林叁七把棒冰从嘴里拿出来，得意一笑："这叫兵不厌诈，还是从你那学的。"

为了防止最后的零食被抢，他小时候可没少做这种事。

陈戌懿气结:"你——"

他忽然目光落在她身后一处,眉心疑惑蹙起,话锋一转:"你看那是什么?"

"什么东西?"林叁七条件反射地回头去瞧,东西还没看到,手里拿着的棒冰却忽然被抽走,再转过头时,陈戌懿已经抢了两截棒冰跑到客厅。

"……陈戌懿!"她气得直喊他大名。

得意的笑转移到陈戌懿脸上:"哥哥今天再教你一招,声东击西,学会了吗?"

他竟然还有脸自称是哥哥,林叁七拔腿朝他追过去,陈戌懿立刻躲到沙发后,把沙发当成挡箭牌,跟她在这儿围着转圈。

林叁七体力"废柴",跑了几圈就累到叉腰,但还要骂他:"我吃过的东西你也抢,你要不要脸?"

陈戌懿站在沙发另一端,这点运动对他来说就跟散步似的,脸不红气不喘:"我吃不到,你也别想吃。"

林叁七又追过去,边追边骂:"你有毛病吧!"

陈戌懿也丝毫不让:"陪我去便利店,不然给狗吃都不给你吃!"

两人谁都不肯让步,在客厅追逐,引来了楼上的林拾六。

陈戌懿灵光一闪,在林叁七又一次绕着沙发追过来时,他脚尖方向一转,跑上楼梯,把棒冰当成接力棒,强塞给林拾六:"给你吃!"

林拾六连状况都没搞清,吃货本能让他立刻把两截棒冰都塞嘴里。

追逐中的林叁七终于停下,她气得跺脚:"林拾六!"

"大魔王"怒发冲冠,林拾六指着一旁得意看戏的陈戌懿,使出一招祸水东引:"戌懿哥给我的!"

林叁七又气又无奈:"他给的你就吃,那是我吃过的!"

"什么?"林拾六瞬间整张脸都皱起来,嫌弃得不能再嫌弃的表情。

他冲罪魁祸首抱怨:"哥,你怎么把我姐吃过的给我?"

陈戌懿"啧"了声:"你姐的口水吃了又不会死。"

林拾六:"那你怎么不吃?"

"我吃那怎么行——"陈戌懿话到一半忽然止住,嘴巴紧闭,脸上浮出一抹红晕。

林叁七没注意他的异样,趁着他走神,三步并作两步跑过去,狠狠踹了他一脚。陈戌懿痛呼出声,抱着腿在原地一脸痛苦地蹦跶。

解决完这个,又去教训另一个,林叁七朝林拾六走过去。林拾六见状立刻逃回房间，关门反锁，一气呵成，任林叁七怎么咆哮，他都装死。

没教训到林拾六，林叁七回过头，狠狠瞪着陈戌懿，本就凶狠的眼睛，此刻更是杀气凛冽。

她一步步朝陈戌懿走过去。

陈戌懿一步步后退，没料身后有沙发，被狠踹一脚的小腿还疼，顶着她的目光，他膝盖一软，跌在沙发上。

"我错了。"他能屈能伸，举双手投降。

林叁七一脚踩上他双腿间的沙发，俯身拽住他衣领，女王般一字一顿地下命令："给我去便利店，马上！"

太生气，她丝毫没注意他们之间的距离有多近。

陈戌懿几乎能看清她脸上的细小绒毛，她清澈瞳孔里他的倒影。

他垂下眼皮，睫毛不安地乱颤，耳根和脖子这一块的皮肤都是红的，像烧开的冒着蒸汽的热水壶。

"热水壶"还要嘴硬："你、你去我就去！"

林叁七磨磨牙，愤怒地拽着他起来："去！"

她力气大，陈戌懿T恤的领口都被她扯大一圈，一侧肩膀露出来一截。

被她拽着的少年一边爬起来一边手忙脚乱把领子给扯回来遮住，耳根红得快滴血，嘴角却在偷偷上扬。

"骑自行车去，"陈戌懿早就打好小算盘，"我载你。"

林叁七没否决这个提议，她一向是个懒性子，能坐车就不想走路。

陈戌懿也正是深知她这点，故意给自己征求来一个她坐他自行车后座的机会。

他学自行车就是为了林叁七。

还是上小学的时候，林叁七就经常喜欢坐在陈嘉巳自行车后座去兜风，还催着他赶紧学会自行车，带她去兜风。然而，当他真学会了的时候，林叁七早就把这事忘得一干二净。

他每天骑自行车上下学，在她身边路过无数次，她这么懒的一个人，却从来没有喊住他，让他载她去学校。

坐以待毙是不能成功的，机会要靠自己的双手创造，陈戌懿现在就在创造机会。

然而……

"你还没找到打气筒？"林叁七双臂环胸站在一侧，看着他在车库里翻来翻去，就是没翻到打气筒。

说好好骑车载她去便利店,等到坐上去的时候,才发现车后胎没气了。

幸亏陈戌懿这会儿没说是因为她太重之类的话,不然她绝对会打爆他的"狗头"。

现在这情况也在陈戌懿的意料之外,他昨天才骑车从学校回的家,骑的时候确实觉得该给轮胎充气了,昨天没马上打气,今天要用的时候却找不着打气筒。

林叁七的耐心渐渐被消磨殆尽,她已经在反思自己为什么要这么执着这一根棒冰,又觉得都费了这么多时间在这事上,不吃上一根,那才真是浪费时间。

陈戌懿把车库翻了个遍,也没找到打气筒。他瞥了眼表情并不友善的人,小心翼翼地提议:"要不……骑双人自行车?"

双人自行车承载太多不美好的回忆,林叁七把它当作刑具而不是载具,她冷哼了声:"双人自行车,狗都不骑。"

陈戌懿小声嘀咕:"咱俩也没少骑。"

"你说什么?"

"……没什么,不骑就走路去,大不了我背你。"

"……谁要你背。"

两人最后还是选择步行去便利店,林叁七当然也没让陈戌懿背她,她是不想走,但更不想丢脸。

提着棒冰从便利店走出来时,天都黑了。

风吹树叶响,虫鸣声阵阵。

少年男女并肩走在道路右侧,踩着人字拖,拎着购物袋,一人叼着半截棒冰。路灯的光亮,落在他们身上。

林叁七咬住棒冰,猛拍了下手臂,打死一只蚊子,没走几步,又拍在脖子上,这次落了空。

又一只蚊子停在她手臂上,在叮下去前,陈戌懿抬手在她手臂旁挥了挥,将它赶跑。

"你怎么这么招蚊子?"这一路走来,只见蚊子盯着她下嘴,明明他也穿着短袖和短裤。

林叁七被蚊子咬得烦躁,挠了挠发痒的脖子,没好气地呛他:"你问我,我问谁?"

虽然她火药味浓,但陈戌懿这次没跟她斗嘴,是他耍心思让她晚上出门,害她被蚊子追着咬,他自知理亏。

陈戌懿想起李梓华在网上搜罗的那些哄女孩子的话，是时候该派上用场了。

他清了清嗓子，尽量让自己语气不那么别扭："听说血甜的人招蚊子，蚊子喜欢咬你，说明你……"很甜。

他最后两个字还没说完，就被林叁七毫无情趣地打断："你那么爱吃甜食，蚊子怎么还没咬死你？"

并非阴阳怪气，她真情实感地在抱怨——被蚊子咬出来的怨念。

"男高中生"做足心理准备哄人，但还是失败。

陈戌懿深吸一口气，把这笔账先记到不靠谱的李梓华头上。

林叁七正忙着打蚊子，忽然听他唤了声自己，她头也没抬："干吗？"

陈戌懿指了指天空："往上看。"

"看什么啊？"林叁七嘟囔着抱怨，但还是抬起头，在看到头顶的天空时，总是没有神采的眼睛，渐渐亮起光芒。

深蓝色的夜幕，缀满闪烁的繁星。星空浩瀚无际，而她如此渺小。

这一刻，在这颗星球，这个国家，这个城市，这棵树下，她以渺小的身躯，窥见宇宙的轮廓。

惊艳，唯美，震撼。

她仰望着星空，心中的烦躁不知不觉烟消云散。

陈戌懿看着她眉心渐渐舒展，表情也柔和下来，他弯起唇，炫耀的语气："漂亮吧？"

他的声音让林叁七回过神来，她收回目光："还行吧。"

这时候也要嘴硬。

陈戌懿知道她说的还行，就是十分能拿九分，剩下那一分还是因为他扣的。不过他并不在意，终于要到今天把她骗出来的最初目的。

他小心翼翼试探："流星雨比挂在天上的星星更好看，你想不想看？"

"流星雨？"林叁七知道他向来关注关于天文之类的消息，问，"什么时候？在哪儿看？我要和嘉巳哥哥一起去。"

果然，就知道找陈嘉巳。

陈戌懿在心里轻哼了声，拿出早就准备好的说辞："我问了我哥，他那天没空。"

他早就提前跟陈嘉巳打好招呼，让他那天别待在家。

林叁七半信半疑："真的？"

"……我、我骗你这个干吗？"陈戌懿即使心虚，也要做出理直气壮的模样,为了加强可信度,又额外补充一句,"骗你是小狗,行了吧?"

林叁七总算信了,面露可惜:"没有嘉巳哥哥的流星雨,多没意思。"

"我哥不去,你就不去?"陈戌懿开始怀疑自己事先把陈嘉巳支开是不是个正确决定。

林叁七想了想,虽然她很想和陈嘉巳一起看,但陈嘉巳没空也是没办法的事,而且流星雨难得一遇……

在难得一遇的流星雨和陈嘉巳之间,林叁七选了前者:"去吧,到时候你叫上我。"

陈戌懿嘴上勉强应好,心里兴奋地比"耶"。

19

流星雨在七月底,就在暑假开始后不久。

在这天到来之前,陈戌懿特地去买了几盒烟花棒。

女孩子大多喜欢这些,林叁七也不意外,陈戌懿特意按照她的喜好来准备。要是她问起,就说干等流星雨太无聊,路上顺手买的,玩玩消磨时间。

他总能找到一堆理由,而林叁七也从不怀疑——她才懒得在关于他的事上上心。

李梓华见他又是流星雨又是烟花棒,忽然有种徒弟终于要出师的欣慰:"整这么隆重?"

"我在刷好感度。"

他现在在林叁七心里是什么形象,他有自知之明。反正和她待在一起的时间还长,他要慢慢提升自己在林叁七心里的地位,步步为营,才是上策。

李梓华听完他的打算,竖起大拇指:"高。那你后续是什么计划?"

陈戌懿斗志满满且胸有成竹:"我计划在三年之内让她不再讨厌我,五年之内对我产生好感。"

沉默了几秒,李梓华把小拇指也伸出来:"'六'。"

希望到时候黄花菜没凉。

20

随流星雨日期越近,陈戌懿心情也越发的好,他太期待和她一起看这场难得一遇的流星雨。

然而,当天傍晚吃饭时,餐桌上却没有林叁七的身影。

陈戌懿往楼上看了眼:"林叁七不吃饭?"

陈妈妈说:"叁七下午就出门了呀。"

陈戍懿愣了下,林叁七平日都闷在房间,也就在饭点或者去厨房拿冰激凌的时候下楼,竟然会愿意在这么热的天出门。

"她出去做什么?"他问。

陈妈妈说:"好像是伊可打电话过来,把她喊走了。"

怎么支走一个陈嘉巳,又来一个伍伊可。

陈戍懿闷闷不乐地吃完这顿晚饭,离开餐桌就给林叁七发了条消息,问她什么时候回来。

等了半小时,对方还没回复。他索性打电话过去,第三个电话才终于被接通。

陈戍懿听见电话里传来的吵闹声,像是在KTV里唱歌。他问:"你在跟人唱歌?"

她这边实在吵得厉害,听不清他在电话里说了什么。林叁七走出包厢后,他又重复问了一遍。

"伍伊可心情不好,我在陪她。你打电话给我做什么?"她问陈戍懿。

陈戍懿没回答,而是继续问:"你今晚也要陪着她?"

"看她疯的程度,我今晚得在她家住。你什么事?"她又问了一遍。

显然,她把看流星雨这件事,忘得一干二净。

陈戍懿握着手机,低声喃喃:"你先答应我的。"

他的声音低得几不可闻,林叁七没太听清内容,却莫名地捕捉到他说这句话时的失落。

她愣了愣,问:"你刚刚说什么?"

没等到陈戍懿回答,在包厢里发疯的伍伊可推开门走出来,大声嚷嚷:"林叁七你在这儿跟谁煲电话粥,切到你的歌了!"

林叁七一阵无语,骂了她一句,要继续问陈戍懿,低头却见手机已经自动退出通话页面。

电话被陈戍懿挂断了。

林叁七疑惑地皱起眉,犹豫了几秒,还是没回拨过去。

21

陈戍懿一个人去了海边。

来等着看流星雨的不止他一个,一个人来看流星雨的,却只有他。

明明早就约定好,明明先应下他的约定,她却又忘得一干二净。

-305-

以前是陈嘉巳,现在是伍伊可,他又被人插队了。

所有人都能插他的队,所有人都能让林叁七对他爽约。在林叁七心里,他是最不重要的那一个。

烟花棒被他一支一支地点燃,火光明明灭灭,照在他脸上,照亮他盈在眼底的水雾。

最后一支烟花棒燃尽,在烟火熄灭之时,少年的眼泪坠入黑暗里。

"可恶的林叁七,我这辈……这个月都不要再跟你说话!"

这个月还剩一天零五个小时。

番外二 弃"狗"效应

1

陈戌懿保研本校后,在大四这段时间还算轻松,比起别人忙着考研和秋招,他算是闲人一个。

林叄七的动物医学专业是五年制,大四要实习和考研,正是她忙得脚不离地的时候。

被女朋友备注成"黏人小狗"的陈戌懿,体贴地减少了找她聊天的次数,并且准备在国庆的时候,去兴临市找她,给她见面小惊喜。

因为实习,林叄七自己在实习医院附近租房,恰好是和姜莉丝分到了一家医院,两个女生出于性价比和安全的考虑,选择了合租。

陈戌懿先订好酒店,再买了束花,蹲守在她实习的宠物医院附近,等她下班。

时隔一百零三天,马上就要见面了,"男大学生"已经先兴奋上,装模作样地给对方发去一条消息:我下课了。

林叄七没回,应该是在忙。

坐是坐不住的,陈戌懿已经从咖啡店走到路边,一会儿低头看看手机,还有多久要到下班时间,一会儿伸长了脖子,往医院门口观望。

第不知道多少次看手机时间的时候,手机屏幕上方,弹出宿舍的群聊消息。

是他的"冤种"室友江浪:兄弟们,我失恋了,今晚去喝酒的扣1,陈少爷买单。

另两个室友单身多年的手速用在这里留下了数字"1"。

-307-

只有陈戍懿在无语：关我什么事？

江浪：平等地排挤每一个还没分手的人。

陈戍懿只觉无语。

江浪在去年冬天认识了个学妹，对方是医学系的学生，据说是在游戏厅里一见钟情，两人没多久就开始谈恋爱。起初还挺甜蜜，渐渐地，江浪愁眉苦脸的次数就越来越多。

"医学生怎么这么忙啊？"这是江浪几乎每周都会在宿舍抱怨的话。

他们就读的东晏大学分几个校区，他们天文学专业在西校区，医学院在东校区，两校区相距挺远，再加上医学生课业繁重，经常是江浪往东校区跑，每次见面，不是陪上课，就是陪上课。

江浪自嘲自己是把同城恋谈成了异地恋，虽然甘之如饴，但还是被分了手。

这会儿，被甩的"男大学生"正在宿舍群里发疯，甩来一堆情感话题，什么"如何最快走出失恋""女生不爱你的几大表现"。

他一边发还一边感慨：晕，好准！

陈戍懿看了都觉得无语，这种东西，也就只有精神状态错乱的人会相信。

出于无聊和好奇心，他点进最后一个链接。

2

陈戍懿发现林叁七很不对劲。

刚刚发过去的那条消息，林叁七仍旧没有回复。但她，回复了别人的群消息。

那是伍伊可在暑假建的小群，陈戍懿和李梓华也都在里面。伍伊可在群里艾特全体成员，国庆要不要回青安市聚一个，林叁七几乎是秒回，说了两字：没空。

而陈戍懿在十几分钟之前发过去的那条"我下课了"，却还没得到她的一点回应。

陈戍懿站在路边，皱眉蹙额，再一次点进宿舍群聊，没理会江浪继续在群里发疯，顺着聊天记录一路往上滑，找到那条刚看了一遍的链接"女生不爱你的几大表现"。

第一条：女生不爱你了后，会选择性忽视你的消息，你以为她只是很忙,其实她只是不想理你。

秒回群消息,却不回他的消息,她选择性忽视?不想理他?

不不不,也许只是刚好看到消息的时候正在忙,没空回复,这会儿闲下来了,她忙昏头,不小心把回复他这事给忘了。

林叁七向来记性不怎么样,连交往纪念日都能忘的人,忘记回消息这种小事,可以理解,可以理解。

陈戍懿点点头,逻辑自洽地说服了自己。

他的目光落在下一句。

第二条:女生不爱你了后,她的工作会突然变得很忙。

这一条,完全站不住脚。

林叁七现在要同时兼顾考研复习和医院实习,本就是最忙的时候,跟他打电话聊天,也经常抱怨自己怎么没有"两个脑子八只手",怎么一天只有二十四小时而不是四十八小时,有时候甚至是直接抱着手机睡过去。

但即使忙到自己跟自己发脾气,她也从来没有把这种怨气迁怒到他身上。都说人本能地会向最亲近的人发脾气,但林叁七现在的脾气,反而比他们交往前还要好。

哪怕只是想想,陈戍懿也就只有欣慰和感动,果然,这种乱七八糟的东西,一点都不可信。

第三条:女生不爱你了后,她不会再强调让你少喝酒,也不会关心和你喝酒的人里有没有异性。

林叁七和陈戍懿唯一一次闹分手,导火索就是陈戍懿那次喝酒误事,宿醉酒醒,打电话的时候没能及时发觉她情绪的异样,还被她误会和江浪的表姐有什么情况。

自那之后,陈戍懿就算是只和室友出门吃饭,也很少沾酒。

他有自知之明,自己酒量不好,就坚决不逞强,遇到那种劝酒的朋友,也用话术挡回去。

不过前段时间,江浪的学妹女友过生日,同时邀请了两边的室友,陈戍懿自然也在其中。

考虑到那边有几个女生,这一次,陈戍懿学得乖乖的,事先给女友大人报备,去或不去,喝酒或不喝酒,都先征求她的主意。

他当时说得细致,林叁七的回应却简单:玩得开心。

既没有叮嘱他少喝酒,也没有关心他酒桌上有没有异性,当时觉得她对自己怪放心的,现在回想,这是不是……太敷衍了?

陈戍懿才舒展开的眉心再一次皱起来。

　　第四条:女生不爱你了后,会对你变得很客气,谢谢张口就来,这是潜意识在跟你拉开距离。

陈戍懿火速在两人的聊天记录里输入"谢谢",并没有弹出几条带着这个词的消息。

他顿时松一口气。

　　第五条:女生不爱你了后,就不想再亲吻或拥抱你,拒绝和你有亲密举动。

陈戍懿胸有成竹地把手机一关,把心放回肚子里。

他和林叁七在上次见面的时候还难舍难分,就差在酒店床上扎根了,这一条必然不是在说林叁七。

3

林叁七下班了。

陈戍懿蹲守在路边的这个位置,视野恰恰好,能一眼看到从宠物医院门口出来的人,又不至于被对方轻易发现。

但他没有像原先计划的那样,抱着花举着手机冲过去,抓拍她一瞬间惊喜的表情。

因为,林叁七不是一个人下班。

她身边还跟着一个陌生的男生,和她同行。

在陈戍懿现有的认知里,林叁七的表情并不丰富,尽管经常被人说没表情的时候看上去很凶,也还是不常笑——她觉得把笑容一直挂在脸上是件体力活,太累。

但是现在,林叁七正在笑着跟那个男生聊天。

并不知道他们的聊天内容,但看得出来,她此刻非常开心。

大概是为了工作方便,她把长发扎成了马尾,高高束在脑后,此刻因为她同男生聊天时的动作,时而晃动着。

弯起的眼睛,灿烂的笑容,晃动的马尾,显出她整个人都比平时活泼。

是时隔一百零三天没见面的原因吗?陈戍懿忽然觉得这样的她有些陌生。

想要上前的脚步像是被什么锁链禁锢住,每迈出一步,都额外艰难。

这一刻,他还在迟疑,现在过去合不合适,过去后又该说什么,那个男生是谁?

下一刻,他看见两人竟然同时上了出租车,像是要一起去什么地方。

晴天霹雳不过如此。

顾不上其他,陈戍懿立刻也拦了辆出租车,门都没关上,就对司机师傅抛出一句"跟上前面那辆车"。

司机师傅从后视镜里看了他一眼,从他怀里抱着的花、前一辆出租车上车的男女,即刻分析出现有情况,于是看他的第二眼时,眼里有了怜悯。

教养甚好的陈戍懿,堪堪忍住爆粗的冲动。

事情的发展越来越奇怪,这仿佛是李梓华前段时间跟他提过的某一段狗血电视剧的剧情。

出租车开进某个小区里,陈戍懿来不及电子支付,从兜里掏出五十块的备用现金丢给司机师傅,就立刻下了车。

在林叁七和那个男生一块走进某栋大楼时,他终于没能忍住,大喊了声她的名字。

熟悉的清澈嗓音,掩盖不了的焦急。

林叁七身体一顿,循声回头,望见他的时候,眼睛都睁大了,还以为是错觉。

"陈戍懿?"她朝许久未见的男友招手,劳累一天积在眼底的疲惫化作惊喜的笑意,"你怎么来了?"

被乱了心绪的"男大学生",只顾着盯着那个疑似情敌的陌生男生,没注意她脸上的欣喜,以至于在听见她这句"你怎么来了"的问话时,自顾自曲解而心梗。

竟然问他怎么来了?

怎么,这么不愿意他过来看她吗?

陈戍懿紧咬着后槽牙走过来,也不打招呼,一声不吭地把花塞她怀里。

311-

林叁七今天一天跟着老师做了好几台手术，戴着口罩也还是被血腥味和消毒水味熏得难受，这会儿收到花，就如同雪中送炭。

　　她低下头猛嗅一口，清新的花香钻入鼻间，整个人都舒爽不少。

　　她笑眼弯弯："谢谢。"

　　陈戍懿呼吸一滞，微微睁大眼，表情从震惊到不可置信。

　　她她——她竟然跟他说谢谢？

　　为什么要这么客气？她不爱他了吗？

　　"叁七，不介绍一下？"在场另一个人冷不丁出声。

　　注意到他对林叁七的称呼，陈戍懿的眼神一瞬沉下。

　　林叁七也这才想起陈戍懿和徐耀还没正式见过面，她和陈戍懿聊天的时候，倒是偶尔会提起徐耀这号人，不过通常都是代称——"我室友的男朋友"。

　　女生之间的聊天，姐妹男朋友的姓名是最无关紧要的信息，通常也记不住，基本都是取外号，或直接称呼为"你家那谁"。

　　"哦对了，"林叁七分别给两人互相做介绍，"这是陈戍懿，我男朋友。这位是徐耀，姜莉丝的男朋友，之前跟你提过几次。"

　　陈戍懿一愣，低气压瞬间解除："哦……"原来是她室友的男朋友。

　　但，为什么要跟室友的男朋友一块回家？

　　"你们住在一块？"陈戍懿可能脑子抽风，问了这么一句。

　　林叁七好笑地轻拍了下他的手臂："我之前不是跟你说了我是和姜莉丝合租吗？她今天感冒发烧，请了假在家休息，徐耀过来看看她。"

　　陈戍懿也觉得自己这个问题过于白痴，没什么底气地"哦"了声。

　　但还是郁闷。

　　林叁七对他来这里，似乎一点也不觉得惊喜。

　　别说惊喜，她笑得都没有跟这个徐耀聊天的时候开心。

4

　　考虑到姜莉丝生病在家，陈戍懿这会儿上去不太方便，林叁七没让他跟自己回家，让他在楼下等着，她回去收拾了些衣服和书，跟他一块回酒店。

　　"男大学生"一如既往，一进房间，就给了她一个熊抱，没一会儿，嘴唇凑过来。

　　在亲上之前，林叁七伸手把他挡住："今天不行。"

　　陈戍懿一脸委屈："为什么？"

林叁七指了指自己的脸，无奈道："长智齿了，这两天牙疼。"

他的委屈立刻变成担心："很疼吗？要不要去医院拔掉？"

林叁七摇摇头，一脸拒绝："吃点药就行。"

她最讨厌看医生了，尤其是牙医，小时候换牙，有颗乳牙一直不掉，被她妈妈带去医院看。医生说是乳牙滞留，得拔。

于是，那几分钟成为林叁七的童年阴影。

陈戍懿还是担心："不拔不会反复疼吗？"

"发炎是小疼，拔牙是大疼，"林叁七一边在笔记本电脑上敲键盘，一边头也不抬地说，"反正死都不拔。"

第一次发炎的时候就去医院看了，医生说是阻生齿，要用钻切开，还得缝针，她光是听着就冒冷汗，立刻拿药走人。

见她态度坚决，陈戍懿也不好再说什么。

好像，也没什么好说的了。

从进屋到现在，林叁七不让他亲，连拥抱都草草了事，只顾着在电脑前敲键盘，好像有多忙，跟他说话的时候，连眼神都不给他。

送她花，她说谢谢，给她倒水，她竟然也说谢谢。

陈戍懿非常非常不想承认一个事实，那五条"女生不爱你的几条表现"，林叁七……全中。

该死的江浪。他也要失恋了！

不，这一次，不管林叁七说什么，他都不会同意分手的，死缠烂打也不分手！

5

林叁七这会儿正忙着整理今天的病例记录，她和徐耀今天连跟了两台宠物犬的疑难病症手术，带教老师还第一次让她动了手。

这对实习生来说，是难得一遇的锻炼机会，下班的时候，她都还在兴奋地和徐耀聊今天的手术。

不过，手术之后需要做的事情也很多，记录手术过程，随时观察宠物犬的术后情况，她和徐耀商量了下，她负责前者，徐耀负责后者。

林叁七这会儿生死时速的原因，也是想赶在今天把事情做完，明后两天放假，腾出时间多陪陪陈戍懿。

但房间里，是不是太安静了？

她终于舍得从电脑屏幕里移开视线，抬头就看见自家男朋友趴在床上，连脸都埋进被子里，仿佛一点也不担心透不过气。

"陈戌懿？"她轻声唤他，没见他吭声回应，一动不动地趴在那儿。

睡着了吗？

林叁七暂且放下手中的事，轻手轻脚朝他走过去，却似乎听见……一声抽泣？

她以为自己听错，坐他身旁，俯身过去，拍拍他的肩膀："是坐飞机过来累了吗？要不要把衣服脱了再睡？"

床上的人却仍旧没抬头，似乎已经睡得很熟。

他一定是有什么魔力，一靠近他，林叁七就一点也不想去看那破电脑，索性侧躺在他身边，一只手托着脑袋，摸摸他的头发，又捏捏他的耳朵。

她这个男朋友啊，有些时候，格外有计划性，有些时候，又总是想一出是一出。

今年暑假，她随口说了句有点想念他高中的样子，这个最讨厌去理发店的人立刻就去把头发给剪短，至今都保持着清爽的短发。

今天，又不声不响突然跑到她这里。

也不算是不声不响？他似乎给她发了一条消息。

看到的时候原本是要回复，但被老师忽然喊去做事，一忙起来，就给忘了，现在才想起来。

这段时间确实太忙了，聊天聊一半没见人或者睡着，是常有的事，也多亏陈戌懿并不计较这些，还体贴地让她多休息，可以不用那么频繁地跟他联系。

有时候她忙到情绪崩溃，发脾气，最着急的那个人反而是他。

林叁七摸了摸他毛茸茸的脑袋，用不会吵醒人的气声，悄悄开口："这种肉麻的话，也就只能在你睡着的时候说，不然你又要尾巴翘上天。"

她俯身凑到他耳边，声音极轻地说："陈戌懿，我好爱你呀。"

在柔软的床上，疲惫了一天的人很快被困倦捕获，林叁七不知不觉睡过去。

在她呼吸变成绵长时，身旁趴着的人终于有所动作。

陈戌懿抬头，露出通红的眼眶和满脸的泪痕。

他咬牙切齿地胡乱抹去脸上的湿润，一边生气，一边又笑出来。

什么啊。

可恶的江浪。

你那个东西，根本一点都不准！